HARRY BAUMANN

JOHANNA UND HANNES - EINE LIEBE IM SCHATTEN DER MACHT

HISTORISCHER ROMAN

Bibliografische Information der Deutschen Nationalbibliothek:
Die Deutsche Nationalbibliothek verzeichnet diese Publikation in der Deutschen Nationalbibliografie; detaillierte bibliografische Daten sind im Internet über http://dnb.dnb.de abrufbar.

Coverdesign: Vanessa Streng (www.BuchGestalt.com)

Bildmaterial © Can Stock Photo/julijamilaja, JackF; stock.adobe.com, darkbird

Herstellung und Verlag: BoD – Books on Demand, Norderstedt

ISBN: 9783748137290

Hannes hatte das Pferd verkaufen müssen. Er schüttelte den Lederbeutel mit den Silbermünzen und lauschte dem gedämpften Klang nach. 25 Taler – er hatte sich mehr erhofft. Diese Gauner in Dresden, die glaubten, einen Dorftrottel aus der Lausitz leicht über das Ohr hauen zu können! Die Stute hatte schon etwas gelahmt und war auch nicht mehr in der Blüte ihrer Jugend gewesen. Insofern waren 25 Taler vielleicht doch ein angemessener Preis. Davon konnte man ein paar Tage gut leben. Dennoch brauchte Hannes Bauer dringend eine Anstellung und hoffte, nachdem es in der Residenzstadt Dresden nicht geklappt hatte, sein Glück auf dem Gut Pillnitz oder in Pirna zu finden. Der Wanderer wollte sich gerade eine Pause gönnen, um sich am letzten harten Kanten Brot die Zähne auszubeißen, als mit Karacho eine vierspännige Kutsche um die Kurve bog. Der Mann, der die Zügel hielt, musste von allen guten Geistern verlassen sein! Hannes suchte sein Heil in der Flucht, denn es sah so aus, dass die Kutsche die Straße verlassen würde und direkt auf ihn zuhielt. Der Wanderer bemerkte entsetzt, wie das vordere linke Rad wegflog und zu allem Überdruss lockerte sich auch das hintere Rad. Als die Tür des Gefährts aufsprang überwand Hannes die kurze Distanz mit drei schnellen Sprüngen und wurde von einer Dame, die durch die Öffnung fiel, zu Boden gerissen. Ein harter Schlag erschütterte seinen Hinterkopf. Das Letzte, was Hannes mitbekam, waren die besorgten Gesichter zweier unglaublich schöner Frauen.

Die auf ihn gefallen war hatte dunkle Augen und lockiges schwarzes Haar, die andere junge Frau blaue Spiegel zur Seele und eine goldbraune Mähne. Er war tot und wurde im Himmel von zwei Engeln empfangen, dachte Hannes. Anders war das nicht zu erklären. Dann umfing ihn tiefe Dunkelheit …

Hannes nahm das besorgt blickende Gesicht der jungen Frau nur verschwommen wahr. Die hatte er schon einmal gesehen. Er wusste nur nicht mehr, wann und wo. Er verspürte einen leichten Brechreiz. Als er um eine Schüssel bat, kam nur ein Krächzen heraus. Statt einer Zunge hatte er etwas Lebloses im Mund. Hannes wurde blasser. Als er sich zur Seite übergab, kam Johanna gerade noch mit einer Schüssel zurecht, um eine größere Sauerei in ihren Gemächern auf dem Gut Pillnitz zu verhindern. Johanna wusste nicht weiter. Einen Arzt gab es hier nicht, den hätte man aus Dresden holen müssen. Es blieb nur der Bittgang zur Gräfin, die unverletzt geblieben war. Anna Constantia von Cosel saß in einem Sessel und hatte ein Glas Rotwein in der Hand. Ungarischer Tokajer, von dem Friedrich August I. ihr ein paar Fässchen geschenkt hatte, und nippte daran.

»Auch ein Gläschen nach dem Schreck, Johanna? Nehmen Sie doch Platz.«

Johanna machte einen Knicks. Sie war nicht zum Plausch beim Wein gekommen. »Später sehr gern, verehrte Gräfin. Ich mache mir große Sorgen um den Verunfallten, die Kopfverletzung scheint schlimmer als zunächst angenommen. Er hat Schmerzen und übergibt sich …«

»Sie müssen den Mann nicht pflegen, Johanna. Sie sind meine Privatsekretärin«, sagte die Gräfin. »Das kann eine Zofe übernehmen.«

Die erste Frau am Hof von Dresden sah, wie zartes Rouge die Wangen ihrer Angestellten erstrahlen ließ. »Ich verstehe. Coup de foudre, Liebe auf den ersten Blick, zumindest bei Ihnen. Sie müssen nichts sagen, das Gesicht ist beredt genug.« Die Gräfin Cosel stellte das halbvolle Weinglas ab und folgte ihrer Sekretärin. Hannes murmelte unverständliches Zeug. Er konnte nicht befragt werden.

»Sie sagten Erbrechen und Schwindel?« Johanna beantwortete die kurze Frage durch eifriges Nicken.

»Ich untersuche den Hinterkopf noch einmal. Helfen Sie mir, den schweren Kerl ein wenig aufzurichten.«

Hannes stöhnte, als man seinen Oberkörper etwas anhob, um ein weiteres Kissen unterzuschieben.

»Kein Blut – aber das habe ich schon bei der ersten oberflächlichen Untersuchung festgestellt, als wir auf die Ersatzkutsche warteten«, sagte die Cosel. »Ich vermute eine kräftige Gehirnerschütterung. Ich komme gleich wieder! Kühlen Sie derweil die Beule wie bisher!«

Während die Gräfin Cosel in ihr Labor eilte, um einen Trank zu mischen, welcher die Kopfschmerzen lindern und den Brechreiz unterdrücken sollte, wurde ihr eines klar: Der einsame Wanderer auf der Suche nach einer Anstellung hatte unmöglich wissen können, dass sie sich in guter Hoffnung befand. Als er sie auffing, schützte er auch das ungeborene Leben in ihr. Das Kind von Friedrich August von Sachsen.

Anna Constantia von Cosel würde diesen Mann nicht nur in ihre Dienste nehmen – nein, sie würde noch einen Schritt weitergehen! Friedrich August musste den Mann in den Adelsstand erheben. Natürlich nicht gleich Reichsgraf – so etwas konnte nur der Kaiser in Wien entscheiden, sondern Freiherr, Baron von … ja wovon? Bevor sie den Landesherrn in aller Form darum bat, würde sie sich Gedanken machen. Zunächst galt es, den Retter ihres und des ungeborenen Lebens gesund zu pflegen.

Am nächsten Tag ging es Hannes etwas besser. Johanna stellte erleichtert fest, dass sich ihr Patient nicht mehr übergeben musste und seltener über Kopfschmerzen klagte. Anna Constantia von Cosel ließ die Ersatzkutsche anspannen, um sich auf den Weg nach Dresden zu machen. Die Gräfin rief dem Kutscher zu, er möge die Peitsche knallen lassen, um die vier Pferde schneller anzutreiben. Sie hoffte, der Gespann-Führer, der gestern wie durch ein Wunder unverletzt geblieben war, hatte den Sitz der Räder auf den Achsen geflissentlich überprüft. Die erste Dame am Hof musste nicht wie eine Bittstellerin warten. Sie bekam sofort Zutritt.

»Ah, da sind Sie ja endlich, meine Liebe!« Friedrich August war umringt von Ministern und Lakaien, durchbrach den Kreis mit der Vehemenz eines Stieres und drückte Anna Constantia kurz an sich. Keine feste Umarmung – das schickte sich in der Öffentlichkeit nicht. Aus der Anwesenheit anderer Personen resultierte auch die förmliche Anrede. Die Gräfin Cosel machte einen Hofknicks.

»Verzeihen Sie mein verspätetes Erscheinen, Eure Majestät! Ich hatte leider gestern einen Unfall. Zwei Räder der Kutsche lösten sich. Ich verlor den Halt und wurde …«

Anna Constantia wurde durch eine rasche Handbewegung des Kurfürsten unterbrochen.

»Mir wurde bereits Bericht erstattet und auch erwähnt, dass Sie wohlauf sind.«

»Das ist nicht alles, Eure Hoheit! Ich würde Sie gern unter vier Augen sprechen, nur fünf Minuten, wenn es ihre Zeit erlaubt!« Anna Constantia hoffte, den richtigen Ton getroffen zu haben. Bei Friedrich August hing vieles von der Stimmungslage ab. Das Heben und Senken der langen schwarzen Wimpern waren etwas, das bei diesem Mann immer wirkte. Der Kurfürst von Sachsen und König von Polen mit ruhendem Amt scheuchte alle Minister und Höflinge weg, öffnete persönlich der Frau, die er liebte, die Tür zu einem angrenzenden Beratungsraum und bot ihr eine Sitzgelegenheit an. Friedrich August schielte auf eine tickende vergoldete Kaminuhr.

»Bitte schnell, Constantia, du weißt, ich erwarte Vetter Frederik jeden Augenblick! Ich gebe dir fünf Minuten!«

Die Gräfin Cosel setzte alles auf eine Karte, vertraute darauf, dass der Kurfürst und König ihr keine Bitte abschlagen konnte.

»Fünf Minuten? Ich brauche nur zwei! Wie es geschehen konnte, weiß ich nicht, die Kutsche wurde bereits untersucht und repariert. Nicht nur mein Leben, nein, auch das deines Sohnes war in Gefahr …«

August der Starke runzelte die buschigen Augenbrauen. Woher wollte Constantia wissen, dass das nächste gemeinsame Kind ein Sohn sein würde?

»Der zufällig vorbeikommende Johannes Bauer fing mich auf, sodass ich auf ihn und nicht auf das Pflaster stürzte! Ganz in der Nähe befand sich ein Feldstein.«

Die Gräfin Cosel machte eine theatralische Pause, wedelte mit einem Fächer Luft in ihr Gesicht. »Herr Bauer hat eine Gehirnerschütterung davongetragen – es hätte auch mich treffen können! Dank des unerschrockenen Einsatzes dieses Mannes wurde mein Leben und das deines Kindes gerettet, Friedrich!«

»Und was verlangst du jetzt von mir, Constantia? Soll ich den Wanderer zum Ritter schlagen?« Der Kurfürst von Sachsen wirkte amüsiert.

»Wann wird der dänische König aus Venedig kommend erwartet? Morgen schon? Wenn wir früh zu Bette gehen und morgens zeitig aufstehen – ist dann nicht auch ein kleiner Abstecher nach Pillnitz drin, wo Johannes Bauer, der Held, darniederliegt, um ihn zum Freiherrn zu ernennen?«, säuselte Anna Constantia.

»Freiherr bedeutet den Titel eines Barons führen zu dürfen und ist immer an ein Lehen geknüpft, Landbesitz, meine Liebe. Wie ich dich kenne, hast du dir darüber schon Gedanken gemacht.« August der Starke verstand, dass es seiner Geliebten völlig ernst war. Sie wollte einen einfachen Bürger in den Adelsstand erheben lassen. »Von den fünf Minuten sind übrigens schon vier vergangen, meine Liebe!« Der Kurfürst drohte mit erhobenem Zeigefinger, lächelte aber dabei. Anna Constantia war ihrem Ziel ganz nahe. Sie hatte fünf Jahre die Launen des Monarchen erforscht und wusste, auf welche Weise sie einen Wunsch durchsetzen konnte.

»Ich habe weder das Messtischblatt noch den Grundbucheintrag selbst eingesehen, aber nachfragen lassen. Der Grund und Boden, um den es geht, gehört wohl zum Teil Wilhelm Bauer, Eigner der Wassermühle am Bach Pößnitz im Amt Zschipkau. Johannes Bauer ist dessen zweitgeborener Sohn. Die nächstgelegene sächsische Festung ist Senftenberg, weshalb ich auf den Titel ›Baron von Senftenberg‹ gekommen bin. Unabhängig von deinem Entschluss ernenne ich ihn zum Kammerherrn auf Pillnitz. Die Minute ist vorüber – deine Entscheidung, Friedrich!«

Der Kurfürst kratzte sich an der Stirn. Es juckte an der Stelle, wo das Band der Perücke verlief. Anna Constantia von Cosel klappte den Fächer zusammen und tupfte mit einem Seidentüchlein den Schweiß von der Stirn. Friedrich August ließ sich nicht gern unter Druck setzen. Hoffentlich hatte sie den Bogen nicht überspannt.

»Du verlangst ernsthaft von mir, einen Müllergesellen in den Adelsstand zu erheben, weil er bei einem Unfall zufällig zur Stelle war?« Friedrich August von Sachsen zog die buschigen Augenbrauen zusammen, grinste aber dabei.

Anna Constantia von Cosel sah ihre Felle bereits die Elbe abwärts Richtung Magdeburg davonschwimmen. Sie erhob sich aus dem gepolsterten Lehnstuhl und spürte einen leichten Schwindel. Sollte ihre Intervention umsonst gewesen sein? Sie wäre sogar auf ein Knie gesunken – die steife Kleidung und die Schwangerschaft ließen es nicht zu. Im gleichen Augenblick wurde ihr klar, dass der Monarch wieder einmal nur spielte. Wie so oft mit ihren Gefühlen. Nur das es diesmal nicht um geheime Liebesnächte mit Fatima von Spiegel, Angelique Duparc oder Henriette Duval ging.

»In Ordnung, Liebste, wenn dir so viel daran liegt, empfange ich Vetter Frederik, der von Süden kommt, morgen beim Gut Pillnitz und wir machen einen Krankenbesuch bei Herrn Bauer. Wieweit ist die Schwangerschaft fortgeschritten? Ist das heiß hier – ich könnte einen kühlenden Schluck Wein vertragen!«

Es standen weder ein Diener noch eine Karaffe Wein parat. Anna Constantia von Cosel konnte ihr Glück kaum fassen. Sie hatte es wieder einmal geschafft, Friedrich August einen Wunsch abzuringen! Sie beeilte sich, in den angrenzenden größeren Raum zu stürmen. Dort hielt ein Diener ein Tablett mit gefüllten Weingläsern, den sie umgehend ins Nebengelass dirigierte.

Am nächsten Morgen stand Hannes vom Krankenlager auf, kam aber nicht weit. Er musste sich am Türrahmen abstützen. Das leichte Schwindelgefühl und der Kopfschmerz waren wieder da, obwohl er nur wenige Schritte durch den Raum gewankt war. Er überlegte, wie er die Distanz zurück zum Bett ohne Gehhilfe bewältigen sollte.

»Es ist zu früh, das Krankenlager zu verlassen«, hörte Hannes die Stimme von einem der Engel wie durch Watte. Johanna stützte ihn am linken Ellenbogen und geleitete ihn zurück zum Bett. Hannes blieb einen Augenblick wie benommen sitzen. Er öffnete den Mund, als er einen Löffel an seinen Lippen spürte. Ein Schluck von der Medizin, die Anna Constantia gemischt hatte. In dem Moment, als er wieder einschlummern wollte, hörte Hannes Hufgetrappel, wiehernde Pferde und laute Stimmen. Johanna, die draußen stand, musste niesen. Die aufgewirbelten Staubwolken senkten sich nur langsam zu Boden.

Sächsische und dänische Leibgardisten sicherten das Gelände. Erst als die kommandierenden Offiziere zu dem Urteil gelangt waren, hier drohe kein Hinterhalt, öffneten Diener die Türen der Kutschen. Ein Offizier baute sich vor Johanna auf. »Wer sind Sie? Machen Sie Platz!«

»Baroness von Colditz, Privatsekretärin der Reichsgräfin von Cosel«, stotterte Johanna und beeilte sich, einen Schritt zur Seite zu treten. Der Offizier hatte seinen Degen gezogen und würde diesen bei Gefahr für das Leben der beiden Monarchen auch einsetzen. Hannes Hirn war etwas vernebelt von der Medizin, die ihm verabreicht worden war. Er nahm es daher gelassen hin, dass Elitesoldaten das Schlafgemach stürmten und den Eingang sicherten. Als Friedrich August von Sachsen und Frederik von Dänemark vor sein Bett traten, glaubte er zunächst, dass ihm seine Sinne einen Streich spielten. Hannes versuchte, sich aufzurichten.

»Bleiben Sie liegen, Bauer!« Die Stimme von Friedrich August, den das Volk ›den Starken‹ nannte, erfüllte wie immer den ganzen Raum. Langsam realisierte Hannes, dass die beiden Herrscher, deren Abbilder er nur von Münzen kannte, tatsächlich vor seinem Bett standen.

»Ich will es kurz machen, Bauer, wir reisen umgehend nach Dresden weiter«, dröhnte der Bass des Kurfürsten.

»Sie haben bei einem Unfall geistesgegenwärtig gehandelt und ohne Rücksicht auf die eigene Gesundheit die Reichsgräfin von Cosel und vor allem das ungeborene Leben in ihr vor größerem Schaden bewahrt. Aus diesem Grunde verleihe ich Ihnen, Johannes Bauer …«

Hannes versuchte wieder, sich aufzurichten. Wenn der Herrscher von Sachsen ihn auszeichnen wollte, dann konnte er diese Ehre unmöglich in liegender Position entgegennehmen!

»Was habe ich vorhin gesagt, Bauer?«, donnerte Friedrich August. »Liegenbleiben! Sie können die Ernennung auch so empfangen!« Hannes fügte sich in sein Schicksal, auch wenn es ihm lieber gewesen wäre, er trüge einen Rock und kniete vor dem Herrscher.

»Hiermit ernenne ich Sie, Johannes Bauer, zum Freiherrn. Sie dürfen ab heute den Titel eines Barons von Senftenberg führen. Damit verbunden ist ein Lehen. Sie erhalten von Uns vierzig Morgen Land im Amt Zschipkau am Mittellauf des Baches Pößnitz. Zehn Morgen davon gehörten bisher ihrem Vater, Wilhelm Bauer. Von allen Einnahmen, die auf diesem Grund und Boden durch Viehzucht, Ackerbau, Fischerei oder Mühlenbetrieb erwirtschaftet werden, steht Ihnen ein Zehntel zu. – Sekretarius Herrmann?«

Ein junger Mann, der bisher durch das Spalier der Soldaten verdeckt gewesen war, drängelte sich durch die Reihen.

»Ja, Eure Majestät?«

»Herrmann, sorgen Sie dafür, dass der Grundbucheintrag erfolgt! Die Urkunde der Ernennung des Johannes Bauer zum Freiherrn habe ich bereits unterzeichnet und gleich mitgebracht.«

»Jawohl, Eure Majestät!«

»Gute Besserung, Baron von Senftenberg!«

Friedrich August von Sachsen schwenkte den Hut und deutete ein Kopfnicken an. Bei einer Verbeugung wäre es Hannes so vorgekommen, als ob der Herrscher sich über ihn lustig machen wollte. Der Kurfürst eilte nach draußen, um Anna Constantia von Cosel die Hand zu küssen. Ihm folgten die sächsischen Leibgardisten auf dem Fuße. Im Raum blieb nur der König von Dänemark und einige Soldaten seiner Garde. Frederik IV. beugte sich über das Bett und sprach leise, sodass Hannes Mühe hatte, es zu verstehen. »Ich hoffe, wir sehen uns bei Hofe wieder, wenn es ihre Gesundheit erlaubt, Herr Baron!«

Als das Klappern der eisenbeschlagenen Hufe leiser wurde und der Staub sich gelegt hatte, huschte Johanna ins Schlafgemach. Sie mischte Rotwein mit Brunnenwasser und reichte Hannes das Glas, welches er mit zitternder Hand zum Mund führte.

»Sie sind ein Engel, Johanna! Kneifen Sie in meinen Arm! – Aua!« Hannes richtete sich zum wiederholten Male auf. Nun hinderte ihn keine befehlsgewohnte Stimme daran. Er wollte nur unfallfrei das belebende Wasser-Wein-Gemisch die durstige Kehle hinab laufen lassen.

»Dann war es kein Traum gewesen? Zwei Könige gaben sich die Ehre, mir gute Besserung zu wünschen, obwohl ich nur unter einer Gehirnerschütterung leide? Wie viele Soldaten verlieren auf dem Schlachtfeld Gliedmaßen und werden nicht vom Herrscher aufgesucht?«, hustete Hannes.

»Sie müssen sich ausruhen, Herr Baron von Senftenberg«, sagte Johanna mit sanfter Stimme.

»Ich glaube, daran muss ich mich erst gewöhnen. Bisher hieß es immer: ›He, lade die Säcke vom Fuhrwerk, aber noch heute, sonst streiche ich dir die zweite Kanne Bier zum Abend!‹« Das Lachen von Hannes erstickte in einem Husten. Johanna beeilte sich, ein weiteres Glas mit Weinschorle an die durstigen Lippen des Mannes zu führen. Dabei begegneten sich ihre Blicke.

»Wenn ich vorhin gesagt habe, Sie sind ein Engel, bezog es sich auch auf eure Schönheit, verehrte Baroness von Colditz!« Hannes Kopfschmerzen waren wie weggeflogen.

»Die schönste Frau Europas sitzt zwei Zimmer weiter«, sagte Johanna. Es klang schnippischer, als sie beabsichtigt hatte. »Ich dulde keinen Widerspruch!«, fügte sie hinzu.

Hannes richtete sich wieder einmal auf, spürte sofort den Druck eines Handballens auf seinem Brustbein. »Ich habe zwei Engel gesehen, bevor mich tiefe Finsternis umfing, einer anmutiger als der andere. Es mag im Auge des Betrachters liegen, aber für mich sind Sie der schönere von beiden!«

Johanna beugte sich über das Bett und hauchte einen Kuss auf die stoppelbärtige Wange des Liegenden. Hannes kam es vor wie die Berührung durch den Flügelschlag eines Schmetterlings. Er nahm all seine Kraft zusammen und zog die junge Frau, die sich entfernen wollte, am linken Handgelenk zurück.

»Au«, jammerte Johanna. Die Schmerzen schienen nicht besonders schlimm, denn sie ließ sich bereitwillig herunterziehen, bis sich die Lippen berührten. Es wurde ein leidenschaftlicher Kuss. Für Hannes die Bestätigung, dass er sich nicht geirrt hatte.

Er hätte gern weitergemacht, spürte aber die zurückkehrende Mattigkeit wegen der Gehirnerschütterung. Er löste seine Hände von der schmalen Taille und der linken Schulter. »Schlaf gut, Hannes!« Johanna blies Luft über die flache Innenseite ihrer ausgestreckten rechten Hand, als wolle sie ihm noch aus zwei Schritt Entfernung einen Kuss geben. Der frischgebackene Baron von Senftenberg schaute ihr verblüfft nach und ließ sich zurück in die Kissen sinken. Johanna, die sich als Baroness von Colditz ausgab, tanzte an der offenen Tür der Gräfin Cosel vorbei, die von ihrem Schreibpult zum Gang huschte, um die gutgelaunte Privatsekretärin zur Rede zu stellen.

»Was hüpfen Sie hier herum wie ein Zicklein, das Bier statt Milch getrunken hat?«, schalt sie, schmunzelte aber dabei.

»Entschuldigen Sie, Gräfin, aber der Herr Baron von Senftenberg und ich, nun ja, wir sind uns gerade nähergekommen!«

»Das erklärt einiges. Darf ich die Hochzeit ausrichten, wenn der Trubel, der mit dem Besuch des dänischen Königs einhergeht, vorüber ist?«

Johannas Wangen wurden Rot überflammt. »Dafür ist es noch zu früh, verehrte Gräfin, gute Nacht!«

Am nächsten Morgen ging es Hannes deutlich besser, aber das hatte er tags zuvor auch geglaubt. Als er aus dem Bett stieg hielt er einen Augenblick inne, verspürte weder Übelkeit noch Schwindel. Es klopfte an der Tür. In dem Moment, als er »Herein!« rief, schlüpfte bereits eine junge Frau ins Schlafzimmer, die er hier noch nie gesehen hatte. Hannes war froh, wenigstens Kniebundhosen zu tragen.

»Entschuldigen Sie, Herr Baron, ich bin Marie, eine der Zofen der Frau Gräfin. Ich bringe Ihnen neue Sachen.« Wie zur Bestätigung ihrer Worte schwenkte sie ein blütenweißes Hemd mit Jabot-Kragen. Seidene weiße Strümpfe, beigefarbene Kniebundhosen, einen reich bestickten blauen Rock und neue Schuhe hatte sie auch dabei.

»Kann ich Ihnen behilflich sein, Herr Baron? Sie hatten vorgestern einen Unfall und …«, sagte sie verlegen und machte einen Knicks.

Hannes wollte sich auf keinen Fall vor einer jungen Frau, die er gerade erst kennengelernt hatte, umziehen. »Eine Schüssel Wasser, Seife und ein Handtuch wären nicht schlecht, Marie. Den Rest schaffe ich allein.« Hannes wartete ab, bis die Zofe mit den Waschutensilien zurückkam. »Entschuldigen Sie, darf ich fragen, wo Johanna ist?« Die heiße Umarmung gestern – er musste diese blauen Augen unbedingt wiedersehen.

»Sie meinen Johanna von Colditz, gnädiger Herr? Die wird Sie in wenigen Minuten abholen und zur Gräfin geleiten!« Marie machte einen Knicks und verschwand.

Als er sich gewaschen und angekleidet hatte, betrachtete sich Hannes einen Moment im mannshohen Spiegel. Kleider machen Leute! Vor zwei Tagen noch ein herumstreunender mittelloser ehemaliger Müllergeselle – jetzt sah er im Spiegelbild einen Höfling. Es fehlten nur eine gepuderte Perücke und ein Dreispitz auf dem Kopf. Ganz mittellos war er auch nicht. Hannes hatte noch den Lederbeutel mit den 25 Silbertalern.

Gleich würde ihm die berühmte Gräfin Cosel eine Anstellung anbieten, dessen war sich Hannes fast sicher. Er hatte es nur anders erreicht, als gedacht. Man musste nur zur richtigen Zeit am richtigen Ort sein. Es klopfte wieder an der Tür und herein huschte seine Traumfrau Johanna, die in ihrem hellblauen Kleid nicht nur hinreißend aussah, es passte farblich zu seinem Aufzug. Hannes war in Versuchung, da weiter zu machen, wo man gestern stehengeblieben war. Er entschied sich anders, ergriff den Unterarm der Angebeteten, beugte sich nach vorn und hauchte einen Kuss auf die Hand. Hannes hoffte, dass Johanna nicht bemerkte, dass er keinerlei Übung in diesen Dingen hatte.

»Für einen ehemaligen Müllergesellen gar nicht so schlecht«, kicherte die Baroness. Sie schlug die Hand vor den Mund. »Verzeihen Sie, Herr Baron …«

»Waren wir gestern Abend nicht schon weiter gewesen, Schönste im Chor der Engel?«

»Entschuldige, Hannes, ich wollte nicht auf deine Herkunft aus einem niederen Stand anspielen, ist mir so rausgerutscht.«

»Kann es sein, dass du manchmal vorlaut bist?« Hannes trat näher, um ihr einen Kuss auf die Wange zu hauchen. Johanna wich zurück.

»Es tut mir leid, die Frau Reichsgräfin wartet!«

Es blieb Hannes nichts anderes übrig als seiner Angebeteten hinterher zu trotten.

Die Gräfin Cosel empfing sie in einem vergoldeten Sessel, der mit rotem Samt gepolstert war. Es handelte sich um ein Duplikat. Das Original stand im Palais, das Friedrich August von Sachsen für sie hatte errichten lassen. Johanna deutete einen Hofknicks an, Hannes verbeugte sich.

»Seine Königliche Hoheit Friedrich August war untröstlich, dass er die Übergabe des Degens vergessen hat. Kein Prunkstück aus dem Grünen Gewölbe, sondern eine Waffe, mit der auch die Offiziere der sächsischen Armee ausgerüstet sind. Hier ist er!« Anna Constantia von Cosel erhob sich aus dem Sessel, in dem sie Besucher und Bittsteller empfing und überreichte Hannes den Degen samt Gehänge. Er nahm die Waffe mit einer Verbeugung entgegen, stellte sich beim Anlegen etwas ungeschickt an. Sowohl die Gräfin Cosel als auch Johanna konnten ein Kichern kaum unterdrücken.

»Verzeihen Sie, meine Damen«, sagte Hannes etwas steif. »Ich hatte bisher nicht die Gelegenheit, mit so einer Waffe zu hantieren.«

»Als Kammerherr, zu dem ich Sie ernenne, Herr Baron von Senftenberg, brauchen Sie den Degen vielleicht nicht. Als mein Kundschafter und Berater für Sicherheit gelegentlich schon. Ich bringe es Ihnen bei!« Die dunklen Augen der Gräfin blitzten Hannes an. Er verstand jetzt, was seinen Landesherrn umtrieb. Diese Frau konnte einem Mann den Verstand rauben! Da half nur ein Blick hinüber zum Engel mit den goldbraunen Haaren und den sanften blauen Augen.

»Sie wollen es mir beibringen, verehrte Gräfin?«, stotterte Hannes.

»Einen Oberstallmeister gibt es nur in Dresden, Herr Baron. Hier in Pillnitz erledige ich die Aufgabe gleich mit. – Paul, du Nichtsnutz! Öffne die Tore zum Unterstand der Kutschen, wird's bald!«, schnauzte Scheunemann einen heranschlendernden Burschen an.

Hannes war erstaunt. Die Gräfin Cosel hatte auf dem Gut Pillnitz gleich drei Kutschen stehen: Einen Jagdwagen mit einer Ablagefläche für erlegtes Wildbret, eine Chaise mit nur zwei Sitzen und ganz rechts stand die ihm bekannte Kutsche, deren hintere Räder größer waren, als die vorderen. Er untersuchte die Achsen, die Sicherungsstifte und die Radnaben – alles tadellos, was auch kein Wunder war. Man hatte das Gefährt an Ort und Stelle repariert, um es von der Landstraße hierher bringen zu können. Hannes rief sich wieder die Szene vor drei Tagen vor Augen, als der Vierspänner auf der Chaussee direkt auf ihn zugerast war. Wie konnte es sein, dass sich zwei Räder fast gleichzeitig lockerten und von den Achsen flogen?

»Wie durch ein Wunder blieben Sie fast unverletzt, Herr Scheunemann. Schildern Sie mir bitte den Hergang, wie es zu dem Unfall kam!« Hannes streckte sich und strich den Rock glatt. Er hatte jetzt das Sagen in Pillnitz. Mit dem Titel eines Kammerherrn war auch die Aufsicht über das Personal verbunden.

»Nun, ja, wie so oft hatte die Frau Reichsgräfin befohlen, die Pferde zur Eile anzutreiben. Ich kann es mir nur so erklären, dass auf dem Kopfsteinpflaster die Sicherungsstifte wegflogen, die Räder sich lösten und dann das Unglück passierte. Ich flog vom Bock, stellte fest, dass ich mir wohl nur ein Knie geprellt hatte und beeilte mich, die Zügel wieder zu ergreifen, um die vier Pferde, die kurz davor waren durchzugehen, zu beruhigen.« Nach dieser langen Rede brauchte Gustav Scheunemann dringend einen Schluck, wollte schon den Flachmann hervorziehen, besann sich aber. Der frischgebackene Herr Baron hätte es so gedeutet, dass er immer im Dienst trank. »Paul! Bring mir ein Glas Wasser, damit ich meine Kehle befeuchten kann!«

Der Stallbursche beeilte sich, das Gewünschte zu holen. Der Kutscher und Stallmeister von Pillnitz hoffte, der Bursche war so umsichtig, sauberes Trinkwasser aus dem Haushalt der Gräfin vorrätig zu halten, ansonsten säße er in einer Stunde auf dem Abort.

»Bevor Sie fragen, Herr Baron, ja, ich kontrolliere den Sitz der Räder täglich, krieche unter die Kutsche, schaue mir die Federung und die Achslager an. Die Befestigung der Deichsel und das Zaumzeug werden ebenso sorgfältig geprüft. Es kann sein, dass sich mal ein Rad löst – aber gleich zwei? Das ist mir noch nicht untergekommen!« Gustav Scheunemann nahm dankbar den Becher Wasser entgegen, den ihm der Stallbursche reichte und stürzte ihn in einem Zug herunter.

»Mit anderen Worten, irgendjemand muss sich an den Rädern zu schaffen gemacht haben, nachdem Sie diese überprüft hatten.« Hannes kratzte sich am glattrasierten Kinn. Da die Kutsche in Dresden losgefahren war, musste dort jemand die Radbefestigungen gelockert haben! Wer hatte ein Interesse daran, der Gräfin Cosel nachhaltig zu schaden? Wer wusste von der Schwangerschaft und wollte verhindern, dass ein weiteres uneheliches Kind des Kurfürsten geboren wurde? Fragen über Fragen.

Hannes wurde sich bewusst, dass er als ehemaliger Müllergeselle mit dieser Art von Ermittlungen überfordert war. Er brauchte Hilfe.

»Noch eine letzte Frage, Herr Scheunemann. Ist die Kutsche, wenn sie in Dresden abgestellt ist, immer bewacht?«

»Natürlich nicht, jeder der weiß, wo sie abgestellt ist, kann daran herumschrauben«, sagte Gustav mit gesenktem Kopf.

»Die Pferde werden ausgespannt, von Stallburschen trockengerieben und versorgt. Ich gehe meist in eine Gastwirtschaft, um etwas zu essen und einen Humpen Bier zu trinken. Ich weiß, worauf Sie hinauswollen, Herr Baron. Wenn Eile geboten ist - und das ist meistens der Fall – erfolgt die Überprüfung der Kutsche nur oberflächlich, das gebe ich zu. Nebenher überwache ich ja das Einschirren der ausgeruhten Pferde.« Gustav Scheunemann drehte den Becher um. Ein einzelner Tropfen Wasser benetzte den staubtrockenen Boden des Unterstandes der Kutschen.

»Ich mache Ihnen keinen Vorwurf, Herr Scheunemann«, sagte Hannes versöhnlich gestimmt, denn er hielt den langjährig Angestellten der Gräfin für unschuldig. Der hatte ganz gewiss kein Interesse daran, dass seine schwangere Brotgeberin aus einer Kutsche geschleudert wurde. Nein, jemand anderes musste dahinterstecken.

»Gott zum Gruße, Herr Stallmeister!« Hannes winkte sogar dem Stallburschen Paul zu. Er wollte auf die Angestellten nicht unnahbar wirken, nur weil man ihm einen Titel verpasst hatte. Tief im Herzen blieb er der Sohn des Müllers Wilhelm Bauer aus der Niederlausitz. Das Mittagbrot ließ er heute ausfallen.

Er wollte nicht mit vollem Magen und trägem Leib der Gräfin, seiner Fechtlehrerin, entgegentreten. Hannes begnügte sich mit etwas Obst.

AMOR UND PSYCHE

Der Winter 1708/1709 war lang und streng gewesen. Darauf folgte ein nasses Frühjahr. Johanna hatte die Gräfin Cosel zur Frühjahrsmesse nach Leipzig begleitet. Immer wenn sie die Kutsche verlassen hatten, waren sie auf dem kurzen Weg zur Tür eines Wirtshauses nass geworden. Anlässlich des Eintreffens des dänischen Königs Frederik IV. in Sachsen zeigte sich der Frühsommer von seiner sonnigen Seite. Es war noch nicht so heiß, dass Flüsse und Seen zum Bad einluden. Hannes hatte seine zukünftige Frau dennoch überreden können, in den sanften Wellen der Elbe unterhalb des Gutes Pillnitz zu plantschen.

»Am Rande ist es sauber«, hatte Johanna gesagt. »Die Abwässer von Böhmen und Pirna schwimmen meist auf der anderen Seite.«

Sie hatten alle Sachen achtlos ins hohe Gras fallen lassen und sich wie übermütige Kinder gegenseitig nass gespritzt. Nach wenigen Minuten hatten sie gemerkt, wie kalt das schnell dahinströmende Wasser noch war und huschten an Land, um sich abzutrocknen. Hannes hatte von einem Liebesspiel auf einer Decke am Ufer geträumt. Nach einem Blick auf seine schlotternde Geliebte, deren Lippen bläulich angelaufen waren, verzichtete er darauf und reichte Johanna Unterrock, Strümpfe, Kleid und Schuhe.

Als er gerade in die Kniebundhosen schlüpfen wollte, hörte er ein verlegenes Hüsteln hinter dem nächsten Strauch. Bei dem Bemühen, das Beinkleid in aller Eile hochzuziehen, wäre er beinahe gestrauchelt. Johanna konnte sich das Lachen kaum verkneifen. Da Hannes noch beschäftigt war, untersuchte sie selbst die Ursache des Geräusches.

»Marie? Hast du uns etwa die ganze Zeit beobachtet?« Johanna stemmte die Fäuste an die Hüften.

»Ne ... nein, ich bin gerade erst gekommen«, stotterte die Zofe. Johanna glaubte ihr nicht, schenkte der Bediensteten aber ein Lächeln.

»Die Gräfin schickt mich, ihr sollt umgehend bei ihr vorstellig werden!« Die Kammerzofe hatte die Verlegenheit überwunden und sprach jetzt, ohne sich zu verhaspeln. Johanna und Hannes warfen sich einen kurzen verwirrten Blick zu. Jeder überlegte für sich, warum die Gräfin sie so dringend zu sehen wünschte. Johanna zupfte noch an einem der Strümpfe. Sie hatte den Fuß auf einen Baumstumpf gestellt und die Röcke weit über die Schenkel geschoben. Obwohl Hannes sie heute schon nackt gesehen hatte, erregte ihn die Szene.

»Du kannst uns doch sicher sagen, in welcher dringenden Angelegenheit uns die Frau Gräfin zu sprechen wünscht, Marie?« Johanna richtete sich auf und strich das Kleid glatt.

»Soweit ich es mitbekommen habe, geht es um den Besuch des dänischen Königs und die Festlichkeiten, die unser gnädiger Herrscher in Dresden veranstaltet. Ihr sollt bei Hofe auftreten!«

Die Zofe machte einen Knicks. »Folgt mir bitte! Wie ihr wisst, kann die Frau Gräfin sehr ungehalten werden, wenn man ihre Befehle nachlässig ausführt!«

Johanna träumte davon, mit gepuderter Hochsteckfrisur und glänzendem Schmuck um den Hals, in ein Brokatkleid gewandet in einem von hunderten Kerzen erleuchteten Saal zu tanzen. Vielleicht durfte sie bei einem Menuett sogar die Hand eines Königs halten? Hannes griff nach ihrem rechten Handgelenk und holte sie in die Wirklichkeit zurück.

»Komm, Liebste, die Gräfin wartet nicht gern!« Johanna blieb nichts anderes übrig als hinterher zu stolpern. Anna Constantia von Cosel erwartete das Pärchen auf und ab gehend und mit einem Fächer wedelnd. Sie schickte bis auf die Kammerzofe alle Bediensteten weg.

»Da seid ihr ja endlich! Entledigt euch der Kleidung!«, befahl sie schroff.

Johanna und Hannes wechselten einen schnellen Blick. Die Anweisung war unmissverständlich, nur wussten sie nicht, was das sollte.

»Ziert euch nicht, ihr werdet es später verstehen!« Die neue Herrin hatte einen versöhnlicheren Tonfall angeschlagen. Zögerlich schlüpften Johanna und Hannes aus den Schuhen und der Oberbekleidung.

»Alles«, sagte die Gräfin Cosel. »Auch Unterrock und Leibtuch!«

Johanna zog den Unterrock über Kopf und ließ ihn zu Boden flattern. Hannes hatte größere Probleme.

Beim kurzen Blick auf die schöne Johanna hatte sich etwas geregt und das wollte er keineswegs der Gräfin und der Kammerzofe präsentieren. Das Schamgefühl siegte über den Gehorsam. Es dauerte nur wenige Augenblicke, da spürte er den Atem der Gräfin Cosel auf seinem Gesicht. Unmittelbar danach erfolgte der Einschlag des zusammengeklappten Fächers auf seiner linken Schulter. Hannes zuckte kurz zusammen.

»Das Leibtuch – oder soll ich selbst Hand anlegen?«

Hannes schüttelte leicht den Kopf und entledigte sich dann des Tuches. Immerhin versperrte der Körper der Gräfin, die direkt vor ihm stand, der Kammerzofe die Sicht. Der Sichtschutz entfernte sich zu Hannes Entsetzen rückwärts laufend.

»Wie ich vermutet habe, sehr ansehnlich. Nur haben griechische Statuen keine Körperbehaarung. Das muss alles weg, bei Hannes auch der Wildwuchs auf der Brust. Marie!«

»Ja, Madame!« Die Kammerzofe machte einen Knicks.

»Eine Schüssel warmes Wasser, Seife, Pinsel und Rasiermesser!«

»Jawohl, Madame!«

»Warte noch, Marie! Reiche den beiden die angefertigten Tuniken und die Umhänge, damit sie nicht erfrieren, bis du zurückkommst!«

Die Kammerzofe beeilte sich, den Befehl auszuführen. Sie wusste, die Gräfin schlug im Jähzorn die harte Kante des Fächers ins Gesicht der Untergebenen.

Johanna und Hannes mussten es über sich ergehen lassen. Hannes durfte die Tunika und den Umhang anbehalten, bis Marie die Schambehaarung von Johanna vorsichtig abgekratzt hatte. Dann musste er sich wieder entblättern, obwohl es in den unbeheizten Räumen im Frühling kalt war. Die Sonne hatte noch nicht die Kraft, die Gemäuer zu erwärmen. Bei ihm dauerte es naturgemäß etwas länger, weil ein Mann mehr Körperbehaarung hat, auch an der Brust und den Beinen. Als Marie die Achselhaare entfernt und seufzend letztmalig die Rasierklinge gereinigt hatte, begutachtete die Gräfin Cosel den kräftigen, aber schlanken Körper von Hannes noch einmal.

»Hier sind ein paar gerötete Stellen. Marie! Bring' die Hautsalbe und massiere sie vorsichtig dort ein, wo es notwendig ist!«

»Jawohl, Madame!« Marie hatte gerötete Wangen von der ungewohnten Aufgabe, einen nackten Mann zu rasieren. Sie blies eine Locke kastanienbraunen Haares von der Stirn und begann mit der Massage.

Hannes spürte, dass ihn die Berührungen der jungen Frau nicht kalt ließen und konnte die körperliche Reaktion nicht ganz verhindern. Er stieß einen leisen Seufzer der Erleichterung aus, als er endlich wieder Tunika und Umhang anlegen konnte.

»Darf ich fragen, verehrte Gräfin …?«, hob Johanna an.

»Ich weiß, es schickt sich nicht für eine Johanna von Colditz und einen vor kurzem dank meiner Intervention zum Baron ernannten Mann so kostümiert herum zu laufen.«

Die Gräfin Cosel nahm auf ihrem gepolsterten Sessel Platz und ließ sich von Marie ein Glas Rotwein einschenken.

Zur Erleichterung aller Anwesenden klappte sie den Fächer zusammen und legte ihn auf ein Lacktischchen. »Wenn euch fröstelt, geht in eure Gemächer und kleidet euch an. Ich erwarte euch dann in zehn Minuten wieder hier. Bei einem Gläschen Wein werde ich dann meinen Eifer und alles Weitere erklären!«

Es klang fast wie eine Entschuldigung. Johanna und Hannes wechselten wieder einmal einen schnellen Blick. Sie kleideten sich hastig an und verschwendeten keine Zeit auf Spekulationen, was die Gräfin ihnen eröffnen wollte. Marie hatte Kerzen entzündet, Schälchen mit Nüssen, Obst und Käse bereitgestellt und zwei Stühle an den Lacktisch gerückt. Auf einen Wink der Gräfin machte sie einen Knicks und entfernte sich geräuschlos.

»Stoßen wir an auf die Gesundheit von Friedrich August von Sachsen und Frederik IV. von Dänemark!« Die Kristallgläser klirrten aneinander. Johanna und Hannes nippten nur am Wein. Sie warteten gespannt auf die Erklärung, die ihnen die Gräfin versprochen hatte.

»Ich halte nicht viel davon, dass Friedrich August mit allen Mitteln wieder den polnischen Thron besteigen will, den er schon einmal innehatte. Meine Befindlichkeiten ordne ich der höheren Politik unter. Wenn unser Herrscher eine Allianz gegen Schweden zu schmieden wünscht, unterstütze ich ihn. Frederik IV. zweifelt noch, wieder in den Krieg zu ziehen. Kopenhagen wurde schon einmal bombardiert. Einen ganzen Monat lang wird Friedrich August alles daransetzen, seinen Vetter aus dem Norden zu beeindrucken, ihn auf seine Seite zu ziehen.«

Anna Constantia von Cosel seufzte und genehmigte sich einen tiefen Schluck Tokajer. Damit die Zofe Marie die geheime Unterredung nicht störte, beeilte sich Johanna, die Gläser nachzuschenken. Ihr künftiger Ehemann trank genau so schnell wie die Herrin von Pillnitz.

»Ich verstehe nicht ganz, verehrte Gräfin«, sagte Johanna. »Was hat das Entfernen unserer Körperbehaarung mit dem Krieg im Norden zu tun?«

»Es wird viel Theater, Oper und klassisches Ballett geben, was der König von Dänemark besonders liebt. Ich habe mir etwas Besonderes ausgedacht – antike Statuen, die zum Leben erwachen. Es gibt nur das Problem, dass die arrogante Dirne Angelique Duparc sich für eine Primaballerina hält und für kein Geld der Welt nur mit einer Stoffbahn bekleidet tanzen will. Auch alle anderen, die angefragt wurden, haben abgesagt. So bin ich auf euch gekommen. Wer könnte Amor und Psyche besser darstellen, als ein Paar, welches sich wirklich liebt?«

Johanna öffnete erneut den Mund, aber die Gräfin Cosel ließ sie nicht zu Wort zu kommen.

»Ich weiß, was ihr einwenden möchtet. Du bist von edlem Geblüt, Johanna, und Hannes vor kurzem geadelt worden. Ihr wollt euch nicht mit fahrendem Volk, Schaustellern oder Schauspielern auf einer Stufe sehen. Das verstehe ich. Aber ich versichere euch – ich würde es selbst machen – wenn ich nicht schwanger wäre. Ich wollte sogar die Göttin der Jagd, Diana, im Bade darstellen – aber da finden wir sicher noch jemand!«

34

Anna Constantia von Cosel hatte sich so in Rage geredet, dass sie beinahe ihr halbvolles Weinglas umriss. Johanna reagierte am schnellsten und rückte das Trinkgefäß in eine Position, wo es vor der gestikulierenden Gräfin sicherer stand. Die Cosel war zufrieden. Sie musste die beiden nicht einmal daran erinnern, dass sie auf ihrer Gehaltsliste standen. Sie hätte allerdings nur ungern auf die gewissenhafte Sekretärin und den stattlichen neuen Kammerherrn verzichtet. Johanna und Hannes waren entsetzt als sie erfuhren, dass die Vorführung schon übermorgen stattfinden sollte. Friedrich August persönlich und sein Direktor der Vergnügungen am Hofe, Johann Siegmund von Mordax, hatten einen straffen Zeitplan ausgearbeitet. Die zwei Höhepunkte, das Ringstechen auf einer neu errichteten Rennbahn und den Zug der Götter durch Dresden, hatte man auf die letzte Woche gelegt. So blieben für die Vorschläge der Gräfin Cosel nur die nächsten Tage. Der Ballettmeister Angelo Constantini saß eigentlich wegen Steuerbetrugs in Festungshaft, wurde aber von Friedrich August für die Festivitäten begnadigt.

Johanna und Hannes lernten in einem Schnellkurs, wie man möglichst elegant von einem Sockel steigt.

»Sie steigen vom Podest wie ein Bauer von der Leiter, Herr Baron von Senftenberg«, meckerte Constantini. »Sie müssen schweben! Stellen Sie sich vor, Sie wären ein Vogel!«

»Wenn ich fliegen könnte, wäre ich mit Johanna jetzt vielleicht irgendwo im Süden«, murmelte Hannes.

Der Ballettmeister hatte ausgezeichnete Ohren. »Nehmen Sie sich ein Beispiel an ihrer Partnerin. Die Baroness von Colditz schwebt wie ein Engel nach unten!«

Sie probten es ein ums andere Mal, bis der detailverliebte Ballettmeister halbwegs zufrieden war. Weitere Proben gab es nicht. Am nächsten Nachmittag mussten sie sich nochmals rasieren. Eine Maskenbildnerin der Oper und ihr Gehilfe rieben die Haut der Darsteller mit Öl ein, um dann ein weißes Pulver flächig aufzutragen. Um Peinlichkeiten zu vermeiden, legte der Gehilfe beim nackten Hannes Hand an, während sich die Maskenbildnerin um Johanna kümmerte. Ein wenig anders wurde Hannes schon, als er spürte, dass auch sein Gemächt und sein Hintern gepudert wurden. Was machte man nicht alles für die Gräfin Cosel und das Wohl des Kurfürstentums Sachsen! Die Maskenbildnerin betrachtete ihr Werk, nickte und gab ihrem Helfer und einer Kammerzofe zu verstehen, dass den Künstlern jetzt die Stoffbahnen um die in Weiß strahlenden Körper drapiert werden könnten. Als das Paar in rote Umhänge gehüllt in einer rumpelnden Kutsche saß, wäre Hannes am liebsten hinausgesprungen. Wie hatten sie sich nur darauf einlassen können? Die Gräfin hatte es angesprochen. Man würde in der Baroness von Colditz und dem Baron von Senftenberg am Hof zu Dresden nur noch Schauspieler sehen, die sich halbnackt vor einem Springbrunnen küssten! Es war alles viel zu schnell gegangen, Hannes fühlte sich überrumpelt. Er suchte den Blickkontakt zu den blauen Augen von Johanna, um zu ergründen, wie sich sein künftiges Weib fühlte. Sie schien es viel gelassener zu nehmen als er. Johanna beugte sich nach vorn. Dabei verrutschte ihr roter Umhang und legte eine weiße Schulter frei. Johanna schien es nicht zu beachten.

»Keine Gräfin, niemand belauscht uns! Es wird Zeit, dir reinen Wein einzuschenken, Hannes! Als künftiger Ehemann hast du ein Recht darauf zu erfahren, wer ich wirklich bin. Meine Papiere sind gefälscht, ich bin Johanna von Lichtenau. Mein Vater hat sich in einer Scheune erhängt, als das Gut Lichtenau in Flammen aufging. Brandstiftung oder Unfall – ich weiß es nicht! Als ich die Stalltüren öffnete, um die Rassepferde ins Freie zu lassen, sah ich auf einem Hügel einen Mann und eine Frau. Sie saßen auf Rappen, gehüllt in schwarze Umhänge. Der Freiherr von Hoym und seine damalige Ehefrau Anna Constantia von Hoym.« Johanna lehnt sich ins Polster der Kutsche zurück. Die Erinnerungen an diesen schrecklichen Abend kamen wieder hoch. Sie wusste selbst nicht, warum sie Hannes gerade jetzt, kurz vor ihrem Auftritt im Großen Garten, damit konfrontierte. Hannes hatte Mühe, die beiden Zahnreihen wieder aufeinander zu pressen. Er wusste, er liebte diese Frau, egal, ob sie nun eine von Colditz oder von Lichtenau war.

»Wir klären das nach dem Auftritt, Johanna«, krächzte er.

Die Kutsche hielt an einem künstlich angelegten Teich in der Mitte des Großen Gartens. Sie huschten über eine kleine Brücke zu einer Insel, auf der man ein offenes Zelt errichtet hatte – ein Baldachin in den Farben Weiß, Grün und Gold. Hannes schwirrte immer noch der Kopf von dem, was er während der kurzen Kutschfahrt vom Residenzschloss bis hierher erfahren hatte. Er hatte keinen Blick dafür, was man hier erschaffen hatte, nur, um den König von Dänemark zu beeindrucken. Seine Gedanken waren nicht so vernebelt, um zu bemerken, dass auf dieser kleinen Insel nur eine sehr begrenzte Anzahl von Zuschauern ihren freizügigen Auftritt sehen würde.

Der Direktor der Vergnügungen am Hofe, Johann Siegmund von Mordax, eilte herbei, bat sie, auf einer Bank Platz zu nehmen. Ein Lakai reichte ihnen zwei Gläser Rotwein.

»Zwei Schlückchen zur Beruhigung, aber nicht mehr – damit euch nachher nicht ein menschliches Bedürfnis ereilt«, kicherte von Mordax. »Entschuldigt mich – da kommen die Musiker, ich muss sie einweisen!« Der Vergnügungsdirektor entfernte sich nach einer Verbeugung, wie Hannes amüsiert feststellte. Ein Teil der Hofkapelle unter Leitung von Johann Christoph Schmidt nahm auf zwei Stuhlreihen Platz und man stimmte die Instrumente.

»Wir wissen nicht einmal, zu welcher Musik wir uns bewegen sollen, es wurde nicht geprobt«, zischte Johanna Hannes ins Ohr. »Wir werden improvisieren müssen.«

»Impro … was?«, fragte Hannes mit hochgezogenen Augenbrauen.

»Etwas aus dem Stegreif machen. Manchmal merkt man, dass du ein Müllergeselle warst! Ist nicht bös gemeint, ich liebe dich trotzdem!«

Von Mordax wuselte wieder herbei. »In zehn Minuten kommen die Herrschaften! Geht schon mal auf die beiden Podeste da. Wegen der abendlichen Kühle könnt ihr die Umhänge noch auf den Schultern lassen. Ich gebe euch dann ein Zeichen!«

Hannes stolzierte wie ein Storch auf das Podest aus Marmorimitat, erinnerte sich dann an die Worte des Ballettmeisters Constantini. Auf Anweisung von Mordax reichte ihm ein Lakai Bogen und Pfeile.

Hannes sollte den griechischen Gott Amor darstellen, der sich an seinen eigenen Pfeilen verletzt und in Liebe zum Erdenmädchen Psyche entbrennt. Eine Intrige der Göttin Aphrodite, die eifersüchtig auf die schöne Psyche war.

Der Hofkapellmeister Schmidt hob den Taktstock und seine Musiker spielten auf.

Für Hannes das sichere Zeichen, dass es nun losgehen würde. Wie erwartet kam von Mordax das Handzeichen und sie ließen die wärmenden Umhänge von den Schultern gleiten. Herumwuselnde Lakaien schafften diese sofort beiseite. Zum Glück war es eine laue Frühsommernacht. Es dauerte nicht mehr lange und Soldaten des Corps du Garde, der Eliteeinheit, die für die Sicherheit von Friedrich August zuständig war, nahmen Aufstellung an der Brücke. Der König von Dänemark trug eine schlichte Uniform. Friedrich August war wie immer prunkvoller gekleidet. Das Gold und Silber auf seinem weißen Rock glänzten im Licht der flackernden Fackeln. Johanna hatte nur Augen für ihre vertraute und doch so verhasste Herrin Anna Constantia von Cosel. Diese hatte sich in ein dunkelgrünes Kleid gewandet und trug dazu goldenen Schmuck. Von ihrer fortschreitenden Schwangerschaft merkte man kaum etwas. Sie erklärte kurz den beiden Monarchen, was die beiden Gestalten auf den Podesten darstellten und gab persönlich das Startzeichen. Hannes tat so, als verletze er sich an den eigenen Pfeilen und warf der reglosen Statue der Psyche einen schmachtvollen Blick zu. Johanna schien aus ihrer Starre zu erwachen, blinzelte Hannes zu. Wie in Trance stiegen beide zum Klang der Musik, die Johann Christoph Schmidt komponiert hatte, von den Sockeln. Hannes bemühte sich, nicht zu tollpatschig zu wirken.

So wie Johanna zu schweben würde er nie schaffen. Sie umkreisten sich im Takt der Musik. Johanna anmutig wie eine Elfe, Hannes versuchte, sich so federnd wie ihm möglich war zu bewegen. Dann beugte er sich vor, um sie zu küssen. Johanna wich scheinbar erschrocken einen Schritt zurück, um es dann doch geschehen zu lassen. Sie umkreisten sich erneut, küssten sich immer wieder. Der Ballettmeister Constantini hatte sich für die Choreografie noch etwas einfallen lassen. Wenn die Musik dem Höhepunkt zustrebte, sollte Hannes seine Partnerin an der schmalen Taille packen und in die Höhe strecken. Psyche sollte von der Schwerkraft losgelöst wie eine Göttin schweben. Als die Musik verklungen war, ließ Hannes seine Angebetete wieder zu Boden gleiten. Er verbeugte sich und Johanna machte einen tiefen Hofknicks.

»Bravo! Bravissimo!« Der König von Dänemark klatschte stehend Beifall. Der Kurfürst von Sachsen fühlte sich bemüßigt dem Beispiel seines Vetters zu folgen.

»Was für eine gelungene Überraschung, verehrte Gräfin Cosel! Amor und Psyche wurden zum Leben erweckt! Jetzt will ich aber mehr sehen!« Frederik IV. zwinkerte mit einem Auge. Anna Constantia von Cosel machte einen Knicks und versuchte die Contenance zu bewahren. Was meinte der König von Dänemark mit ›mehr sehen‹?

»Eure Majestät sind zu gütig«, säuselte sie. »In Anbetracht der kurzen Probenzeit …« Sie wurde vom König von Dänemark unterbrochen. »Ich war mit der Aufführung zufrieden, aber das war doch noch nicht alles? Ich möchte sehen, wie sich zwei Statuen in Menschen aus Fleisch und Blut verwandeln!«

Friedrich August von Sachsen ahnte was seinen Vetter umtrieb und er nickte eifrig. »Husch ins Wasser, ihr beiden!« Der Monarch klatschte voller Vorfreude in die Hände. Da der Befehl vom Herrscher persönlich kam, stellte Hannes ihn nicht infrage, obwohl er von der Entwicklung der Dinge überrascht war, ja sogar entsetzt. Denn es hieß nichts anderes, als sich der Stoffbahnen zu entledigen und den weißen Puder von den Körpern zu waschen. Ohne Hilfsmittel, wie Waschlappen und Seife. Johanna bemerkte das Zögern in den Augen ihres Partners.

»Wir müssen es machen, wider alle Schicklichkeit! Ich will weiter in Diensten der Gräfin bleiben, um aufzuklären, warum das Gut Lichtenau unterging und mein Vater starb!« Während Johanna noch flüsterte, griff Hannes unter ihre Schultern und Kniekehlen und stapfte mit ihr ins Wasser. Direkt neben der Brücke war das Ufer schlammig und Hannes beinahe ausgerutscht. Nach zwei Metern stellte er fest, dass seine Füße wieder festeren Halt fanden. Als Johanna aufschrie, weil plötzlich die Fontäne eines verborgenen Springbrunnens sie benetzte, wusste Hannes auch, worauf er stand. Auf dem Steinsockel des Brunnens. Die Kapelle unter Leitung von Johann Christoph Schmidt begann wieder zu spielen. Hannes ließ seine Angebetete langsam auf den Sockel gleiten und die weißen Stoffbahnen fielen ins Wasser, wo sie von den sanften Wellen, hervorgerufen durch die Fontäne, davonschwebten und im Teich untergingen. Auf der Insel hielt es niemand mehr auf den Sitzen. Frederik IV. hatte sogar ein Opernglas dabei, um Hannes dabei zu beobachten, wie er Johannas wohlgestalteten Körper von den letzten Resten weißen Puders befreite.

Ein Lakai hatte eine Geste des Herrn von Mordax missdeutet und das vorzeitige Zünden des Feuerwerkes veranlasst. Der Vergnügungsdirektor kochte innerlich vor Zorn, musste aber gute Miene zum bösen Spiel machen und so tun, als gehöre es zur Inszenierung.

Die Musik, der Springbrunnen und das Feuerwerk im Rücken – Hannes war im Rausch, obwohl er nur ein paar Schlucke Rotwein getrunken hatte. Er blendete völlig aus, wer von der Insel aus zusah. Das Abwaschen von Johanna hatte ihn so erregt, dass er sie besitzen musste – jetzt! Johanna wollte ihn erst abwehren – aber hatte sie nicht vorhin gesagt, sie müssten alles mitmachen, um in Diensten der Gräfin Cosel zu bleiben? Gehörte dazu auch das Paarungsritual vor einem Springbrunnen? Sie hoffte nur, dass die meisten Anwesenden durch das Feuerwerk über dem Teich abgelenkt waren. Friedrich August und Frederik IV. hatten schon öfter ein Feuerwerk gesehen, aber noch nie ein sich liebendes Paar in der Öffentlichkeit.

»Reiche mir mal dein Opernglas, verehrter Vetter!«

»Aber nur für einige Augenblicke, dann will ich es wiederhaben!«, sagte der König von Dänemark mit breitem Grinsen. Als alles vorüber war – auch das Feuerwerk war verstummt – sorgte die Gräfin Cosel dafür, dass man dem zitternden Liebespaar sofort Handtücher und Umhänge reichte.

Die Luft hatte sich an diesem Juniabend merklich abgekühlt.

DIE HEXE AUS DER WALACHEI

Johanna und Hannes hatten sich verbeugt und wollten sich zurückziehen. König Frederik IV. rutschte näher an Friedrich August heran und flüsterte ihm etwas ins Ohr. Anna Constantia von Cosel spitzte die Ohren, verstand aber nichts.

Der Kurfürst von Sachsen erhob seine massige Gestalt und trank einen Schluck Rotwein. Es war heute erst das zehnte Glas. Für seine Verhältnisse war der Herrscher noch fast nüchtern, aber bestens gelaunt. »Ich kann meinem Vetter keinen Wunsch abschlagen!« Nicht nur die Gräfin Cosel – alle waren gespannt, was folgen würde. »Frederik fand Gefallen an der Darbietung und wünscht die nähere Bekanntschaft der Johanna von Colditz!«

Es war genau das, was Johanna befürchtet hatte und worauf Constantia hingewiesen hatte.

»Mein Vetter Frederik hat eine Hofdame, die er seine erste Flötistin nennt.« Friedrich August von Sachsen räusperte sich und nahm einen weiteren Schluck Wein. »Der Anstand verbietet es, näher darauf einzugehen, aber bei dem Instrument handelt es sich nicht um jenes aus Holz, welches wir uns darunter vorstellen, ha ha!«

Anna Constantia von Cosel brauchte einen Moment, bis sie den Witz begriff und stimmte verhalten in das Gelächter ein. Sie hatte befürchtet, dass es schlüpfrig werden könnte, wenn Friedrich August angeheitert war. Dies war täglich der Fall.

»Um dieser Dame für ihre Verdienste zu danken wünscht mein Vetter, dass der Herr Baron von Senftenberg Zärtlichkeiten mit ebenjener austauscht. Ich hoffe, ich habe ich mich gewählt genug ausgedrückt.«

Als die Gräfin Cosel den forschenden Blick des Herrschers bemerkte, beeilte sie sich freundlich lächelnd zu nicken. Vor Johanna verbeugte sich ein dänischer Kammerherr, der sie zu seinem König leitete. Auf einen Wink von Frederik IV. hin trat eine Hofdame bevor, die Hannes bei der Hand nahm.

Der ehemalige Müllergeselle trottete mit gesenktem Kopf hinterher und haderte mit seinem Schicksal. Das konnte nicht sein! Sollte die schmallippige, etwa vierzigjährige Matrone die ›erste Flötistin‹ sein? Das wollte er nicht glauben. Hannes konnte aus den Augenwinkeln beobachten, wie der König von Dänemark Johannas Handgelenk ergriff und mit ihr in Richtung der Brücke davonschlenderte. Er hatte geahnt, dass so etwas passieren würde, zumal seine künftige Ehefrau ihre Reize unverhüllt präsentiert hatte. Die Begleiter und Dienerschaft von Frederik IV., insgesamt 116 Personen, wohnten in verschiedenen Häusern. Die Kutsche, in die Hannes von der resoluten Frau gedrängt worden war, hielt nach kurzer Fahrt vor dem Residenzschloss. Die Hofdame gab Hannes einen Schubs als wäre er ein Delinquent, den sie gerade verhaftet hatte. Er stolperte die Treppen empor und hielt mit der linken Hand den schlotternden Umhang fest. Darunter trug er nur ein Tuch um die Lenden. Das alles kam Hannes wie ein schlechter Traum vor. Was der dänische König unterdessen mit seiner Johanna anstellte, wollte er in seine trüben Gedanken gar nicht erst einfließen lassen.

Einige Bedienstete waren nicht bei den Vergnügungen im Großen Garten zugegen gewesen, sondern hielten hier die Stellung. Zwei kichernde Zofen stoben beiseite, als sie die erste Hofdame des Königs von Dänemark sahen. Eine dritte war nicht schnell genug, sie wurde umgehend angeherrscht: »Schaff mir Elena herbei – sofort!«

Die Zofe machte einen Knicks. »Jawohl, Gräfin von Valby!«

Bisher hatte Hannes keine Ahnung, wer ihn entführt hatte. Jetzt hatte er zumindest einen Namen.

Besagte Gräfin hielt sein rechtes Handgelenk umklammert, als fürchte sie, Hannes würde versuchen zu fliehen. Die Frau, die von der Zofe herbeigeholt worden war, sah aus wie die jüngere Schwester der Gräfin Cosel. Die gleichen blitzenden dunklen Augen, langes, lockiges schwarzes Haar – nur der dunklere Teint unterschied sie von Anna Constantia. In Hannes wuchs die Hoffnung, dass diese Elena und nicht die Gräfin von Valby die erste Flötistin des Königs von Dänemark sein könnte. Dann wurde er Zeuge von etwas, das er bis an sein Lebensende nicht vergessen und auch nicht verstehen würde.

»Elena«, sagte die Gräfin von Valby. »Unser Herrscher war so gnädig, dir diesen Mann zu übereignen. Als erste Hofdame beanspruche ich das Recht der ersten Nacht, oder sagen wir, der ersten Hälfte der Nacht. Dann gehört er dir!«

Elena schüttelte die lange schwarze Lockenpracht. »Sie halten es immer noch für Mummenschanz, werden den Unterschied zwischen Budenzauber und echter Magie nie begreifen, verehrte Margarethe von Valby!«

Die junge Frau, die aussah wie die exotische Ausgabe der Gräfin Cosel, hob den rechten Arm und murmelte einige Worte in einer Hannes unverständlichen Sprache. Margarethe von Valby erstarrte zur Salzsäule, unfähig, ein Glied zu rühren. Ihre Stimmbänder gehorchten ihr noch.

»Irgendwann wirst du brennen, du Hexe aus Transsilvanien!«, kreischte die erste Hofdame.

Hannes kam sich vor wie in einem schlechten Theaterstück.

»Ach, ja? Ich bin die Favoritin von Frederik – nicht Sie! Außerdem wissen Sie, dass ich aus der Walachei komme und nicht aus Transsilvanien.«

Hannes wusste nicht, ob er sich über die Entwicklung der Dinge freuen sollte oder nicht. Einerseits die schmallippige steife Hofdame, andererseits das Double der Gräfin Cosel aus einem Land irgendwo im Süden, die magische Kräfte zu haben schien. Hannes suchte nach einem Ausweg, bereit zur Flucht. Hier waren nur Frauen zugegen. Wenn er bereit war, Ellenbogen und Schultern einzusetzen, müsste es doch möglich sein …Die Gräfin Valby sah, dass der Mann, den sie hierhergebracht hatte, wie ein gehetztes Tier nach einem Ausweg suchte. Sie rannte zur Tür und breitete die Arme aus. Für Hannes kein wirkliches Hindernis.

»Befehl des Königs! Sie bleiben heute Nacht hier!«, kreischte Margarethe von Valby. »Nur ein Schritt und ich rufe zwei Mann der Leibgarde herbei!« Unbemerkt von Hannes war die schöne junge Frau hinter ihn getreten, die man Elena nannte. Sie flüsterte ihm etwas ins Ohr, das er nicht verstand. Er spürte nur, dass ihm in den nächsten Sekunden die Beine nicht gehorchen würden.

Die Knie fühlten sich an, als wären sie mit Wackelpudding gefüllt. Wie in Trance drehte sich Hannes um und küsste die geschwungenen Lippen der in jeder Hinsicht bezaubernden jungen Frau. Elena nahm seine Hand. Es fühlte sich nicht nur gut an – die Frau roch auch betörend. Wie fremdgesteuert hauchte Hannes einen Kuss auf die zarte Haut. Die Wangen, den Hals, dann wieder die Lippen. Das Kichern der Kammerzofen erstarb als sie die bösen Blicke der Gräfin von Valby bemerkten. Im Schlafgemach der ersten Flötistin des Königs von Dänemark angekommen fand sich Hannes auf einem Bett wieder. Elena streifte den Umhang über Hannes breite Schultern und hauchte unzählige Küsse auf die enthaarte Brust. Dann beschäftigte sie sich mit dem Lendentuch.

»Ich danke meinem König für dieses Geschenk«, kicherte sie.

In Hannes war jeglicher Widerstand erlahmt. Er wusste nur nicht, ob es an den magischen Worten lag oder einfach nur an der betörenden Schönheit der jungen Frau. Nach einer ersten Runde heißen Liebesspiels schlüpfte Elena aus dem Bett, bedeckte ihre Blöße mit einem Morgenmantel und kam kurz darauf mit einem Tablett wieder, auf dem Karaffen und Gläser standen. Sie mischte Wein und Wasser und Hannes trank gierig das Glas in einem Zug aus.

»Bevor wir weitermachen hast du ein Recht darauf zu erfahren, wer ich bin«, sagte die Bettspielin.

»Ich bin Elena Kretzulesco.« Sie ließ es so im Raum stehen. Hannes zuckte mit den Schultern.

»Du weißt nicht, was es bedeutet?«, fragte Elena mit blitzenden schwarzen Augen. »Ich dachte, ein Baron von Senftenberg hätte genug Bildung, um dies einzuordnen!«

»Verzeih mir, ich wurde erst vor kurzem in den Adelsstand erhoben, weil ich die aus einer Kutsche stürzende schwangere Gräfin Cosel auffing. Ich bin der Sohn eines Müllers.«

»Das erklärt einiges«, seufzte Elena. »Fast alle Nachkommen des Fürsten Vlad Tepes, genannt Dracul, tragen den Namen Kretzulesco. Mein Urahn galt als besonders blutrünstig, dabei hat er doch nur politische Gegner, Verräter und Türken verfolgt. Die Gefangenen wurden gepfählt und man behauptet, mein Urahn saß an einem Tisch bei einem Becher Wein und schaute belustigt zu.«

»Das erklärt noch nicht, warum deine Beschwörungsformeln bewirkten, dass weder die Gräfin von Valby noch ich die Beine bewegen konnten«, räusperte sich Hannes. »Haben alle Nachkommen des blutrünstigen Fürsten diese Fähigkeit?«

»Das weiß ich nicht, ich kenne nicht alle. Zurück zu dir, edler Recke!« Elena flüsterte wieder etwas in sein Ohr und Hannes spürte, wie seine Körpermitte reagierte. Dabei hatte er doch heute schon Johanna – wie mochte ihr es gerade ergehen? – und dieser Ur-Ur-Enkelin eines blutbefleckten Fürsten beigewohnt. Hannes wollte noch eine weitere Frage stellen, aber sein Widerstand erlahmte, als Elena in sein linkes Ohrläppchen biss. Zum Glück wusste Hannes nicht, dass unter den Nachfahren des Vlad Tepes angeblich auch Vampire waren. Er hätte sich eingenässt.

Nach der zweiten Runde des Liebesspiels war Hannes unendlich müde, aber nicht erschöpft genug, um gähnend die Frage zu stellen, die ihm vorhin schon auf der Zunge gelegen hatte.

»Wie bist du aus dem Süden an den Hof des Königs von Dänemark gelangt?«

»Oh, das ist eine lange Geschichte. Du willst sie wirklich hören?«

Hannes nickte eifrig und zwang sich, die Augen offen zu halten.

»Einige Ortschaften im Süden der Walachei waren mit den Tributzahlungen an die Türken im Rückstand. Die Offiziere des Sultans drohten, Dörfer nieder zu brennen, es sei denn, man stelle Geiseln. Da ich aus einem alten Adelsgeschlecht stamme, gelangte ich als prominente Gefangene an den Hof des Statthalters von Bulgarien.«

Hannes gähnte, spitzte aber weiterhin die Ohren. Die Ur-Ur-Enkelin von Vlad Tepes goss ihm ein Glas Wasser ein, das er durstig hinunterstürzte. Gleichzeitig kitzelte Elena seinen Bauch, sodass Hannes Mühe hatte das gerade getrunkene Wasser bei sich zu behalten.

»Hör auf! Oder willst du etwa eine neue Runde, du Unersättliche vom Balkan?«

»Vielleicht – aber erst bringe ich die Geschichte zum Ende. Im Harem des Statthalters lernte ich Bauchtanz, was ich morgen auf Geheiß von König Frederik vorführen soll. Man fürchtete sich in Sofia vor meinen magischen Fähigkeiten und der abergläubische Statthalter Mehmet war froh, als ein

Gesandter des Kaisers in Wien eine Ablösesumme für mich zu zahlen bereit war. Die Frau des Gesandten beschwerte sich, ich habe einen Liebeszauber angewandt und drohte mit einer Klage wegen Hexerei. Ich wurde wieder einmal abgeschoben, diesmal in Begleitung des dänischen Botschafters. So gelangte ich nach Kopenhagen. Dort machte mein neuer Herr den Fehler, meine Fähigkeiten als Flötistin über Gebühr zu preisen. Seitdem bin ich in Diensten des Königs von Dänemark, begleitete ihn auch nach Venedig.«

»Da bist du weit herumgekommen, Elena.« Hannes unterdrückte ein Gähnen. Elena versuchte, die Körpermitte von Hannes erneut zu stimulieren – aber diesmal versagten ihre magischen Fähigkeiten. Der Mann schlief einfach ein.

»Muss wohl daran liegen, dass ich müde und unkonzentriert bin«, murmelte Elena und zog die Decke höher.

Hannes rieb sich die Augen und blinzelte gegen die ersten Sonnenstrahlen, die durch einen Spalt zwischen den Gardinen drangen. Er wollte, wenn er schon einmal in Dresden war, die Zeit nutzen, um Erkundigungen über den Stellplatz der Kutschen einzuholen. Vielleicht gab es ja Zeugen, die gesehen hatten, dass jemand an der Reisekutsche der Gräfin Cosel gewesen war und sich dort an den Sicherungsstiften der Räder zu schaffen gemacht hatte. Er hatte nur eine Chance, wenn er sofort verschwand. Wenn Elena erst einmal wach war, könnte sie ihn mit einem Zauberspruch am Gehen hindern. Hannes lauschte den gleichmäßigen Atemzügen der schönen jungen Frau mit den besonderen Fähigkeiten. Was würde geschehen, wenn sie die Gunst des dänischen Königs verlor?

Hannes zweifelte nicht daran, dass dann die Gräfin Valby und andere dafür sorgen würden, dass man sie anklagen, peinlich befragen und verurteilen würde.

»Halt! Wo wollen Sie hin, Herr Baron von Senftenberg?« Wie aus dem Boden gestampft stand die Gräfin Valby auf dem Flur. Hannes hatte nicht damit gerechnet, dass die erste Hofdame schon so früh auf den Beinen war. Er musste alles auf eine Karte setzen und sich dabei nur auf eine halbe Lüge stützen. Hannes trat ganz nah an die hochnäsige Dame heran, sodass er ihr Parfüm riechen konnte.

»In dem Aufzug kann ich unmöglich meinen Auftrag erfüllen, werte Gräfin«, zischte Hannes in das Ohr des Vorzimmerdrachens. »Besorgen Sie mir umgehend Beinkleider, Strümpfe, Hemd und Rock!«

»Warum sollte ich das tun?« Die Gräfin Valby war einen Schritt zurückgetreten und hatte die Fäuste an die ausladenden Hüften gestemmt.

»Ich bin im Geheimauftrag Seiner Majestät des Kurfürsten von Sachsen und der Gräfin Cosel unterwegs. Der frühe Vogel fängt den Wurm – oder wie sagt man bei Ihnen in Dänemark?«

»Ach, ja, das soll ich Ihnen glauben? Worum geht es bei diesem Geheimauftrag?«

»Das werde ich Ihnen nicht auf die gepuderte Nase binden, werte Gräfin! Wollen Sie in Ungnade fallen? Nein? Dann bringen Sie das Gewünschte – oder wollen Sie warten bis Elena erwacht und bei uns beiden den Lähmungszauber anwendet?«

»Natürlich nicht!«, zischte die erste Hofdame des Dänenkönigs. Sie machte sich auf den Weg, um eine Kammerzofe zu wecken, welche die gewünschte Kleidung herbeibringen sollte. Über die Schulter giftete sie: »Ich werde mich an höchster Stelle rückversichern, Verehrtester!« Das letzte Wort hatte sie mit solcher Verachtung ausgesprochen, dass es in Hannes Ohren wie ›dreister Aufschneider‹ klang. Hannes zog sich in eine Ecke zurück. Ihn fröstelte. Er trug immer noch nur ein Lendentuch und einen Umhang. Langsam erwachte das Leben in den Räumen, die man dem Hofstaat des dänischen Königs zugewiesen hatte. Es dauerte auch nicht lange bis eine verschlafene Kammerzofe die einfache Kleidung eines Dieners brachte und nach einem Hofknicks schnell wieder verschwand, bevor Hannes sich ihr unverhüllt zeigen konnte. Nach dem Auftritt gestern Abend im Großen Garten hätte ihm das nichts mehr ausgemacht. Er hielt prüfend Kniebundhosen und Rock in die Höhe. Die dänischen Damen hatten mitgedacht, das müsste passen. Schnell schlüpfte Hannes hinein. Falls das die Rache der umtriebigen Gräfin Valby war, ihm die Kleidung eines Lakaien zukommen zu lassen, würde die Dame sich getäuscht sehen. In dem schlichten Rock würde Hannes viel weniger auffallen als in einem aus bestickter Seide. Er stolzierte an einem hohen Spiegel vorbei und drehte sich einmal um die eigene Achse. Zwei dänische Zofen mit blonden Locken kicherten.

»Ich hoffe, es ist der angemessene Aufzug für ihren so bedeutsamen Auftrag, Herr Baron«, höhnte die Gräfin Valby.

»Aber sicher doch, sehr geehrte Gräfin! Vielen Dank für ihre Hilfe!«, rief Hannes und klopfte auf die linke Hüfte.

Das Gehänge mit dem Degen lag allerdings in Pillnitz. Das Gelächter der dänischen Damen hallte noch lange nach.

EIN ZEUGE

Hannes wusste, er hatte nicht viel Zeit. Wenn er zu spät wiederauftauchte, würden ihn Johanna und vor allem die Gräfin Cosel zur Rede stellen. Hannes schlich in den alten Kleidern aus dem Haus und ließ sich von einem Pferdeburschen den Weg zum Stellplatz der Kutschen am Residenzschloss zeigen. Es stellte sich heraus, dass die abgewetzte Kleidung es ihm leichter machte, die Ermittlungen voranzutreiben. Jeder Diener, Handwerksbursche oder Bürger, den er traf, gab ihm bereitwillig Auskunft. Wenn er hier als arroganter Baron von Senftenberg aufgetreten wäre, hätte es womöglich Probleme gegeben.

Es dauerte nicht lange, bis er am Stellplatz der Kutschen angelangt war. Zu dieser frühen Morgenstunde lehnte nur ein Fuhrwerkslenker gelangweilt an der Karosse eines noblen Gefährts. Hannes lüftete den Dreispitz. »Morgen, der Herr! Ich bin Johannes, angestellt bei der Gräfin Cosel.«

»Morgen«, gähnte der schmale Mann und entblößte ein lückenhaftes Gebiss. Statt den Dreispitz zu heben hielt er die rechte Hand vor den weit geöffneten Mund. »Und ich bin der Max. Was gibt es?«

»Am 24. des vergangenen Monats erlitt die Kutsche der Gräfin Cosel auf dem Weg von hier nach dem Gut Pillnitz einen Unfall. Es lösten sich gleich zwei Räder und das

Gefährt kippte um. Die Gräfin wurde herausgeschleudert und wie von Gottes Hand geschützt passierte weder ihr noch dem ungeborenen Leben in ihrem Leib etwas. Der Kutscher Gustav Scheunemann zog sich Prellungen zu. In dessen Auftrag bin ich hier.« Hannes glaubte nicht, in dem Fuhrwerkslenker Max sofort den richtigen Mann für konkrete Auskünfte gefunden zu haben.

»Und warum fragt Gustav nicht selbst? Ist doch auch gelegentlich hier!« Max spuckte aus.

Hannes ging auf den Einwand nicht ein. »Wenn sich zwei Räder auf einer Seite einer Kutsche gleichzeitig lösen, liegt der Verdacht nahe, jemand habe an den Sicherungsstiften herumgefummelt«, sagte er seelenruhig. »Hast du an besagtem Tag etwas gesehen? Warst du hier auf diesem Stellplatz oder kennst du jemand, den ich befragen kann?« Die Stimme von Hannes wurde immer eindringlicher.

»Man hat mir zehn Taler gegeben, damit ich wegschaue«, sagte der Kutscher Max.

Hannes versuchte den offenen Mund sofort wieder zu schließen. Sollte er so schnell etwas in Erfahrung bringen, was seiner Herrin nutzte? Er konnte es kaum glauben. Vielleicht wollte sich dieser Max auch nur wichtigmachen und war am besagten Tag gar nicht vor Ort gewesen.

»Zwanzig Taler und wir sind im Geschäft, Johannes!«, sagte Max und streckte den rechten Arm aus als wolle er das höhere Bestechungsgeld gleich in Empfang nehmen.

»So viel habe ich nicht bei mir. Aber ich gebe dir zehn sofort und den Rest, wenn ich der Gräfin Cosel Bericht erstattet habe!«, sagte Hannes selbstbewusst.

»In Ordnung. Ich war auf dem Weg, mir eine Ecke zum Pinkeln zu suchen. Da bemerkte ich einen jungen Burschen, der an der Kutsche der Cosel hantierte. Ich schlich zurück und spürte plötzlich kaltes Eisen an meiner Kehle!«

Für Hannes klang das zu übertrieben, um glaubhaft zu sein. Er wollte erst abwarten, was dieser Max noch zum Besten gab.

»Der Mann mit dem Messer, der hinter mir stand, sagte in einem komischen Akzent, dass sie zwar keinen Auftrag haben, Zeugen zu beseitigen aber auch kein Problem damit hätten. Dann kam das Angebot, mir zehn Taler zu geben, wenn ich für immer meine Schnauze halte! Vermutlich wollten die sich nicht mit einem Mord belasten – mein Glück!«

Hannes hielt den Zeugen immer noch für nicht gerade glaubwürdig, öffnete dennoch den Lederbeutel und überreichte zehn Taler.

»Du hast gesagt, die Männer sprachen mit Akzent. Wie würdest du ihn zuordnen?«, fragte er gespannt.

»Nun ja, Osten, würde ich sagen. Polen oder Litauen.« Max packte die zehn Taler in die Gürteltasche.

Hannes fiel es wie Schuppen von den Augen! Ursula Katharina von Altenbockum entstammte ursprünglich einem westfälischen Adelsgeschlecht, das nach Osten ausgewandert war. Sie hatte den polnischen Kron-Oberkämmerer Fürst Jerzy Dominik Lubomirski geheiratet. Dessen Beziehungen hatten unter anderem den Weg von Friedrich August von Sachsen auf den polnischen Thron geebnet. Dann war sie die Mätresse von Friedrich August geworden, fiel in

Ungnade, weil sich August der Starke in Anna Constantia von Hoym verliebt hatte! So hatte es ihm Johanna geschildert.

»Angestellte der Reichsfürstin von Teschen, Ursula Lubomirska?«, fragte Hannes atemlos.

»Das kann schon sein. Jedenfalls haben die, soweit ich es mitbekommen habe, die Sicherungsstifte ausgetauscht«, sagte Max im Brustton der Überzeugung.

Hannes war inzwischen geneigt, dem Kutscher zu glauben. Es blieben immer noch Zweifel. Sollte er mit diesem Verdacht zur Gräfin Cosel gehen?

»Hast du eine halbe Stunde Zeit, Max? Würdest du diese Aussage auch vor der Gräfin Cosel wiederholen?« Es war eine spontane Idee. Hannes war sich nicht sicher, ob es eine gute war.

Der Kutscher Max schielte zur Kirchturmuhr, pfiff einen Pferdeburschen herbei, dem er den Auftrag erteilte, das Gespann zu bewachen.

»Meine Auslagen, ich habe dem Jungen gerade ein paar Pfennige gegeben, und die versprochenen zehn Taler obendrauf«, sagte Max und schickte sich an, Hannes zu folgen. Es war ein kurzer Fußmarsch bis zum Stadtpalais der Gräfin Cosel. Am Ende der breiten Freitreppe tauchte etwas überraschend Johanna auf, die Hannes entweder im eigenen Bett oder dem des dänischen Königs wähnte. »Guten Morgen, meine Liebe!« Hannes hauchte ihr einen Kuss auf die Wange. »Wie es dir ergangen ist, besprechen wir später! Melde bitte der Gräfin, dass meine Wenigkeit und der Zeuge Maximilian … Wie war dein Name?«

»Leipold!«, schniefte der Kutscher und zog ein Taschentuch hervor in das er schnäuzte.

»Dass der Baron von Senftenberg und Maximilian Leipold sie wegen des Unfalls der Kutsche zu sprechen wünschen!« Hannes hoffte, dass seine Angebetete nicht vom dänischen König schwanger wurde. In dem Falle könnte es Probleme geben. Er musste an den ersten Kammerdiener des Kurfürsten, Johann Georg Spiegel denken, dessen türkische Ehefrau Fatima zwei Mal von Friedrich August von Sachsen geschwängert worden war. Hannes wurde von Max aus seinen Gedanken gerissen.

»Baron von Senftenberg?« Max pfiff durch die lückenhaften Zähne. »Du hast dich aber gut verkleidet, oder muss ich jetzt den Herrn Baron Siezen?«

Hannes wollte dem umtriebigen Kutscher nicht erklären, dass eine Intrige der Gräfin Valby dahintersteckte, die ins Leere gegangen war. Die schlichte Kleidung hatte letztendlich auch Max gesprächiger gemacht. Sie nahmen auf einer Bank aus Eichenholz Platz, wo sonst Bittsteller warteten.

»Die Gräfin ist noch bei der Morgentoilette, ich bitte um Geduld!«, sagte Johanna und schlüpfte wieder durch den Türspalt.

»Deine Herzensdame, Hannes, welches Amt hat die inne? Erste Kammerzofe?«, fragte Max.

»Für einen Kutscher bist du ganz schön neugierig. Nein, Johanna von Colditz ist die Privatsekretärin der Gräfin Cosel!«

»Baron von Senftenberg, Johanna von Colditz, Reichsgräfin von Cosel – was für eine feine Gesellschaft, ich fühle mich geehrt!« Max war geneigt, den Flachmann aus der Innentasche des Rockes zu Tage zu fördern, unterließ es aber, denn Johannas hübsches Gesicht lugte wieder durch den Türspalt. »Schicke Braut, würde mir auch gefallen«, lachte Max. Er bekam einen unsanften Stoß in den Rücken.

»Schnauze! Rein jetzt – und nicht verplappern! Die Gräfin kann sehr ungehalten werden!«

Die Gräfin Cosel saß im Original des vergoldeten Sessels mit dem weinroten Samtbezug, dessen Duplikat in Pillnitz stand. Auf einem Lacktischchen stand eine dampfende Porzellantasse mit heißer Schokolade. Sie wedelte sich mit einem Fächer frische Luft zu obwohl es zu dieser Morgenstunde im Monat Juni des Jahres 1709 noch gar nicht so warm war.

Hannes verneigte sich und machte einen Kratzfuß. Es ging etwas förmlicher zu, da er einen Zeugen mitgebracht hatte. »Guten Morgen verehrte Gräfin! Das ist Maximilian Leipold, ein Kutscher, der eine wichtige Aussage hinsichtlich des Geschehens am 24. des letzten Monats machen möchte!«

»Für wen arbeiten Sie, Herr Leipold?«, fragte die Gräfin und griff nach dem Henkel der Porzellantasse.

Hannes erschrak. Diese wichtige Frage hätte er im Vorfeld klären müssen. Er kannte die Gräfin Cosel noch nicht lange genug, um zu wissen, dass sie gern unerwartete Fragen stellte und dort herumstocherte, wo man es nicht vermuten würde.

»Jacob Heinrich von Flemming, sehr geehrte Gräfin!«, sagte Max selbstbewusst.

Die Gräfin Cosel ließ vor Verblüffung den Fächer in den Schoß sinken und vergaß an der langsam erkaltenden Schokolade zu nippen. »Warum haben Sie das nicht gleich gesagt, Herr Baron von Senftenberg?«

Hannes konnte und wollte unmöglich zugeben, dass er das nicht gewusst hatte. Von Flemming war nicht nur General der sächsischen Armee, sondern damals nebst dem Kron-Oberkämmerer Lubomirski der wichtigste Mann gewesen, um den polnischen Adel davon zu überzeugen, dass Friedrich August von Sachsen genau der richtige Mann auf dem Thron in Warschau wäre.

»Ich befand, dass es nicht so wichtig ist. Für viel bedeutsamer halte ich die Aussage, wer die Sicherungsstifte an den Rädern ihrer Kutsche ausgetauscht hat, verehrte Gräfin!« Hannes versuchte, selbstbewusst aufzutreten, war sich aber nicht sicher, wie glaubwürdig der von ihm angeschleppte Zeuge Max war.

Die Gräfin Cosel nippte an der inzwischen erkalteten Schokolade und sagte zunächst nichts. Hannes wechselte einen schnellen Blick mit dem Fuhrwerkslenker des Generals Flemming, der mit den Hufen scharrte.

»Verehrte Gräfin? Ich bitte Sie, die Zeugenaussage von Maximilian Leipold anzuhören!«, preschte er vor. Die Gräfin Cosel klopfte mit dem zusammengelegten Fächer auf den Tisch.

»Nun, denn zu, Herr Leipold!«

»Ich habe am 24. des letzten Monats zufällig beobachtet, wie sich zwei Männer an den Rädern ihrer Kutsche zu schaffen machten, Frau Gräfin! Die Kerle sprachen Polnisch oder Litauisch und der Verdacht liegt nahe, dass sie von der Fürstin Teschen beauftragt wurden. Ich wurde mit einem Messer bedroht und man zahlte mir zehn Taler, wenn ich meine Beobachtung für mich behalte!« Max machte einen leichten Diener und schlug die rechte Hand auf die Brust.

»Ach, ja, und wie kommt es zu diesem Gesinnungswandel, Herr Leipold?«, fragte die Gräfin Cosel schnippisch.

»Nun, der Baron von Senftenberg, der sich mir als Johannes Bauer vorstellte, kann sehr überzeugend sein, verehrte Gräfin!« Max machte die nächste Verbeugung.

»Ist das so? Ich glaube eher, der Herr Baron von Senftenberg hat Ihnen eine höhere Summe als die genannten zehn Taler in Aussicht gestellt, wenn Sie plaudern!«

Hannes fühlte sich ertappt, versuchte aber, sich dies nicht anmerken zu lassen.

»Das ist richtig. Ich versichere Ihnen, verehrte Gräfin, dass ich die Wahrheit sage, so wahr mir Gott helfe!«

Anna Constantia von Cosel trieb etwas ganz anderes um: Warum sollte ein Kutscher eines wichtigen Vertrauten des Herrschers, der zudem mit dem Adel in Polen versippt und verschwägert war, ihr eine Handhabe gegen die Fürstin Teschen liefern, die aus Polen stammte? Sie war geneigt, die Chance zu nutzen, eine missliebige Konkurrentin dauerhaft auszuschalten. Sie griff zur Glocke, die neben der Tasse auf dem Lacktischchen stand. Die Kammerzofe Marie erschien umgehend und machte einen Knicks.

»Marie! Meine Privatsekretärin möge herbeieilen und elf Taler mitbringen!«

»Jawohl, Madame!«

Johanna erschien und übergab auf einen Wink der Gräfin hin die elf Taler, die Maximilian Leipold in die Gürteltasche zu dem Geld stopfte, das er bereits von Hannes erhalten hatte.

»Verbindlichsten Dank, verehrte Gräfin!« Leipold verbeugte sich, machte aber keine Anstalten zu gehen.

»Wollten Sie noch etwas hinzufügen, Herr Leipold?«, fragte die Gräfin Cosel ungehalten.

»Die Männer haben nicht zugegeben, dass sie für die Fürstin Teschen arbeiten, aber vieles spricht dafür!«

»Sie haben ihren Lohn erhalten, Sie können gehen, Herr Leipold! Und übermitteln Sie dem General von Flemming einen lieben Gruß von mir!«

»Jawohl, verehrte Gräfin!« Der Kutscher machte einen Diener und beeilte sich, vom Acker zu kommen. Hannes wollte hinterherstiefeln wurde aber von seiner Dienstherrin zurückgehalten. »Ihr beide bleibt, Johanna und Hannes! Wasser oder Wein?«, fragte die Cosel. »Nehmt doch bitte Platz!«

»Zu dieser Stunde lieber Wasser«, sagte Johanna und rückte einen Stuhl zurecht.

Hannes fragte sich, was der dänische König mit seiner Verlobten angestellt hatte und war nicht ganz bei der Sache. Bisher hatte er keine Gelegenheit gehabt, sich mit Johanna auszutauschen. Er hätte beinahe der mit einem Tablett herbeieilenden Zofe ein Bein gestellt.

»Marie, räum endlich die erkaltete Schokolade weg! – Was
haltet ihr davon? Ist der Mann glaubwürdig?«, fragte die
Gräfin Cosel unvermittelt.

Hannes zuckte mit den Schultern. Johanna straffte sich.
»Vielleicht wollte sich der Mann nur wichtigmachen und ein
paar Taler einstreichen. Hannes, du kennst ihn ein paar
Minuten länger als wir. Du hast ihn hierhergebracht und hast
geringere Zweifel an der Glaubwürdigkeit – sehe ich das
richtig?«

»Ja, und ich bin der Meinung, man sollte dem weiter
nachgehen!«, sagte Hannes, nicht ahnend, was es für ihn
bedeuten würde.

»Die Teschen hat ein Motiv«, sagte die Gräfin Cosel und
nippte am Wein. »Baron von Senftenberg, ich sorge dafür,
dass morgen ein gesatteltes Pferd bereitsteht. Sie
überbringen der Fürstin Teschen in deren Schloss in
Hoyerswerda ein Schreiben, welches Sie unterzeichnen soll.
Johanna von Colditz – Sie werden es verfassen und ich
unterzeichne das Anschreiben. Jetzt gleich!«

Johanna beeilte sich, aufzustehen und machte einen
Knicks. »Wie Sie wünschen, Frau Gräfin!«

Die beiden Damen rauschten davon und Hannes blieb
nichts anderes übrig als unruhig hin und her zu stapfen. Hat
der dänische König mit seiner Johanna oder hat er nicht? Er
schielte zu den Gläsern und der halbvollen Karaffe mit dem
köstlichen ungarischen Wein. Er vergewisserte sich, dass ihn
keine Zofe verpetzen würde, goss einen kräftigen Schluck
ein und trank ihn in einem Zug aus. Noch ein Glas? Hannes
schüttelte den Kopf als müsse er sich vor sich selbst
rechtfertigen.

Nur einen Abend und eine Nacht mit Johanna, dann schickte ihn die Gräfin auf eine Mission, die ihm Unbehagen bereitete. Er schlich in den Raum, den er und Johanna in Dresden bezogen hatten. Nicht so geräumig wie die Wohnung auf dem Gut Pillnitz aber gemessen an den Unterkünften der Bediensteten fürstlich. Er zog die Schuhe aus und warf sich auf ein Sofa, auf dem er augenblicklich einschlummerte.

Hannes wurde vom Flügelschlag eines Schmetterlings geweckt. Als er die Augen aufriss, sah er, wie Johanna ihn aus blauen Augen schelmisch anblitzte. Sie kitzelte ihn mit der Spitze einer Schreibfeder. Dann hauchte sie ihm einen Kuss auf die stoppelbärtige Wange.

»Wenn du bei der Fürstin Teschen als Baron von Senftenberg vorstellig wirst, solltest du dich morgen früh rasieren, Liebster!«

»Nimm die Feder weg, hatschi!« Johanna hatte seine Nasenspitze gekitzelt. Sie kam der Aufforderung nach, aber nur, um etwas anderes vor seinem Gesicht zu schwenken.

»Was ist das?«, fragte Hannes verblüfft. »Sieht aus wie Holzpantinen, nur eben aus Seide gefertigt!«

»Pantoffeln, ich glaube, eine türkische Erfindung. Du musst dich zum Abendessen nicht in deine Schuhe zwängen, ist bequemer.«

Hannes schlüpfte in die Pantoffeln und stolzierte ein paar Schritte auf und ab. »Zum Abendessen habe ich unendlich viele Fragen, wie du dir denken kannst, meine Liebe!« Hannes musste zugeben, dass die Seidenpantoffeln viel bequemer waren als die steifen Schnallenschuhe.

Morgen würde er wieder Reitstiefel tragen. Johanna öffnete nach einem Klopfen die Tür und Marie deckte den Tisch mit Schweinebraten, Brot, Gemüse, Obst und Wein. Nachdem das Klirren der geschliffenen Gläser verklungen war, griff Hannes beherzt zu, richtete seinen Blick aber auf Johanna.

»Ich weiß, was dich umtreibt, Liebster. Der dänische König. Eines vorweg: Er hat sich nicht in mich ergossen, jedenfalls nicht dort, wo sonst nur du …« Johanna Wangen wurden von zartem Rot überzogen. »Er hat meinen Mund benutzt. Jetzt weißt du es! Möchtest du weitere Details?«

Hannes ließ die Gabel fallen, griff nach dem Weinglas und atmete hörbar aus. In den letzten Stunden hatte er immer in der Angst gelebt, dass seine Johanna von einem Monarchen schwanger werden könnte und man sie ihm wegnahm. In dem Falle ein ganzes Stück weit weg nach Dänemark.

»Um es abzuschließen: Ich musste mich auf einen Tisch legen und Frederik IV. hat mich mit seinen Fingern … Immer, wenn ich soweit war, hat er die Hände weggenommen und gelacht. Schlimmer kann eine Tortur in einer Fragkammer auch nicht sein.« Johanna widmete sich wieder dem Braten und dem Gemüse auf dem Teller, als wäre gestern nichts Aufregendes geschehen. »Wie war das eigentlich mit der Gräfin Valby und der ersten Flötistin des Königs?«

Hannes spülte den letzten Bissen mit einem Schluck Wein herunter. Es war klar, dass Johanna kontern würde. »Du wirst mir ohnehin nicht glauben, was dort geschah, meine Liebe. Ich habe es ja selbst nicht begriffen.«

»Umso mehr bin ich auf deinen Bericht gespannt!«

»Die Gräfin Valby wollte mich in ihrem Schlafgemach haben. Dann erschien ein in jeder Hinsicht bezauberndes Wesen auf der Bildfläche und sprach einen Lähmungszauber aus, welcher die Gräfin Valby am Handeln hinderte. Die erste Flötistin des dänischen Königs nennt sich Elena Kretzulesco.«

Johanna wurde blass und rückte den Stuhl ein wenig nach hinten als habe sie plötzlich Angst vor ihrem Verlobten. Hannes griff amüsiert zur Weinkaraffe und schenkte nach. Das war zwar kein Tokajer aus dem Vorrat der Gräfin aber auch sehr lecker.

»Kretzulesco sagtest du? Ich habe darüber gelesen. Ihre Vorfahren – Dämonen und Vampire! Und da bist du heil herausgekommen?« Johanna ließ das Besteck sinken. Sie hatte keinen Appetit mehr.

»Ja, sie hat magische Kräfte und ich habe mit ihr das Lager geteilt. Ich lebe noch, Liebste!« Hannes ließ sich von Johannas immer noch entsetztem Gesichtsausdruck nicht beirren und langte weiterhin beherzt zu. »Andernorts würde man diese Elena als Hexe anklagen und womöglich sogar hinrichten – aber der dänische König, derselbe, der dich überall berührt hat, hält seine Hände schützend über sie. Wohl bekomm's, Johanna, noch ein Schlückchen Wein?«

Ehe Johanna protestieren konnte, hatte Hannes nachgeschenkt und prostete ihr zu.

»Und sie hat dich einfach so gehen lassen?« Johanna verschluckte sich beinahe am Wein und musste husten.

»Im Schlaf hat sie keine magischen Kräfte. Die Gräfin Valby stellte sich mir in den Weg. Ich sagte, ich wäre im Geheimauftrag des Kurfürsten von Sachsen und der Gräfin Cosel unterwegs, sie besorgte mir Kleidung. Ich traf den Kutscher des Generals von Flemming, befragte ihn und brachte ihn hierher. Den Rest kennst du.«

Inzwischen waren sie nach dem Essen auf dem Bett gelandet. Hannes widmete sich der Halsbeuge seiner Angebeteten und küsste sie. Johanna warf sich auf den Rücken und erwartete mehr. Nach dem Liebesspiel hauchte sie ihm zu: »Beim nächsten Mal widersetze ich mich! Ich bin hier als Privatsekretärin engagiert und nicht als Tänzerin oder Gespielin eines lüsternen Monarchen!«

»Ich glaube nicht, dass du deine Position bei der Gräfin aufs Spiel setzen wirst, meine Liebe«, sagte Hannes und hauchte ihr einen weiteren Kuss auf das Ohrläppchen. »Ich denke da nur an die Ermittlungen zum Brand des Gutes Lichtenau. Bist du da weitergekommen?«

Johanna presste sofort ihre rechte Hand auf Hannes Mund. »Gerade hier in Dresden haben die Wände Ohren«, zischte sie ihm ins Ohr. Johanna schüttelte den Kopf. Hannes deutete es so, dass sie in den bisher gesichteten Unterlagen nichts darüber gefunden hatte, warum der Freiherr von Hoym damals unbedingt das Gut Lichtenau vernichten wollte.

Am nächsten Morgen hatten sie nur noch während des Frühstücks Gelegenheit, sich verliebte Blicke zuzuwerfen und Zärtlichkeiten auszutauschen. Danach wurde es förmlich.

Im Empfangsraum der Gräfin Cosel, eher ein Saal, nahm Hannes das Schreiben entgegen, welches die Fürstin Teschen unterzeichnen sollte und in dem sinngemäß stand, dass zwei ihrer Angestellten die Räder einer Kutsche manipuliert hatten, um einen Unfall herbeizuführen. Die Gräfin Cosel, die wieder in ihrem vergoldeten Sessel saß, hatte das Schreiben natürlich nicht vorgelesen. Johanna hatte es ihm während des Frühstücks zugeflüstert. Der zweite Brief war ein höfliches Anschreiben, in dem der Fürstin mitgeteilt wurde, dass der Überbringer, der Baron von Senftenberg, bevollmächtigt sei und im Sinne und auf Befehl Seiner Kurfürstlichen Gnaden und Königlichen Hoheit Friedrich August und der Reichsgräfin von Cosel handeln würde. Das war übertrieben, denn die heikle Mission, auf die sich Hannes umgehend begeben sollte, war mit Friedrich August von Sachsen gar nicht abgesprochen.

»Ich erwarte Sie in vier Tagen zurück, Herr Baron von Senftenberg«, sagte die Gräfin Cosel mit einem Lächeln im Gesicht. »Viel Glück!«

Hannes stopfte die beiden versiegelten Umschläge in eine stabile Tasche aus Leder.

»Sie können sich auf mich verlassen, verehrte Gräfin!« Hannes verbeugte sich tief. Er verzichtete auf einen Abschiedskuss von Johanna. Das hatten sie bereits in ihren Räumlichkeiten erledigt.

Draußen vor dem Palais der Gräfin Cosel wartete ein Bursche mit einem gesattelten Pferd. Hannes hätte sich zwar lieber auf den Fuchshengst geschwungen, den er in Pillnitz nutzte, er wusste aber, dass der Herrscher von Sachsen und seine Mätresse die edelsten Jagdpferde in den Ställen hatten.

Er tätschelte dem Rappen den Hals und warf dem Stallburschen ein paar Pfennige zu, die dieser geschickt auffing. Dann stieg er in den linken Steigbügel und rief »Hüh!« Der schwarze Hengst spitzte die Ohren und trabte sofort los. Die Hufeisen klapperten laut auf dem Dresdner Kopfsteinpflaster. Hannes hatte gestern nur kurz Gelegenheit gehabt, die Karte zu studieren. Die Gräfin Cosel war davon ausgegangen, dass er sich als ehemaliger Müllergeselle aus der Lausitz dort auskannte. Er war nie über Senftenberg hinausgekommen. Hoyerswerda lag östlich davon ein paar Reitstunden entfernt. Von Dresden kommend, musste er zunächst nach Osten und dann nach Norden reiten. Das waren acht Sächsische Postmeilen. Es klang wenig, das konnte man in sechzehn Stunden schaffen. Anschließend würde man das Pferd allerdings dem Abdecker übergeben müssen. Da Hannes auch eine Verantwortung für das edle Jagdpferd der Gräfin hatte, nahm er sich vor, in Kamenz zu übernachten.

HOYERSWERDA

Das Erste was Hannes auffiel, als er am nächsten Tag Hoyerswerda näherkam, waren die Trachten der Frauen. Sie trugen lange dunkle Röcke, weiße Blusen, darüber ein dreieckiges buntbesticktes Tuch. Die meisten Damen hatten schwarze Hauben auf dem Kopf, einige der Jüngeren auch weiße. Sie alle strebten mit ihren Kiepen und Körben einem Ziel entgegen: Dem Markt der Stadt Hoyerswerda. Zwei Mädchen mit weißen Hauben winkten dem fremden Reiter zu.

Als Hannes mit gelüftetem Dreispitz zurückgrüßte, kicherten sie und senkten verschämt die Köpfe. Die Stadtwache fragte ihn nach seinem Begehr. Er zog wortlos das Begleitschreiben der Gräfin Cosel aus der Ledermappe und reichte es dem Wachhabenden, der es überflog.

»Passieren!« Hannes wurde durchgewunken. Als er in Richtung des Marktes davontrabte, drehte sich der Wachhabende suchend um. »Paul! Hast du Johannes Baron von Senftenberg notiert?«

»Jawohl, Herr Hauptmann!«

»Ist dir dieser Titel in all den Jahren schon einmal untergekommen?«, fragte der Wachhabende.

»Nein, Herr Hauptmann! Ist neu, muss ihm August der Starke in Dresden für irgendwelche Verdienste verliehen haben!«, sagte der Schreiber und rückte die Brille zurecht.

»Das kann noch spannend werden«, murmelte Hauptmann Neubert.

»Der Herr Baron ist im Auftrag der Cosel unterwegs, der Nachfolgerin unserer geliebten Fürstin Teschen. Ich werde mal die Ohren offenhalten. Peter von der Schlosswache hat ein Liebchen, die ist Zofe bei der Teschen. Ich weiß, was ich heute Abend mache - Peter zu einem Humpen Bier einladen!«

»Wie Sie meinen, Herr Hauptmann, viel Vergnügen«, sagte der Schreiber, ohne von den Papieren aufzusehen.

Hannes dirigierte derweil den schwarzen Hengst an den Marktständen vorbei.

Dann öffnete sich ihm der Blick auf das Schloss aus dem 16. Jahrhundert, das auf den Ruinen der alten Wasserburg entstanden war. Es gehörte, wie die gesamte Herrschaft Hoyerswerda mit den umliegenden Dörfern, Ursula Katharina Reichsfürstin von Teschen. Friedrich August I. hatte es ihr übereignet. Hannes hatte den Wortwechsel zwischen dem Hauptmann und dem Schreiber nicht mitbekommen, sah sich jetzt aber mit eben jenen Peter konfrontiert, der Gewehr bei Fuß das Portal des Schlosses bewachte.

»Absitzen! Ihr Begehr, Herr …?«, fragte der Wachsoldat.

Hannes gehorchte und schwang sich seufzend vom Pferd. Er hielt den tänzelnden Rappen am kurzen Zügel und murmelte ein paar beruhigende Worte.

»Ich höre, Herr …« Der Wachsoldat Peter wurde langsam ungeduldig. Er schielte zu einer Kirchturmuhr. In einer Stunde war sein Dienst zu Ende. Dann würde endlich Bier seine brennende Kehle kühlen. Dass den Humpen Bier der Hauptmann Neubert bezahlen würde, konnte Peter noch nicht wissen.

»Johannes, Baron von Senftenberg, in Diensten der Reichsgräfin von Cosel, aus Dresden kommend. Ich habe ein dringliches Schreiben zu überbringen, Herr Soldat, lassen Sie mich bitte durch!«

Hannes nestelte wieder einmal an der Ledermappe und reichte heute zum zweiten Mal das Anschreiben der Cosel weiter. Scheinbar schienen hier in Hoyerswerda auch die einfachen Soldaten lesen zu können, was Hannes nur einen Moment verwunderte.

»Nur der Degen im Gehänge oder weitere Waffen, Herr Baron?«, fragte Peter.

Hannes zögerte einen Moment. Sollte er zugeben, eine geladene Pistole in der Satteltasche zu haben? Für alle Fälle, falls er von Räubern überfallen wurde. Zum Glück war dies auf dem zweitägigen Ritt hierher nicht der Fall gewesen.

»Öffnen Sie die Satteltasche, Herr Baron«, sagte der Wachsoldat unbeirrt. Hannes fügte sich in sein Schicksal und gewährte Peter einen Blick in das geöffnete Gepäckstück.

»Tut mir leid, Herr Baron, Degen und Pistole muss ich sicherstellen. Wir haben strenge Anweisung, Attentate auf die von uns hochverehrte Fürstin Teschen zu verhindern. Sie bekommen die Waffen bei ihrer Abreise selbstverständlich zurück.«

»An wen muss ich mich wenden, um meine Waffen zurückzuerhalten?«, fragte Hannes mit einem leichten Kopfschütteln.

»Keine Sorge, Herr Baron, ich rufe Karl herbei. Der bringt Sie ins Schloss, schließt die Waffen ein, und von dem bekommen Sie die auch zurück.« Peter steckte zwei Finger in den Mund und pfiff laut. Es dauerte Hannes endlos lang erscheinende zwei Minuten, bis besagter Karl auftauchte. Der sah aus, als könne er mit spielender Leichtigkeit Hufeisen, die August der Starke verbogen hatte, wieder in die ursprüngliche Form bringen. Hannes war selbst kräftig gebaut, hatte aber vor diesem finster dreinblickenden Hünen gehörigen Respekt. Karl war wie ein Lakai gekleidet schien aber eher zur Leibwache der Fürstin zu gehören. Zumindest hatte Hannes diesen Eindruck. Der vierschrötige Mann war nicht geneigt, eine Konversation zu beginnen.

Ehe Hannes nach einem Stall für das wertvolle Pferd fragen konnte, winkte Karl einen Burschen herbei. Hannes beeilte sich, ein paar Pfennige aus den Tiefen seines Geldbeutels zu zaubern. Der Stallbursche nickte und nahm das Pferd beim Zügel.

›Hoffentlich ist die Fürstin gesprächsbereiter als ihre Angestellten!‹, dachte Hannes.

Karl machte eine unwirsche Handbewegung. Hannes fragte sich schon, ob der Mann stumm sei. Solche Diener waren an den Fürstenhöfen nicht unbeliebt. Sie konnten nichts ausplaudern.

»Die erste Kammerzofe Annalena wird Sie anmelden, Herr Baron von Senftenberg!«

Hannes hielt einen Moment inne. Dieser Klotz konnte sich artikulieren! Es klang allerdings wie Gewittergrollen. Den Titel hatte er so ausgesprochen, als wäre der Klumpen Kautabak im Mund zu groß und er müsste braunen Schleim ausspucken. Der Troll ging seiner Wege und Hannes atmete erleichtert aus. Es dauerte nicht lange, bis eine junge Frau mit blonden Haaren einen Knicks machte und sagte:

»Herr Baron von Senftenberg? Folgen Sie mir bitte die Treppe hinauf!«

Hannes stiefelte der ersten Kammerzofe hinterher und wurde gebeten, auf einer gepolsterten Sitzbank Platz zu nehmen. In diesem Schloss mangelte es nicht an Stil, Hannes hatte schon unbequemer gesessen. Die Kammerzofe Annalena war durch eine Tür gehuscht und kam nicht wieder.

Hannes kramte beide Schreiben aus der Ledermappe, um sie der Fürstin Teschen umgehend überreichen zu können, sobald man ihn aufrufen würde. Hannes dachte gerade an die hübschen sorbischen Mädchen, die ihm zugewunken hatten, als wie aus dem Boden gestampft die Kammerzofe wieder vor ihm stand.

»Die Reichsfürstin von Teschen ist jetzt bereit, Sie zu empfangen, Herr Baron!«

Hannes erhob sich und nickte der Zofe freundlich zu, die allerdings ihren Blick senkte. Der Saal, in den Hannes jetzt trat, war nicht weniger beeindruckend als jener, in dem die Gräfin Cosel Bittsteller empfing. Die Reichsfürstin thronte wie ihre Nachfolgerin am Hofe zu Dresden auf einem vergoldeten Sessel mit weinrotem Sitzbezug, der hinter einem massiven Schreibtisch aus Eichenholz stand. ›Friedrich August von Sachsen hat einen erlesenen Geschmack, was Frauen betrifft‹, dachte Hannes. Ursula Katharina von Teschen hatte blitzende blaue Augen und lockiges blondes Haar. Das genaue Gegenteil der dunkelhaarigen Anna Constantia, in deren Diensten er stand. Hannes schwenkte den Arm, verbeugte sich und machte einen Kratzfuß.

»Dafür, dass man Sie erst vor kurzem in den Adelsstand erhoben hat, machen Sie das ganz ordentlich, Herr Baron!«

Hannes nahm wieder eine gerade Stellung ein und fragte sich verblüfft, woher die Fürstin das wusste. Er würde auf jede Veränderung des Gesichtsausdruckes und der Körperhaltung achten, um später seiner Herrin berichten zu können, ob die Dame schuldig war.

Unterschrieb die Fürstin das zweite Schreiben, gestand sie ein, dass zwei ihrer Männer die Sicherungsstifte an der Kutsche der Gräfin Cosel ausgetauscht hatten. Hannes hatte bisher keine Aufforderung erhalten, Platz zu nehmen. Um das langsam unangenehm werdende Schweigen zu brechen, verbeugte er sich erneut.

»Wenn Sie gestatten, hochverehrte Fürstin, überreiche ich Ihnen die Schreiben, die die Reichsgräfin von Cosel mir mitgegeben hat.«

Die Fürstin Teschen machte eine unwirsche Handbewegung, die Hannes so deutete, er solle die Papiere auf den Tisch legen. Gleichzeitig griff sie zu einer Glocke und auf den hellen Klang hin erschien wieder die blonde Kammerzofe und knickste.

»Annalena, zwei Tassen Kaffee, Zucker, etwas Gebäck und ein Glas Wasser für den Herrn Baron. Ach, nein, zwei Gläser Wasser!«

»Wie Sie wünschen, Hoheit!«

Die Fürstin Teschen würdigte die Schreiben keines Blickes. Sie lächelte Hannes mit strahlenden blauen Augen an.

»Entschuldigen Sie, Herr Baron, wie unhöflich von mir. Nun habe ich die Zofe wieder weggeschickt. Seien Sie bitte so freundlich und rücken sich selbst einen Stuhl zurecht, auf dem Sie dann Platz nehmen!«

Hannes ließ sich von der zur Schau gestellten Liebenswürdigkeit der Fürstin nicht täuschen. Sie musste ahnen, dass der Bote keine Einladung zu einem Souper in Pillnitz oder Dresden überbrachte.

Annalena kam mit einem Tablett zurück und deckte den Tisch. Hannes ergriff mit spitzen Fingern den Henkel der Porzellantasse und beäugte misstrauisch das dunkle heiße Gebräu. Erst jetzt bequemte sich die Fürstin, die Schreiben zu überfliegen. Hannes konnte gerade noch verhindern, den heißen Kaffee in seinen Schoß zu verschütten, als die Fürstin Teschen laut auflachte und mit einer Faust auf den Tisch schlug. Vorsichtshalber stellte er die Tasse ab.

»Diese Dirne aus Holstein erdreistet sich, mich der Manipulation an einer ihrer Kutschen zu bezichtigen! Die dumme Gans beleidigt meine Intelligenz! Selbst wenn es so wäre, was nicht der Fall ist, würde man es nicht auf mich zurückverfolgen können.«

Die Fürstin Teschen beruhigte sich zusehends und nippte an ihrem langsam erkaltenden Kaffee.

»Was sagen Sie dazu, Herr Baron Senftenberg? Ich weiß, Sie sind nur der Bote. Aber wie kommt die Gräfin auf die merkwürdige Idee, ich habe etwas mit dem bedauerlichen Unfall ihrer Kutsche zu tun?«

»Ich war dabei, sehr geehrte Fürstin!«, sagte Hannes seelenruhig und schaffte es, ohne sich die Lippen zu verbrühen, am Kaffee zu nippen.

»Schildern Sie den Hergang aus ihrer Sicht, Herr Baron!« Die Herrin von Hoyerswerda griff anstelle der Kaffeetasse nach dem Wasserglas.

»Ich war auf der Chaussee von Dresden nach Pillnitz, als plötzlich eine Kutsche auf mich zuraste, sich zwei Räder lösten und eine Frau herausgeschleudert wurde. Ich konnte sie auffangen, stieß mit dem Kopf an einen Stein. Als ich erwachte, fand ich mich in den Gemächern der Johanna von Colditz wieder, Privatsekretärin der Gräfin Cosel.«

Hannes trank jetzt auch einen Schluck Wasser. Er spürte wieder die Übelkeit wie damals nach dem Unfall.

»Johanna von Colditz ist übrigens tot. Die Sie meinen ist Johanna von Lichtenau, aber das ist eine andere Geschichte«, sagte die Fürstin Teschen.

Hannes stellte das Wasserglas mit zitternder Hand wieder ab. Diese Fürstin schien so ziemlich alles zu wissen.

»Ich habe einen Zeugen befragt, der sagt, die Männer, die an dem Gefährt die Sicherungsstifte ausgetauscht haben, kämen aus Polen oder Litauen und stünden in ihren Diensten, verehrte Reichsfürstin!«

Es geschah etwas, womit Hannes nicht gerechnet hatte. Die Fürstin stand auf, umrundete den Tisch und war plötzlich hinter ihm. Sie massierte mit sanften kreisenden Bewegungen seine Schultern.

»Wenn Sie galant sind, vergesse ich das alles hier. Ich gebe Ihnen ein Schreiben mit, in dem ich versichere, unschuldig zu sein. Sie sagen, ihr Zeuge sei unglaubwürdig, habe sich bestechen lassen, und alle sind glücklich!«

Hannes spürte den Atem der Fürstin an seinem Hals und hörte den eigenen Herzschlag. Nein, darauf konnte und wollte er nicht eingehen! So attraktiv die Teschen auch sein mochte – er musste wieder zurück und Anna Constantia und Johanna Rechenschaft ablegen. Vor allem musste er sich weiterhin selbst im Spiegel anblicken können.

»Nein, verehrte Reichsfürstin! Bei allem Respekt vor ihrer Schönheit – ich bin der Gräfin Cosel verpflichtet und mit Johanna von Lichtenau verlobt!« Hannes stand auf und machte den Fehler, die Hände der Fürstin von seinen Schultern zu streifen.

»Wie Sie meinen, Herr Baron!« Die Stimme der Fürstin hatte einen giftigen Klang angenommen, der Hannes nicht gefiel. »Ich werde jedenfalls den Wisch nicht unterschreiben! Annalena wird Ihnen das Quartier zeigen und Sie können morgen unverrichteter Dinge wieder zurückkreiten!«

Ursula Katharina von Teschen umrundete den Schreibtisch, setzte sich und fegte angewidert die beiden Schreiben zur Seite. Dann griff sie zur Glocke und wies die herbeieilende Zofe an, den Herrn Baron in ein Gästezimmer zu führen.

»Die Audienz ist beendet, leben Sie wohl, Herr Baron von Senftenberg oder besser gesagt, Johannes Bauer!« Die Fürstin, die Hannes eine Avance gemacht hatte und abgeblitzt war, nutzte die Gelegenheit, noch einen Giftpfeil abzuschießen. Er hatte keine Ahnung, dass die umtriebige Dame einen ganzen Köcher davon hatte. Annalena führte Hannes einen langen Gang entlang und stieß eine quietschende Tür auf, deren Angeln etwas Öl gut gebrauchen könnten.

Das Zimmer war ordentlich, die Bettdecke mit flauschigen Federn gefüllt. Nicht so luxuriös wie er es aus Dresden und Pillnitz kannte, aber sauber.

»Das Abendessen bringe ich dann später auf ihr Zimmer, Herr Baron. Die Fürstin wünscht nicht mit Ihnen zu speisen, ich habe extra nachgefragt und wurde dafür mit einem Gegenstand beworfen.« Das blonde Mädchen wurde Hannes immer sympathischer. Es gehörte sicher nicht zur Aufgabe einer Angestellten, Gästen zu erklären, in welchem Gemütszustand sich die Herrin des Hauses befand.

»Vielen Dank, Annalena! Ich mache mich etwas frisch, schaue dann nach dem Pferd aus den Stallungen des Kurfürsten. In einer Stunde können Sie servieren, wenn es recht ist.«

Hannes unterdrückte den Drang, sich vor einer Zofe zu verbeugen, obwohl er die Anteilnahme des Mädchens zu schätzen wusste. Er musste sich erst daran gewöhnen, jetzt ein Baron und nicht mehr Müllergeselle zu sein. Obwohl ihn die Fürstin vorhin wenig charmant darauf hingewiesen hatte.

»Wie Sie wünschen, Herr Baron!« Annalena lächelte, knickste wie gewohnt und verschwand.

Hannes wusch sich über eine Schüssel gebeugt, die auf einer Anrichte bereitstand. In seinem Gepäck befand sich ein frisches Hemd. Das würde er erst morgen anziehen. Dann musste er sich ohne Führung erst einmal im Schloss zurechtfinden. Er fand den Hinterausgang, der direkt zu den Nebengelassen und Ställen führte. Der Stallbursche, der auf einem Strohhalm kaute, sprang auf, als er Hannes bemerkte.

»Rassiges Pferd, auf dem Sie hierher geritten sind, Herr Baron«, sagte der junge Mann.

Bis auf den Wachsoldaten, die Fürstin und diesem Troll Karl schienen hier alle normal und freundlich zu sein, konstatierte Hannes. Er wusste nur noch nicht, ob diese Menschen in der Überzahl waren.

»Ja, ein Jagdpferd, das unser Landesherr Friedrich August der Gräfin Cosel übereignet hat. Auf dem Gut Pillnitz habe ich einen Fuchs-Hengst«, sagte Hannes freundlich. »Wie ich sehe, hast du die Satteltasche abgenommen, vielen Dank …?«

»Christian, Herr Baron!«, sagte der Stallbursche.

»Schönen Abend noch, Christian!«

Der junge Mann schaute dem Baron von Senftenberg verblüfft hinterher. Seit wann wünschte ein Adeliger einem Stallburschen einen angenehmen Abend?

Die Kammerzofe Annalena hatte bemerkt, dass der unbeliebte Gast ihrer Herrin zurück war und servierte knuspriges Brathähnchen, Brot, Gemüse und Wein. ›Die Teschen lässt sich nicht lumpen, obwohl wir nicht gerade im Frieden auseinander gegangen sind‹, dachte Hannes. »Vielen Dank, Annalena«, sagte er laut und schenkte der errötenden jungen Frau ein Lächeln. Obwohl es noch gar nicht so spät war, streckte sich Hannes auf dem Bett aus. Der lange Ritt nach Hoyerswerda, der Wein zum Essen – er bemerkte wie müde er eigentlich war und schlummerte ein.

Mit dem ersten Hahnenschrei wummerte es an der Tür. Hannes schreckte auf und rieb die schlaftrunkenen Augen. Sollte er volle zwölf Stunden im Bett verbracht haben? Und wer zum Teufel machte so einen Heidenlärm? Da er nicht gleich geantwortet hatte, wurde die quietschende Tür aufgerissen und vier Männer stürmten herein. Zu Hannes Entsetzen war auch der Troll Karl dabei, der sich im Hintergrund hielt und die anderen wohl nur geführt hatte.

»Ich bin Stadtrichter Adam! Ankleiden, Baron von Senftenberg! Mitkommen, Sie sind verhaftet!«

Hannes schlüpfte in die Kniebundhosen. »Darf ich fragen, was mir vorgeworfen wird?«

»Schnauze! Das erfahren Sie unten!«, keifte Richter Adam.

Die den Richter begleitenden Gerichtsbüttel griffen nach seinen Armen und zerrten ihn auf den Gang, wo man seine Handgelenke auf dem Rücken fesselte. Hannes wurde die Treppen hinuntergeschubst, bis man die Gewölbe im Untergeschoss erreicht hatte. Das diente sonst nicht als Gefängnis, die Fürstin Teschen hatte es nur für ihn einrichten lassen.

»Darf ich nun erfahren, was man mir …« Einer der Büttel holte zu einem Fausthieb aus. Hannes duckte sich weg und der Schlag ging ins Leere. »Ich protestiere, Richter Adam! Ich versichere Ihnen, Sie bekommen Ärger mit der Reichsgräfin von Cosel und keinem Geringeren als Friedrich August von Sachsen!«

Der Stadtrichter winkte nur ab und würdigte den Fragesteller keiner Antwort. Er wies einen der Büttel an, zwei Kerzen zu entzünden und nahm hinter einem Tisch Platz.

Für Hannes stand fest, dass die Fürstin Teschen das inszeniert hatte, weil er auf ihre Annäherungsversuche nicht eingegangen war.

»Wo steckt der verdammte Schreiber? Muss man hier alles selbst machen?«, schnauzte Richter Adam.

»Der hat sich krankgemeldet, Herr Richter«, sagte einer der Büttel.

Richter Adam blieb nichts anderes übrig, als eine Feder ins Tintenfass zu tauchen und ein Blatt weißes Papier in die Mitte des provisorischen Schreibtisches zu schieben.

»Ich eröffne das Untersuchungsverfahren gegen Johannes Baron von Senftenberg, gebürtig aus …?«

»Zschipkau, Euer Ehren!« Hannes fügte sich in sein Schicksal. Es blieb immer noch ein Albtraum. »Mein Geburtsname ist Johannes Bauer, Sohn des Müllers Wilhelm Bauer!« Hannes hoffte, wenn er kooperierte, schneller aus der misslichen Lage zu kommen als bei sinnlosem Widerstand.

»Na, bitte, geht doch«, feixte Richter Adam. »Nun zu ihrer penetranten Frage, was Ihnen vorgeworfen wird, Johannes Bauer, Baron von Senftenberg.«

Der Untersuchungsrichter machte eine bedeutungsschwangere Pause. Karl, der Angestellte der Fürstin Teschen, öffnete die Gepäckstücke, griff aber nicht hinein, sondern überließ es einem der Gerichtsbüttel.

»Unsere hochverehrte Reichsfürstin von Teschen vermisst 120 Taler und einige Schmuckstücke. Da Sie, Herr Johannes Bauer, Baron von Senftenberg, der einzige Gast in diesem Schloss sind, fiel der Verdacht notwendigerweise auf Sie!« Der Gerichtsbüttel zauberte aus Hannes Gepäckstücken Reichstaler und Goldschmuck.

Der Angeklagte konnte nur den Kopf schütteln. ›Warum nur habe ich zwölf Stunden geschlafen und nicht aufgepasst‹, dachte Hannes.

»Damit nicht genug, haben Sie auch Bauzeichnungen mit dem Signum unseres hochverehrten Landesfürsten entwendet, Herr Bauer, äh, Baron von Senftenberg! Das ist ungeheuerlich! Was haben Sie damit bezweckt?«

Hannes konnte nur mit den Schultern zucken. Er konnte nicht ansatzweise wissen, dass es überhaupt Pläne zum Umbau des Schlosses Hoyerswerda gab.

»Sie können mich mit ihrer zur Schau gestellten Unwissenheit nicht täuschen, Angeklagter! Sie wollten ihrer Herrin, der ehebrüchigen Anna Constantia von Hoym beweisen, dass unser über jeden Zweifel erhabener Herrscher noch Kontakt zu der ehemaligen ersten Dame am Hofe zu Dresden hat und Zwietracht sähen! Das ist mir noch nicht untergekommen!«

Hannes hätte die Schauspielkunst des Richters von der Reichsfürstin Teschen Gnaden bewundert, wenn er nicht in dieser misslichen Lage gewesen wäre. Es war unglaublich, was die sich alles einfielen ließen, nur um ihn und seiner Auftraggeberin eins auszuwischen.

»Wenn ich daran erinnern darf, bin ich nur hier, weil Angestellte der Fürstin Teschen am 24. Mai die Sicherungsstifte an der Kutsche der Gräfin Cosel ausgetauscht haben und die daraufhin einen Unfall erlitt. Wäre ich nicht zur Stelle gewesen, hätten besagte Gräfin und das ungeborene Kind in ihr, dessen Erzeuger unser hochverehrter Landesfürst ist, Schaden genommen!«

»Ach, ja? Wenn dem so ist, was ich bezweifle, warum wurden dann die Beschuldigten nicht festgenommen und befragt?« Richter Adam lehnte sich entspannt zurück.

»Die waren natürlich über alle Berge, Euer Ehren! Und bevor Sie fragen: Mein Zeuge ist sicher, dass die Männer Polnisch sprachen!« In Wirklichkeit hatte Maximilian Leipold von Polen oder Litauern gesprochen. Aber das würde Hannes dem Stadtrichter nicht auf die gerötete fleischige Nase binden.

»Das ist zwar nicht mein Fall, interessiert mich aber doch«, sagte Richter Adam. »Wie heißt der Zeuge, für wen arbeitet er und warum hat er den Kutscher der Gräfin Cosel nicht vor der drohenden Gefahr gewarnt? Immer vorausgesetzt, Sie binden uns hier keinen Bären auf, Baron von Senftenberg!«

Eines musste Hannes anerkennend feststellen: Der Richter konnte messerscharf denken! »Ohne Rücksprache mit meiner Herrin bin ich nicht befugt, darüber Auskunft zu geben!«

Als ihn der Faustschlag von einem der Büttel in die Magengrube traf, war es zu spät, darüber nachzusinnen, dass er diesen Spruch lieber gelassen hätte. Ein Trost, wenn auch ein geringer war, dass nicht Karl zugeschlagen hatte. Auch so war Hannes froh, noch nicht gefrühstückt zu haben.

»Wir können hier auch andere Saiten ungeachtet ihres Titels aufziehen, Herr Baron!« Der Richter war aufgesprungen und hätte beinahe den Stuhl umgeworfen.

Als Hannes wieder Luft bekam, setzte er zu einer Antwort an:

»Der heißt Maximilian Leipold, Kutscher des Generals von Flemming. Er wurde nach eigener Aussage mit einem Messer bedroht und bekam zehn Taler Schweigegeld. Deshalb hat er nichts gesagt.«

Der Richter hatte sich wieder beruhigt und hingesetzt. Die Schreibfeder huschte über das Papier.

»Das dürfte unsere Fürstin interessieren«, murmelte er vor sich hin. »Karl! Bring die Notiz nach oben!«

Die Schlussfolgerung, dass General von Flemming ein Bewunderer der Gräfin Cosel war und somit ein Interesse hatte, der Fürstin Teschen zu schaden, behielt er für sich. Es war möglich, dass man sich in Dresden und Pillnitz das alles nur ausgedacht hatte und der gerade erst zum Baron ernannte ehemalige Müllergeselle war der Leidtragende. Der Unfall der Kutsche hatte stattgefunden, es hatte sogar hier in Hoyerswerda in der Zeitung gestanden. Entweder wollte man das der Fürstin Teschen unterschieben oder sie steckte tatsächlich dahinter und hatte ehemalige Angestellte damit beauftragt. Auf jeden Fall hatte er als Richter den Auftrag, den vor ihm stehenden Mann zu verhören, zu foltern und für lange Zeit einzukerkern. Der einzige Grund war, dass die Fürstin die Gräfin Cosel hasste und mit ihr alle, die für sie arbeiteten.

»Die Beweise sind eindeutig. Sie bleiben in Untersuchungshaft, Baron von Senftenberg. Als Kaution für ihre Freilassung werden 500 Taler festgelegt. Es kann allerdings ein paar Tage dauern, bis die Gräfin Cosel das entsprechende Schreiben erreicht. Die Befragung setze ich morgen fort.« Der Stadtrichter erhob sich, sammelte die Schreibutensilien ein und verschwand.

Hannes wurde von den beiden Bütteln in eine provisorische Zelle aus Holzgattern geschleift. Er wurde vom Hanfseil um seine Handgelenke befreit und er rieb die wunden Stellen. Umgehend wurden ihm Fußeisen angelegt, die mit einer kurzen Kette verbunden waren. Hannes bekam einen Stoß gegen das Brustbein und fiel unsanft auf eine Strohschütte.

»Viel Spaß beim Nachdenken, mit wem Sie sich angelegt haben, Herr Baron!«, lachte der Büttel, der Hannes in die Magengrube geschlagen hatte.

Der Gefangene schaute sich um. Die Holzgitter um ihn herum rochen nach frischem Holz. Man hatte in dieses Gewölbe ein Gefängnis nur für ihn gebaut, dämmerte es jetzt auch ihm. Was der Büttel mit seiner Bemerkung gemeint hatte, erfuhr Hannes nach zwei Stunden des Nachdenkens. Es ging auf die Mittagsstunde zu, als die Fürstin Teschen hereinrauschte. Zu seinem Verdruss hatte sie den Troll Karl dabei und einen weiteren Mann, den er hier noch nicht gesehen hatte. Hannes wurde aus der Zelle geschleift und mit erhobenen Armen in ein Gestell eingehängt, das man in der Zwischenzeit herbeigeschafft hatte. Die Fürstin Teschen trat nahe an den Gefangenen heran. Er spürte wieder ihren Atem an seinem Hals, wie gestern im Audienzzimmer. Vor allem stieg ihm das süßliche Parfüm, das sie aufgelegt hatte, in die Nase. Hannes musste niesen.

»Was unterstehst du dich, du Wicht, Schleimtropfen auf meinem Kleid zu verteilen!« Die Fürstin Teschen schlug den zusammengeklappten Fächer in Hannes Gesicht. Eine Waffe, die gelegentlich auch die Gräfin Cosel einsetzte.

Dann nestelte die Schlossherrin an der Verschnürung der Kniebundhosen, die daraufhin herunterrutschten und griff beherzt zu. Der Gefangene konnte ein Stöhnen nicht unterdrücken.

»Du hattest deine Chance, Knecht der Cosel!« Fast hätte Hannes erwartet, dass die Fürstin ausspuckte. Aber das geziemte sich für eine Dame ihres Standes nicht. »Weißt du, was sie morgen mit dir machen? Man wird dich an den Fußgelenken aufhängen und mit glühenden Eisen deine Weichteile versengen! Glaub mir, dann wirst du zugeben, mich bestohlen zu haben!«

»Das ist nicht zulässig, Fürstin! Gemäß Constitutio Criminalis Carolina dürfen nur vom Gesetz festgelegte Verhörmethoden Anwendung finden«, keuchte Hannes.

Die Fürstin Teschen trat einen Schritt zurück. »Wer hat dir diesen Floh ins Ohr gesetzt? Dein Liebchen, die Johanna mit dem falschen Namen? Dass ich nicht lache! In Hoyerswerda bin ICH das Gesetz, du Wicht!« Die Schlossherrin griff noch einmal zu und Hannes zuckte zusammen. »Ich habe nicht übel Lust, mir doch noch das zu holen, was du mir verweigert hast. Aber wir haben Zeit, viel Zeit, vielleicht morgen.« Endlich ließ die Fürstin von ihm ab und trat zurück.

»Darf ich jetzt gleich, Herrin?«, knurrte Karl. Der Troll hatte zu Hannes Entsetzen die Fäuste geballt.

»Nein, ich sagte doch, wir haben Zeit. Du darfst den Gefangenen abhängen und in seine Zelle befördern!«

»Ja, Herrin!« Es klang wieder wie ein Gewittergrollen.

Hannes musste seine Knochen neu sortieren, nachdem Karl die Anweisung wörtlich genommen hatte. Er lag einen Moment benommen da, bis ihm bewusstwurde, dass die Hosen noch auf Halbmast hingen. Da seine Hände frei waren, konnte Hannes die Beinkleider wieder richten. Die Fußfesseln mit der kurzen Kette waren noch an Ort und Stelle. Hannes überlegte, in Rückenlage mit kräftigen Beinstößen das Holzgatter zu zertrümmern. Der Krach des zersplitternden Holzes würde die Büttel des Richters Adam herbeirufen, die sicher irgendwo in diesem Gewölbe in einem vorderen Raum bei einem Humpen Bier saßen. Er hatte geahnt, dass diese Mission schwierig sein würde. Er haderte mit seiner Brotherrin, der Gräfin Cosel, die zwar klug, aber manchmal auch naiv war. Wie konnte sie glauben, dass die Fürstin Teschen mit einer Unterschrift den Anschlag auf die Kutsche bestätigte? Der Gefangene wälzte sich unruhig hin und her. Nach einer Hannes endlos lang erscheinenden Zeit erschien ein Wärter, der das Holzgatter aufschloss, nach Bier und Schweiß stank und rülpste.

»Das Abendessen, Herr Baron von Senftenberg«, kicherte der Mann. Hannes kroch näher an das Tablett, das im Stroh abgestellt worden war. Ein Becher Wasser und zwei Scheiben Brot, mehr durfte er hier nicht erwarten. Nach dem Essen versuchte er zu schlafen. Es gelang ihm nicht wirklich. Immer wieder hatte er die Bilder vor Augen, wie der dänische König Johanna befingerte, die geheimnisvolle Elena Kretzulesco und die manchmal naive Gräfin Cosel.

Hannes war eingenickt und wurde durch ein Geräusch geweckt. Jemand machte sich am Schloss des Holzgatters zu schaffen. Sie würden es nicht wagen, ihn umzubringen, schoss es ihm durch den Kopf. Sicher konnte er dessen nicht sein. Der Fürstin Teschen war alles zuzutrauen. Gegenüber dem Kurfürsten und der Gräfin Cosel konnte sie behaupten, der Abgesandte wäre bei einer Schlägerei ums Leben gekommen. Hannes kniff die Augen zusammen. Ihn blendete das Licht, das die Gestalt bei sich führte. Dann huschte das flackernde Kerzenlicht über das Gesicht. Eine junge Frau, fast noch ein Mädchen, durchzuckte es ihn. Wie war die hierreingekommen? Das Mädchen legte den Zeigefinger auf die Lippen. Der Gefangene schwieg, hob aber die Beine an, um zu signalisieren, dass er Fesseln trug. Die nächtliche Besucherin hatte einen Schlüssel dabei und befreite Hannes von der Fußfessel. Wenn das keine Finte der Fürstin Teschen war, musste er dem Mädchen vertrauen und zunächst den Mund halten, obwohl ihm viele Fragen auf der Zunge lagen.

»Sie schlafen. Wir haben etwas in das Bier gemischt, sodass sie erst morgen früh aufwachen«, flüsterte das Mädchen. Hannes hörte zum ersten Mal die glockenklare Stimme.

»Ich bin Jannika, die Küchenmagd. Annalena, Christian, der Stallbursche – alle stehen hinter dir. Vertrau uns, Johannes!«

Das Mädchen Jannika hatte sehr leise, aber eindringlich gesprochen.

Warum waren drei Angestellte der Fürstin Teschen bereit, ihm zu helfen? Sie würden nicht nur ihre Arbeit verlieren, sondern auch die Freiheit, wenn es herauskam. Hannes rieb die geschundenen Fußgelenke und beeilte sich, der Küchenmagd zu folgen. Sie huschten an dem Raum vorbei, in dem die Büttel des Richters schnarchten. Wie gut die Flucht vorbereitet worden war, konnte er am bewachten Schlossportal beobachten. Jannika drückte ihn in den Schatten einer Säule. Draußen galoppierte laut wiehernd ein Pferd vorbei. Hannes glaubte im Dämmerlicht des dahinscheidenden Tages zu erkennen, dass es der Rappe aus den kurfürstlichen Stallungen in Dresden war. Der Stallbursche Christian rannte laut schreiend hinterher.

»Ich wollte den Hengst doch nur striegeln! Jetzt rennt der Gaul einfach weg! Josef, hilf mir bitte!«

Der Soldat Peter war von einem anderen abgelöst worden, der kopfschüttelnd das Gewehr abstellte und seinen Posten verließ, um mitzuhelfen, das Pferd einzufangen. Der Rappe floh durch das offene Tor und galoppierte den abschüssigen Weg vom Schloss Richtung Stadt hinunter. Die Verfolger hatten keine Chance. Jannika und Hannes nutzten die Verwirrung, um unbeobachtet durch das Portal zu schlüpfen. Im Schutz der einbrechenden Nacht entschwanden sie in einer Seitengasse. Jannika wartete ab, bis sie sah, dass Christian den Soldaten zurückgeschickt hatte. Sie schlichen zwei Straßen weiter. Hannes duckte sich, als er bemerkte, dass ein Pärchen ihnen entgegenkam. Jannika zögerte keinen Moment, schmiegte sich an den Abgesandten der Gräfin Cosel und drückte ihm einen Kuss auf den Mund. Obwohl er an Johanna denken musste, war das ein unbeschreibliches Gefühl.

»Jetzt treibt es die Jugend schon auf offener Straße«, zeterte die Matrone. Ihr Mann schmunzelte, dachte daran, dass sie sich vor Jahrzehnten auch auf einem Marktplatz geküsst hatten, und zog seine Frau weiter.

Hannes erwachte aus dem Rausch der Gefühle, als Jannika ihn am Ärmel weiterzog. Christian hatte es tatsächlich geschafft, das Reittier wieder einzufangen und hielt den Rappen am Zügel. »Ich danke euch. Aber wie schaffen wir es, das Pferd und mich aus der Stadt zu schmuggeln? Die Tore sind bewacht«, stellte er nüchtern fest. Erst jetzt hatte er Gelegenheit, seine Befreierin näher zu betrachten. Lange schwarze Locken umspielten ein ebenmäßiges ovales Gesicht. Am beeindruckendsten war der Kontrast zwischen dem pechschwarzen Haar und den blauen Augen. Der Kuss vorhin, das war mehr als nur ein Trick gewesen, um sein Gesicht vor den Passanten zu verbergen. Wie konnte sich das Mädchen in ihn verlieben, wenn sie ihn nie zuvor gesehen hatte? Eine weitere Frage verdrängte die erste aus seinen verwirrten Gedanken.

»Die Satteltasche, wie kommt die an das Pferd?«, stellte er den Stallburschen zur Rede.

»Ich wollte meinen Fehler wiedergutmachen. Man hat mir fünf Taler gegeben, damit ich wegsehe, als sie den Goldschmuck und die Bauzeichnungen hineinstopften. Die Zeichnungen sind immer noch da, der Schmuck im Schloss!« Christian hatte schuldbewusst den Kopf gesenkt. Hannes konnte ihm nicht wirklich bösc sein. Das Ablenkungsmanöver vorhin war simpel, aber erfolgreich gewesen.

»Wie kam es zu diesem Gesinnungswandel, wenn ich fragen darf?«, wollte er wissen.

Er erhielt keine Antwort. Ein offenes Fuhrwerk rumpelte heran. Auf dem Kutschbock saßen zwei Männer, die sich in dunkle Umhänge gehüllt hatten. Zu Hannes Entsetzen lag auf der Ladefläche ein Sarg aus Eichenholz.

»Dein Transport in die Freiheit, Johannes«, zwitscherte Jannika. »Oder legst du Wert darauf, dass ich dich Herr Baron von Senftenberg nenne?«, kicherte sie.

»Ganz wie es beliebt, gnädiges Fräulein!«, sagte Hannes und deutete eine Verbeugung an.

»Wir haben nicht ewig Zeit«, knurrte der Fuhrwerkslenker. Er und sein Gehilfe waren vom Kutschbock gestiegen und schraubten den schweren Sargdeckel ab.

»Das ist nicht euer Ernst?« Hannes schaute abwechselnd die hübsche Jannika und den verlegen dreinblickenden Christian an. »Ihr wollt mich in einem Sarg aus der Stadt schmuggeln?«

»Hast du eine bessere Idee?«, konterte die Küchenmagd. Ihre blauen Augen blitzten ihn an.

»Einsteigen, Herr Johannes Müller! So steht es zumindest in den gefälschten Papieren. Ich riskiere hier ohnehin Kopf und Kragen für einen Appel und ein Ei!«, meckerte der Bestatter.

Hannes blieb nichts anderes übrig, als auf das offene Fuhrwerk zu klettern und dann zögerlich in den Sarg zu steigen. Christian stand Schmiere.

Jederzeit konnte hier ein verspäteter Spaziergänger auftauchen und das seltsame Treiben der Stadtwache, dem Richter oder der Fürstin im Schloss melden.

»Keine Sorge, der Herr. Ich habe ein Loch an einer versteckten Stelle gebohrt. Sie bekommen ausreichend Luft«, sagte der namenlose Bestattungsunternehmer.

Hannes stellte fest, dass man in dem gepolsterten Sarg bequem liegen konnte und atmete durch. Noch bekam er genügend Luft. Dann wurde es dunkel über ihm. Der Deckel wurde wieder verschraubt. Durch das massive Eichenholz um ihn herum bekam er nicht mit, dass sich der Stallbursche Christian verabschiedete. Ein Pferd aus dem Vierergespann wurde ausgeschirrt und durch das schwarze Jagdpferd des Kurfürsten von Sachsen ersetzt. Jannika lief als trauernde Angehörige neben dem rumpelnden Gefährt, welches sich dem Wittichenauer Tor näherte. Jetzt kam der heikelste Moment der Flucht. Ein Unteroffizier der Stadtwache hielt das Fuhrwerk an.

»Halt! Wohin des Wegs zu später Stunde, Herr Rudolph?«

Hannes hörte das alles wie durch Watte. Zudem bemerkte er, dass er durch die Bohrung immer weniger Luft bekam.

»Johannes Müller, an den Pocken verstorben. Hier sind die Begleitpapiere, vom Amts-Medicus unterschrieben. Wir bringen ihn zum Friedhof nach Nardt.«

Der Unteroffizier schlich um das Fuhrwerk. »Und das Mädchen hinter dem Wagen?«

Jannika hatte an etwas Schlimmes gedacht und ihr liefen Tränen über die Wangen.

»Jana Müller, die Tochter des Verstorbenen«, schluchzte sie.

Der Unteroffizier und der ihn begleitende Soldat hatten keine Lust, sich anzustecken und verzichteten auf die Öffnung des Sarges. Der Totenschein wurde im Licht einer Laterne studiert. Dann öffnete sich das Wittichenauer Tor und sie durften passieren. Hannes lief der Schweiß über die Stirn. Die Luft im Sarg wurde immer stickiger. Als er glaubte, sein letztes Stündlein habe geschlagen, wurde endlich der Sargdeckel aufgeschraubt und er atmete tief ein. Er beeilte sich, aus dem Sarg und von der Ladefläche zu kommen. Jannika griff nach der Satteltasche und der Gehilfe des Totengräbers nach ihrem Handgelenk.

»Wenn du zurückkommst bist du mir und meinem Herrn noch etwas schuldig, sorbische Magd!«

Jannika versuchte, die Hand des jungen Mannes abzuschütteln.

Hannes war noch mit dem Sortieren seiner Kniegelenke beschäftigt, bekam am Rande mit, dass seine Retterin belästigt wurde und wollte einschreiten. Jetzt wurde er von Herrn Rudolph festgehalten.

»Du glaubst doch nicht, dass wir das alles umsonst machen, Johannes, oder wie immer du heißen magst?«, zischte er.

»Ich kenne nicht die Vereinbarung, die wegen eurer Bezahlung getroffen wurde. Ich würde euch ein paar Taler geben, leider wurde alles beschlagnahmt«, sagte Hannes ruhig.

Der Gehilfe des Bestatters hörte nicht auf, Jannika zu bedrängen.

Sie richtete ihre Augen auf die Satteltasche, die sie neben dem Fuhrwerk fallengelassen hatte. Hannes verstand. Er war mit zwei schnellen Schritten an der Tasche und riss sie auf. Den Degen, den ihm die Gräfin Cosel im Auftrag des Landesfürsten überreicht hatte, konnte er vergessen. Irgendwie hatte es Christian geschafft, die Pistole wieder an sich zu bringen und unbemerkt im Gepäckstück zu verstauen. Hannes riss die Schusswaffe hoch.

»Das Mädchen loslassen, sofort! Beide auf den Kutschbock! Und danke für das Herausschmuggeln aus der Stadt!«

Die beiden Männer hatten die Hände erhoben und trabten Richtung Kutsche.

»Halt! Das schwarze Pferd ausschirren, es gehört nicht mir, sondern unserem Herrscher!«

Dem Bestatter und seinem Gehilfen blieb nichts anderes übrig, als den Rappen von der Deichsel zu lösen.

Hannes schwenkte die Pistole. »Der Sattel hinter dem Sarg – abladen! Gute Heimfahrt!«

Die verbliebenen Zugpferde waren zunächst verwirrt, weil sie nur noch zu dritt waren. Herrn Rudolph gelang dennoch das Wendemanöver.

»Das wirst du noch bereuen, sorbische Metze!« Der Bestatter spuckte aus und trieb die Pferde zur Eile an. Der Mann, den er aus der Stadt geschmuggelt hatte, könnte durchdrehen und doch noch die Pistole abfeuern.

Hannes übergab die geladene Handfeuerwaffe seiner Begleiterin, befestigte mit geübten Griffen die Zügel am Zaumzeug des Jagdpferdes und warf den Sattel auf den Rücken. Dann zog er den Sattelgurt unter dem Bauch des Reittieres fest.

»Ich kann nicht mehr zurück. Man wird nach mir suchen und dazu die Drohung des Herrn Rudolph«, schluchzte Jannika.

Hannes nahm sie in den Arm und drückte sie an sich. »He, alles wird gut! Wir nehmen dich in unsere Dienste, das heißt mit Zustimmung der Gräfin Cosel und Johanna.«

Jannika wischte mit einem Ärmel die herabkullernden Tränen von der Wange. Hannes fand es seltsam, dass die sorbische Magd nicht gefragt hatte, wer Johanna ist. Er umfasste die schmale Taille des Mädchens und hob sie vorn auf den Sattel. Dann schwang er sich selbst hinauf. Das Pferd setzte sich auf sein Kommando langsam in Bewegung.

»Zwei Meilen wird der Hengst uns beide tragen, dann werden wir absitzen und eine Pause machen«, sagte Hannes.

»Nach dem Stand der Sterne reiten wir nach Westen, liegt Dresden nicht im Süden?«, fragte Jannika.

»In Richtung Süden werden sie den Suchtrupp schicken, weil die Fürstin Teschen und Richter Adam annehmen, dass ich mich umgehend wieder unter den Schutz der Gräfin Cosel begeben möchte. Sie werden nicht damit rechnen, dass ich nach Senftenberg und dann nach Zschipkau reite.« Hannes trieb das Pferd zum Trab an. Im Licht des Mondes konnte man die Straße, die nach Westen führte, gut erkennen.

»Du fragst dich, warum ich dir helfe«, unterbrach Jannika das Schweigen. »Ich stand in Diensten deines Vaters, da war ich erst Siebzehn. Wilhelm Bauer hat mich immer gut behandelt. Ich kenne den Weg nach Zschipkau und in dieser Gegend hier wurde ich geboren.«

»Du warst in Diensten meines Vaters? Dann muss es vor zwei Jahren gewesen sein. Ich war als Geselle bei anderen Müllern beschäftigt. Mein Vater war der Meinung, dass ich mir bei anderen Meistern etwas abschauen könnte, was für uns von Nutzen wäre.« Hannes wollte noch fragen, warum sie wieder fortgegangen war, wenn sie so gut behandelt worden war, doch dazu kam er vorerst nicht.

Jannika senkte den Kopf, renkte den Hals nach links und blickte durch die Armbeuge des Reiters nach hinten. »Fackelschein im Osten, Hannes!«, rief sie. »Da ist ein Pfad! Links von der Straße runter, schnell!«

Hannes vertraute dem Mädchen, das er erst kurze Zeit kannte, und die nach eigener Aussage auch in Diensten seines Vaters gestanden hatte. »Wohin geht es hier?«, fragte er. Das Pferd und er konnten kaum etwas sehen. Das Mondlicht drang nur spärlich durch das dichte Gestrüpp und die Bäume zu beiden Seiten des Pfades.

»Čorny Chołmc«, sagte Jannika. »Schwarzkollm. Wir werden uns in der Nähe der Schwarzen Mühle verstecken. Da geht es nicht mit rechten Dingen zu. Die Soldaten werden sich hüten da herumzustöbern!«

Aus der Ferne kam das Hufgeklapper näher. Der Rappe scheute und Hannes zog die Zügel vorsichtig straffer. Das Letzte, was sie jetzt gebrauchen konnten, war ein laut wieherndes Pferd.

Hannes hob das Mädchen vom Sattel und sprang hinterher. Sie schlichen unter der Führung von Jannika den Pfad entlang. Man konnte die sprichwörtliche Hand vor den Augen nicht mehr sehen.

»Sie haben zwei Suchtrupps losgeschickt. Sie wussten, ich komme aus Schwarzkollm. Noch zwei Wegbiegungen, dann sind wir an der Schwarzen Mühle«, flüsterte Jannika.

»Was hat es mit der Schwarzen Mühle auf sich? Warum glaubst du, dass wir ausgerechnet dort sicher sind?« Hannes hatte ebenfalls die Stimme gesenkt.

»Man sagt, der Müller sei mit dem Gottseibeiuns im Bunde.« Jannika griff nach dem Kreuz, das sie an einer Kette um den Hals trug und murmelte ein Gebet. Hannes glaubte zu verstehen. Als gläubige Katholikin wollte das Mädchen den Namen des Teufels nicht aussprechen. »Schon bald wird der Müller einen Lehrling aufnehmen, der den Zauber bricht, sagt meine Oma.« Hannes konnte im Dunkeln nicht erkennen, ob seine Begleiterin lächelte oder das alles sehr ernst nahm. Aus dem Schutz eines dichten Waldstückes beobachteten sie sowohl den Pfad als auch die Schwarze Mühle. Das Anwesen bestand aus mehreren Gebäuden aus dunklem Holz und Stein. Der Hof, die Mühle und die Nebengelasse waren von einem hohen Palisadenzaun umgeben. Die vorbeifliegenden Wolken gestatteten dem Mond, das Gehöft ab und an in ein gespenstisches Licht zu tauchen. Inzwischen war Hannes geneigt, den Erzählungen seiner Begleiterin Glauben zu schenken. Er zog die Pistole und lief ein paar Schritte zurück in die Richtung, aus der sie gekommen waren. Er spitzte die Ohren hörte aber nichts.

Wahrscheinlich war der verfolgende Reitertrupp auf dem Weg zur Festung Senftenberg, um die Garnison zu alarmieren.

»Wir müssen schleunigst hier weg«, flüsterte Jannika aufgeregt.

Hannes hörte ein heranrumpelndes Gefährt. Natürlich gab es außer dem Pfad noch eine Straße zur Schwarzen Mühle.

»Um diese Uhrzeit? Zu unserer Wassermühle kamen die Bauern immer vormittags.«

»Das ist kein Bauer«, hauchte Jannika, griff nach dem silbernen Kreuz und murmelte wieder ein Gebet. Hannes klopfte dem unruhig wirkenden Hengst auf den Hals und flüsterte ihm ein paar Worte ins Ohr. Schon ein leises Schnauben hätte sie verraten können. Das doppelflügelige hohe schwarze Tor wurde aufgestoßen. Hannes konnte aus seiner Warte nicht erkennen, vom wem. Als das geheimnisvolle Fuhrwerk hinter dem wieder geschlossenen Tor verschwunden war, griff er nach den Zügeln und beeilte sich, Jannika zu folgen. Das Mädchen war ein paar Schritte voraus, sie hatte offensichtlich Angst.

»Wie jetzt weiter, Jannika?«, wollte Hannes wissen.

Die sorbische Dienstmagd antwortete erst, als sie das dritte Gebet beendet hatte. »Jesus wird uns weiter beistehen. Ich habe ihn um Hilfe angerufen. Wir gehen um Schwarzkollm herum. Ich möchte nicht gesehen werden, obwohl es dunkel ist. Jemand könnte ausplaudern, dass ich hier war …«

»Zudem in Begleitung eines fremden Mannes, der von der Fürstin Teschen und dem Stadtrichter Adam gesucht wird«, ergänzte Hannes den Satz.

»Ich kenne eine Scheune, die abseits liegt, da können wir ausruhen und das Pferd etwas fressen.«

Als sie nach einer halben Stunde ermattet im Stroh lagen, umklammerte Hannes Jannikas linkes Handgelenk und wollte ihr zum Dank für ihre Hilfe einen Kuss auf die Wange hauchen. Das Mädchen wehrte ihn ab. »Bitte, bei aller Zuneigung, lass mich schlafen.« Jannika drehte sich zur Seite.

»Es muss noch einen anderen Grund geben, warum du mir geholfen hast, außer, dass mein Vater nett zu dir war.« Hannes ließ nicht locker, behielt aber seine Hände bei sich. »Warum hast du die Mühle an der Pößnitz verlassen?«

»Ich möchte heute nicht darüber reden. Bevor wir dort sind, sage ich es dir.« Jannika gähnte und schloss die Augen. Es half alles nichts, Hannes würde in dieser Nacht keine Antworten auf seine Fragen erhalten. Er grübelte noch lange darüber nach, warum ihn die Gräfin Cosel auf diese Mission geschickt hatte. Die Frau war klug und vermutlich nicht so naiv, wie er zunächst geglaubt hatte. Wahrscheinlich ging es seiner Herrin nur darum, dass er die Reaktion der Fürstin Teschen auf die Anschuldigungen in dem Brief schilderte. Zunächst mussten er und Jannika an der Festung Senftenberg vorbei nach Zschipkau und von da nach Dresden – immer auf der Hut vor den Verfolgern.

Am nächsten Morgen reckte und streckte sich Hannes, klopfte das Stroh aus den Kleidern und führte das edle Jagdpferd nach draußen zum Grasen.

Es gab hier weder einen Bach, einen Brunnen oder einen mit Wasser gefüllten Trog, der als Tränke für Weidetiere dienen könnte. Die Morgentoilette musste ausfallen. Vielleicht konnte man sich an der Schwarzen Elster vor Senftenberg waschen. Jannika klaubte gelbe Strohhalme aus ihrem langen schwarzen Haar, obwohl sie gar keinen Spiegel hatte. Hannes wollte schmunzeln, aber ihm gelang nur ein schiefes Grinsen. Sein Magen krampfte sich zusammen und erinnerte ihn daran, seit gestern nichts gegessen und getrunken zu haben.

»Wir müssen dringend nach Norden zur Schwarzen Elster, einem Bach oder Teich. Das Pferd und ich kommen um vor Durst«, krächzte er.

»Dir auch einen schönen guten Morgen«, zwitscherte Jannika wie eine Lerche. Sie begann ein Lied anzustimmen und schüttelte sich dabei das restliche Stroh und Heu aus den Kleidern. Hannes vergaß für einen Moment Hunger und Durst. Seine Begleiterin hatte eine glockenklare, verzaubernde Stimme. Die Verfolger, die weite Reise über Zschipkau zurück nach Dresden – das alles kam Hannes mit einem Mal wie ein Kinderspiel vor, wenn nur dieses sorbische Mädchen an seiner Seite blieb. Zu Hannes Leidwesen endete das Lied. »Bei der Osterprozession in Schwarzkollm bin ich die Vorsängerin. In meiner Sprache nennt man es Kantorka«, sagte sie nicht ohne Stolz. Dann erinnerte sie sich an den Wunsch ihres Begleiters. »Zu Hause kann ich nicht nach Wasser und Brot fragen. Es kann sein, dass die Häscher jemand zurückgelassen haben, der das Haus meiner Eltern überwacht. Am Rande des Ortes gibt es noch einen Brunnen. Wenn ich eine Bekannte treffe, lasse ich mir etwas einfallen.«

»Nun, dann los!«, sagte Hannes, hob Jannika auf das inzwischen wieder gesattelte Pferd und schwang sich mittels Steigbügel hinterher. Etwa zweihundert Meter vor dem Brunnen hob Jannika die Hand und rutschte herunter.

»Verbirg dich und das Pferd hinter dieser Baumgruppe. Marija ist da. Ich muss ihr eine glaubhafte Erklärung geben, warum ich nicht im Schloss in Hoyerswerda bin.«

Ehe Hannes antworten konnte war Jannika schon auf dem Weg über die freie Fläche vor dem Brunnen, wo ein anderes Mädchen mit zwei Eimern aus Holz hantierte. Hannes konnte nicht hören, was die Jugendfreundinnen besprachen. Nach einer Weile hängte Marija die vollen Eimer in das Trag-Holz ein, schulterte es geschickt und lief zum Dorf. Zunächst labte sich Jannika am kühlen Nass. Als sie sicher sein konnte, dass in den nächsten Minuten niemand kommen würde, winkte sie Hannes herbei. Der füllte zunächst den Eimer am Seil und ließ das edle Jagdpferd saufen. Erst danach füllte er seine leere Trinkflasche und nahm einen kräftigen Schluck.

»Zufällig auch ein Bäcker in der Nähe? Mein Magen ist so hohl wie ein leeres Fass!«

»Ich besorge was. Führ das Pferd in das Wäldchen zurück. Jeden Moment kann eine Frau kommen, die sich fragen wird, was ein Fremder, den sie hier noch nie gesehen hat, am Brunnen macht!«, sagte Jannika und war genauso schnell wie vorhin verschwunden.

Hannes blieb nichts anderes übrig, als das zu tun, was das Mädchen gesagt hatte. Er vertraute ihr, sie kannte sich hier aus, es war ihr Heimatdorf.

Der Kanten Brot, den Jannika ihm reichte, als sie wieder zurück war, roch frisch, war knusprig und schmeckte ausgesprochen gut.

»Musstest du es stehlen oder hat man es dir freiwillig gegeben?«, fragte Hannes kauend.

»He, inzwischen müsstest du mich kennen! Die Küchenmagd ist eine Freundin von mir«, lachte Jannika.

»Lass uns verschwinden, Hannes. Wenn Gerichtsbüttel oder Soldaten auftauchen, kann es sein, dass jemand zugibt, mich gesehen zu haben!«

»Wir werden Senftenberg südlich umgehen, die Garnison ist bestimmt instruiert worden, nach uns Ausschau zu halten«, sagte Hannes, machte aber keine Anstalten, seine Gefährtin auf das Pferd zu heben. Stattdessen tätschelte er den Hals des Reittieres, woraufhin das Pferd den Kopf senkte. Hannes murmelte etwas in das Ohr.

»Ich habe schon öfter bemerkt, dass du mit dem Pferd redest. Was sagst du ihm eigentlich?« Jannika trampelte ungeduldig von einem Fuß auf den anderen.

»Ich habe ihm gesagt: Bukephalos, trete ungeachtet deiner Hufeisen leise auf, die Verfolger sind hinter uns her«, lachte Hannes.

»Buke … was?«, fragte das sorbische Mädchen.

»Ich weiß nicht, wer dem Hengst den Namen gegeben hat, unser Landesfürst oder die Gräfin Cosel. Johanna hat es mir so erklärt: Nach einer alten Legende wollte König Philipp II. von Mazedonien ein edles Pferd kaufen. Niemand seiner Begleiter konnte es reiten. Der kleine Thronfolger

Alexander, damals zehn oder zwölf Jahre alt, bemerkte, dass das Pferd Angst vor dem eigenen Schatten hatte. Er drehte es, sodass der Schatten nicht mehr zu sehen war, schwang sich hinauf und trabte eine Runde. Bukephalos trug Alexander den Großen bis Indien, wo es nach einer Schlacht an Entkräftung starb. Dem Streitross wurde in Indien ein Grabmal errichtet.«

»Wie dem auch sein, ich habe von Alexander dem Großen in der Schule gehört. Das Pferd mit dem berühmten Namen sollte sich in Bewegung setzen«, seufzte Jannika.

Hannes packte sie an der Taille, hob sie hinauf und schwang sich auf den Sattel. Als habe der schwarze Hengst die Ermahnung verstanden, setzte er vorsichtig einen Huf vor den anderen. Da sie nur langsam abseits der gepflasterten Straßen vorankamen, dauerte es bis zum frühen Nachmittag, als endlich Hockenbocka in Sicht kam. Auch hier musste man die Augen offenhalten, falls eine Patrouille nach ihnen fahndete. Jannika und Hannes rutschten vom Sattel und umgingen die Ortschaft. Das Mädchen schaute ihren Begleiter fragend an.

»Von hier nach Schwarzbach, dann über Biehlen nach Zschipkau«, beantwortete Hannes die unausgesprochene Frage.

Sie benutzten Waldwege, mussten wegen den tiefhängenden Zweigen immer wieder absitzen und kamen nur langsam voran.

»Ich fürchte, wir werden uns wieder einmal eine Scheune suchen müssen, Jannika. Heute schaffen wir es nicht mehr bis zur Mühle an der Pößnitz.« Hannes führte Bukephalos am Zügel.

»Wo sind wir hier? In dieser Gegend kenne ich mich nicht aus. Ich bin damals auf einem anderen Weg nach Zschipkau gelangt«, sagte Jannika. »Ich erinnere mich an Weinberge und zwei Dörfer, durch die ich wanderte. Ich litt Durst und fragte eine Bäuerin nach einem Erfrischungsgetränk. Sie mischte Weißwein mit Brunnenwasser. Es schmeckte säuerlich.«

»Du meinst die Dörfer Rauno und Sauo. In Zschipkau haben wir immer Bier getrunken, weil der Wein aus der Gegend nicht so gut schmeckt. Unser Landesfürst und Anna Constantia bevorzugen weißen Wein aus Meißen und roten aus Ungarn. Leider müssen wir Wasser saufen wie das liebe Vieh.« Hannes zuckte mit den Schultern. Sie hatten am Brunnen in Schwarzkollm die Trinkflaschen aufgefüllt.

Sie fanden keine Scheune, dazu waren sie zu weit vom nächsten Dorf entfernt. Sie suchten Unterschlupf unter dem Hochstand eines kurfürstlichen Wildhüters. Hannes ließ den Hengst mit dem griechischen Namen grasen. Leider kannte er den Trick der Reitervölker aus den Steppen Asiens nicht, die Vorderläufe mittels einer Lederschlaufe so zu fesseln, sodass das Reittier nur kleine Schritte machen und nicht davontraben konnte. Als Bukephalos fertig war, schlang Hannes die Zügel um einen Holzpfosten und machte einen Knoten. Er breitete die Pferdedecke aus, auf die sie sich betten konnten. Die Frühsommernacht war lau, vereinzelt hörte man noch Vögel zwitschern und ein Rascheln, verursacht durch Tiere, die in der Dämmerung aktiv wurden. Vorsichtshalber packte Hannes die Pistole aus und überprüfte die Ladung. Man konnte nie wissen. Er wollte keine Überraschung durch einen einzelgängerischen Wolf erleben.

DIE MÜHLE AM BACH

Es war alles ruhig geblieben. Bukephalos hatte ein paar
Mal geschnaubt, als ein Fuchs oder Dachs durchs Gebüsch
geschlichen war. Hannes schreckte aus dem Schlaf, glaubte,
ein paar funkelnde Augen im Dickicht auszumachen.
Wirklich gefährliche Tiere waren nicht in der Nähe. Dann
hätte sich das Pferd anders gebärdet. Jannika hingegen
schlief wie ein Murmeltier. Am nächsten Morgen fühlte sich
Hannes wie gerädert und hatte entsprechende Laune.

»Haben wir noch Wasser?«, schnauzte er Jannika an.

»Dir auch einen schönen guten Morgen! Haben der Herr
Baron schlecht geschlafen?«, zwitscherte sie im Duett mit
einer Lerche, die irgendwo auf einem Ast saß.

»Irgendjemand muss ja aufpassen. Schon vergessen? Wir
werden verfolgt. Mal abgesehen von Strauchdieben und
wilden Tieren«, sagte Hannes, etwas milder gestimmt. Er
hatte eben festgestellt, dass ihre Vorräte geradeso noch bis
zu seinem Geburtshaus reichen würden. Wie sein Vater und
der Bruder den unerwarteten Besuch aufnehmen würden,
wusste er nicht. Wilhelm Bauer war ein umgänglicher,
freundlicher Mann, der nur dann aus der Haut fuhr, wenn
sich einiger Ärger angestaut hatte. Hannes und Klaus hatten
sich von Kindesbeinen an gebalgt und gestritten, sodass der
Vater immer wieder einschreiten musste. Nach dem Tod der
Mutter durch eine rätselhafte Krankheit hatte sich Wilhelm
Bauer bemüht, die Söhne allein zu erziehen.

Hannes und Jannika brauchten bis zum Mittag, ehe sie den Bachlauf der Pößnitz erreichten, dem sie nur stromauf folgen mussten. Der Hengst mit dem griechischen Namen stellte ein Bein etwas vor und soff gierig das klare Wasser. Hannes sondierte zunächst die Lage, bevor sie sich der Mühle am Rande des Dorfes näherten. Die Verfolger wussten, dass Jannika aus Schwarzkollm kam und er aus Zschipkau. Die Soldaten aus Hoyerswerda hatten vielleicht auch Männer hierhin entsandt, um ihn zu überwältigen. Er beobachtete fünf Minuten lang die hölzerne Brücke über den Bach und konnte nichts Verdächtiges bemerken. Vielleicht verbargen sich die Soldaten oder Gerichtsbüttel in der Mühle oder dem Wohnhaus? Hannes atmete erst hörbar aus, als er seinen Vater sah, der heraustrat, den Mehlstaub von der Schürze klopfte und umständlich ein Pfeifchen stopfte. Verhielt sich so ein Mann, der erfahren hatte, dass sein zweiter Sohn gesucht wurde? Jannika achtete auf etwas ganz anderes. Hannes führte das Pferd am Zügel zur Brücke und nickte dem Mädchen aufmunternd zu. Für beide war es nicht leicht, gerade hier um Unterschlupf zu bitten.

Wilhelm Bauer hatte vergessen, die Pfeife anzuzünden. Er eilte ins Wohnhaus und kam mit einem brennenden Kienspan wieder. Beinahe hätte er das Rauchutensil fallengelassen, als er sah, wer direkt vor ihm stand.

»Der verlorene Sohn und die entlaufene Magd! Entweder brauche ich eine Sehhilfe oder ihr seid es tatsächlich! Und das Pferd sieht auch nicht aus, als würde es gerne einen Pflug ziehen.«

So kannte Hannes seinen Vater. Der überspielte gern Unsicherheit mit einem Wortschwall. Er überließ Jannika die Zügel, schritt wortlos nach vorn und umarmte den Müller.

»Du siehst recht abgerissen aus, Junge, wie ist es dir ergangen?«, fragte Wilhelm Bauer und löste sich aus der Umarmung.

»Oh, das ist eine lange Geschichte, obwohl ich die Mühle erst vor ein paar Wochen verlassen habe«, sagte Hannes verlegen. »Darf ich auch fragen, wo mein Bruder Klaus weilt?«

Jannika versteifte sich bei der Frage. Niemand achtete darauf.

»Der ist im Nachbarort Klettwitz, um Besorgungen zu erledigen. Vielleicht hat er auch ein Liebchen dort, ich hege einen Verdacht!«, lachte der Müller.

Jannikas Wangen wurden Rot überflammt. Die beiden Männer bemerkten es nicht.

»Kannst du mir helfen, ein paar Säcke Mehl auf die Rampe da zu schaffen? Du weißt ja, mein Sohn, der Rücken«, sagte Wilhelm Bauer. Nach getaner Arbeit saßen sie in der Wohnstube des Hauses, jeder vor sich einen Krug kellerkühles Bier. Jannika hatte einen Becher mit Wasser vor sich stehen. Hannes erzählte alles. Vom Unfall der Kutsche der Gräfin Cosel, der Erhebung in den Adelsstand, seinen Ermittlungen, von der Haft im Keller des Schlosses Hoyerswerda und der Flucht.

»Wie ein Baron siehst du im Moment nicht aus.« Wilhelm Bauer stopfte erneut das Pfeifchen und entzündete den Tabak mittels eines glimmenden Kienspans.

»Jannika kann nachher meine Sachen waschen und flicken. Das würdest du doch tun?«

Hannes wandte sich an das Mädchen, das sich in dieser Umgebung unwohl fühlte. Er hatte keine Ahnung, woran das liegen konnte.

»Ja, gerne. Es wird ja auch zu meinen Aufgaben auf dem Gut Pillnitz gehören«, sagte Jannika mit gesenkten Wimpern. Dann hob Sie den Kopf und straffte sich.

»Es tut mir leid, Herr Bauer, dass ich damals ohne Kündigung einfach so verschwunden bin. Es hatte nichts mit Ihnen zu tun!«

Hannes warf einen ratlosen Blick über den Tisch zu seinem Vater.

»Ich habe mitbekommen, dass mein anderer Sohn dir an die Wäsche wollte«, sagte Wilhelm Bauer unverblümt und wieder einmal schoss die Farbe Rot in die Wangen des sorbischen Mädchens. »Offenbar ist er etwas drängender geworden, was dich veranlasste, zu gehen. Ich werde mit Klaus ein ernstes Wörtchen reden müssen.«

Der Müller stieß eine Wolke aus Tabakqualm aus, schielte auf den Pfeifenkopf und entschied, den glimmenden Rest in einer Tonschale auszuklopfen.

»Tun Sie das nicht, Herr Bauer, es würde nur Unfrieden stiften. Morgen sind wir wieder weg«, flehte Jannika.

»Mal was anderes, Vater. Mir knurrt der Magen. Darf Jannika was aus der Küche holen, bevor ich mich umkleide? Es müssten ja auch noch Sachen von mir da sein.«

»Wie ungastlich von mir. Ja, natürlich! Jannika, hol Brot, Butter, Schinken und Bier aus der Küche. Du kennst dich hier ja aus!« Wilhelm Bauer war erfreut, dass sein jüngerer Sohn das Thema gewechselt hatte.

Jannika schnellte vom Stuhl empor und schien ebenso froh zu sein, dass das leidige Thema ›Klaus‹ vorerst vom Tisch war. »Soll ich auch ein paar Eier braten?«

»Dazu müsste erst das Feuer im Küchenofen neu entfacht werden. Nein, mein Sohn hat jetzt Hunger und du sicher auch. Bring außer dem Schinken auch Käse mit!«

Als Jannika in die Küche gehuscht war, beugte sich Wilhelm Bauer über den Tisch.

»Wir gehören zwar nicht zur Herrschaft Hoyerswerda, aber wenn herauskommt, dass ich dich und Jannika beherberge, schuldig oder nicht, bekomme ich Ärger!«

»Ich versichere dir, Vater, man hat mir Sachen der Fürstin Teschen untergeschoben, während ich schlief«, sagte Hannes. »Wie Jannika schon sagte, sind wir morgen in aller Frühe beim ersten Hahnenschrei weg, versprochen!«

Jannika kam mit einem Tablett wieder und stellte Teller, einen Brotkorb, Butter, Schinken und Käse sowie eine Kanne Bier auf den Tisch. Dann legte sie Messer neben die Teller, füllte die Trinkgefäße und sagte: »Wohl bekomm's!«

Hannes rieb sich den Bauch nach dem Mahl und verschwand in einem Nebengelass, um die verschmutzte Kleidung zu wechseln. Während Jannika den Waschzuber füllte, schaute er nach dem schwarzen Hengst, der gerade Hafer fraß.

»Schaffst du das, Bukephalos, von hier bis Dresden?« Er klopfte dem Pferd den Hals.

Der Hengst schnaubte und nickte, als wolle er seine Zustimmung signalisieren. Hannes schaute eine Weile zu, wie Jannika die Wäsche auf eine Leine hängte und sich dabei strecken musste. Sie trug jetzt ein blaues Kleid, das sie damals zurückgelassen hatte.

»Am liebsten würde ich noch heute Nacht weiterziehen«, sagte sie und linste über die Schulter. »Aber erst muss die Wäsche trocknen.« Jannika warf einen prüfenden Blick zum Himmel.

»Ich weiß nicht, ob die Sonne es in den verbleibenden Stunden schafft.«

Hannes wusste, das sorbische Mädchen hatte nicht nur Angst vor den Verfolgern aus Dresden, sondern fürchtete sich auch vor der Rückkehr des Müllergesellen.

»Keine Sorge, mein Vater und ich passen auf. Klaus wird dir nichts tun!« Dann ereilte Hannes der Ruf des Müllers. Er war froh, nicht die beste Kleidung angezogen zu haben, die er gefunden hatte. Nach einer halben Stunde war er über und über mit Mehl bestäubt.

»Ich weiß, mein Junge, ist nicht gerade Arbeit für einen Baron. Klaus ist nicht da und ich bin froh, dass du mir hilfst«, schnaufte Wilhelm Bauer.

»Mein Rücken macht das nicht mehr länger mit. Ich werde die Mühle Klaus überschreiben und der mag sich einen Gesellen und einen Lehrling suchen.«

»Genau deshalb bin ich vor ein paar Wochen gegangen. Ich wollte nicht unter der Fuchtel meines großen Bruders arbeiten, mit dem ich Zeit meines Lebens Streit hatte.« Hannes klopfte sich den Mehlstaub aus den Hosen.

»Was sollte ich denn machen, Junge? Erbberechtigt ist nun mal der Erstgeborene!«, ereiferte sich der Müller.

Hannes hielt seinen besten Trumpf noch im Ärmel versteckt. Den würde er erst ziehen, wenn Klaus zurückkam. Man trank gemeinsam noch zwei Humpen Bier. Wilhelm Bauer vermied beim Tischgespräch alle Streitthemen und gab den Tratsch aus der Nachbarschaft wieder. So erfuhr Hannes, wer in den letzten zwei Monaten das Zeitliche gesegnet, wer seine Ehefrau verprügelt und wessen Kuh gekalbt hatte.

»Karl ist dem Wahnsinn verfallen. Er hat seine eigene Scheune angezündet und drohte jeden auf eine Mistgabel zu spießen, der mit einem Wassereimer zum Löschen kam! Zum Glück konnte man ihn rasch überwältigen und schlimmeres verhindern«, endete der Müller seinen Bericht. Wilhelm Bauer gähnte. Das viele Bier hatte ihn schläfrig gemacht. Für Hannes und Jannika das Signal, ebenfalls die Kammer mit der grob gezimmerten Bettstatt und dem Strohsack aufzusuchen.

»Du bist inzwischen Daunendecken gewöhnt, stimmt's?«, kicherte Jannika. Hannes bewarf das aufmüpfige Mädchen mit einem Kopfkissen. Sie schleuderte es umgehend zurück. Es blieb ihnen nichts anderes übrig, als eng beieinander liegend den Schlaf zu suchen, ohne zu kuscheln.

»Ich bin noch nicht lange genug weg, um nicht mehr zu wissen, wie so ein Strohsack piekt«, flüsterte Hannes und war kurz darauf eingeschlafen. Nach ein paar Stunden wurde die Tür zur Kammer aufgerissen. Flackerndes Kerzenlicht huschte über ein schweißnasses Gesicht mit einer roten Nase.

Jannika war zuerst wach, presste die linke Hand vor den Mund, um einen Aufschrei zu ersticken. Das Licht und der große Mann schwankten näher. Jannika rüttelte an Hannes Arm, der sich umgehend aufrichtete, aus einer neuen Gewohnheit heraus rechts neben dem Bett nach dem Degen greifen wollte. Dann wurde ihm bewusst, dass die Stichwaffe dieser Troll auf dem Schloss Hoyerswerda einbehalten hatte. Unter dem Kopfkissen lag die geladene Pistole. Es sah so aus, als wäre der nächtliche Eindringling sein Bruder. Deshalb beließ er die Schusswaffe vorerst an Ort und Stelle. Hannes warf den Strohsack beiseite und baute sich vor dem Bett auf.

»Ach, der Herr Bruder probt den Aufstand?«, lallte Klaus. »Wird dir nichts nützen, Brüderchen, du hast bisher immer den Kürzeren gezogen, ha ha! Vorschlag zur Güte, Hannes. Die vor Angst schlotternde sorbische Dirne hat zwei Löcher. Die stopfen wir jetzt gemeinsam, auf geht's!«

»Die Dame in Klettwitz hat dich nicht rangelassen und du bist in die nächste Schänke, um dich volllaufen zu lassen, Bruderherz!« Hannes hatte bewusst provoziert. Der Faustschlag des trunkenen Bruders ging ins Leere. Es war eine fließende Bewegung wie im Fechtunterricht der Gräfin Cosel erlernt. In die Hocke gehen, nach der Waffe greifen und sie nach einer schnellen drehenden Aufwärtsbewegung auf den Gegner richten.

Nur das es in diesem Falle kein Degen, sondern eine Pistole war. Hannes hatte für einen Moment die Befürchtung, dass Klaus so betrunken war, die Gefahr zu ignorieren, nach vorn torkelte und ihn einfach umriss. Im Türrahmen erschien ein weiteres flackerndes Licht. Wilhelm Bauer im Nachthemd und mit Zipfelmütze.

»Pistole runter, Hannes! Ist es schon so weit gekommen, dass du deinen eigenen Bruder mit einer Waffe bedrohst?« Die Stimme des Müllers überschlug sich fast.

»Er wollte Jannika schänden!«, erwiderte Hannes.

»Stimmt nicht. Ich habe nur den höflichen Vorschlag gemacht, die Magd gemeinsam zu besteigen«, verteidigte sich Klaus mit schwerer Zunge.

»Schluss jetzt mit dem Geschwafel! Ab in deine Kammer und schlaf erstmal deinen Rausch aus!« Wilhelm Bauer schwenkte jetzt das Licht vor das gerötete Gesicht seines älteren Sohnes.

›Noch hat der Alte hier das Sagen‹, dachte Klaus und trat einen Schritt zurück. Er gedachte jedoch nicht, aufzugeben. Noch hatte er einen Pfeil im Köcher.

»In den Wirtshäusern in Klettwitz erzählt man sich, ein Baron von Senftenberg habe die Fürstin Teschen in deren Schloss bestohlen und ist mit einer Küchenmagd geflohen! Ich weiß nicht, wieviel Wein unser Landesfürst intus hatte, als er dir diesen Titel verlieh, Bruder! In der Festung Senftenberg zahlt man mir gern ein paar Taler, wenn ich melde, wen ich hier angetroffen habe!« Klaus stemmte die Fäuste an die Hüften und lachte.

»Ich habe genug Zeugen, die gesehen haben, dass man mir den Schmuck und die Bauzeichnungen untergeschoben hat. Ich war im Auftrag der Gräfin Cosel und unseres Landesherrn unterwegs! Die werden die hochnäsige, verleumderische Fürstin zurechtstutzen, darauf kannst du dich verlassen! Unser Vater wird dir in nächster Zeit die Mühle übereignen. Sie wird dir gehören, Klaus, aber nicht der Grund und Boden – der gehört mir!«, triumphierte Hannes.

»Wieso das denn?«, fragte Klaus mit aufgerissenen Augen. Die Trunkenheit war wie weggeblasen. Der jüngere Bruder wollte ihn aufs Glatteis führen. Aber warum behauptete der so etwas?

»Mit dem Titel eines Barons von Senftenberg ist auch ein Lehen verbunden, Landbesitz. Das Grundbuch wird gerade geändert. Vierzig Morgen Land hier in Zschipkau und Klettwitz gehören mir. Ich kann den Zehnten von allen Einkünften verlangen, die erwirtschaftet werden. Wenn du mich und Jannika morgen in Frieden ziehen lässt, vergesse ich das Ganze hier und erlasse dir für fünf Jahre alle Abgaben!« Hannes hatte seinen letzten Trumpf ausgespielt. Sein Bruder wischte sich mit dem Ärmel seines Rockes den Schweiß von der Stirn. Viele Jahre hatte er seinen Spaß daran gehabt, den Jüngeren zu drangsalieren. Wenn das stimmte, was Hannes behauptet hatte, war es besser, vorerst klein beizugeben und zu Bett zu gehen. Es würde auch nichts bringen, morgen in aller Herrgottsfrühe nach Senftenberg zu reiten, um den Baron, der aus einer Laune der Gräfin Cosel und des Landesfürsten heraus den Titel jetzt führte, zu verpfeifen.

Bis zu seiner Rückkehr wären der Bruder und das sorbische Flittchen, das sich gern zierte, längst über alle Berge.

Als Hannes nach dieser unruhigen Nacht im Stall den schwarzen Hengst reisefertig machen wollte, fand er nur eine Fuchsstute vor, die Bruder und Vater für Ausritte nutzten. Hannes wollte wutschnaubend in das Schlafgemach seines Bruders stürmen, um dem wieder die geladene Pistole unter die Nase zu halten, als jemand ihn am Ärmel festhielt.

»Lass es gut sein, Hannes, er ist es nicht wert. Wir finden das Pferd wieder. In seiner Trunkenheit hat es Klaus sicher nur in den Wald getrieben, um uns eins auszuwischen.« Die glockenklare sanfte Stimme der Vorsängerin aus Schwarzkollm brachte Hannes wieder zur Vernunft.

»Ich hoffe, du hast recht, Jannika. Alles gepackt?«

»Ja, Herr Baron, stets zu ihren Diensten!« Jannika deutete einen Knicks an. Dann mussten beide losprusten.

»Den Hofknicks musst du noch üben, bevor ich dich der Gräfin Cosel empfehle. Das meine ich ernst«, sagte Hannes und unterdrückte ein Grinsen.

Jannika schleppte das leichte Gepäck nur bis zum Waldrand und verbarg sich hinter einer Baumgruppe. Hannes durchkämmte das Dickicht und pfiff ein paar Mal, rief immer wieder »Bukephalos!« Er konnte nicht ohne das edle Jagdpferd zurück nach Dresden. Friedrich August I. hatte es der Gräfin überlassen und sie ihm. Strenggenommen gehörte es dem Herrscher des Landes.

Nach einiger Zeit hörte Hannes ein leises Schnauben. Bukephalos hatte friedlich auf einer Lichtung gegrast. Jetzt trottete er Hannes entgegen und ließ sich bereitwillig das Zaumzeug anlegen und satteln. Wieder einmal hob Hannes das schmale Mädchen vorn auf den Sattel und schwang sich mittels Steigbügel hinterher. Sie vermieden wie beim Ritt von Hoyerswerda nach Zschipkau die gepflasterten Straßen, die man für die Postkutschen und die Heeresbewegungen der sächsischen Armee gebaut hatte. Der schmale Pfad führte sie in Sichtweite des sich nach Süden schlängelnden Baches Pößnitz durch dichte Wälder. An einigen Stellen war der Boden so karg, dass dort nur Gestrüpp und Kiefern wuchsen. Manchmal hingen die Zweige der Eichen und Birken so tief, dass sie absitzen mussten. Das kostete viel Zeit, dennoch erreichten sie den Flusslauf der Schwarzen Elster noch am Vormittag.

»Wir müssen die Kleinstadt Ruhland umgehen.« Hannes zeigte mit dem ausgestreckten rechten Arm nach Süden. Jannika folgte mit den Augen der Armbewegung und sah den Glockenturm der Kirche.

»Direkt hinter der einzigen Brücke über die Schwarze Elster befindet sich ein Zollhaus. Ich weiß nicht, ob es zurzeit bewacht wird. Ich werde nicht das Risiko eingehen, über die Brücke zu reiten. Wir werden hier an dieser Stelle den Fluss durchwaten und in der Mitte ein paar Meter schwimmen müssen. – Du kannst doch schwimmen, Jannika?«, fragte Hannes gespannt.

»Nicht besonders gut. Es wird schon gehen.« Die Stimme des Mädchens klang nicht so zuversichtlich und fröhlich wie es Hannes gewohnt war. Bukephalos hatte als erfahrenes Jagdpferd kein Problem damit, die Böschung hinunter ins Wasser zu laufen. Hannes legte sich die Satteltasche mit dem Proviant, der Ersatzkleidung und den Bauzeichnungen auf den Kopf und stapfte ebenfalls ins trübe Wasser. Er warf keinen Blick zurück, rief aber Jannika zu: »Keine Angst, die Schwarze Elster führt nicht so viel Wasser wie nach der Schneeschmelze. Achte auf die Strömung!«

Hannes war damit beschäftigt, dem Pferd zu folgen, welches bereits das schlammige Südufer erklomm, dabei mit den Vorderhufen wegrutschte, etwas einknickte, aber sich wieder fing. ›Hoffentlich hat sich der Hengst nicht verletzt!‹, dachte Hannes. Ein lahmendes Pferd war das Letzte, was sie jetzt gebrauchen konnten. Er versuchte, nur mit dem linken Arm das Gewicht auf seinem Kopf in der Waage zu halten und schwamm durch die Flussmitte. Jannika war zögerlich ins Wasser gestiegen und schon nach zwei Metern ausgerutscht. Sie hatte mit anderen Mädchen im Sommer in einem Weiher gebadet. Schwimmen konnte sie nicht, sie hatte es nur nicht zugeben wollen. Sie fand wieder festen Boden unter den Füßen, wenn man denn den braunen Schlamm als solchen bezeichnen wollte, und atmete durch.

›Du schaffst das!‹, machte sie sich selbst Mut. Sie wollte gegenüber dem Mann, in den sie sich in Hoyerswerda verliebt hatte, keine Schwäche zeigen. In der Mitte des schnell dahinströmenden, aber nicht reißenden Flusses verlor sie wieder den Bodenkontakt, ging für einen Moment unter und schluckte Wasser.

Als sie wiederauftauchte, spürte sie, dass ihre Kräfte nicht ausreichen würden, dass doch so nahe rettende andere Ufer zu erreichen. »Hilfe!«, gurgelte sie. Hannes war noch damit beschäftigt, das Gepäck ins feuchte Gras zu werfen und schüttelte sich wie ein nasser Hund. War da in seinem Rücken nicht die Stimme des sorbischen Mädchens zu hören gewesen? Er drehte sich um und sah in der Mitte des Flusses zwei rudernde Arme und einen schwarzen, nassen Haarschopf. Jannika wurde von der Strömung unaufhaltsam nach Westen getragen. Hannes blieb nichts anderes übrig, darauf zu vertrauen, dass Bukephalos an Ort und Stelle verblieb, rannte am anderen Ufer in die gleiche Richtung und warf sich dann ins Wasser. Mit wenigen schnellen Schwimmstößen bekam er gerade noch die Fußgelenke des Mädchens zu fassen und verhinderte Jannikas Abtreiben. Wenn er es nicht schaffte, seine Befreierin an Land zu ziehen, würde ihre Leiche in Liebenwerda oder an einem Ufer der Elbe an Land gespült werden. Jannika war gerade unter Wasser und Hannes musste tauchen, um seinen linken Arm oberhalb der Brust des Mädchens schlingen zu können. Sie wurden zwar durch die Strömung immer weiter abgetrieben, aber Hannes gelang es mit letzter Kraft das Ufer zu erreichen. Sie lagen nebeneinander ermattet im Gras. Jannika spuckte Wasser.

»Es tut mir leid, Hannes. Ich habe dir nicht die ganze Wahrheit gesagt. Ich kann nicht wirklich schwimmen!«, keuchte sie.

»Das habe ich gemerkt. Ich hoffe, es wird ein warmer Sommer. Dann bringe ich es dir in der Elbe beim Gut Pillnitz bei.«

Hannes hatte sich Sorgen gemacht, der selbstbewusste schwarze Hengst würde das Weite suchen. Neben ihnen ertönte ein leises Wiehern. Bukephalos stupste Jannika mit seinen Nüstern an.

»Selbst das Pferd ist froh, dass du nicht ertrunken bist! Pause! Ausziehen – die Junisonne wird unsere Sachen trocknen. Danach schauen wir mal, wieweit wie heute noch kommen«, sagte Hannes. Er lief stromauf und sammelte das Gepäck auf. Dann entkleidete er sich bis auf das Leibtuch und breitete die Sachen auf der Wiese aus. Jannika zierte sich noch. Andererseits hatte sie sich vor zwei Tagen in den Mann verliebt, obwohl ihr die Zofe Annalena in Hoyerswerda gesteckte hatte, dass es Johannes Bauer, der Bruder des verhassten Klaus Bauer aus Zschipkau war. Sie wandte Hannes den Rücken zu, streifte Kleid und Unterrock ab, und versuchte, so gut es ging, den braunen Schlamm am Ufer der Schwarzen Elster aus den Kleidern zu waschen. Dann legte sie die Sachen zum Trocknen aus, wie es Hannes zuvor gemacht hatte. Der hatte die Satteltasche geöffnet und kaute Brot mit Schinken aus der Vorratskammer des Müllers Wilhelm Bauer. Jannika schämte sich ihrer Blöße. Der Hunger siegte über das Schamgefühl. Hannes kam nicht umhin, den Blick über den schmalen, aber wohlgestalteten Körper der jungen Frau schweifen zu lassen. Die Gedanken an Johanna verscheuchte er.

»Bier habe ich nicht, nur Wasser, um den Bissen herunter zu spülen«, sagte er verlegen.

»Danke«, sagte Jannika. Sie hielt den linken Arm angewinkelt so, dass er ihre Brüste bedeckte. Es war ihr unmöglich, alles zu verbergen. Es geschah etwas, womit Hannes nie im Leben gerechnet hatte.

Jannika stützte sich auf dem linken Ellenbogen ab und gab den Blick auf ihre festen Brüste frei.

»Dein Leibtuch ist noch nass, sollte es nicht auch trocknen? Du hast sonst einen feuchten Fleck in der Hose, als hättest du dich eingenässt«, kicherte sie.

Hannes überlegte noch, ob er wirklich das freilegen sollte, was gerade ein Eigenleben entwickelte, da löste die junge Frau den Knoten. Er hob den Hintern etwas an, um sich endgültig vom quietschnassen Leibtuch zu befreien. Jannika breitete das Leinentuch neben den anderen Sachen auf der Uferwiese aus. Die Sonne strahlte vom Himmel. Es war ein warmer Frühsommertag wie man ihn sich nur wünschen konnte. Nur Augenblicke später spürte Hannes die Zunge des Mädchens erst an seiner linken, dann an der rechten Brustwarze. Mit spielerischer Leichtigkeit versetzte sie ihn in weitere Erregung. Während Jannikas Zunge noch oben beschäftigt war, wanderte eine ihrer Hände nach Süden. Hannes stöhnte auf. Bisher war seine Retterin immer sehr zurückhaltend gewesen, jetzt zog sie alle Register der Verführungskunst. Ihre Zunge, die Lippen und die Finger schienen überall gleichzeitig zu sein. Dann schwang sie sich auf ihn, stützte die Hände an seinen Schultern ab und begann, das Becken auf und ab zu bewegen. Die rhythmische Bewegung steigerte sich stetig. Hannes hob die Hände, um die einladend wippenden Brüste sanft zu kneten. Nach nur wenigen Minuten konnte er sich nicht mehr zurückhalten und kam. Jannika stöhnte ebenfalls auf, warf die schwarze Mähne nach hinten, um dann ermattet an Hannes Seite zu sinken.

»Du musst mich für eine Dirne halten«, sagte sie keuchend.

Hannes wollte protestieren, spürte zwei Finger auf den Lippen.

»Lass es mich erklären, Hannes, bitte!«, flehte Jannika. Sie kam vorerst nicht zu Wort.

»Wir sind hier ganz in der Nähe von Ruhland und den umliegenden Dörfern. Jeden Moment kann ein Bauer mit seinem Gespann vorbeikommen, um mit der Mahd für die Heuernte zu beginnen! Wir kleiden uns erst an, dann reden wir weiter!« Hannes hatte sich angewöhnt, die Stimme etwas zu erheben, damit man ihn als Baron von Senftenberg ernst nahm.

»Wie Sie wünschen, Herr Baron!« Jannika kicherte diesmal nicht, sondern sammelte die immer noch klammen Kleidungstücke ein und sie schlüpften in dieselben. Bukephalos kam leise schnaubend näher. Er hatte sich am saftigen Gras satt gefressen. Hannes hob Jannika vorn auf den Sattel und schwang sich ebenfalls auf den Rücken des Pferdes.

»Bis zum Abend können wir in Ortrand sein und uns in einer abgelegenen Scheune zur Nacht betten.« Hannes war immer noch aufgewühlt von dem, was gerade am Ufer der Schwarzen Elster passiert war, ließ es sich aber nicht anmerken.

»Als Mann musst du wahrscheinlich so denken. Ich weiß, die Verfolger sind immer noch hinter uns her und du handelst den Umständen entsprechend.« Jannikas Stimme klang in Hannes Ohren enttäuscht, als habe sie mehr erwartet als pragmatisches Denken und Handeln.

»Ich bin etwas verwirrt, weil du während unserer Flucht immer zurückhaltend warst und dann hast du mich verführt. Sprich, Jannika, was hat dich umgetrieben? Ich habe so etwas noch nicht erlebt, es war berauschend schön.« Hannes ließ wohlweislich weg, dass Jannika ihn mehr erregt hatte, als Johanna, die Frau, die er doch liebte und ehelichen wollte.

»Als ich dich über den Hof des Schlosses Hoyerswerda laufen sah, ist es geschehen. Da wusste ich noch nicht, wer du bist. Annalena, die Kammerzofe der Fürstin, hat mir gesteckt, du bist Johannes Bauer, Baron von Senftenberg. Sie hatte an der Tür gelauscht, wusste alles, auch, dass Johanna von Colditz eigentlich eine von Lichtenau ist.« Jannika machte eine Pause, achtete für einige Momente nur auf die Geräusche der klappernden Hufe des Hengstes, der zwei Menschen geduldig weitertrug.

»Annalena behauptete steif und fest, du seiest ursprünglich ein Müllersohn aus Zschipkau. Ich wollte es nicht glauben, erinnerte mich dann an die Prophezeiung der Kräuterfrau.«

»Welche Prophezeiung?«, fragte Hannes gespannt.

»Ich war Magd bei deinem Vater, dich habe ich damals nicht kennengelernt, denn du warst auf Wanderschaft, um bei anderen Müllern das Handwerk zu lernen. Eines Tages verlief ich mich im Wald auf der Suche nach Pilzen und Kräutern. Ich sah eine alte Frau, die ebenfalls einen Weidenkorb trug. Als sie meiner ansichtig wurde, versuchte sie, im Dickicht zu verschwinden. Ich weiß nicht, warum ich sie verfolgte. Sie blieb plötzlich stehen und musterte mich. ›Verrate niemand, dass ich hier hause! Ich habe das zweite Gesicht, man würde mich als Hexe anklagen!‹ Ich versprach es der wunderlichen alten Dame. Sie nahm meine Hand und studierte die Innenfläche, als könne sie darin lesen.« Jannika machte wiederum eine Pause. Hannes stupste sie an.

»Erzähl weiter, bitte! Was hat das mit mir zu tun?«

»Die alte Frau trat einen Schritt zurück. ›Willst du wirklich wissen, was ich gerade gesehen habe?‹ Ich nickte eifrig und versicherte ihr nochmals, niemand zu erzählen, dass ich sie getroffen habe. ›Deine Zwillings-Schwester wird in großer Gefahr sein, aber den Bann, der auf der Schwarzen Mühle liegt, brechen. Ein Müllersohn wird dir weh tun, ein anderer dein Schicksal sein. Er wird dich lieben, aber eine andere zur Frau nehmen.‹«

»Du hast eine Zwillings-Schwester?«, fragte Hannes verdutzt.

»Ja, meine Schwester wird Kantorka an meiner Stelle. Die weise Frau hat noch mehr gesagt, ich will dich damit nicht langweilen.«

»Das ist alles andere als langweilig! Dass, was vorhin auf der Wiese geschehen ist, hat die alte Frau vorhergesagt? Und sie wusste auch von Johanna von Lichtenau.« Hannes schüttelte den Kopf. »Das ist unglaublich. Wirklich eine Frau mit dem zweiten Gesicht!«

»Ich habe vorhin nur die Prophezeiung erfüllt. Wir sind untrennbar verbunden, aber du wirst Johanna ehelichen.« Jannika schmiegte sich enger an den Rücken des Mannes. Bukephalos trug sie weiter gen Süden. Hannes machte sich immer weniger Sorgen um etwaige Verfolger als darum, was Johanna dazu sagen würde. Er konnte und wollte die Liebe des sorbischen Mädchens nicht zurückweisen. Genau das würde Johanna recht schnell merken.

Sie hatten den Pfad, der jetzt an gepflügten und bestellten Feldern vorbeiführte, verlassen. Das ausgesäte Korn stand in saftigem Grün.

»Runter vom Pferd!«, zischte Jannika in Hannes Ohr. Sie sprangen sofort vom Sattel und Hannes zog Bukephalos am Zügel hinter ein Gebüsch. Dann sah er, warum Jannika ihn gewarnt hatte. Auf der nicht weit entfernten Chaussee näherte sich eine Staubwolke. Der Feldweg hatte sie nahe an eine der gepflasterten Straßen geführt. Im Licht der Sonne blitzten Uniformknöpfe und Bajonette. Ein ganzes Regiment der sächsischen Armee marschierte nach Norden. Hannes wünschte sich jetzt, Bukephalos wäre ein Kavalleriepferd, denen man beibrachte, in Gefahrensituationen die Beine einzuknicken und sich hinzulegen. Das Jagdpferd schüttelte die Mähne, gab aber kein Geräusch von sich. Hannes konnte nur hoffen, dass keiner der berittenen Offiziere den Blick hinüber zum Gebüsch schweifen ließ. So ein edles Ross würde Aufmerksamkeit erregen. Das Regiment zog weiter nach Norden. Jannika, Hannes und ihr Pferd blieben unbeachtet.

»Die sind nicht unseretwegen hier«, sagte Hannes leise. »Der Nordische Krieg geht weiter. Unser Herrscher verlegt Truppen nach Norden, wartet nur auf die Durchmarschgenehmigung des Königs von Preußen.«

»Woher weißt du das alles?«, fragte Jannika verwundert. Sie hatte sich nie mit der großen Politik befasst, wusste nur, dass Friedrich August I. seiner ehemaligen Mätresse, der Fürstin Teschen, die gesamte Herrschaft Hoyerswerda übereignet hatte. Sie hatte die imposante Erscheinung des Kurfürsten vor einigen Monaten selbst gesehen, als er die Fürstin besucht hatte.

»Ich bin erster Kammerherr der Gräfin Cosel. Sie hat es mir erklärt. Der dänische König Frederik IV. stand selbst an meinem Krankenlager, als ich mir den Kopf geprellt hatte. Den haben wir auf unserer Seite. Der russische Zar sammelt seine Truppen weit oben im Nordosten, um gegen die Schweden vorzugehen.«

Hannes verschwieg Jannika, wie man den dänischen König beeindruckt hatte – unter anderem mit einer gewagten Tanzeinlage von Johanna und ihm in einem Springbrunnen.

»Dann wird es wieder Krieg geben«, seufzte Jannika. »Höhere Abgaben, Not und Elend für das einfache Volk.«

So hatte es Hannes noch nie gesehen. »Du willst doch auch, dass unser Herrscher wieder König von Polen wird? Das heißt, den Titel führt er noch, will aber wieder in Warschau auf dem Thron sitzen.«

Jannika schüttelte die schwarze Mähne. »Was haben die Bauern und Handwerker davon? Reicher werden doch nur die Kaufleute, die Handel mit Polen treiben!«

Hannes hatte keine Lust, mit einer sorbischen Magd weiter über Politik zu diskutieren, ungeachtet aller Zuneigung zu dem Mädchen. Das besprach er lieber mit der Gräfin Cosel und Johanna von Lichtenau. Da sie weiterhin die Straßen mieden, kamen sie nur langsam voran. Eigentlich hatte Hannes vorgehabt, die Garnisonstadt Ortrand zu umgehen, um dann in einer Scheune zu nächtigen. Die ersten Erhebungen der Kmehlener Berge zeichneten sich im Dunst des zu Ende gehenden Sommertages ab. Da passierte es! Sowohl Hannes als auch das Pferd übersahen ein Loch im Boden, das durch einen herabgefallenen belaubten Ast verdeckt war.

Die Unebenheit konnten weder das Pferd noch der Reiter erahnen. Bukephalos trat mit dem rechten Vorderhuf hinein, scheute und schüttelte die schwarze Mähne. Hannes und die sich an ihn klammernde Jannika wurden zwar nicht abgeworfen, beeilten sich aber, vom Sattel zu rutschen, denn der Hengst blieb einfach stehen. Es halfen weder beruhigende Worte noch das Tätscheln des Halses. Bukephalos stand da wie ein Reiterstandbild ohne Ritter.

»He, willst du dich mit einem Esel gemein machen?«, fragte Hannes.

Jannika verging das Lachen, als es Hannes endlich gelang, den Hengst am Zügel ein paar Schritte vorwärts zu bewegen.

»Er lahmt«, sagte sie leise. »Und jetzt?«

»Wir müssen uns bei Ortrand einen Hufschmied oder Bauern suchen, der sich mit so etwas auskennt. Zudem gehen unsere Vorräte zur Neige. Wenn wir nicht hungern wollen, müssen wir uns verdingen. Reiten können wir jedenfalls nicht mehr. Die Belastung für den vorderen rechten Huf wäre zu groß.« Hannes hatte zwischenzeitlich das betroffene Bein des Pferdes etwas angehoben, konnte aber nichts sehen. Bukephalos reagierte mit einem Zurückzucken des Hufes. Jannika kämpfte mit den Tränen, ließ sich nichts anmerken. Hannes nüchterne Worte bedeuteten, dass das Ziel Dresden in immer weitere Ferne rückte.

»Könnten wir nicht von hier zur Elbe laufen und dann mit einem Schiff nach Dresden?«, schlug sie zaghaft vor.

Hannes schüttelte den Kopf. »Stromab nach Magdeburg oder Hamburg kein Problem. Aber stromauf? Mal abgesehen davon, haben wir kein Geld. Wir müssen uns verdingen, und zwar hier in der Gegend.«

Als sie die ersten Häuser am Ufer der Pulsnitz sahen, sagte er: »Im April Anno 1707 zündeten abziehende schwedische Soldaten die Stadt an. Ich war bei einem Müller in Diensten, dessen Haus und Mühle blieben verschont. Ich zog dennoch weiter.«

Der erste Bauer, den sie ansprachen, bedauerte, er habe genügend Knechte und Mägde in Diensten. Er bot 20 Taler für den lahmenden Hengst an. Hannes lehnte dankend ab. Er wusste zwar nicht, was sein Herrscher für Bukephalos gezahlt hatte, schätzte aber das Fünffache. Ein Stück weiter versuchte eine Frau in schwarzen Kleidern, zwei entlaufene kleine Ziegen wieder einzufangen. Jannika und Hannes halfen ihr dabei und fragten bei der Gelegenheit gleich nach Arbeit und Obdach.

»Ich bin Elisabeth Hufner«, sagte die Frau mit den verhärmten Gesichtszügen. »Und wer seid ihr?«

›Jetzt nur nicht herumdrucksen‹, ermahnte sich Hannes, während Jannika der Bäuerin freundlich zulächelte. »Hannes Bauer und die junge Dame, die sich mir auf der Suche nach einer Anstellung angeschlossen hat, ist Jannika Brezan.« Er hoffte darauf, dass die Fahndung nach ihnen nicht bis Ortrand ausgedehnt worden war.

»Mein Mann ist vor einem halben Jahr verstorben, mein kleiner Sohn schon vorher«, sagte Frau Hufner und man merkte ihr an, dass es ihr immer noch schwerfiel, darüber zu sprechen.

»Um ehrlich zu sein, kann ich Hilfe gut gebrauchen. Ich musste bereits Vieh verkaufen und manches schlachten, weil ich den Hof allein nicht bewirtschaften kann.«

Als Jannika sah, dass die Bäuerin mit den Tränen kämpfte, lief sie zu ihr und nahm sie spontan in den Arm.

»Wir helfen gerne. Wenn Sie nichts zahlen können – uns genügen Obdach und Brot!«

Hannes runzelte die Stirn. Seine Begleiterin war für seinen Geschmack zu weit vorgeprescht. »Wir können nicht versprechen, länger zu bleiben«, sagte er etwas verstimmt.

»Ihr könnt mir bei der Heuernte helfen. Für die verbleibenden Ziegen und Kühe brauche ich Futter für den Winter.« Der Blick von Elisabeth Hufner blieb am edlen Jagdpferd hängen. »Das Pferd sieht nicht aus, als könne man es vor einen Pflug spannen. Wo haben Sie das her, Hannes Bauer? Ich hoffe für Sie, nicht gestohlen!« Die Bäuerin hatte die Fäuste an die Hüften gestemmt.

»Keineswegs, werte Frau Hufner. Ein Geschenk des Barons von Senftenberg, dem ich aus einer misslichen Lage geholfen habe!«, log Hannes. Er vertraute darauf, dass es sich noch nicht bis Burkersdorf bei Ortrand herumgesprochen hatte, dass er selbst der Baron von Senftenberg war.

»Noch nie von dem gehört.« Elisabeth Hufner blieb misstrauisch, dachte aber auch pragmatisch. Während Hannes aufatmete, rief die Bäuerin: »An die Arbeit! Ihr seid eingestellt – vorerst zur Probe! Da drüben findet ihr Forken und Harken. Den kleinen Leiterwagen aus der Scheune ziehen!«

Jannika machte sich sofort daran, die notwendigen Arbeitsgeräte zu holen. Hannes blieb mit verschränkten Armen stehen. »Wo darf ich das verletzte Pferd einstellen?«

»Im alten Pferdestall natürlich. Ich musste die Tiere verkaufen.« Sie lief voraus und öffnete das Tor. »Da drüben ist frisches Stroh. Warten Sie, ich helfe Ihnen!«

Elisabeth Hufner war sichtlich darum bemüht, einen versöhnlicheren Tonfall anzuschlagen. Wann verirrte sich schon mal so ein stattlicher Mann auf ihr Anwesen? Die Bäuerin lief zur Sommerküche und kam mit einem feuchten Umschlag wieder.

»Ich habe die Heilkräuter Weinraute und Beinwell vorrätig und ins Wasser gegeben.«

Frau Hufner legte den kühlen Umschlag um das rechte Fesselgelenk des Pferdes. Hannes gab Bukephalos noch etwas Hafer, Elisabeth füllte frisches Wasser in einen Trog. Dann schlossen er und die Bäuerin das hüfthohe Gatter. Dabei berührten sich zufällig ihre Hände. Warum nur hatte er plötzlich das Gefühl, die Witwe würde ihn gern länger hierbehalten? Elisabeth senkte schnell wieder die blaugrauen Augen. Draußen mühte sich die zierliche Jannika mit einem kleinen Leiterwagen ab.

»Keine Zugtiere, Frau Hufner?«, keuchte sie.

»Leider nein. Den müssen wir selbst ziehen, deshalb habe euch ja eingestellt! Schade, dass das edle Ross, welches ihr mitbrachtet, lahmt. Vielleicht hätte man es dazu überreden können, an der Deichsel zu ziehen.«

Während Jannika lachte, musste Hannes an den Bestatter Rudolph aus Hoyerswerda denken. Da hatte es eine Zeit lang funktioniert, zusammen mit drei anderen Pferden. Sie harkten bis zur Dämmerung und beluden den kleinen Leiterwagen drei Mal. Es war erstaunlich, wieviel Heu da raufpasste. Nach Sonnenuntergang waren alle redlich müde. Frau Hufner tafelte auf, um die hungrigen Mäuler ihrer neuen Tagelöhner zu stopfen. Es gab Spiegeleier, Schinken, Brot und Bier. Während Hannes den Schaum von den Lippen wischte, sagte die Bäuerin: »Ihr könnt im Haupthaus schlafen, ich habe genügend Platz.«

Jannika und Hannes warfen sich einen schnellen Blick zu. Sie hatten damit gerechnet, als Tagelöhner in der Scheune schlafen zu müssen. Darin hatten sie Übung. Ihre Gastgeberin schien von Stunde zu Stunde freundlicher zu werden.

»Gute Arbeit! Ihr dürft gerne bleiben. Schlaft gut!«

Nach der Heuernte hatten sie keine Lust auf Liebesspiele und schliefen aneinander gekuschelt ein. Hannes blinzelte am nächsten Morgen schlaftrunken, wankte zu einer Schüssel und schüttete sich mit beiden gewölbten Händen Wasser ins Gesicht. Unten in der Küche klapperte Jannika mit Geschirr. Sie hatte Feuer gemacht und bereitete gerade Kräutertee zu.

»Einen schönen guten Morgen, Hannes!« Bei Jannika klang es immer wie ein Lied. »Kaffee habe ich nicht gefunden, Zucker auch nicht, dafür Honig.«

»Und die Hausherrin?«, gähnte Hannes. Er hielt sich zu dieser Tageszeit nicht mit Begrüßungsformeln auf.

»Nicht da«, antwortete das sorbische Mädchen schnippisch.

Als Jannika den Tisch gedeckt hatte, tauchte auch die Bäuerin wieder auf. Sie hatte einen jungen Mischlingshund im Schlepptau, der bellend den Tisch umsprang und an den Beinen der Gäste schnüffelte.

»Guten Morgen, ihr beiden! Jannika wieder fleißig wie eine Biene.« Die Hausherrin setzte sich an die Stirnseite des Tisches und beruhigte den Hund, indem sie ihm ein Stück Schinken zuwarf. »Woher wusstest du, Jannika, dass ich morgens immer Kräutertee trinke? Ich habe schon gestern gesagt, ich würde euch gern behalten, habe aber kaum noch Taler im Beutel.«

Elisabeth Hufner sah zwei fragende Gesichter und spürte, dass die beiden am Tisch zumindest im Moment ganz andere Fragen an sie hatten. Sie rührte den Honig im Tee um und nippte an der Tasse.

»Ich brauchte einen neuen Wachhund, der alte war verendet. Ich wusste, dass die Hündin der Käthe Hofmann einen Wurf Junge hatte. Das ist natürlich nicht alles.« Frau Hufner nahm einen weiteren Schluck Tee. Jannika und Hannes stockte der Atem. Sie wussten nicht, ob der lange Arm der Fürstin Teschen bis nach Ortrand reichte. Hier gab es eine Garnison. Man konnte sie festhalten. Bis die Gräfin Cosel ein Schreiben aufsetzte oder persönlich kam, um alles aufzuklären, konnten Wochen vergehen.

»Warum hast du nicht gleich gesagt, dass du als Geselle beim Müller an der Pulsnitz gearbeitet hast? Deine Angaben stimmen, Hannes. Käthe wusste auch, dass du der zweite Sohn des Müllers aus Zschipkau bist. Du bist gegangen, als die Schweden Feuer legten. Das kann dir niemand verdenken.«

Kurzzeitig hatte Hannes das Gefühl gehabt, das Herz rutsche ihm in die Hose. Jetzt atmete er auf.

»Stärkt euch für den Tag«, forderte die Hausherrin sie auf. Frau Hufner war von der förmlichen Anrede zum ›Du‹ übergegangen. Es störte Jannika und Hannes nicht. Knechte und Mägde redete man eben so an. Es dauerte noch zwei Tage, bis die gesamte Heuernte eingebracht war. Sie füllte allerdings nur die Hälfte der geräumigen Scheune. In einem Moment, als Jannika weit entfernt hantierte, trat Elisabeth Hufner nahe an Hannes heran. Sie legte beide Hände auf seine Schultern. Es war fast die gleiche Situation wie bei der Fürstin Teschen und doch eine ganz andere. Die Bäuerin hatte kein Parfüm aufgetragen und war nicht geschminkt. Hannes sah die Falten in einem von der Sonne gebräunten Gesicht. Die Frau war fast zehn Jahre älter als er. Der Abgesandte der Gräfin Cosel hatte in den vergangenen Tagen aber auch die straffe Figur der Frau bewundert.

»Ich bin noch in der Trauerzeit als Witwe, trage deshalb Schwarz. Ich mache aber kein Hehl daraus, dass du mir nicht nur als zupackender Knecht gefällst, sondern auch als Mann. Bitte bleib, Hannes! Über Jannika muss ich kein Wort verlieren. Sie fragt nicht nach Arbeit, sondern macht sie einfach.«

Hannes wiederholte nicht den gleichen Fehler wie bei der Fürstin Teschen, die Hände von seinen Schultern zu streifen. Auch wenn es sich hier nur um eine Bäuerin handelte. Stattdessen umarmte er die Witwe, die sich am Ziel ihrer Wünsche wähnte.

»Jannika und ich …«, begann Hannes und löste sich aus der Umarmung.

»Ich verstehe, ihr seid ein Paar. Als ich an eurer Kammer lauschte, habe ich nichts gehört, was darauf hinweisen würde.«

»Wir waren einfach zu müde, um uns dem Liebesspiel hinzugeben. Du hast mich nicht ausreden lassen! Jannika und ich müssen dringend nach Dresden!« Hannes überlegte krampfhaft, ob es jetzt an der Zeit war, der Bäuerin die ganze Wahrheit aufzutischen. Es bestand immer noch die Gefahr, dass man sie der Garnison der sächsischen Armee auslieferte. Elisabeth Hufner hatte bisher nicht den Eindruck gemacht, dass sie gleich loslaufen würde, um sie zu verpfeifen. Hannes entschied sich dafür, der Witwe alles zu sagen. Sie würde sonst nicht lockerlassen.

»Es ist richtig, dass ich der zweite Sohn des Müllers Wilhelm Bauer aus Zschipkau bin. Ich hatte Streit mit meinem Bruder und wanderte nach Süden auf der Suche nach einer Anstellung. Als eine Kutsche auf mich zuraste, die zwei Räder verlor, fing ich die herausstürzende schwangere Gräfin Cosel auf und verletzte mich am Kopf. Unser Kurfürst und der König von Dänemark standen an meinem Krankenlager. Auf Veranlassung der Gräfin Cosel wurde ich in den Adelsstand erhoben. Ich bin der Baron von Senftenberg, mir gehören vierzig Morgen Land in Zschipkau und Klettwitz.«

Elisabeth Hufner trat zwei Schritte zurück und betrachtete den Mann vor ihr mit anderen Augen.

»Jannika Brezan war eine Magd in Diensten der Fürstin Teschen. Man konstruierte in Hoyerswerda eine Anklage gegen mich, sie befreite mich aus dem Kerker. Ja, du hast recht, Jannika liebt mich, weiß aber genau, dass ich der Baroness von Lichtenau verpflichtet bin und mit dieser die Ehe eingehen werde.«

Elisabeth Hufner wusste zunächst nicht, was sie sagen sollte. Es war zu viel, was gerade auf sie einstürmte.

»Wenn du erwägst, uns bei der Garnison in Ortrand zu melden, gebe ich dir eines auf den Weg: Die Gräfin Cosel würde unseren Herrscher nachts wecken, damit er eine Petition zu unserer Freilassung unterschreibt. Darauf gebe ich dir Brief und Siegel!« Hannes straffte sich. Es war an der Zeit, den Weg nach Dresden fortzusetzen. Je näher er der Residenzstadt kam, umso sicherer fühlte er sich. Wegen des lahmenden Pferdes würde die Reise allerdings noch zwei Wochen andauern.

»Warum sollte ich das tun, Hannes?«, empörte sich Elisabeth. »Hast du immer noch nicht begriffen, dass ich mich in dich verliebt habe? Du hast eine Baroness von Lichtenau ins Spiel gebracht. Lass wenigstens die fleißige Jannika hier, damit ich eine Magd und Gesellschaft habe, bitte!«

»Das kann nur sie selbst entscheiden, sie ist nicht meine Leibeigene«, antworte Hannes ausweichend.

Elisabeth Hufner rannte aus der Scheune und rief: »Jannika! Jannika!«

Als diese endlich auftauchte und das Ansinnen hörte, senkte sie die langen schwarzen Wimpern.

»Unter anderen Umständen sehr gern, Elisabeth. Aber ich liebe diesen Mann, gebe mich mit der Rolle der Gespielin zufrieden. Eine weise Frau hat mir vorausgesagt, dass dies mein Schicksal ist. Ich kann nicht anders.«

»Vorschlag zur Güte, Elisabeth. Ich bin erster Kammerherr der Gräfin Cosel auf dem Gut Pillnitz. Ich werde anweisen, dass man dir zwei oder drei Knechte schickt, um die Kornernte einzubringen. Wann ist es soweit?«

Frau Hufner schirmte mit einer Hand die Augen ab und schickte einen prüfenden Blick hinauf zur hochstehenden Sonne. »In fünf Wochen.«

»In Ordnung, es tut mir leid, Elisabeth, wir müssen weiter.« Hannes lief zum Stall, um Bukephalos aus dem Stall zu holen. Das Pferd hatte sich dank der Umschläge und der Stallruhe erholt und lahmte kaum noch. Als er mit dem Hengst am Zügel zurückkam, lief Elisabeth auf ihn zu, schmiegte sich an seine Brust und küsste ihn innig. Hannes wusste nicht wie ihm geschah. Wollte die Witwe ihn mit diesem Kuss doch noch umstimmen? Er wagte es nicht, die Frau wegzuschieben, sondern wartete, bis sie sich aus der Umarmung löste. Dann winkte sie Jannika und Hannes zu, wirbelte herum und verschwand im Haus.

»Sie hatte feuchte Augen«, sagte Jannika. »Es gibt eben Menschen, die wissen unsere Arbeit zu schätzen«, versuchte sie sich an einem Scherz. Hannes ging darauf nicht ein. Als pflichtbewusster Untertan hatte er seinem Herrscher zu dienen und dessen einflussreicher Mätresse. Sie hatten ihn zum Baron von Senftenberg gemacht.

Die Arbeit bei Elisabeth Hufner war nur ein notwendiges Intermezzo gewesen. Er prüfte die Befestigung des Sackes mit den Lebensmitteln auf der rechten und der Satteltasche mit der Pistole und den Bauzeichnungen auf der linken Seite des Pferdes. Nach so kurzer Stallruhe wollte er Bukephalos nicht zumuten, mehr zu tragen. Sie würden den Rest des Weges laufen müssen. Sie vermieden weiterhin die Straßen, welche die Postkutschen, die Händler und das Militär nutzten. Mit jedem Schritt nach Süden wuchs Hannes Zuversicht, bald der Gräfin in deren neuen Schloss Bericht erstatten zu können. Die Fürstin Teschen stellte keine Gefahr mehr da. Sie waren weitab ihres Herrschaftsbereiches. Am frühen Nachmittag kam das Jagdschloss von Friedrich August I., Schloss Moritzburg, in Sicht. Hannes suchte einen schattigen Platz zum Rasten und wurde an einer Stelle fündig, an der das Schilf weniger wucherte. Der Strand des Teiches lud zum Bade. Er ließ Bukephalos grasen, ohne ihn anzubinden und schlüpfte behände aus seinen Sachen.

»Ich bin durchgeschwitzt! Was ist mit dir, Jannika?« Hannes rannte ins Wasser. Seine Begleiterin zögerte noch. Die Erinnerungen an den Fluss Schwarze Elster waren immer noch lebendig.

»Der Untergrund ist zwar schlammig, aber es ist nicht tief hier!«, rief Hannes gut gelaunt und versuchte, Jannika mit Wasser zu bespritzen.

Es gelang ihm nicht wirklich, die Entfernung war zu groß. »Zudem habe ich versprochen, dir das Schwimmen beizubringen!«

Erst jetzt bequemte sich das Mädchen, die Kleider von den Schultern gleiten zu lassen und ins Wasser zu waten. Hannes bewunderte wieder einmal die zierliche Gestalt mit den weiblichen Rundungen.

»Hast du schon einmal einen Frosch in einem Teich beobachtet?«

Jannika nickte eifrig.

»Es ist ganz leicht«, behauptete Hannes. »Du musst dich nur auf den Bauch legen und es dem Frosch gleichtun.«

Jannika versuchte es, versank ein Stück und schluckte Wasser. Hannes griff beherzt zu und hievte sie wieder über die Wasseroberfläche.

»Bewege deine Arme und die Beine so wie ein Frosch. Ich halte dich!«

Jannika versuchte, die Bewegungen zu koordinieren, was ihr im zweiten Anlauf gelang. Dann spürte sie den Auftrieb und lächelte Hannes an. Sie vergaß, sich weiter zu bewegen und ging wieder unter. Hatte Hannes nicht gesagt, hier wäre das Wasser ganz flach? Sie stellte sich hin und schüttelte die nasse schwarze Mähne.

»Für den Anfang gar nicht so schlecht«, lobte Hannes seine Schülerin. Ab und an warf er einen Blick nach hinten, ob es Bewegung am Jagdschloss gab. In diesem Falle hätte er der Gräfin noch heute Bericht erstatten können. Denn wenn der Kurfürst dort jagte, wäre die Cosel auch in der Nähe gewesen. Es war aber niemand zu sehen.

»Noch mal Schwimmunterricht, Herr Lehrer?«, scherzte Jannika und bespritzte Hannes mit Wasser.

»Nein, ich habe Hunger und Durst, zudem möchte ich morgen in Dresden sein.«

Nachdem sie sich abgetrocknet und gestärkt hatten, lagen sie auf der ausgebreiteten Pferdedecke.

»Lass uns hier verweilen, bitte! Mir gefällt es hier. Der Blick über den Teich zum Schloss. Die Sonne scheint …« Dann begann sie mit dem Verwöhnprogramm, dem sich Hannes nicht entziehen konnte. Ihre Zunge umspielte die männlichen Brustwarzen, die linke Hand stimulierte die Körpermitte ihres Partners. Als sie gemeinsam zu einem Höhepunkt gekommen waren, lagen sie aneinandergeschmiegt auf der Decke.

»Es gibt Augenblicke wie diesen, da wünschte ich, wieder ein einfacher Müllergeselle zu sein. Ich würde eine Wassermühle pachten, eine Schar Kinder mit dir bekommen …«

»Du liebst sie, nicht wahr? Ich weiß es, aber wie ist es passiert?« Jannika stützte sich auf dem rechten Ellenbogen auf. Hannes sah das hübsche ovale Gesicht mit den strahlenden blauen Augen, die im Licht der Sonne wie Edelsteine funkelten, umspielt von nassen schwarzen Locken.

»Es ist Sünde und ich werde am Sonntag für mein Seelenheil beten. Ich liebe euch beide«, seufzte Hannes. »Ich habe deine Frage nicht beantwortet, liebste Jannika.«

Das Herz des sorbischen Mädchens begann zu hüpfen. Er hatte tatsächlich ›liebste Jannika‹ gesagt!

»Als die Kutsche der Gräfin Cosel umkippte und die
Dame auf mich fiel, schlug mein Kopf an einen Stein. Kurz
bevor ich das Bewusstsein verlor, sah ich zwei Engel, einer
schöner als der andere. Anna Constantia von Cosel und
Johanna von Lichtenau. Letztere pflegte mich, zeigte sich in
einem Maße besorgt, welches einem Manne schmeichelt …«

»Ich verstehe«, sagte Jannika, erhob sich und reichte die
Sachen zum Ankleiden. Im Westen sank die Sonne und es
wurde an diesem Juniabend zunehmend kühler.

WIEDER ZURÜCK

In der Residenzstadt hatten Jannika und Hannes erfahren,
dass die Gräfin Cosel und ihre Dienerschaft Dresden in
Richtung Pillnitz verlassen hatten. Mit knurrenden Mägen
machten sie sich auf, um an der Elbe entlang zum Gut zu
gelangen. Hannes wollte Bukephalos nicht zumuten sie beide
zu tragen. Er erlaubte Jannika, im Sattel zu bleiben und
führte das Pferd am Zügel. Als sie mit letzter Kraft Pillnitz
erreichten, baute sich auf dem schattigen Kiesweg, der zum
Haupthaus führte, ein Mann breitbeinig auf. Der machte
keine Anstalten, den Baron von Senftenberg angemessen zu
begrüßen, sondern ließ seine Blicke aus kalten grauen Augen
geringschätzig über die zerlumpten Gestalten schweifen.

»Sie wünschen, Herr …?«

»Na was schon? Waschen, essen, umziehen und dann zur
Gräfin Cosel! Stehen Sie hier nicht herum, melden Sie uns
schon mal an.« Hannes wurde langsam ungeduldig. Dann
wurde er blass.

Die Gräfin hatte womöglich damit gerechnet, dass die Fürstin Teschen ihn unter einem Vorwand einkerkern würde. Deshalb hatte sie einen neuen ersten Kammerherrn eingesetzt! Der Fatzke, der sich ihnen in den Weg stellte, breitete die Arme aus, als könne er damit einen Durchbruch von Hannes, dem Mädchen und dem Pferd verhindern.

»Keinen Schritt weiter! Sie haben meine Frage noch nicht beantwortet!«

»Johannes, Baron von Senftenberg! Als erster Kammerherr hier auf Pillnitz bin ich ihr Vorgesetzter, egal, welches Amt Sie gerade innehaben!«, sagte Hannes mit erhobener Stimme.

Der Mann ließ die Arme sinken und das geringschätzige Grinsen verschwand aus seinem Gesicht. Niemand hatte ihm gesagt, wie der Baron von Senftenberg aussah, auch nicht, dass dieser – falls er überhaupt zurückkam – ein zwar zerlumptes und dreckiges, aber überaus hübsches Mädchen bei sich haben würde. Den Posten als Kammerherr konnte er knicken, der Herr Baron war wieder da, auch wenn der wie ein ungewaschener Bauer aussah.

»Jakob Berlinger, Herr Baron! Und die junge Dame in ihrer Begleitung, wenn die Frage gestattet ist?« Der Mann, der sich ihnen in den Weg gestellt hatte, schrumpfte zusehends zusammen und katzbuckelte jetzt.

»Jannika Brezan, die ich als Zofe bei der Gräfin Cosel einstellen werde! Eilen Sie voraus, Herr Berlinger. Wenn das Pferd versorgt ist möchte ich einen großen Zuber mit warmem Wasser bereitgestellt sehen! Dass Sie die Baroness von Colditz und die Reichsgräfin von Cosel über unsere Ankunft informieren, muss ich nicht extra anweisen!«

Jannika stand mit offenem Mund daneben. Diese befehlsgewohnte Stimme kannte sie von Hannes so nicht. Jakob Berlinger beeilte sich, Land zu gewinnen. Mit diesem Baron von Senftenberg war nicht gut Kirschen essen. Besser, man hatte den vorerst nicht zum Feind. Wenn seine Auftraggeber mit der arroganten Gräfin fertig waren, würde auch der großmäulige Baron von Augusts Gnaden in ein tiefes Loch fallen. Bis dahin würde er, Jakob Berlinger, alles gewissenhaft notieren, was hier vorfiel. Die Rückkehr des Barons mit einer sorbischen Magd im Schlepptau war schon mal ein guter Auftakt für seine geheimen Berichte nach Dresden.

Hannes gab den Hengst in die Obhut des Stallmeisters Gustav Scheunemann.

»Nach dem Tritt in eine Bodenunebenheit lahmte er. Bukephalos hatte drei Tage Stallruhe, eine Bäuerin hat Umschläge aus Beinwell angelegt. Ich habe ihn am Zügel von Ortrand bis Pillnitz geführt.«

»Ich bevorzuge Heilerde, ich schau mir das mal an«, sagte Gustav.

Erst dann schlurften Hannes und Jannika zum Haupthaus. Johanna stand auf der Schwelle, stieß einen Schrei aus, stolperte die Stufen herunter und fiel Hannes um den Hals.

»Es gab das Gerücht, du wärst auf der Flucht vor der Fürstin Teschen in einem Fluss ertrunken oder einem Moor versunken«, flüsterte sie mit tränenerstickter Stimme. Hannes gab Johanna einen Kuss. Jannika stand verlegen daneben. Sie würde immer nur die zweite Geige spielen. Diese Baroness mit dem goldbraunen Haar war die Frau, die Hannes ehelichen würde.

Für sie blieb die Rolle der Geliebten, wenn es Johanna zuließ. Sie waren sich während der gefahrvollen Flucht so nahegekommen, dass sie in träumerischen Momenten geglaubt hatte, sie könne die Ehefrau werden. Nein, ein Baron heiratete keine Küchenmagd.

»Darf ich dir Jannika vorstellen? Sie stand als Magd sowohl in Diensten meines Vaters als auch der Fürstin Teschen. Sie hat mich aus dem Kerker befreit und mich während der Flucht begleitet. Ich würde sie gern hier als Zofe einstellen, falls die Gräfin nichts dagegen hat.«

Hannes war sich nicht sicher, wie seine Verlobte reagieren würde. Er erwartete schroffe Ablehnung, weil Jannika ausnehmend hübsch war und Johanna zurecht eine Konkurrentin in ihr sehen musste. Jannika senkte verlegen die schwarzen Wimpern. Sie spürte die prüfenden Blicke der Baroness beinahe körperlich. Als sie es wagte, den Blick wieder auf die andere Frau zu richten, registrierte sie erfreut, dass sie keineswegs abgelehnt wurde. Im Gegenteil: Die Baroness mit dem goldbraunen Haar musterte sie mit Wohlwollen, kam einen Schritt auf sie zu und umarmte sie! »Vielen Dank, Jannika! Du hast mir das Liebste zurückgebracht. Es gibt nur ein kleines Problem.«

Jannika hatte sich aus der Umarmung gelöst und schielte verlegen auf die mit braunem Schlamm überkrusteten Schuhspitzen.

»Welches Problem sollte das sein, liebste Johanna?« Hannes wusste nicht, worauf seine Verlobte hinauswollte.

»Die Gräfin Cosel duldet keine Frauenzimmer in ihrer Umgebung, die schöner sind als sie«, sagte Johanna lächelnd.

Bei Jannika dauerte es einen Moment, bis das Kompliment bei ihr ankam. Sie errötete bei dem Gedanken daran, was die Baroness gerade gesagt hatte.

»Dann hätte sie dich längst entlassen müssen!«, konterte Hannes und die beiden jungen Frauen stimmten in das befreiende Lachen ein.

»Inzwischen müssten Marie und ihre Helferinnen den Badezuber gefüllt haben. Kommt herein! Baden, frische Kleider und dann zur Gräfin!«, bestimmte Johanna.

»Hast du unterwegs mit ihr?«, zischte sie Hannes ins Ohr. Jannika war bereits in der Obhut der Kammerzofe Marie und hörte sie nicht.

»Nicht ich bin beinahe ertrunken, sondern Jannika. Nachdem ich sie aus einem Fluss gezogen habe, kamen wir uns näher …«, druckste Hannes herum. »Verzeih mir, Johanna, es hat sich so ergeben.«

Zu seiner Überraschung bekam Hannes keine Ohrfeige. Johanna strahlte ihn an, keine Spur von Eifersucht.

»Du kannst es weiter mit ihr treiben – vorausgesetzt, ich darf mitmachen! Meine Frage zielte aber darauf, ob ihr beide gemeinsam in den Zuber steigt. Wenn du ihr beigewohnt hast, sollte das kein Problem darstellen«, lachte Johanna. »Das Gesicht, was du gerade machst, sollte ein Maler für die Ewigkeit festhalten!«

Jannika war dabei, sich mit Hilfe der Kammerzofe von den Kleidern zu befreien. Verwundert stellte sie fest, dass sich Hannes ohne Umschweife von Schuhen, Strümpfen, Hemd und Kniebundhosen trennte.

Die schmutzige Kleidung wurde umgehend von einer weiteren Zofe aufgesammelt und zur Wäscherei geschafft.

Jannika zögerte, den einst weißen Unterrock abzulegen. »Zier dich nicht, ich weiß, Hannes hat dich schon unverhüllt gesehen«, sagte Johanna.

Der Baron von Senftenberg vergewisserte sich, dass alle Dienerinnen die Wohnung verlassen hatten und streifte das Leibtuch ab. Dann gesellte er sich zu Jannika, die bereits in den Badezuber gestiegen war. Zu Hannes und Jannikas nicht gelinder Überraschung hockte sich Johanna hinter den Zuber, dort, wo das sorbische Mädchen saß. Sie begann, sanft den Nacken der Magd zu massieren, griff nach einem Stück Seife und verteilte Schaum auf dem Rücken. Dann beugte sich Johanna nach vorn und knetete zärtlich eine Brust der jüngeren Frau. Hannes sah mit offenem Mund zu. Zunächst verstand er nicht, was gerade geschah, hatte er doch während der Flucht damit gerechnet, dass seine Verlobte sauer sein würde, wenn er mit einem jungen bildhübschen Mädchen hier aufkreuzte. Das genaue Gegenteil war der Fall! Für Hannes gab es nur eine Erklärung: Seine Johanna war beiden Geschlechtern zugeneigt. Sollte es das geben? In seiner Welt bisher nicht. Er war verwirrt. Um seine Unsicherheit zu überspielen, scherzte er: »Ich wünsche die gleiche Behandlung zu erfahren, wie die junge Dame mir gegenüber!«

Johanna warf ihm einen Waschlappen an den Kopf. Selbst die eingeschüchterte Jannika, die nicht wusste, wie ihr geschah, kicherte.

»Danke, zu viel der Aufmerksamkeit, Baroness!«, lachte Hannes.

Johanna wollte das Spiel jetzt noch nicht ausreizen.

Die beiden Turteltäubchen, die manche Nacht gemeinsam in einer Scheune verbracht hatten, würden bald erfahren, dass künftig nach ihren Regeln gespielt wurde. Sie huschte um den Zuber, um die verspannten Muskeln des Prachtkerls, in den sie sich verliebt hatte, zu massieren. Anschließend seifte sie den Rücken des Mannes ein. Jannika und Hannes stiegen tropfnass aus dem Zuber. Johanna reichte ihnen Handtücher. Hannes konnte sich dasselbe gerade noch vor die Körpermitte halten, als ohne anzuklopfen die Zofe Marie eintrat und eine Hand vor den Mund presste.

»Oh, ich wusste nicht, dass ihr noch nicht soweit seid. Nach dem Ankleiden wünscht die Herrin euch einzeln zu sprechen. Soll heißen, zunächst den Herrn Baron und Jannika und hernach Sie, werte Baroness von Colditz!« Marie machte mit hochrotem Gesicht einen Knicks und verschwand. Hannes und Jannika schlüpften behände in die sauberen Sachen, die Johanna in aller Eile zusammengesucht hatte. Dann ergriff der Baron von Senftenberg, der jetzt wieder wie ein Adeliger aussah, das linke Handgelenk des sorbischen Mädchens.

»Bei allem, was du für mich getan hast, wird die Gräfin nicht zögern, dich einzustellen. Keine Sorge, Kantorka, alles wird gut!«

Johanna runzelte die Stirn. Die beiden verband mehr, als sie zunächst geglaubt hatte. Und was zum Teufel ist eine Kantorka?

Die Reichsgräfin von Cosel mit deutlich gerundetem Bauch empfing ihren Kammerherrn und die mitgebrachte Magd stehend, was Hannes als Gunstbeweis deutete.

Sonst saß die Herrin über Gut Pillnitz immer in einem vergoldeten Sessel. Hannes machte eine formvollendete Verbeugung, Jannika versuchte sich an einem Hofknicks. Anna Constantia unterdrückte den Drang, den Mann, den sie wissentlich auf eine gefährliche Mission geschickt hatte, zu umarmen. Der hatte ein Mitbringsel dabei. Dem würde sie sich umgehend widmen.

»Ich habe für eine glückliche Rückkehr gebetet, Herr Baron. Ich versichere Ihnen, nie damit gerechnet zu haben, dass die Reichsfürstin von Teschen soweit gehen würde, eine Anklage gegen Sie zu konstruieren.«

Hannes nahm die versteckt formulierte Entschuldigung mit einer weiteren Verbeugung zur Kenntnis. Er wusste, das hier war der offizielle Teil. Anna Constantia würde ihn in einem der folgenden Gespräche noch genauer in Kenntnis setzen, was sie umgetrieben hatte.

»Darf ich das Ansinnen stellen, die hier anwesende Jannika Brezan, die maßgeblich meine Flucht begünstigte und mir zur Seite stand, bei Ihnen als Kammerzofe einstellen zu dürfen?«

»Bei allen Verdiensten der jungen Dame, ich habe keine Verwendung für eine Kammerzofe oder Magd«, sagte die Gräfin Cosel kalt. Damit hatte Hannes nicht gerechnet. Er erstarrte. Jannika senkte die langen schwarzen Wimpern zu Boden. ›Die ist ja noch arroganter als die Fürstin Teschen‹, dachte sie.

»Ein Vorschlag zur Güte«, unterbrach die Gräfin das peinliche Schweigen.

»Ich erhöhe Ihnen, werter Herr Baron, und meiner Privatsekretärin das Gehalt und Sie stellen Jannika als Dienerin auf ihre Kosten ein. Können wir uns darauf einigen?«

Hannes Puls beruhigte sich wieder. Jannika hob die schwarzen Wimpern. Der Baron von Senftenberg nahm sich vor, beim Gespräch unter vier Augen Anna Constantia zu fragen, was das sollte.

»Wie Sie wünschen, verehrte Reichsgräfin«, sagte Hannes förmlich und verbeugte sich erneut.

»Sie dürfen gehen, Jannika Brezan. Vorbehaltlich der Zustimmung der Baroness von Colditz sind sie als Zofe des Barons von Senftenberg und der zuvor Genannten in deren Diensten.«

Jannika machte einen erneuten Hofknicks, der ihr diesmal besser gelang, und beeilte sich, den Audienzraum zu verlassen. Mit der Baroness, die sie an intimen Stellen berührt hatte, würde sie sich arrangieren müssen. Anna Constantia von Cosel und Hannes waren jetzt allein. Die Gräfin trat nahe an ihn heran. Er konnte das dezente, nach Blumen duftende Parfum riechen. Es war die gleiche Situation, wie in Hoyerswerda und in Ortrand, und doch eine andere. Diese Frau verströmte etwas, dem sich kein Mann widersetzen konnte. Auch nicht der Kurfürst von Sachsen, der lange um ihre Gunst gebuhlt hatte. Dem hatte sie sich erst hingegeben, als die Scheidung vom Freiherrn von Hoym ausgesprochen worden war und nach Unterzeichnung eines geheimen Vertrages, von dem nur sehr wenige Kenntnis hatten.

»Ich entschuldige mich nochmals in aller Form für die Unannehmlichkeiten, die dir widerfahren sind«, sagte die Gräfin Cosel und umfasste dabei die Schultern des stattlichen Mannes vor ihr. Wie oft hatte sie davon geträumt, mit ihm das Lager zu teilen. Diese sündigen Gedanken musste sie jedes Mal verscheuchen. Friedrich August hätte sie mit Schimpf und Schande davongejagt. Hannes warf einen Blick über den Rücken der dicht vor ihm stehenden Frau. An der gegenüberliegenden Wand hatte man ein neues Gemälde aufgehängt. Zwei nackte Frauen tauschten auf einer Blumenwiese vor einem See Zärtlichkeiten aus. Anna Constantia von Cosel nahm die Hände von den Schultern des Mannes und trat einen Schritt zurück.

»Johanna und Elena. Zwei Nymphen, die sich küssen«, sagte Hannes nachdenklich.

»Es ist allerlei passiert, während du unterwegs warst. Frederik IV. von Dänemark war so begeistert von deiner Verlobten, dass er einen Tausch vorschlug, Johanna gegen Elena Kretzulesco. Ich hatte im Haushalt des Freiherrn von Hoym mit einer Hexe zu kämpfen. Eine mit noch größeren magischen Fähigkeiten wollte ich nicht bei mir haben, um keinen Preis der Welt. Johanna und ich lehnten das Ansinnen des dänischen Königs höflich, aber bestimmt ab.«

Hannes atmete tief durch. Wenn sich der dänische König durchgesetzt hätte, wäre seine Johanna jetzt in Kopenhagen oder irgendeinem Feldlager.

»Lass dich von Johanna unterrichten, was du alles verpasst hast. Ich kann dir versichern, es war atemberaubend.« Die Gräfin Cosel schwelgte in Erinnerungen, die nur wenige Tage zurücklagen.

Zwei Könige hatten sie eskortiert, um die Stufen zu einem Festgelage zu erklimmen. Sie war die begehrteste Frau Europas, auch wenn sie beim Ringstechen in der Zwingerarena nur den vierten Platz belegt hatte. Beim Zug der Götter durch Dresden war Friedrich August Apoll gewesen, Frederik IV. von Dänemark der Kriegsgott Mars und sie selbst die Göttin der Jagd, Diana. Anna Constantia von Cosel sah wieder das Feuerwerk, das man auf mehreren Schiffen auf der Elbe gezündet hatte.

»Du wirst sicher hungrig sein nach der langen Flucht. Marie wird etwas aus der Küche holen. Sag Johanna, ich möchte sie umgehend sprechen.«

Hannes spürte, dass die Herrin über das Gut Pillnitz blass wurde, sprang hinzu und geleitete sie zu ihrem gewohnten Audienzsessel.

»Soll ich nach Dresden reiten, um den Leibarzt unseres Herrschers zu holen?«, fragte Hannes besorgt.

Anna Constantia von Cosel schüttelte den Kopf. »Nein, ich habe nur einen heftigen Tritt bekommen von dem Sohn oder der Tochter von Friedrich August. Vielleicht waren es auch zwei«, stöhnte die Gräfin.

Hannes hoffte inständig, dass nicht gerade jetzt eine Fehlgeburt angezeigt war. Damit kannte er sich gar nicht aus. Er beeilte sich, seine Verlobte zu holen. Als Johanna eintrat, ging es der Gräfin Cosel schon wieder besser. Die erste Kammerzofe Marie hatte eine Karaffe mit Wasser und einen Becher bereitgestellt.

»Du warst gerade abwesend, als die beiden Abgesandten der Fürstin Teschen hier auftauchten. Sie forderten die Bauzeichnungen zurück, die Hannes angeblich entwendet hatte und sagten mir, dass du Johanna von Lichtenau bist. Die Teschen glaubte, mir damit eins auswischen zu können. Ich wusste es schon vorher, Johanna.«

Die Gräfin Cosel wollte sich aus dem vergoldeten Sessel erheben, fühlte sich aber zu schwach und blieb sitzen. Johanna erstarrte. Sie brachte kein Wort heraus, wartete darauf, dass Anna Constantia weitere Erklärungen folgen ließ.

»Du hast dich als Johanna von Colditz ausgegeben, Schwamm drüber! Der Freiherr von Hoym, den gerade die zweite Ehefrau verlassen will, wollte damals Zuchtpferde von deinem Vater kaufen. Der Baron von Lichtenau bedauerte, diese seien schon einem anderen Interessenten versprochen. Das Scheusal Hoym betrieb fortan als oberster Steuereintreiber des Kurfürstentums die wirtschaftliche Vernichtung deines Vaters. Der Baron von Lichtenau sah keinen Ausweg mehr, zündete das Anwesen selbst an und erhängte sich.« Die Gräfin Cosel machte eine kurze Pause, um am Wasser zu nippen. Johanna fröstelte es ungeachtet des warmen Frühsommerwetters.

»Hoym zwang mich, ihn zu diesem makabren Schauspiel zu begleiten! Ich wollte es verhindern, er hat mich zurückgehalten! Verzeih mir, Johanna!« Anna Constantia sprang jetzt doch aus dem Sessel, um sich gleich darauf an der Lehne abzustützen.

»Ist Ihnen nicht wohl? Wollen Sie sich hinlegen?«

Johanna war immer noch schockiert von dem, was ihr die Gräfin gerade eröffnet hatte. Woher wusste der Freiherr von Hoym, wann ihr Vater Selbstmord begehen würde? Hatte er einen Pfändungsbescheid zustellen lassen? Auf Johanna stürmten zu viele Fragen auf einmal ein.

»Wir sind allein, Johanna.« Die Stimme der Cosel hatte wieder den gewohnten Klang.

»Wie geht es weiter, Constantia?«, fragte die Privatsekretärin.

»Du bleibst in meinen Diensten, auch wenn deine Papiere gefälscht sind. Und zwar so gut, dass ich es nicht gleich zu erkennen vermochte. Deine Fähigkeiten werde ich vielleicht noch brauchen«, sagte Anna Constantia von Cosel. Sie hatte die Stirn in Falten gelegt. »Ich habe dir gegenüber etwas gutzumachen, obwohl der Untergang des Gutes Lichtenau nicht meine Schuld ist, ich war nur Zeugin. Zunächst erhöhe ich dein Gehalt. Hannes darf sich auch über ein aufgestocktes Salär freuen, muss davon aber eure Magd Jannika bezahlen.« Die Gräfin schwang sich vorsichtig aus dem Sessel. Sie wirkte deutlich erholt. »Am liebsten würde ich mit dir ein Gläschen Tokajer genießen.« Anna Constantia von Cosel legte die flache rechte Hand auf den gewölbten Bauch. »Aus bekannten Gründen lasse ich es lieber.« Die Gräfin tippelte zu einem Schreibtisch und schob zwei Zeichnungen über die blankpolierte Fläche aus Eichenholz.

»Was sagt dir das, Meisterin der Fälschungskunst? Echt oder hat das ein talentierter Lakai der Fürstin Teschen signiert?«

Johanna beugte sich über den Tisch und studierte die Pläne für den Umbau des Schlosses Hoyerswerda.

Von Architektur verstand sie zu wenig, um es beurteilen zu können. Unten rechts in der Ecke das Signum ›Friedericus Augustus Rex‹, datiert auf den vierten April im Jahr des Herrn 1709.

»Ich habe bisher nur wenige Briefe unseres Herrschers an dich zu Gesicht bekommen«, begann Johanna vorsichtig. »Ich glaube nicht, dass das eine Fälschung ist. Die Signatur ist so, wie ich sie in Erinnerung habe.«

»Du weißt, was das bedeutet, Johanna?« Der Schwächeanfall, bedingt durch die Schwangerschaft, war vergessen. Die Gräfin Cosel schlug mit gewohntem Temperament den zusammengeklappten Fächer auf die Schreibtischkante. Johanna glaubte für einen Moment, der Fächer würde zerbrechen.

»Friedrich August hat nicht nur Kontakt zu dieser Teschen, nein, er hat sie auch in diesem Jahr besucht und eigenhändig Pläne zum Umbau ihres Schlosses gezeichnet!«

»Wirst du ihm eine Szene machen?« Johanna schlug die Hand vor den Mund. Im gleichen Augenblick wurde ihr bewusst, dass sie bei aller Vertrautheit zur Gräfin zu weit vorgeprescht war.

»Natürlich nicht unter Zeugen, vielleicht unter vier Augen, ich weiß es nicht. Es schmerzt, das zu erfahren. Abgesehen von den anderen Affären, unter anderem mit der türkischen Ehefrau des ersten Kammerdieners von Spiegel, dieser Fatima.« Die Gräfin Cosel schleppte sich wieder zu ihrem Audienzsessel. »Ruf Marie. Ein Glas verdünnten Rotwein.«

Johanna beeilte sich, dem Wunsch ihrer Herrin nachzukommen.

Der Kammerdiener Jakob Berlinger wirbelte herum, als jemand auf seine Schulter klopfte. Er spürte die Spitze eines Dolches auf seinem Wams. Hannes nahm sich vor, gleich morgen die Gräfin nach einem Degen zu fragen. Der alte war von diesem Troll Karl in Hoyerswerda beschlagnahmt worden.

»Lange Ohren gemacht, Herr Berlinger?«, fragte Hannes und ließ den Dolch an Ort und Stelle. »Für wen arbeiten Sie?«

»Sie irren sich, Herr Baron, ich kam zufällig vorbei, um Kerzen zu entzünden«, stotterte der Ertappte.

»Ich habe auch schon bessere Ausreden gehört. Wenn Sie nicht wollen, dass ich Sie augenblicklich in das Audienzzimmer der Gräfin schleife, beantworten Sie meine Frage!«

»Für niemand, Herr Baron! Ich versichere Ihnen, nicht gelauscht zu haben!«

»Noch so eine Aktion, und ich ziehe Sie aus dem Verkehr«, sagte Hannes und nahm den Dolch zur Erleichterung des Ertappten von dessen Brust. »Ich behalte Sie im Auge, Herr Berlinger, dessen können Sie sicher sein.«

Jakob Berlinger schnaufte durch. Er beeilte sich, in seine Kammer zu laufen. Er hatte sich diese Aufgabe viel leichter vorgestellt. Die Gräfin beschäftigte Mitarbeiter, die auf Zack waren. Der Herr Baron von Senftenberg hatte ihn jetzt auf dem Kieker. Das machte es nicht gerade leichter.

An einem der Hundstage Ende Juli hatte Hannes Jannika überredet, den im Teich von Moritzburg begonnenen Schwimmunterricht fortzusetzen. Das sorbische Mädchen war nicht gerade begeistert, denn die majestätisch dahinströmende Elbe war deutlich breiter als die Schwarze Elster, in der sie beinahe ertrunken wäre.

»Ich halte dich fest, Jannika«, sagte Hannes.

Zögerlich streifte die Magd die Kleider über die Schultern. »Es geht dir nicht allein darum, mir das Schwimmen beizubringen«, kicherte Jannika. »Du hast auch noch etwas anderes im Sinn!

»Das mag sein, du freches Ding. Ich handle nur aus Sorge um deine Sicherheit. Wenn wir mit der Gräfin und unserem Herrscher unterwegs sind, kann es sein, dass wir auch Flüsse durchqueren müssen.« Hannes stieß die Dienerin mit einem Grinsen in Richtung Ufer und befreite sich selbst vom Hemd und den Beinkleidern.

»Dann lasse ich mich hinübertragen«, sagte Jannika trotzig und machte keine Anstalten, einen Fuß in das Wasser zu setzen.

»Du bist nicht die Gräfin, sondern nur die Magd!« Hannes verschwieg geflissentlich, dass man auch bei den Flüssen Oder und Weichsel nach Furten oder Brücken suchte und Jannika in einer Kutsche oder auf einem Fuhrwerk des Trosses meist trocken bleiben würde. Er war noch nie so weit nach Osten gekommen, wusste also nicht aus eigener Erfahrung, wie wasserreich die Ströme waren.

Jannika spürte einen Stoß im Rücken und konnte einen Sturz gerade noch abfangen. Der sonst so zärtliche Liebhaber rannte nackt an ihr vorbei in den Fluss, ging in die Hocke und bespritzte sie übermütig mit Wasser.

»Komm rein, du Angsthase! Oder sollte ich besser sagen, wasserscheue Katze?«

Um sich zu rächen, blieb dem Mädchen nichts anderes übrig, als ins Wasser zu stiefeln.

»Du kannst dich wiederaufrichten. Ich habe schon alles gesehen und angefasst, was du zu verbergen suchst!« Jannika prüfte mit einer Hand die Geschwindigkeit des dahinströmenden Flusses und watete zu Hannes, um ihn ihrerseits zu bespritzen. Sie tobten ein paar Minuten wie übermütige Kinder.

»Habe ich doch gleich gesagt, dass die Elbe im Hochsommer nicht so viel Wasser führt. Es kommt darauf an, wieviel Regen in Böhmen fällt.« Zumindest so hatte es ihm seine kluge Verlobte Johanna erklärt. Jannika musste sich flach auf den Bauch legen, spürte Hannes Hände auf ihrer nackten Haut.

»Was hatte ich dir in Moritzburg gesagt?«

»Ich soll mich bewegen wie ein Frosch in einem Teich?« Jannika versuchte sich daran.

Hannes korrigierte immer wieder ihre Arm- und Beinbewegungen. Erst als er sicher war, dass das sorbische Mädchen alles richtig koordinierte, drehte er den Körper der Magd in die Strömungsrichtung.

»Jetzt schwimm!«, hörte Jannika den Befehl. Sie versuchte die Panik zu unterdrücken, als sie merkte, dass ihr Lehrer die Hände weggenommen hatte. Zum ersten Mal spürte sie, dass die Schwimmbewegungen sie trugen. Was für ein Gefühl! Er hatte mit allem recht gehabt!

Hannes war abgelenkt durch Stimmen, die plötzlich am Ufer zu hören waren. Jannika wäre beinahe von der Strömung mitgerissen worden, wie es ihr schon in der Schwarzen Elster passiert war.

»Herr Baron von Senftenberg!« - »Hannes!«

Die erste Stimme konnte er Anna Constantia von Cosel zuordnen, was ihn sehr verwunderte, und die zweite seiner Verlobten, die offiziell immer noch Johanna von Colditz genannt wurde. Hannes fing die an ihn vorbeitreibende Jannika auf und drehte sich um. Die beiden Damen hatten einen Herrn dabei, der Kleidung nach von Adel. Ebenso war die Zofe Marie zugegen, die ans Ufer trat und ihnen Handtücher reichte. Als Hannes aus dem Wasser watete, um seine Blöße mit dem gereichten Tuch zu bedecken, stellte er verwundert fest, dass die Blicke des Mannes nicht dem wohlgestalteten Körper von Jannika galten, sondern offenbar nur ihm. Es musste etwas Außergewöhnliches passiert sein, wenn alle diese Personen sich die Mühe machten, ihn beim Schwimmunterricht mit einer Magd zu stören. Im Schutze eines ausgebreiteten Tuches, welches Marie hielt, konnten er und Jannika sich abtrocknen und ankleiden.

»Darf ich vorstellen«, räusperte sich Anna Constantia von Cosel. »Mein Vetter Christian Detlev Graf zu Rantzau aus Holstein! Er bringt frohe Kunde!«

Hannes schlüpfte in Hosen, Strümpfe, Schuhe und Rock und trat vor den Sichtschutz. Er fühlte sich präsentabel. Dass seine Haare nass und wirr waren, konnte er ohne Spiegel nicht beurteilen.

Graf Rantzau machte sich seine eigenen Gedanken. Der erste Kammerherr seiner Cousine plantschte nackt mit einer Magd in der Elbe. Hier ging es offensichtlich freizügiger zu, als er vermutet hatte. Jannika war inzwischen auch vollständig ankleidet und versteckte sich hinter der Kammerzofe Marie. Sie hatte noch nicht mitbekommen, dass Graf Rantzau gar nicht am weiblichen Geschlecht interessiert war.

»Christian Detlev zu Rantzau«, wiederholte der gutaussehende Mann die Vorstellung durch seine Cousine. »Herr Baron von Senftenberg?«

Hannes blieb nichts anderes übrig, als zu bejahen und die ausgestreckte Hand zu drücken. »Derselbe. Darf ich auch fragen, um welch frohe Kunde es sich handelt, die Sie die Freundlichkeit haben, zu überbringen?«

Johanna zog die Augenbrauen unmerklich höher. Ihr künftiger Ehegatte hatte dazugelernt. Er drückte sich nicht mehr wie ein Müllergeselle aus, sondern seinem Stand angemessen.

»Sehr gern, Herr Baron! Zar Peter I. hat die schwedischen Invasoren vor der Festung Poltawa vernichtend geschlagen! Man sagt, eine Kugel habe einen Fuß des Königs von Schweden von vorn bis hinten durchschlagen und er kann nur liegend transportiert werden. Ungeachtet dessen gelang es Karl XII., sich mit 400 Getreuen von der Ukraine bis ins Osmanische Reich durchzuschlagen.«

Man hatte wochenlang verhandelt, um ein Bündnis zwischen Sachsen, Dänemark und Russland zu schmieden und jetzt hatte der Zar vollendete Tatsachen geschaffen. Wie das zu bewerten war, würde Hannes nicht mit dem Grafen Rantzau erörtern, sondern mit den hochgebildeten Damen Johanna und Anna Constantia. Graf Rantzau blieb noch zum Abendessen, bei dem die Cosel groß auftafeln ließ. Dann verabschiedete sich der Gast. Er bedaure, nicht bleiben zu können, da er noch einem Freund in Dresden versprochen hatte, diesen aufzusuchen. Hannes machte sich Gedanken, ob es sich wirklich nur um einen Freund handelte, oder einen Liebhaber. Sicher wusste die Gräfin um die geheime Neigung ihres Verwandten. Nachdem Marie abgeräumt hatte, bat sie Johanna und Hannes, noch zu bleiben. Sie nippten am vorzüglichen Rotwein, während die Herrin über das Gut Pillnitz diesmal nur Wasser trank.

»Was haltet ihr davon? Wir sind unter uns, ihr könnt offen reden!«

»Reden wir von deinem Vetter oder der politischen Lage?« Hannes hielt kurz die Hand vor den Mund, als wolle er verhindern, dass weitere vorwitzige Dinge den Lippen entströmten. »Es tut mir leid, Constantia!« Nur wenn keine Dienerschaft zugegen war, durfte er sie so anreden. Zu seiner Überraschung schmunzelte die Gräfin und winkte ab.

»Selbst die Zofe Marie hat gemerkt, dass er deinen nassen Hintern anstarrte und nicht den von Jannika!« Anna Constantia von Cosel wurde plötzlich wieder ernst.

»Es versteht sich von selbst, dass ihr gegenüber Dritten kein Wort darüber verliert, denn es wird strafrechtlich verfolgt.«

»Natürlich, Constantia!«, beeilte sich Hannes, sein Stillschweigen zu versichern.

»Dann zielte die Frage darauf, wie sich die politische Lage aufgrund des Sieges von Zar Peter I. verändert hat?« Johanna wartete ab, bis die Gräfin genickt hatte.

»Der Zar wird die Bedingungen diktieren, zu denen Friedrich August wieder auf den Thron in Warschau steigen kann. Den Titel durfte er weiterhin führen, aber das Amt nicht ausüben.«

Hannes bewunderte im Stillen den Scharfsinn seiner künftigen Ehefrau.

»Richtig, Johanna! Ich werde nicht müde, Friedrich August auf die Unwägbarkeiten hinzuweisen, die damit verbunden sind. Er wischt alles mit einem Lächeln beiseite. Die Kurfürstenwürde reicht ihm nicht, er will amtierender König sein, auf einer Stufe mit all den Herrschern auf den Thronen Europas.« Anna Constantia von Cosel hatte sich in Eifer geredet. Ihr Teint war gerötet, obwohl sie abstinent blieb, zumindest heute. »Polen ist eine Adelsrepublik. Ein Ausländer auf dem Königsthron wird immer nur ein geduldeter Gast sein. Das Silber nimmt man gerne, aber wenn es darum geht, Truppen zu stellen oder Steuern zu zahlen, fängt das große Disputieren an. Wie dem auch sein, ich werde Friedrich August unterstützen und nach der Niederkunft begleiten, auch wenn ich das Unterfangen kritisch beurteile. Es ist meine Pflicht als künftige Gemahlin des Herrschers.«

Jetzt war es an der Gräfin Cosel, die flache rechte Hand zum Mund zu führen. Wie hatte das passieren können, ohne dem Wein zugesprochen zu haben?

Johanna und Hannes warfen sich einen schnellen Blick über den Tisch zu. Sie verständigten sich wortlos darauf, nicht zu insistieren, es sei denn, die Gräfin klärte es selbst auf.

»Hannes, schau nach, ob jemand an der Tür lauscht!«

Der Baron von Senftenberg überwand schnell die wenigen Schritte zur Tür und riss diese auf. Es war niemand zu sehen, nicht einmal Jakob Berlinger, den er der Spionage verdächtigte. Ohne Beweise konnte er keine Anklage vorbringen oder eine Entlassung des Mannes bewirken.

»Die Luft ist rein«, sagte Hannes, als handele es sich um einen Lausbubenstreich.

»Wenn ich euch nicht vollständig vertrauen würde, dann käme kein Wort über meine Lippen. Es gibt einen fünffach versiegelten geheimen Vertrag, in dem steht, dass ich im Falle der Witwenschaft von Friedrich August unverzüglich Ehefrau und Kurfürstin werde, die gemeinsamen Kinder werden legitimiert und in den Grafenstand erhoben, ein männlicher Nachkomme ist in der Thronfolge Zweiter und 100000 Reichstaler jährliche Apanage.«

Hannes stand der Mund offen. Johannas Hand zitterte, als sie Wein und Wasser nachgoss. Die Information über einen geheimen Vertrag erklärte einiges. Anna Constantia von Cosel fühlte sich den anderen austauschbaren Mätressen überlegen, weil sie diesen Vertrag ausgehandelt hatte. Es kam einem Eheversprechen gleich, für den Fall, dass Christiane Eberhardine von Preußen-Bayreuth das Zeitliche segnete.

Die rechtmäßige Ehegattin des Kurfürsten hatte sich aus Gram über den Glaubenswechsel ihres Mannes zum Katholizismus auf Schloss Pretzsch an der Elbe zurückgezogen und kam nur zu offiziellen Anlässen gelegentlich nach Dresden.

»Eine Ausfertigung des Vertrages, über den ihr absolutes Stillschweigen zu bewahren habt, lagert in Dresden, eine weitere im Familienarchiv in Drage in Holstein.«

»Unter wessen Obhut steht das Familienarchiv in Holstein?«, wollte Johanna wissen. Sie hatte als Erste die Sprache wiedergefunden.

»Ihr habt ihn heute kennengelernt«, sagte die Gräfin leichthin.

»Oh!«, entfuhr es Hannes. »Verzeih, wenn ich so offen rede, Constantia. Der Graf Rantzau machte auf mich nicht gerade den verlässlichsten Eindruck.«

»Ich vertraue ihm«, seufzte Anna Constantia, »auch wenn er oberflächlich betrachtet einen anderen Eindruck vermittelt. Er hat in Kiel promoviert, ist Doktor der Juristerei. - Ich habe noch eine erfreuliche Nachricht für euch!«

Johanna und Hannes warfen sich wieder einmal erstaunte Blicke zu. Was sollte jetzt noch kommen? Die Erwähnung des geheimen Vertrages hatte wie eine Kanonenkugel eingeschlagen. So etwas hatte bisher noch nie eine Mätresse an einem der Fürstenhöfe aushandeln können. Zumindest nicht, soweit es Johanna überblicken konnte. Der ehemalige Müllergeselle hatte ohnehin keine Ahnung von derlei Dingen.

»Ich hatte euch versprochen, aus Dankbarkeit für das schnelle Eingreifen von Hannes bei dem Unfall die Hochzeit auszurichten! Was haltet ihr davon, wenn wir es gleich nächste Woche machen?« Wenn die Gräfin Cosel erwartet hatte, dass das Paar jubelnd um den Tisch tanzte, sah sie sich getäuscht. »Ich verstehe, das ist etwas kurzfristig. Um Gäste zu laden, braucht es Wochen. Es gibt nur das Problem, dass unser Herrscher in den nächsten Tagen zu seinem Heer nach Guben an der Oder fahren will.« Anna Constantia von Cosel krümmte sich. Johanna sprang sofort hinzu.

»Soll Hannes nach Dresden zum Leibarzt unseres Herrschers reiten?«

Die Gräfin reckte sich, erhob sich vom Stuhl und ging ein paar Schritte durch den Raum.

»Es würde bis zum Morgen dauern, nein, es geht schon wieder.« Anna Constantia trank das ihr gereichte Glas Wasser in einem Zug leer. »Ich habe bei jeder Schwangerschaft diese Probleme, von Anfang bis Ende.« Sie würde noch heute Abend dafür beten, dass sie die Niederkunft überlebte. Beim ersten Mal hatte man Friedrich August informiert, mit der Gräfin ginge es zu Ende. Er war an das Kindbett geeilt und hatte ihre schweißnasse Hand gehalten.

»Wenn es dir bessergeht, darf ich fragen, was die Pläne unseres Herrschers mit unserer baldigen Hochzeit zu tun haben?«, fragte Hannes mit aller gebotenen Rücksicht.

»Das ist offenkundig. Johannas Vater ist tot, wir brauchen einen Brautführer. Oder möchtest du, dass der Stallmeister die Aufgabe übernimmt?«

Während Hannes darüber nachsann, ob die Gräfin einen Witz riss oder ihn gar verhöhnte, hatte seine künftige Frau wie immer weitergedacht.

»Das würdest du für uns tun? Ein König soll mich zum Brautaltar führen?« Johanna sank auf einen Stuhl und schenkte nur sich selbst Wein nach.

»Ich habe dabei noch einen anderen Hintergedanken«, sagte die Gräfin.

»Offiziell bist du hier immer noch als Johanna von Colditz mit gefälschten Papieren angestellt. Nachdem die Abgesandten der Fürstin Teschen aufdeckten, dass du eine von Lichtenau bist, haben wir ein Dilemma. Durch die Heirat wirst du eine Baroness von Senftenberg und wir haben ein Problem aus der Welt geschafft.«

Hannes war bei dem Vier-Augen-Gespräch nicht zugegen gewesen und runzelte die Stirn. Er gab Johanna ein Zeichen, sie solle ihm Wein nachschenken. Er hatte nicht gewusst, dass Emissäre der Teschen den direkten Weg über Kamenz genommen hatten, während er über Umwege hierher geritten und gelaufen war. Hand in Hand mit Jannika und ab Ortrand das Pferd Bukephalos am Zügel.

»Können wir es nicht wenigstens zwei, drei Tage aufschieben, damit meine Mutter teilnehmen kann? Bitte, Constantia!« Johanna unterbrach Hannes Gedanken. In der genannten Zeitspanne wäre es sogar möglich, seinen Vater, den Müller einzuladen. Den Bruder Klaus wollte er aus bekannten Gründen nicht dabeihaben.

»Ich werde versuchen, diesen Aufschub morgen zu erwirken, kann aber nichts versprechen. Das Reisen wird für mich immer beschwerlicher.« Der Gräfin Cosel entrang sich ein weiterer Seufzer.

Die Glocke der kleinen Kapelle auf dem Gut Pillnitz läutete. Die Sommersonne brannte auf die Blumenrabatten, die Weinberge und den im Entstehen begriffenen Barock-Park nach dem Vorbild von Versailles.

Johanna von Lichtenau, die man an diesem Tag zum letzten Mal mit ihrem falschen Namen ansprechen würde, konnte ihr Glück kaum fassen.

Die Gräfin hatte es geschafft, dass der Herrscher über Sachsen und bald auch wieder über Polen ihr die Hand reichen würde. Der Kurfürst hatte zudem zwei der einflussreichsten Männer aus seinem Umfeld mitgebracht: Friedrich Vitzthum von Eckstädt und Jakob Heinrich von Flemming. Ersterer hatte schon viele Positionen am Hofe bekleidet und galt als engster Vertrauter des Monarchen. Der Zweite war nicht nur General der Armee, sondern dank seiner Verbindungen in Polen auch der Strippenzieher bei der ersten Königswahl 1697 von Friedrich August in Warschau gewesen. Die Gräfin Cosel hatte nicht zu viel versprochen. Johanna trug ein weißes seidenes, mit Brüsseler Spitzen abgesetztes Brautkleid mit langer Schleppe und Hannes Rock, Weste und Kniebundhosen aus beigem Samt. In der Kürze der Zeit war es nicht möglich gewesen, die Mutter von Johanna und den Vater von Hannes zu laden. Die Anwesenheit des Herrschers, zwei der wichtigsten Männer am Hofe und deren Frauen adelte die schlichte Hochzeit.

Die kleine Kapelle des Gutes Pillnitz hätte auch nicht viel mehr Personen gefasst, stellte Hannes beim Eintreten fest. Er hatte keine Ahnung, wie das Zeremoniell bei Hochzeiten in diesen Kreisen aussah. Die Gräfin Cosel hatte es mit ihm drei Mal geprobt. Er musste zunächst allein über den roten Teppich zum Altar schreiten. Töchter von Angestellten des Gutes streuten Blumen auf den Weg. Musik kam von einem Clavichord, da man in die kleine Kapelle keine Orgel eingebaut hatte. In gehörigem Abstand folgten Friedrich August I., der Johanna an der Hand hielt. Zwei Mädchen und zwei Jungen trugen die weiße Schleppe. Unentwegt wurden Blumen gestreut. Hannes trat vor den Altar. Ihm brach der Schweiß aus. Es lag zum einen an den hochsommerlichen Temperaturen, zum anderen daran, dass er noch vor drei Monaten ein einfacher Müllergeselle gewesen war, der gleich eine Baroness heiraten würde. Hannes drehte sich um. Johanna war unbeschreiblich schön in dem weißen Kleid. Ein Figaro aus Dresden hatte das goldbraune Haar hochgesteckt. Er vergewisserte sich mit schweißnassen Fingern, dass das kleine Kästchen mit den goldenen Ringen an Ort und Stelle in der rechten Tasche des Rockes war. Kein Geringerer als der berühmte Johann Melchior Dinglinger hatte die Trauringe geschmiedet. Jannika Brezan verdrückte draußen vor der Kapelle eine Träne. Sie gehörte zum Gesinde und durfte nicht mit hinein. Die weise Frau aus den Wäldern um Klettwitz hatte es vorhergesagt. Sie würde sich in einen Mann verlieben, der eine andere heiratete.

Die Gräfin Cosel hatte lange überlegt, ob man zur Trauzeremonie den Hofprediger aus Dresden herbeiholen sollte. Damit hätte sie den evangelischen Pfarrer der kleinen Gemeinde Pillnitz verprellt.

Dieser stand mit stolzgeschwellter Brust hinter dem Altar. Er durfte eine Predigt vor dem Kurfürsten, dessen offizieller Mätresse und zwei Ministern halten! Die Freude darüber wurde nur dadurch getrübt, dass der Herrscher, um König in Polen zu werden, zum Katholizismus konvertiert war.

Friedrich August I. hielt immer noch die Hand der bezaubernden Privatsekretärin seiner Mätresse, die er auch schon unverhüllt gesehen hatte. Ein anmutiges, wohlgestaltetes Weib. Sie hatte vielleicht etwas anderes verdient, als einen ehemaligen Müllergesellen. Den hatte er auf Drängen von Constantia selbst in den Adelsstand erhoben. Insofern war die Hochzeit standesgemäß. August der Starke übergab mit einem leichten Kopfnicken die Braut an den Bräutigam und setzte sich auf eine unbequeme Kirchenbank in der ersten Reihe, wo auch Vitzthum und Flemming nebst Gattinnen Platz genommen hatten. Eine Loge mit Samtsessel im Obergeschoss, wie in größeren Kirchen, gab es hier nicht.

Der evangelische Pfarrer hielt eine wohltuend kurze, aber rhetorisch ausgefeilte Predigt, in der er die Brautleute ermahnte, das Treue das Wichtigste ist. Das bezog sich nicht auf die Fleischeslust, das wäre ein allzu frommer Wunsch gewesen, sondern auf die gemeinsame Lebensführung. Der Pfarrer streute in seinen Vortrag Kritik an der Politik des Herrschers ein, die er so geschickt verpackte, dass es zu keinem Affront führte.

»Die Brautleute haben als Trauspruch Korinther 13,13 aus der Heiligen Schrift gewählt. ›Nun aber bleiben Glaube, Hoffnung, Liebe, diese drei; aber die Liebe ist die größte unter ihnen.«

Dann fragte der Pfarrer zuerst Hannes, ob er, Johannes, Baron von Senftenberg, gewillt sei, die hier anwesende Johanna, Baroness von Colditz, zur Frau zu nehmen. Die Frage wurde bejaht, ebenso von der strahlenden Johanna, die froh war, den falschen Namen endlich loszuwerden. Hannes Hand zitterte, als er das Kästchen aus den Tiefen seines Rockes hervorkramte und öffnete. Er steckte Johanna den goldenen Ring an die Hand und sie anschließend bei ihm. Dann hauchte er ihr einen zarten Kuss auf den Mund. Zum Abschluss mussten alle ein Lied aus dem Kirchengesangbuch singen. August der Starke schmetterte mit. Ihm war die Zugehörigkeit zu einer Religion egal, solange es seiner Macht nutzte. Er würde auch den Thronfolger davon überzeugen, dass dieser, um später König in Polen zu werden, konvertieren musste. Noch stand dieser unter dem Einfluss von Mutter und Großmutter, beide Damen streng evangelisch-lutherisch.

Die Gräfin Cosel war bei den Vorbereitungen in großer Sorge gewesen, ob das Wetter hielt. Man hatte zwei seidene Zelte aus Dresden herbeigeschafft, die das Wappen und die Farben der Wettiner trugen: Gold, Schwarz und Grün. Die Hochzeitsgesellschaft wurde köstlich bewirtet. Es gab Wildbret und Fisch, Gemüse und Obst, roten und weißen Wein.

»Fast wie auf der Bauernwirtschaft, die wir anlässlich des Besuches meines Vetters aus Dänemark ausgerichtet haben«, rief Friedrich August aus. »Nicht wahr, meine Liebe?« Der Kurfürst rückte näher an seine Mätresse heran und zwinkerte mit einem Auge.

»Ja, Majestät. Aber Tischdecken, Geschirr und Besteck sind dem Anlass entsprechend etwas edler.«

Anna Constantia von Cosel versuchte, ihre Stimme nicht zu pikiert klingen zu lassen. Immerhin hatte sie ihr eigenes Porzellan aufdecken lassen. Der Herrscher erhob sich zu einem Trinkspruch. »Sehr geehrte Brautleute! Ich erhebe das Glas auf eure glückliche Zukunft und die Gesundheit der Kinder, die Gott der Herr euch schenken möge. Ich hoffe, ihr bleibt noch lange in Diensten der von mir und allen Anwesenden hochgeschätzten Reichsgräfin und erfüllt eure Aufgaben mit dem gleichen Eifer wie bisher!«

Die Kristallgläser klirrten aneinander. Die Gräfin Cosel gab ein Zeichen, die Musik solle aufspielen. Der Hofkapellmeister Schmidt war zwar nicht zugegen, aber Teile seines Orchesters. Der erste Tanz gehörte den Brautleuten, der zweite Johanna und dem Kurfürsten. Hannes hielt die Hand seiner bezaubernden Brotgeberin, die ungeachtet ihrer Schwangerschaft wie ein Engel über die hölzerne Tanzfläche schwebte, die man zu diesem Anlass extra gezimmert hatte. In einer Pause winkte der Herrscher den Bräutigam zur Seite und zog sich mit ihm unter eine schattige Linde zurück. Friedrich August I. hielt zwar ein halbvolles Weinglas in der Hand, hatte sich aber Mäßigung auferlegt und zum Essen nur eine Flasche Rotwein getrunken. Hannes kannte den Grund: Sein Herrscher wollte heute noch zurück nach Dresden, um am nächsten Morgen mit dem vorbereiteten Gepäck an die Oder zu seinem Heer zu reisen.

»Lassen Sie alle Förmlichkeiten, Baron von Senftenberg, Sie müssen sich nicht verbeugen, wenn ich etwas sage.«

Friedrich August trank das Glas in einem Zug leer und Hannes fragte nach, ob er für Nachschub sorgen solle.

»Später, Herr Baron. Es gibt drei Dinge, die ich Ihnen unterbreiten muss. Erstens: Mir wurde berichtet, was Ihnen bei der Fürstin Teschen widerfahren ist. Ich kann mich für das Verhalten anderer Personen nicht entschuldigen, Ihnen aber versichern, dass diese Dame nicht so umtriebig ist, wie es Ihnen scheinen musste. Misstrauen und Eifersucht zwischen zwei Weibern, Sie waren der Leidtragende. Zweitens: Während Sie unterwegs waren, gab es weitere Feste und Vergnügungen, auch delikater Art. Frederik IV. von Dänemark und ich haben den wohlgestalteten Leib ihrer jetzigen Ehefrau bewundert und angefasst, uns aber nicht in ihr ergossen – falls Sie das befürchtet hatten. Drittens: Die Gräfin Cosel wird nach der Niederkunft die beiden Kinder nach Holstein schicken und mir folgen. Dabei werden Sie auch gefährliche Gegenden passieren. Ich beauftrage Sie nachdrücklich mit dem Schutz der Gräfin. Suchen Sie sich zwei oder besser drei erfahrene Haudegen, die Ihnen zur Seite stehen! Meine Garde du Corps kann nicht überall sein. Viel Glück, Herr Baron!«

Der Herrscher wollte schon gehen, Hannes hielt ihn mit einem Räuspern zurück.

»Verzeihen Sie, Majestät, wenn ich insistiere. Ich bin im Umgang mit dem Degen noch nicht so geübt. Bisher war die verehrte Gräfin meine Fechtlehrerin, wegen ihrer baldigen Niederkunft …«

»Ich schicke Ihnen einen Fechtmeister aus Dresden!« Der Kurfürst klopfte Hannes auf die Schulter und entfernte sich rasch.

Der Bräutigam kehrte an den Tisch zurück, griff gedankenverloren nach einem Weinglas und kippte es herunter.

»Was hat unser Herrscher dir unter vier Augen gesagt, mein Gemahl?«, fragte Johanna besorgt.

Hannes musste sich an die neue Anrede erst gewöhnen.

»Er kann sich für das Verhalten anderer Personen nicht entschuldigen, womit die Fürstin Teschen gemeint war, etwas, das ich schon wusste, und ab sofort bin ich amtlich für die Sicherheit der Gräfin verantwortlich.«

Johanna hauchte ihm einen Kuss auf die Wange. »Ich liebe dich! Weißt du, was es bedeutet? Unser Herrscher hat größtes Vertrauen in dich!«

»Genau das ist das Problem. Ich bin kein ausgebildeter Soldat. Das Vertrauen ehrt mich, aber es kann auch zur Last werden, wie ein Mehlsack auf den Schultern, den man weit schleppen muss.«

Die hohen Herrschaften aus Dresden waren abgereist. Die Gräfin Cosel öffnete das Fest für die Bediensteten auf dem Gut Pillnitz.

»Esst und trinkt, es ist genug da!«, rief sie und alle jubelten ihrer großzügigen Brotgeberin zu. Die Musiker der Hofkapelle mussten Überstunden machen. Solange die wohlhabende Gräfin zahlte, würde man bis in die Morgenstunden musizieren. Hannes hatte sich von dem Schock erholt, dass August der Starke ihn persönlich ins Vertrauen gezogen und ihm eine verantwortungsvolle Aufgabe zugeteilt hatte.

Er entdeckte den Stallmeister Gustav Scheunemann im Gedränge, der versuchte, nichts von seinem Bier zu verschütten. Hannes winkte ihm und nahm ihn kurz beiseite. »Wie geht es Bukephalos, Herr Scheunemann?«

»Deutlich besser nach der Stallruhe und den Umschlägen. Er läuft schon wieder täglich an der Longe. Wenn Sie wollen, können Sie morgen aufsatteln! Glückwunsch zur Hochzeit, Herr Baron!«

»Vielen Dank, Herr Scheunemann! Weiterhin viel Vergnügen!«, sagte Hannes. Er würde gleich morgen die Gräfin fragen, ob er als Verantwortlicher für ihre Sicherheit das liebgewonnene Pferd weiter nutzen dürfe.

Johanna flüsterte der Gräfin etwas zu, was diese mit einem eleganten Schwenk des Fächers in Richtung des Wohngebäudes beantwortete. Die Braut forderte Hannes zu einem letzten Tanz. »Wir dürfen uns in unsere Gemächer zur Hochzeitsnacht zurückziehen, mein Herr Gemahl«, flüsterte sie ihm ins Ohr.

»Ach, das bestimmt jetzt auch Constantia?«

»Wir sind ihre Angestellten und sie bezahlt das Fest«, wurde der Bräutigam zurechtgewiesen. Johanna hauchte ihm einen Kuss auf die Wange. »Ich habe nur gefragt, ob es schicklich ist, wenn wir uns jetzt schon entfernen.«

Hannes ließ sich mitziehen. In ihren Gemächern angekommen, musste Johanna selbst mit den Nadeln klarkommen, mit denen der Brautschleier im Haar befestigt war. Marie und Jannika waren draußen mit dem Servieren von Getränken beschäftigt. Der Bräutigam legte ebenfalls Hand an und wurde mit einem Lächeln bedacht.

Johanna ließ das weiße Kleid über die Schultern gleiten. Hannes achtete nicht darauf, da er gerade mit der vier Meter langen Schleppe kämpfte.

»Wie Laokoon und seine Söhne! Das ist keine Schlange, mein Herr Gemahl, nur ein langer Schleier!« Hannes kannte nicht den Grund der Heiterkeit seiner Frau.

»Lao, wer?« Aus der Stoffbahn schaute nur noch der verwuschelte Haarschopf des Bräutigams, was bei der Braut zu neuen Lachanfällen führte. Johanna gelang es, ihren frisch angetrauten Ehemann aus den Fängen des Schleiers zu befreien und legte ihn zusammen.

»Laokoon, Priester des Apollon, warnte die Trojaner davor, das hölzerne Pferd der Griechen in die Stadt zu ziehen, und schleuderte eine Lanze dagegen. Daraufhin wurde er mit seinen beiden Söhnen von zwei Schlangen umwunden und getötet.«

»An den Trojanischen Krieg kann ich mich erinnern, hatten wir im Geschichtsunterricht. Aber da ging es immer nur um Achilles, Hector und wie hieß dieser Mann, der viele Jahre über das Mittelmeer schipperte?« Hannes stand jetzt hinter der Braut und beschäftigte sich mit der Verschnürung des Korsetts.

»Du hast eine Schule besucht?«, fragte Johanna und drehte leicht den Kopf.

»Aber sicher doch, in Zschipkau! Der Lehrer Henschel war gut, erwähnte nur nicht den Laokoon.«

Johanna atmete tief durch. Nach dem Lösen der Verschnürung bekam sie viel mehr Luft in die Lunge.

Sie wirbelte herum und küsste ihren Mann. Dann zog sie ihn in Richtung Bett.

»Der Mann hieß übrigens Odysseus, König von Ithaka. Lassen wir die Geschichte ruhen. Irgendwann wird jemand Troja ausgraben und damit berühmt werden.«

Hannes war immer noch vollständig bekleidet und schlüpfte umgehend aus Schuhen, Strümpfen, Hosen und Hemd. Dann warf er sich aufs Bett, unter dessen weicher Sommerdecke seine Frau die Glieder streckte. Er begann die Hochzeitsnacht mit der Erkundung des Körpers, wie er es viele Male zuvor bereits getan hatte. Seine Zunge umkreiste die Nippel der Brustwarzen, die Hände streichelten die Flanken der schönen Frau, die unter ihm lag. Hannes hielt es nicht mehr länger aus. Es war wieder wie in dieser Juninacht im Springbrunnen in Dresden. Nur gab es diesmal keine Zuschauer. Als er fertig war, wälzte er sich ermattet in das Laken und glaubte, im flackernden Kerzenschein eine Silhouette zu erkennen.

»Jannika, bist du das?«, fragte Johanna, die als Erste die Sprache wiederfand.

»Entschuldigt, ich wollte euch nur eine Erfrischung bringen!« Die sorbische Magd hielt ein Tablett mit Früchten, Nüssen und gefüllten Weingläsern in der Hand.

Johanna stützte sich mit einem Ellenbogen auf. »Zur vollkommenen Illusion einer Sklavin im alten Rom, die der Herrschaft während des Liebesspiels Erfrischungen serviert, fehlt etwas. Streife dein Nachthemd über die Schultern, Jannika!«

Die sorbische Magd stellte das Tablett ab und entledigte sich des Nachtgewandes. Dann kniete sie wieder neben das Bett und präsentierte das Mitgebrachte. Hannes griff nach einem Glas Wein, seine Angetraute steckte sich rote Trauben in den Mund.

»Darf Jannika auch mitmachen?«, gurrte die Braut.

»Es ist unsere Hochzeitsnacht, später vielleicht. Zunächst wünsche ich die gleiche Behandlung zu erfahren wie Frederik IV. und Friedrich August während der nächtlichen Vergnügungen in Dresden während meiner Abwesenheit!«

Johanna runzelte die Stirn, da sie die Falle erkannte. Ihr Mann war noch nicht reif für die ganze Wahrheit, schon gar nicht in der Hochzeitsnacht. Sie rutschte tiefer und verwöhnte Hannes Körpermitte mit ihren vollen Lippen, der geschmeidigen Zunge und den geschickten Händen. Der frischgebackene Ehegatte stöhnte auf.

»Es wäre reine Verschwendung, es in die Luft zu schleudern!« Johanna stieg auf die Hüften des Mannes unter ihr und fädelte ein.

Jannika hatte das schwere Tablett abgestellt und schaute mit großen Augen zu, wie die Baroness den Mann, den sie auch liebte, abritt. Wehmütig erinnerte sie sich an die grüne Uferwiese der Schwarzen Elster. Kein Grund in Tränen zu zerfließen. Die weise Frau mit dem Weidenkörbchen hatte es vorhergesagt.

»Jannika?«, hörte sie wie aus weiter Ferne und schreckte hoch. »Träum' nicht, komm zu uns!«

»Hat der Herr Baron nicht gesagt, es wäre eure Hochzeitsnacht?«, schmollte sie.

»Du wagst es, zu widersprechen, Sklavin?« Johanna hatte sich auf den rechten Ellenbogen aufgestützt und machte mit der linken Hand eine herrische Bewegung. Jannika gehorchte und stieg behände über Hannes hinweg und legte sich zwischen die Brautleute.

»So ist es brav«, hauchte Johanna.

Jannika schloss die Augen und ließ die Berührungen von vier Händen und ebenso vielen Lippen auf ihre Sinne wirken.

Am nächsten Morgen wunderte sich Hannes ein wenig, dass die beiden Frauen nicht mehr im Bett lagen. Die Ehegattin war nicht anwesend. Jannika trug nur ein Hemd und machte eine einladende Geste in Richtung eines mit Wasser gefüllten Troges. Hannes hätte sich nach den Ausschweifungen der letzten Nacht am liebsten draußen aus einer Regentonne mit Wasser überschüttet. Man war hier nicht an einer einsamen Mühle außerhalb eines Dorfes, sondern auf dem Gut Pillnitz. Jannika bearbeitete mit einem rauen Waschlappen Hannes behaarte Beine und arbeitete sich mit rotem Kopf nach oben.

»Ich habe gestern festgestellt, dass ihr untenrum rasiert seid. Hat es damit eine besondere Bewandtnis?«

»Wir haben zu Ehren des Königs von Dänemark antike Statuen dargestellt und die haben nun mal keine Körperhaare«, seufzte Hannes. »Wir haben es so beibehalten.«

»Ihr habt vor Zuschauern unbekleidet posiert?« Jannika hätte beinahe den Waschlappen fallengelassen.

»Mach' weiter, Jannika, aber rubbele nicht so fest. Dir droht auch noch dieses Schicksal. Johanna ist der Meinung, es steigere die Lust beim …« Hannes beendete den Satz nicht, sondern ließ sich ein Handtuch reichen. Inzwischen glaubte er, die Zofe Marie ergötze sich an seinem Anblick, obwohl sie jedes Mal Erschrecken vortäuschte.

»Entschuldigen Sie, Herr Baron, aber die Gräfin wünscht Sie wieder einmal vor dem Frühstück zu sehen!« Marie machte mit hochrotem Kopf einen Knicks und verschwand.

Hannes trocknete sich mit Hilfe von Jannika rasch ab und schlüpfte in die bereitgelegten Sachen.

»Meine verehrte Gattin, die Baroness von Senftenberg?«, fragte er mit einem zwinkernden Auge.

»Die weilt im Labor der Frau Gräfin, soweit mir bekannt«, sagte Jannika und machte einen Hofknicks, den sie sich bei Marie abgeschaut hatte.

»Wenn wir allein sind, lass alle Förmlichkeiten. Für mich bist du immer noch die Gefährtin, die mich aus dem Kerker der Fürstin Teschen befreit hat.« Hannes zupfte den Jabot-Kragen zurecht und hauchte Jannika einen Kuss auf den Mund.

»Wenn dich Johanna gestern als ›Sklavin‹ bezeichnet hat, dann war das nur ein Spiel.«

Auf dem Gang zur Gräfin begegnete Hannes dem Kammerdiener, der ihn vor einiger Zeit für einen Vagabunden gehalten und den Zutritt zum Gut Pillnitz verwehrt hatte.

»Wieder mal an einer Tür gelauscht, Berlinger?«, fragte Hannes forsch.

»Selbstverständlich nicht, Herr Baron, ich bin nur hier, um Ihnen meine herzlichsten Glückwünsche zur Vermählung auszurichten! Gestern fand ich leider keine Gelegenheit dazu.«

In Wahrheit hatte Jakob Beringer hinter einem anderen Baum gestanden, um die Unterredung zwischen seiner Majestät und diesem Wichtigtuer zu belauschen. Leider hatte er nur Satzfetzen verstanden. Zu allem Überdruss war dieser Emporkömmling nun auch noch für die Sicherheit der Gräfin zuständig. Den Bericht dazu hatte er bereits an einen geheimen Boten übergeben.

»Verbindlichsten Dank, Herr Berlinger. Sie wissen ja, ich habe ein Auge auf Sie!«

Der Kammerdiener katzbuckelte und entfernte sich mit einem Lächeln. Hannes schlug die flache rechte Hand gegen einen Türrahmen. ›Verdammt, ich habe keine Beweise, dass es ein linker Hund ist!‹ Dann klopfte er an die Tür und wartete auf die Antwort, eintreten zu dürfen. Da die Zofe Marie zugegen war, verbeugte er sich tief.

»Sie wünschten mich zu sprechen, verehrte Gräfin?«

Anna Constantia von Cosel winkte mit dem unentbehrlichen Fächer. »Sie dürfen sich entfernen, Marie!«

Sie saß wie immer im Duplikat des vergoldeten Sessels aus dem Taschenbergpalais in Dresden. Nach der einladenden Bewegung nahm Hannes im gegenüberstehenden Polsterstuhl Platz.

»Friedrich August hat mich kurz vor seiner Abreise darüber informiert, dass er dich für meine Sicherheit verantwortlich gemacht hat. Im Moment erscheint mir diese Fürsorge übertrieben, in der Zukunft könnten Situationen eintreten, wo es angemessen erscheint«, eröffnete die Cosel die Unterredung.

»Ich bin im Bilde, Constantia«, erwiderte Hannes. »Ich werde die notwendigen Maßnahmen ergreifen.«

»Wie soll das im Einzelnen aussehen?«, hakte die Gräfin nach.

»Ich werde mich in Dresden umhören, wer dafür geeignet ist. Bei einem Aushang würden sich gewiss zwei Dutzend Edelleute finden, die bereit sind, für dich zu sterben, Constantia - wenn mir die Bemerkung gestattet ist.«

»Charmeur! Ich verstehe. Die würden dich nicht ernst nehmen, weil du kein Adeliger von Geburt bist. Was käme dann infrage? Ehemalige Soldaten?«

»Ja, daran hatte ich auch gedacht. Dazu ein aufgeweckter Meldebursche, der, falls es erforderlich wird, die Garde du Corps herbeiholt«, sagte Hannes.

»Du wirst das schon richten«, sagte die Gräfin und fächelte sich Luft zu. »Mal etwas anderes. Meine Privatsekretärin hat sich einen Scherz erlaubt. Sie behauptete vorhin im Labor, als wir Wasser destillierten, ihr hättet in der Hochzeitsnacht über den Trojanischen Krieg gesprochen. Ich habe gelacht, bis mir der gerundete Bauch wehtat. Hattet ihr nichts Besseres zu tun?«

»Was glaubst du, wie Johanna gelacht hat, als ich mit der Brautschleppe kämpfte. Sie meinte, wie Laokoon gegen die Riesenschlangen. Ich habe noch eine Bitte, Constantia. Darf ich mit deiner gütigen Erlaubnis das Pferd Bukephalos weiter nutzen. Es ist mir ans Herz gewachsen.«

Die Zofe Marie trat ein und brachte Obst und abgekochtes Wasser für die Gräfin.

»Wenn der Stallmeister sagt, das Pferd ist gesund, dürfen Sie es gern ab sofort wieder nutzen. Sie dürfen sich entfernen, Herr Baron!«

Hannes stand auf und verbeugte sich. »Ergebensten Dank, verehrte Reichsgräfin!«

Nicht nur Jakob Berlinger lauschte an den Türen. Die Zofe Marie hatte auch mitbekommen, dass die Baroness und der Baron die Herrin duzen durften, wenn keine Fremden zugegen waren. Sie fand es höchst ungewöhnlich und als eine Gunsterweisung der besonderen Art.

DIE REKRUTIERUNG

Hannes hatte etwas Zeit, um dem ausdrücklichen Wunsch seines Herrschers nachzukommen, eine schlagkräftige Truppe für den Schutz der Gräfin Cosel zu rekrutieren.

Anna Constantia würde erst nach der Niederkunft und der Klärung der weiteren Betreuung der Kinder Friedrich August nachreisen. An unbeschwerte Flitterwochen war dennoch nicht zu denken. Hannes gab seiner frisch angetrauten Ehegattin einen leidenschaftlichen Abschiedskuss. Johanna wippte von den Zehenspitzen zurück auf die Fersen.

»Schade, dass wir den Spätsommer in Pillnitz nicht gemeinsam genießen können! Wir sind Angestellte von Anna Constantia und Untertanen Seiner Kurfürstlichen Majestät. Viel Glück, mein lieber Herr Gemahl!« Es gab keinen weiteren Kuss, Johanna winkte nur und verschwand im Haupthaus des Gutes.

Hannes trottete mit gesenktem Haupt und ohne Degen zum Pferdestall. Herr Scheunemann war nicht zugegen, sondern nur der Stallbursche Max.

»Bukephalos bitte satteln und Zaumzeug anlegen, Max!« Der Bursche hatte es sich abgewöhnt, erstaunt darüber zu sein, dass ein Baron eine Bitte äußerte. Er kannte ja den Hintergrund. Inzwischen hatte es sich auf dem Gut Pillnitz herumgesprochen, dass der Baron von Senftenberg in Ortrand eine Heuernte eingebracht hatte. Das erhöhte die Popularität des ersten Kammerherrn der Gräfin beim Gesinde. Hannes wurde überall noch freundlicher empfangen. Das Pferd spitzte die Ohren und schnaubte zur Begrüßung, als es Hannes erkannte. Diesmal würde es zwar nur bis Dresden gehen, aber endlich an die frische Luft. Hannes hatte zwei Aufgaben vor sich: Bei der ersten wusste er genau, was er zu tun hatte. Bei der zweiten leider nicht. Die Gräfin hatte ihn mit einem Beutel Talern ausgestattet, damit er sich einen neuen Degen schmieden lassen konnte.

Johanna hatte behauptet, Olbernhau im Erzgebirge ist die Waffenschmiede des Kurfürstentums. Anna Constantia hatte erwidert, dass man dort zwar alle Gewehre, Pistolen und Bajonette für die sächsische Armee fertigte, aber keine Degen. Das wäre Aufgabe der Huf- und Waffenschmiede in Dresden. Hannes trabte gemächlich am Elbufer entlang. Er hatte keine Eile. Er musste nachdenken, woher er drei oder besser vier erfahrene Haudegen herbekam, die loyal zur Gräfin standen und ihn, den ehemaligen Müllergesellen, als Anführer akzeptierten. Pensionierte Offiziere der sächsischen Armee schieden schon mal aus. Die entstammten meist alten Adelsgeschlechtern und würden sich von ihm nichts sagen lassen. Hannes band Bukephalos am Haus des Huf- und Waffenschmiedes Christian Bürger fest, der ihm von der Gräfin empfohlen worden war.

Das Pferd mit dem berühmten Namen wieherte, weil es glauben musste, gleich eine unangenehme Prozedur über sich ergehen lassen zu müssen. Hannes klopfte gegen den Hals des unruhigen Tieres. »Keine Sorge, du bist heute nicht dran. Deine Hufeisen sind in Ordnung. Nur ein neuer Degen für mich!«

Bukephalos wurde zusehends ruhiger. Hannes konnte den Rauch aus der Schmiede riechen, obwohl er sich im Verkaufsraum befand. Das Schellen der Eingangsglocke verklang. Eine junge, hübsche Frau tauchte hinter einem Vorhang auf.

»Was kann ich für Sie tun, werter Herr …?«

Hannes war täglich von schönen Frauen umgeben, aber das lächelnde blonde Geschöpf konnte sich auch sehen lassen.

»Baron von Senftenberg«, stotterte er. »Mein Degen ist mir in Hoyerswerda abhandengekommen und ihre Werkstatt wurde mir von der werten Reichsgräfin von Cosel empfohlen!«

»Oh, die Gräfin Cosel!« Das Mädchen errötete. »In diesem Fall werde ich umgehend meinen Vater herbeibitten!«

»Das wäre sehr freundlich, Mademoiselle …?« Hannes hatte es sich angewöhnt, wie bei Hofe üblich, französische Wörter einzuflechten. Manche Wichtigtuer parlierten nur in dieser Sprache, als kämen sie direkt aus Versailles.

»Katharina, Herr Baron! Einen Augenblick bitte!« Die Tochter des Schmieds machte einen Hofknicks, nur weil der Name der Gräfin Cosel gefallen war, stellte Hannes amüsiert fest. Der beeindruckende Hüne, der den nicht gerade kleingewachsenen Hannes noch um einen halben Kopf überragte, kam hereingeschlurft.

Der Schmied trug über dem verschwitzten freien Oberkörper nur eine verschmierte Latzschürze. Er musterte den Kunden von oben bis unten.

»Drei Fuß, vielleicht etwas mehr. Haben Sie schon ein Gehänge?« Der Schmied schien kein Mann vieler Worte zu sein.

»Ja, sicher.« Hannes legte das leere Gehänge auf den Tisch.

»Solide Arbeit, Sie brauchen kein neues. 50 Taler, zahlbar in vier Tagen bei Abholung«, sagte der Schmied, weiterhin kurz angebunden.

»In Ordnung, Meister Bürger!« Hannes lüftete den Dreispitz und deutete eine Verbeugung an.

Nur zu gern hätte er den Anblick der hübschen Tochter des Schmieds noch einmal genossen. Die blieb aber verschwunden. Um sich vom ersten Teil seiner Mission in Dresden zu erholen, trabte Hannes auf Bukephalos Rücken zu einer Gastwirtschaft. Er bestellte beim heranwuselnden Wirt einen Rinderfiletbraten mit Brot und Gemüse, dazu eine Kanne kellerkühles Bier. Als das Getränk gebracht wurde, fragte Hannes den Schankwirt, ob sich hier auch ehemalige Soldaten oder Unteroffiziere der sächsischen Armee treffen würden.

»Nicht, dass ich wüsste, werter Herr! Nach wen suchen Sie denn, wenn ich fragen darf?«

»Nach niemand bestimmten, nur nach einem zuverlässigen Haudegen!«

Noch bevor Hannes das Mittagessen serviert wurde, kam es an einem der hinteren Tische zum Streit.

Es dauerte nicht lange, da flogen statt beleidigender Worte Sitzmöbel durch die Luft. Ein Mann verteidigte sich äußerst geschickt gegen eine Übermacht. Als Waffe hatte er nur ein Stuhlbein zur Hand. Er tauchte mal auf, dann wieder unter dem Tisch auf, war für die Angreifer nicht zu fassen. Hannes schaute sich das zwei Minuten an, dann durchzuckte ihn ein Gedanke. Warum Wachschutz bei ehemaligen Soldaten suchen? Im Nahkampf Erfahrene fand man auch in einem Wirtshaus – wie er gerade feststellen konnte. Als einer der Angreifer sich von hinten anschlich, um den Mann niederzuschlagen, feuerte Hannes eine Pistole in die Decke des Wirtshauses ab. Der herabrieselnde Kalk beruhigte die Meute umgehend. Die Gräfin Cosel hatte Hannes eingeschärft, immer zwei geladene Waffen dabei zu haben.

Hannes legte die abgefeuerte Pistole auf den Tisch und zog die zweite.

»Die Herren bitte die Rechnung bezahlen und die Schankstube verlassen! Der Mann hinter dem letzten Tisch zu mir – jetzt!« Er unterstrich seine Worte mit dem Schwenken der zweiten Pistole. Zu gern hätte Hannes einen Degen dabeigehabt. Der war noch Rohmaterial in der Werkstatt des Christian Bürger. Ein schmächtiger Mann schlängelte sich an denen vorbei, die ihn vor ein paar Augenblicken noch verprügeln wollten. Der herbeiwuselnde Wirt beeilte sich, abzukassieren. Begleitet von einem weiteren Schwenk von Hannes Pistole verließen die Unruhestifter das Gasthaus.

»Herr Wirt! Noch eine Kanne Bier für den Mann an meinem Tisch!«

Der Wirt blickte anklagend zur Decke und runzelte die Stirn. »Wer bezahlt mir das?«

»Ich, der Baron Senftenberg!«, sagte Hannes und ließ einen Lederbeutel, prall gefüllt mit Silbertalern, auf den Tisch plumpsen. Der Mann, der sich in Hannes Augen flink wie ein Wiesel gegen eine Übermacht verteidigt hatte, nahm Platz. Er stützte die Ellenbogen auf dem Tisch ab und musterte sein Gegenüber misstrauisch.

»Was verschafft mir die Ehre, dass Sie mich da rausgehauen haben, Herr Baron? Ich habe beim Kartenspiel ein wenig gemogelt, deshalb der Aufruhr.«

»Ich suche nach Männern, die im Nahkampf erfahren sind. Mich hat die Geschwindigkeit beeindruckt, mit der Sie Angriffen ausgewichen sind. Auf der Suche nach einer Anstellung?«, fragte Hannes direkt.

»Sehr gern. Und das wäre?«

»Zunächst mal Name und Beruf«, sagte Hannes.

»Beruf? Soll das ein Witz ein?« Der schmächtige Mann beugte sich weit über den Tisch, obwohl es nach Hannes Pistolenschuss kaum noch Gäste im Raum gab. »Ich war Strauchdieb, aber sie haben mich nie gefasst. Ich habe mich zur Ruhe gesetzt und aufs Kartenspielen verlegt, mit mal mehr, mal weniger Erfolg. Ach, so, Georg Zimmermann mein Name!«

»Sie sind mein Mann, Georg. Gewand wie eine Katze!«, sagte Hannes und nippte am Bier. Inzwischen war auch der Wirt wieder herbeigeeilt und schenkte Georg ebenfalls ein.

»Die Bestellung steht noch, Herr Baron?«, fragte er geflissentlich.

»Aber sicher doch. Und für meinen Gast ebenfalls ein Rinderfilet.- Sie sind doch hungrig, Georg?«

Der Gast nickte eifrig. Selbst wenn er die Anstellung aufgrund seiner Vergangenheit nicht bekam – ein leckeres Essen schlug man nie aus.

»Gesetzt den Fall, Sie würden mich anstellen, Herr Baron. Für wen würde ich dann arbeiten, für Sie?«

»Nein, für die Gräfin Cosel und damit im weiteren Sinne für unseren Herrscher!«

»Oh, das ist ein Ding! Die Gräfin Cosel?« Georg stand der Mund offen.

»Über das Salär werden wir mit der Reichsgräfin direkt verhandeln. Wie sieht es aus, Georg? Interessiert?«

Der Wirt brachte zwei dampfende Teller und die beiden Männer schaufelten das Essen in sich hinein. Hannes besann sich dann, dass er seit fast drei Monaten zum Adel gehörte. Für einen Baron ziemte es sich nicht, wie ein Scheunendrescher zu mampfen.

»Vorzüglich das Rinderfilet, es zergeht auf der Zunge!« Er betrachtete das Stück Fleisch wie ein Miniaturkunstwerk aus der Werkstatt von Dinglinger und schob es erst dann in den Mund. Georg Zimmermann schüttelte grinsend den Kopf.

»Um ehrlich zu sein, du bist mir ein Rätsel …oh, ich wollte nicht despektierlich sein, Herr Baron«, sagte der ehemalige Strauchdieb.

»Da wir uns im Falle deiner Zusage aufeinander verlassen müssen, ist es in Ordnung, wenn wir uns duzen. Inwiefern bin ich ein Rätsel?« Hannes legte das Messer beiseite und nahm einen Schluck Bier.

»Na, ja, mal erinnert dein Verhalten an einen Bauern, dann wieder, wie gerade eben, an einen Baron«, sagte Georg und widmete sich umgehend wieder dem Essen.

»Ich bin erst seit zehn Wochen Baron.« Hannes erzählte die ganze Geschichte, vom Unfall der Kutsche bis zum Befehl von Friedrich August, für die Sicherheit der Gräfin Cosel zu sorgen. Georg Zimmermann schob den leeren Teller von sich und nahm einen kräftigen Schluck Bier.

»Wenn die Bezahlung stimmt, bin ich dein Mann, Hannes. Nur wir zwei? Falls es einen Überfall auf die Kutsche der Gräfin gibt, sollten wir da nicht ...?«

»Wenn du jemanden kennst, der erfahren genug ist, dann raus mit der Sprache!« Hannes winkte den Wirt herbei und bezahlte die Rechnung. Er legte noch fünf Taler drauf, damit ein Handwerker das Loch in der Decke verputzte.

»Beehren Sie uns bald wieder, Herr Baron!«, rief ihnen der Schankwirt hinterher. Mit den fünf Talern waren auch die Mindereinnahmen des Tages ausgeglichen. Das Loch in der Decke würde ein Maurerlehrling für ein paar Heller verputzen.

Hannes und Georg traten hinaus auf die Straße.

»Rassiges Pferd«, sagte der ehemalige Strauchdieb.

»Ein Jagd-Ross aus den Stallungen der Gräfin, hat ursprünglich unserem Herrscher gehört. Wo geht es hin, Georg?«, wollte Hannes wissen.

»Zum Elbufer. Ich hoffe, dort Martin Peters zu finden, ein waschechter ehemaliger Pirat!«

»Der hat Schiffe auf der Nord- und Ostsee überfallen, womöglich sogar in Westindien?« Hannes blieb abrupt stehen.

»Wenn wir ihn antreffen und er sich uns anschließt, wird es der Gräfin gefallen. Der stammt aus Holstein wie die Cosel«, sagte Georg.

»Du weichst mir aus!« Hannes zog Bukephalos am Zügel weiter.

Der neu Rekrutierte schritt zügig aus und vermied eine Antwort. Nach einem kurzen Fußmarsch kamen sie zu der Stelle, wo das Material für die Bauten von Matthäus Daniel Pöppelmann, dem Landbaumeister von Dresden, entladen wurde. Auf einer Holzbohle hatte es sich ein Mann mit langen, wirren schwarzen Haaren bequem gemacht, der flache Kieselsteine über das Wasser flutschen ließ. Er würdigte die beiden Neuankömmlinge kaum eines Blickes. Hannes räusperte sich. Bukephalos schüttelte die Mähne und schnaubte.

»Wen hast du da angeschleppt, Georg? Der Kleidung und dem Pferd nach zu urteilen, irgendein Hochwohlgeborener. Tretet einen Schritt zurück, ihr nehmt mir die Sonne!«

»Mann, Martin, das ist unsere Chance! Der Baron von Senftenberg, der Hannes, sucht erfahrene Leute, die Leib und Leben der Gräfin Cosel beschützen! Wie ich sehe, hast du nichts Besseres zu tun, als Steine über die Wellen der Elbe hüpfen zu lassen. Also, was ist?« Georg stemmte die Fäuste an die Hüften. Der Angesprochene blieb die Antwort schuldig, unterließ es aber auch, weiterhin Kiesel zu werfen. Georg deutete es als ein gutes Zeichen. Hannes trampelte von einem Fuß auf den anderen. »Herr Peters, Georg erzählte mir, dass Sie mal zur See gefahren sind?« Hannes hatte mit dieser harmlosen Frage eine gefährliche Klippe umschifft.

»Nur von Hamburg nach England. Hat Ihnen Martin weisgemacht, ich war mal Pirat? Schwachsinn, zumindest nicht so, was Sie sich darunter vorstellen, Herr Baron.«

»Hannes. Wenn du zusagst, werden wir uns duzen. Also kein Pirat?«

»Sagen wir mal so: Die Frachtkähne, die ihr da vertäut seht, haben gelegentlich nicht nur Sandstein geladen, sondern unter Umständen auch Silber und Gold für den Herrn Dinglinger und andere Meister des Goldschmiedehandwerks. Muss ich noch deutlicher werden?«

»Du hast dich auf die vertäuten Frachtkähne geschlichen und des nachts wertvolle Fracht gestohlen?«, fragte Hannes verwundert. »Zum einen dürften die Edelmetallbarren in verschlossenen Truhen lagern, zum anderen werden doch gerade diese Schiffe bewacht, vor allem das Entladen und der Weitertransport.« Hannes schüttelte den Kopf.

»Ich weiß, klingt abenteuerlich. Du hast recht, wenn du behauptest, das Entladen wird bewacht, oft sogar von Soldaten der Garde du Corps. Ich war nicht allein, hatte Informanten. Ich wusste, wann ein Kahn wertvolle Fracht hatte, spätabends ankam und nicht sofort entladen werden konnte. Die aufziehenden Posten wurden durch eine Dirne abgelenkt, die ihnen Getränke anbot und mit dem Hintern wackelte. All das schmälerte meinen Gewinn, die Leute wollten einen Anteil.« Martin Peters stand auf und klopfte den Staub aus den weiten Hosen.

»Nahkampferfahrung? Ich hatte gehofft, dass du mal zu einer Entermannschaft gehört hast«, sagte Hannes enttäuscht.

»Erst den Mund wässrig machen und jetzt ein Rückzieher, Hannes? Ich wurde von drei Binnenschiffern erwischt, die ich im Wirtshaus wähnte, die aber auf dem Kahn waren. Ich schlug zwei nieder, sprang in die Elbe und entkam, weil der dritte sich nicht traute, mich im Dunkeln zu verfolgen. Also, was ist?«

»Wir versuchen es miteinander, Martin«, stimmte Hannes in Ermangelung von Alternativen zu. »Könnt ihr mir noch einen dritten Mann empfehlen?«

Die beiden Diebe, die man nie erwischt und angeklagt hatte, warfen sich schnelle Blicke zu.

»Wir brauchen den Michi, Michael Kehl«, sagte Georg stirnrunzelnd. »Es gibt nur ein kleines Problem: Er wurde zu Festungsbau verurteilt und arbeitet vermutlich in Ketten an irgendeiner Bastion.«

»Warum brauchen wir unbedingt diesen Mann?«, fragte Hannes. Er würde der Gräfin verheimlichen müssen, dass zwei ehemalige Diebe für sie arbeiteten, aber ein verurteilter Verbrecher – das ging gar nicht, selbst wenn der kurz vor der Entlassung stand.

»Der hat mal bei den Habsburgern in der Armee gedient, der einzige von uns, der Reiten, Schießen und Fechten beherrscht! Nach eigenen Angaben hat der sogar gegen die Türken gekämpft«, sagte Georg.

»Genau mein Mann – wenn man ihn nicht in Ketten gelegt hätte. Warum eigentlich?« Hannes ließ seine Blicke von Martin zu Georg schweifen.

»Zuerst behauptete das Töchterlein des Stadtkommandanten von Dresden, Michi habe sie gegen ihren Willen geschwängert. Dann zog die Dirne die Anschuldigung zurück. Eine Magd, die man offensichtlich zu einer Aussage nötigte, glaubte, den Michi in der Küche gesehen zu haben und anschließend fehlte Silberbesteck. Wenn du mich fragst, Hannes, die befleckte Ehre der Familie musste wiederhergestellt werden und man erfand den Diebstahl. Zwei Jahre Festungsbau, davon hat er ein Jahr und ein paar Monate abgesessen.« Georg leckte sich über die spröden Lippen. Nach dieser langen Rede hätte er ein Bier vertragen können. Sein neuer Brotgeber schwang sich auf das edle Ross, welches bisher am Zügel geführt worden war.

»Im Moment müsst ihr noch hinterhertrotten. Morgen bekommt ihr in Pillnitz Pferde, Sättel, Zaumzeug, Waffen und neue Kleidung!«

»Wohin geht es, Hannes?«, wollte der redselige Georg wissen.

»Ich hoffe, du sagst es mir!« Bukephalos stieg hoch, Hannes hatte Mühe, ihn zu zügeln.

»Michi? Salomonis-Bastion! Was hast du vor, Hannes?«, fragte Georg und trat drei Schritte zurück. Das ungestüme Pferd war ihm nicht geheuer. Schon bald sollte er selbst so etwas besteigen?

»Mir nach, Canaillen! Frechheit siegt. Wir holen Michael da raus.«

Georg und Martin blieb nichts anderes übrig, als vorneweg zu laufen und Hannes den Weg zu weisen. Vor der Bastion stand ein Doppelposten. Die Soldaten brachten sofort die Musketen in Schussposition, als drei Unbekannte auftauchten, einer davon gut gekleidet und hoch zu Ross.

Etwa hundert Meter entfernt konnte man in Eisen gelegte Männer erkennen, welche Steine klopften, die man für die Reparatur der Stadtmauer brauchte.

»Sie wünschen, Herr …?«, fragte der erste Soldat. Hannes hoffte, das Zittern des Zeigefingers würde sich nicht auf den Abzugshahn der Waffe übertragen. Dann hätte Bukephalos ein Loch im Fell. Hannes stieg aus dem Sattel und hob die Hände. Er gab seinen Begleitern ein Zeichen, sie mögen einen Schritt zurücktreten. Die Wachsoldaten beruhigten sich umgehend. Einer stellte sogar das Gewehr bei Fuß.

»Johannes, Baron von Senftenberg, Abgesandter der Reichsgräfin von Cosel! Bringt mir sofort euren Hauptmann herbei, wenn's geht, noch heute!«

Die beiden Soldaten wechselten verwunderte Blicke. Der von Hannes angeschlagene Befehlston verfehlte nicht seine Wirkung. Der Mann mit dem nervösen Zeigefinger rannte in Richtung der Bastion und kam bald darauf mit einem kleinen, dicken Mann wieder.

»Hauptmann von Burgstädt, Sie wünschen, Herr Baron?«

Hannes registrierte, dass der Kommandant der Wachmannschaft noch eine Serviette in der Hand hielt. Offensichtlich hatte man ihn vom Essen hergeholt.

Kein gutes Zeichen. Hannes deutete eine Verbeugung an. »Verzeihen Sie, Herr Hauptmann, dass ich Sie bei einem Mahl gestört habe. Es lag nicht in meiner Absicht. Zu meinem Anliegen: Der Häftling Michael Kehl hat nur noch wenige Monate Haft vor sich. Die verehrte Reichsgräfin von Cosel würde den Mann gern in ihre Dienste aufnehmen und die vorzeitige Entlassung beantragen. Sagen Sie mir bitte, welche Papiere ich morgen vorlegen muss, damit besagter Häftling freigelassen werden kann und Sie können sich wieder ihrem Mahl widmen!« Hannes hoffte, die richtigen Worte gewählt zu haben. Übung hatte er darin nicht.

»Eine vorzeitige Begnadigung, Herr Baron? Morgen schon? Das kann, bei allem Respekt, die Gräfin Cosel nicht veranlassen, sondern nur unsere Majestät, General Flemming oder der Stadtkommandant von Dresden.«

»In Ordnung, werter Herr von Burgstädt. Das war schon alles. Wir sehen uns morgen wieder!« Hannes lüftete den Dreispitz und deutete erneut eine Verbeugung an.

Der Hauptmann nickte, wirbelte auf den Absätzen seiner Stiefel herum und eilte zurück zum vorzeitigen Abendessen. Die zusammengeknüllte Serviette hielt er immer noch in der Hand.

Als sie ein Stück weit weg waren, sagte Georg: »Kompliment, du hattest recht, Hannes, Frechheit siegt! Bleibt nur das Problem, wie du zu der Unterschrift kommen willst, egal, von welchem der genannten Herren!«

»Das lass mal meine Sorge sein! Ich gebe euch ein paar Taler. Ihr quartiert euch in einem Wirtshaus hier in der Nähe ein. Versauft das Geld nicht, wobei zwei Bier gestattet sind. Erwartet mich morgen um zehn Uhr hier an dieser Stelle. Gehabt euch wohl!« Hannes wendete das Pferd und preschte davon.

»Was für ein Auftritt! Mir hat er erzählt, dass er vor ein paar Monaten noch Müllergeselle war. Kaum zu glauben«, sagte Georg.

»Als Anführer akzeptiert. Wir aus dem Norden schwafeln nicht so viel wie ihr Sachsen«, knurrte Martin. Vermutlich hatte der Magen ein ähnliches Geräusch von sich gegeben, denn er winkte Georg und lief eiligen Schrittes zu einem Wirtshaus, an dem sie vorhin vorbeigekommen waren.

»Das ist nicht dein Ernst, Hannes! Du verlangst von mir, ich solle ein Begnadigungsschreiben für einen Häftling verfassen und die Unterschrift unseres Herrschers fälschen?« Johanna hatte zuletzt die Stimme gesenkt und war damit gut beraten. Hannes hatte auf dem Weg vom Stall hierher wieder einmal den Jakob Berlinger herumschleichen sehen.

»Wer, wenn nicht du, Liebste«, flüsterte Hannes.

»Du kennst den Mann nicht einmal, verlässt dich auf die Empfehlung von zwei anderen!« Johanna schüttelte den Kopf.

»Wenn es stimmt, was Georg gesagt hat, brauche ich keinen Fechtlehrer aus Dresden. Das kann Michael übernehmen. Er hat in Ungarn gegen die Türken gekämpft! Bitte, mein liebes Weib, ich brauche diesen Mann. Wo ist unsere Herrin?« Hannes schickte einen vielsagenden Blick in Richtung der Gemächer der Gräfin.

»Sie lässt sich in ihrem Labor von Jannika erläutern, welche Kräuter das sorbische Volk für die Hautpflege und zur Linderung von Schmerzen verwendet«, seufzte Johanna. »Mein lieber Gatte, ich mache das für dich und ich werde abends beten, dass du die Richtigen rekrutiert hast. Wenn das Constantia herausbekommt, stehen wir beide auf der Straße oder vor einem Richter in Dresden!«

»Danke, meine Liebe, ich wusste, du lässt mich nicht im Stich!« Hannes atmete auf. »Wie willst du es anstellen, Johanna?«

»Du hast aus Hoyerswerda eine Bauzeichnung mitgebracht. Die trägt das echte Signum unseres Herrschers, ich habe das überprüft. In unserer Stube verfasse ich dann ein Begnadigungs-Schreiben, für … wie hieß er nochmal?«

»Michael Hubertus Kehl«, beeilte sich Hannes zu sagen. Er war froh, Georg danach gefragt zu haben.

»Du stehst Wache, falls wider Erwarten Constantia und Jannika hier auftauchen! Ich hole derweil die Bauzeichnung aus Hoyerswerda, Papier und Siegelwachs.« Johanna blieb plötzlich stehen und schlug eine Hand vor die Stirn. »Ich kann unmöglich das Kurfürstliche und Königliche Siegel von Friedrich August fälschen! Das übersteigt selbst meine Fähigkeiten!«

Hannes trat zwei Schritte näher und nahm seine Frau in den Arm.

»Wie ich das verkaufe, lass meine Sorge sein, mein liebes Weib. Es geht nur darum, morgen den Hauptmann von Burgstädt zu überzeugen, einen Häftling vorzeitig freizulassen. Nimm' das Siegel der Reichsgräfin von Cosel!«

»Verstehst du nicht? Du musst weiterdenken! Der Stadtkommandant von Dresden ist stinksauer, weil der ehemalige Husar Michael Kehl seiner Tochter beigewohnt hat. Er wird das Schreiben prüfen und wenn wir richtig Pech haben, zeigt er es Männern, die ihm vorgesetzt sind, Flemming und Friedrich August!« Johanna wischte sich mit dem Handrücken den Schweiß von der Stirn.

»Unser Schicksal liegt in Gottes Hand. Ich hoffe, es kommt niemals heraus!« Johanna huschte in das Arbeitszimmer der Gräfin, in dem sie sich als Privatsekretärin blind zurechtfand. Hannes wartete auf dem Flur. Es blieb alles ruhig. Niemand kam, um neugierige Fragen zu stellen. Nach zwei Minuten war Johanna wieder da. »Ich habe alles und gehe ans Werk!«

»Danke, Liebste!« Hannes wollte seiner Frau einen aufmunternden Kuss geben. Sie huschte an ihm vorbei, beladen mit Schriftstücken und anderen Utensilien.

»Ich muss mich beeilen! Irgendwann wird Constantia merken, dass ihr Siegel fehlt«, zischte sie und rannte zum Tisch in der Wohnstube ihrer Gemächer.

Hannes hätte jetzt gern bei einem Krug Bier ein Pfeifchen geschmaucht, blieb aber vor der Tür stehen. Er war sich sicher, den Hauptmann von Burgstädt übertölpeln zu können. Es blieb der Zweifel, den Johanna gesät hatte. Wenn der Hauptmann das Schriftstück weitergab, würde es dann einer genaueren Überprüfung standhalten? Hannes zuckte zusammen, als er in seinen Gedanken von Jannika unterbrochen wurde, die plötzlich vor ihm stand. Er war jedes Mal aufs Neue fasziniert von dem Kontrast zwischen den dunkelblauen Augen und dem schwarzen Haar.

»Was stehst du hier herum? Ich hoffe doch nicht, dass dich Johanna rausgeworfen hat?« Die sorbische Magd zwinkerte ihm zu. Sie hatte nur einen Scherz gemacht.

›Wenn sie jetzt da reingeht, wird sie merken, dass Johanna ein Dokument fälscht!‹, durchzuckte es Hannes siedend heiß. Es gab nur eine Möglichkeit. Er musste seine Vertraute während der Flucht einweihen.

Jannika würde nichts ausplaudern. Sie war nicht nur Angestellte, sondern auch Geliebte, sowohl von ihm als auch Johanna.

»Wir gehen jetzt beide da rein, liebste Jannika. Johanna fertigt gerade ein Dokument, welches die Freilassung eines Mannes bewirkt, den ich dringend hier brauche. Kein Wort über deine Lippen!« Um seine Aussage zu bekräftigen, verschloss Hannes den Mund der jungen Frau mit einem heißen Kuss.

»Ich diene euch, nicht der Gräfin. Wenn es im Interesse von uns allen ist, habe ich nichts gesehen.«

Als Hannes und Jannika eintraten, blies Johanna gerade ihren Atem über das Siegelwachs.

»Sie weiß Bescheid und wird nichts sagen«, flüsterte Hannes, während Jannika bestätigend nickte.

»Ich habe den Text des versiegelten Dokuments kopiert, damit du den Inhalt kennst, wenn es der Hauptmann von Burgstädt liest.«

»Danke, mein liebes Weib!« Johanna hatte die Hände frei und ließ sich gern umarmen und küssen. Jannika stand verlegen daneben.

»Werden meine Dienste heute noch benötigt?« Diese harmlose Frage hatte etwas Zweideutiges in sich.

»Oh, ja, liebe Jannika. Brot, Schinken, Käse und Bier! Ich habe zwar in Dresden ein vorzügliches Rinderfilet gegessen, aber das ist eine Weile her!«, lachte Hannes und die beiden jungen Frauen stimmten ein.

Jannika wollte schon in die Küche laufen, um das Gewünschte zu holen, aber Johanna hielt sie am Ärmel zurück. »Weilt unsere Herrin noch in ihrem Labor?«

»Ich denke schon. Sie wollte noch Wasser zum Waschen ihrer reinen Haut destillieren«, sagte die sorbische Magd.

Johanna beeilte sich, Siegel und Wachs wieder zurück in das Arbeitszimmer der Gräfin zu bringen. Hannes postierte sich auf dem Gang. Jeden Moment konnte die Cosel hier auftauchen und seiner Frau unangenehme Fragen stellen. Er rechnete nicht wirklich damit, plötzlich stand sie vor ihm. Hannes verbeugte sich geistesgegenwärtig.

»Einen wunderschönen guten Abend, Constantia!« Da weder Jannika noch Marie zuhörten, durfte er sie so vertraulich anreden.

»Dir auch einen guten Abend, Hannes! Wie bist du in Dresden vorangekommen? Kannst du mir morgen schon eine Leibwache präsentieren? Ich habe da so Ideen für Uniformen in Grün, Gelb und Grau«, sagte Anna Constantia von Cosel fröhlich. Hannes hegte die Vermutung, die Gräfin habe in ihrem Labor nicht nur Wasser getrunken.

»Alles bestens, werte Constantia. Es fehlt nur noch ein Lanzenreiter, der gegen die Türken gekämpft hat, aber der wird morgen zusagen.« Hannes schielte immer wieder zur Tür des Arbeitszimmers der Gräfin. Er sah keine Möglichkeit, sie aus dem Flur wegzulocken. Jeden Moment würde Johanna auftauchen und damit in Erklärungsnot geraten.

»Ich freue mich auf die Parade deiner Kämpfer, soll heißen, meiner Leibwache! Gute Nacht, Hannes!«

In diesem Moment huschte Johanna aus dem Arbeitszimmer der Gräfin und verbarg ihr Erschrecken.

»Entschuldige, Constantia! Meine Tinte war eingetrocknet. Ich habe mir ungefragt für einen privaten Brief welche aus deinem Vorrat genommen.«

Hannes bewunderte die Schlagfertigkeit seiner Frau und zog in Gedanken den nicht vorhandenen Hut, der irgendwo an einer Garderobe hing. Anna Constantia von Cosel winkte ab.

»Ist schon in Ordnung, Johanna. Ich wünsche euch eine gute Nacht!«

»Das wünschen wir dir auch«, sagten Johanna und Hannes mit einer Stimme.

»Puh, gerade noch mal gutgegangen«, stöhnte Hannes und zog seine Frau in ihre Gemächer.

»Zuerst verzehre ich die belegten Brote, die Jannika bereitgestellt hat und dann vernasche ich dich, schlagfertigste aller Ehefrauen!« Hannes lief zum Tisch, um einen ordentlichen Schluck Bier zu nehmen.

Nachdem er gegessen, getrunken und sich gewaschen hatte winkte er seine Frau zu sich und machte eine einladende Geste in Richtung des breiten Bettes.

»Es ist noch früh am Abend, mein Herr Gemahl und Sie fordern mich auf, meinen ehelichen Pflichten nachzukommen?«, lachte Johanna.

»Ich habe nicht auf die Uhr geschaut. Da ich morgen früh um zehn Uhr wieder in Dresden sein muss, gedachte ich früher zu Bett zu gehen. Und wenn ich dir in besonders zärtlicher Weise beiwohnen soll, dauert es länger als ein paar Minuten, mein liebes Weib!«

Johanna beeilte sich, Kleid und Unterrock über die Schultern gleiten zu lassen. Sie trug kein Korsett, was das Auskleiden beschleunigte. Hannes schaute mit wachsender Erregung zu. Nach dem Liebesspiel stützte sich Johanna mit dem rechten Ellenbogen auf und musterte ihren erschöpften Mann.

»Michael Kehl, ein ehemaliger Soldat, welcher der Tochter des Stadtkommandanten beigewohnt hat und aufgrund einer falschen Anschuldigung verurteilt wurde. Wer aber sind die anderen beiden?«

Hannes verstand seine Frau. Wenn sie schon mit linken Methoden arbeiteten, wollte sie in alles eingeweiht sein.

»Georg Zimmermann, ein ehemaliger Strauchdieb, der seine Kasse mit Kartenspiel aufbessert. In einer Wirtshausschlägerei verteidigte er sich so gewandt gegen eine Übermacht, dass ich ihn umgehend rekrutierte. Er führte mich zu dem ehemaligen Seemann Martin Peters, der wie unsere Gräfin aus Holstein stammt. Er hat zuletzt Barren von Gold und Silber von einem Lastkahn gestohlen und lebt seither von den Erlösen.« Hannes seufzte. Er wusste, wie das für andere klingen musste: Eine Bande von Räubern sollte für die Sicherheit der Gräfin Cosel sorgen.

»Ich hoffe, Constantia kommt nie dahinter. Du wirst sie ihr als ehemalige Soldaten vorstellen, nehme ich an, von denen nur Michael Kehl tatsächlich in einer Armee gedient hat.«

»Du hast wie immer recht, mein liebes Weib!« Ehe Johanna das letzte Wort haben konnte verschloss Hannes ihren Mund mit einem Kuss.

Am nächsten Morgen überflog Hannes die Kopie des versiegelten Schreibens und prägte sich den Inhalt ein. Das Original steckte er in eine Kuriertasche, welche bereits die lange Reise nach Hoyerswerda und zurück hinter sich hatte. Bukephalos bewältigte die bekannte Strecke von Pillnitz nach Dresden gewohnt zuverlässig und schnell, sodass Hannes etwas früher am vereinbarten Treffpunkt erschien. Von Georg und Martin weit und breit nichts zu sehen. Vermutlich schnarchten die noch auf Strohschütten in einer billigen Herberge oder rangen mit ihrem Kater. Als die nächste Kirchturmuhr zehn Mal schlug, tauchten die beiden auf. Sie wirkten ausgeruht und hatten offenbar doch nicht das ganze Handgeld in geistige Getränke umgesetzt.

»Guten Morgen, die Herren! Dann mal auf zur Salomonis-Bastion, um Michael von seinen Fesseln zu befreien!«, rief Hannes gutgelaunt in die Runde.

»Hattest du uns nicht Pferde versprochen, Hannes, Baron von Senftenberg?«, fragte Georg frech.

»Alles zu seiner Zeit! Noch seid ihr nicht in Diensten der Reichsgräfin von Cosel. Nur zwei Fußmärsche und einen Ritt davon entfernt.«

Georg und Martin blieb nichts anderes übrig, als hinterher zu trotten. Sie hatten insgeheim damit geliebäugelt, dass ihnen Hannes Mietpferde zur Verfügung stellen würde. Wie tags zuvor versperrte ihnen ein Doppelposten den Weg zur Bastion. Da es diesmal andere Soldaten waren, musste Hannes erst vom Pferd steigen und sich vorstellen. Dann öffnete er demonstrativ die Kuriertasche und schwenkte ein versiegeltes Schreiben vor den Wachposten. Sie folgten den Bewegungen von links nach rechts mit ihren Augen, bis ihnen beinahe schwindlig wurde.

»Meine Herren, kein Geringerer als Unsere Kurfürstliche und Königliche Majestät Friedrich August I. hat veranlasst, dass der Häftling Michael Kehl umgehend freizulassen ist! Der Mann wird an anderer Stelle dringend gebraucht und soll nicht weiter sein Talent beim Klopfen von Steinen verschwenden! Wenn ihr keinen Ärger mit unserem Herrscher und der Reichsgräfin von Cosel haben wollt, in deren Auftrag ich handele, holt ihr mir den Hauptmann von Burgstädt herbei – und zwar umgehend!«

»Jawohl, Herr Baron von Senftenberg!« Der rechte Soldat schlug sogar die Hacken zusammen, wie Hannes belustigt feststellte. Es dauerte diesmal auch nur zwei Minuten, bis der pummelige Hauptmann von Burgstädt zur Stelle war. Der hatte gut gefrühstückt und war besserer Laune als gestern. Hannes übergab mit großer Geste das Schreiben. Der Hauptmann runzelte die Stirn.

»Es ist das Siegel der Reichsgräfin von Cosel, nicht das unseres Herrschers«, maulte der Kommandant der Wachmannschaft.

»Die Erklärung ist ganz einfach, Herr von Burgstädt. Der Sekretär seiner Majestät hatte das Siegel nicht zur Hand, als gestern die verehrte Gräfin Cosel mit unserem Herrscher konferierte. Deshalb drückte sie ihr eigenes auf. Das Schreiben hingegen wurde von Friedrich August I. unterzeichnet, wie Sie gleich sehen werden!«

Hauptmann von Burgstädt brach das Siegel und faltete das Dokument auseinander. Hannes kannte den Inhalt, da er die Kopie studiert hatte.

»Wenn das so ist, dass der Kerl an anderer Stelle dringender gebraucht wird …Korporal Ludwig!«

Ein Unteroffizier aus dem Gefolge des Kommandanten salutierte. »Hier, Herr Hauptmann!«

»Geleiten Sie den Herrn Baron von Senftenberg zum Schmied, anschließend den Gefangenen Numero 27, Kehl, ebenso dahin!«

»Jawohl, Herr Hauptmann!«

»Gestatten Sie mir die Frage, was ich beim Schmied soll, Herr Hauptmann?«, fragte Hannes.

»Ich gehe mal davon aus, dass der Gefangene keine 30 Kreuzer hat, um die Gebühr für das Ausschmieden zu zahlen. Das übernehmen Sie, Herr Baron, beziehungsweise die Gräfin Cosel, wenn der so viel daran liegt!« Der Hauptmann von Burgstädt grinste über beide Backen.

Korporal Ludwig winkte Hannes, er solle ihm zu Fuß folgen. Der Schmied hockte neben dem Holzkohlenfeuer und wartete darauf, dass man ihm einen neuen Gefangenen brachte, den er in Eisen legen konnte.

Stattdessen kam der Korporal mit einem Mann, den er nicht kannte und ein Soldat mit einem Gefangenen, den er von den Eisen an Hand- und Fußgelenken, die mit einer Kette verbunden waren, befreien sollte. Hannes hatte das erste Mal die Gelegenheit, Michael Kehl von Nahem zu betrachten. Der Mann mit den dunkelblonden Locken und den wachsamen blauen Augen wirkte nicht unsympathisch.

»Dreißig Kreuzer, Herr Schmied«, murmelte Hannes und zählte die Münzen ab.

Michael Kehl streckte die Hände auf einen Holzblock aus. »Wem habe ich die vorzeitige Entlassung zu verdanken, Herr …?«

»Johannes, Baron von Senftenberg. Sie werden als Ausbilder der Leibwache der Gräfin Cosel benötigt.« Das war nicht einmal gelogen.

»Oh, was für eine Ehre! Höhe des Soldes?«

Der Schmied hatte Hammer und Meißel geholt und durchtrennte die stabilen Stifte an den Handfesseln. Dann widmete er sich den Eisen an den Fußgelenken.

»Ich hatte etwas mehr Freude darüber erwartet, dass ich Sie hier raushole, Herr Kehl«, sagte Hannes verärgert.

»Die letzten sechs Monate hätte ich auf der linken Arschbacke abgesessen, Herr Baron!«

»Und dann? Ich verschaffe Ihnen eine feste Anstellung bei einer Gräfin, die so reich ist, dass Sie sich über den Sold keine Gedanken machen müssen und Sie maulen herum? Sagen Ihnen die Namen Georg Zimmermann und Martin Peters etwas? Wenn Sie schon mir nicht danken, dann den gerade Genannten. Sie bekommen umgehend Gelegenheit dazu.«

Der von seinen Fesseln befreite Mann rieb sich die wunden Stellen an den Fußknöcheln und streckte sich.

»Georg, der Halunke, hat mich empfohlen? Entschuldigen Sie, Herr Baron, ich muss mich wohl wirklich bei Ihnen und anschließend Georg bedanken. Ohne Eisen ist das Leben leichter.«

»Hannes und Du. Mit den anderen beiden habe ich mich schon darauf geeinigt. Ich bin nur Baron, weil ich bei einem Unfall zufällig zur Stelle war.« Hannes ließ sich seine ursprüngliche Verärgerung nicht anmerken. Er brauchte den Mann.

»Ich bin mehr als beeindruckt, Herr Baron ... äh, Hannes!« Michael Kehl winkte den an der Bastion arbeitenden Gefangenen zu und hinkte seinem Befreier hinterher.

»Mann, Georg, danke, dass du an mich gedacht hast!« Der entlassene Häftling boxte seinem Kumpel gegen die Rippen. Hannes fragte sich, woher sich die beiden überhaupt kannten. Das konnte man später klären. Die Gräfin erwartete noch heute Vollzug.

»Zunächst alle drei zum Barbier, um euch vorzeigbar zu machen. Anschließend Mittagbrot in einem Wirtshaus mit Einweisung – beim Militär würde man es Vergatterung nennen. Dann mit Mietpferden nach Pillnitz und Vorstellung bei der Reichsgräfin von Cosel!«

»Wirtshaus klingt schon mal gut. Aber weshalb zum Barbier?«, maulte der ehemalige Seemann Martin Peters.

»Das war kein Vorschlag, sondern ein Befehl! In letzter Zeit mal in einen Spiegel geschaut?« Hannes schüttelte den Kopf, schob den linken Fuß in den Steigbügel und hievte sich auf Bukephalos Rücken. Nach dem Besuch beim Barbier gestattete Hannes jedem der zukünftigen Leibwache eine Kanne Dünnbier und ein Mittagsmahl.

»Wenn wir nachher zum Gut Pillnitz reiten und die Gräfin Cosel die Musterung vornimmt, dann sagt ihr alle auf Nachfrage, dass ihr in der Armee gedient habt. Niemand von euch hat eine kriminelle Vergangenheit! Haben wir uns verstanden?« Hannes nippte am Bier und warf einen strengen Blick in die Runde. »Bevor wieder die Frage nach dem Sold aufkommt: Ich kann euch schon mal ohne Rücksprache mit der Gräfin mindestens das Doppelte zusichern von dem, was ein Unteroffizier in der sächsischen Armee bekommt.« Hannes wartete ab, bis das Raunen am Tisch verklang.

»Kleidung, Waffen und Essen werden gestellt, ebenso die Pferde. Dafür erwarte ich absolute Loyalität gegenüber der Gräfin Cosel und Gehorsam bei meinen Befehlen. Ich bin Johannes Bauer, ein Müllersohn aus der Lausitz. Dank einer Fügung des Schicksals Baron von Senftenberg. Einer von euch! Lang leben die Gräfin Cosel und Friedrich August I.!«

Die Bierhumpen machten ein dumpfes und nicht so ein hell klirrendes Geräusch wie Weingläser.

Der Pakt war dennoch besiegelt. Hannes hoffte nur, es würde nie herauskommen, welchen Hintergrund seine neu rekrutierte Leibwache hatte. Als ein Stallbursche die drei Mietpferde bereitstellte, beobachtete Hannes seine künftigen Mitstreiter genau.

Ausgerechnet der ehemalige Seemann Martin war als Erster im Sattel und machte eine ausgezeichnete Figur. Der entlassene Strafgefangene Michael entschuldigte sich: »In letzter Zeit hatte ich keine Gelegenheit zum Reiten!«

Nur Georg zögerte. »Keine Sorge. Man hat mir versichert, es wäre ein lammfrommes Tier«, sagte Hannes, was den ehemaligen Strauchdieb nicht zu beruhigen schien. Ehe er eingreifen konnte, stieg Michael aus dem Sattel und half seinem Kameraden auf das Pferd.

»Die Zügel fest in die Hand nehmen! Nicht zu fest, nur Zug draufgeben, wenn du anhalten willst. Du musst eigentlich nicht viel machen, der Gaul wird den anderen folgen. - Bekomme ich eine Zulage als Ausbilder, Hannes?« Michael Kehl grinste frech.

»Wenn du künftig deine lockere Zunge im Zaum halten kannst, werde ich darüber nachdenken, es der Gräfin anheim zu stellen.« Hannes schmunzelte. Nach anfänglicher Abneigung fand er Gefallen an der Art, wie Michael auftrat. Am frühen Nachmittag trafen sie auf dem Gut Pillnitz ein. Hannes Miene verfinsterte sich, als ihm ausgerechnet Jakob Berlinger als erster über den Weg lief.

»Herr Berlinger, würden Sie bitte die Baroness von Senftenberg und die Reichsgräfin von Cosel über unsere Ankunft informieren? Verbindlichsten Dank!«

Hannes übergab die Mietpferde dem Stallmeister Scheunemann mit der Bitte, sie striegeln und füttern zu lassen und bei nächster Gelegenheit zurück nach Dresden zu überführen. Dann stiefelten sie zum Haupthaus.

Auf der Freitreppe hatte sich ein Empfangskomitee von drei jungen Frauen eingefunden, welche die Männer, die Hannes mitgebracht hatte, neugierig musterten.

Georg stieß einen Pfiff aus. »Mit welcher der reizenden Damen möchtest du das Lager nach langer Abstinenz teilen, Michael? Ich nehme die mit der goldbraunen Mähne und dem hübschen Busen!«

»Das ist meine Frau, die Baroness von Senftenberg!« Hannes verzichtete darauf, den vorwitzigen Mann am Kragen durchzuschütteln. Jeden Moment konnte die Gräfin Cosel auftauchen.

»Konnte ich nicht wissen, Hannes. Und die anderen beiden?«

»Wenn du eines Tages sterben solltest, müsste man dein Mundwerk extra verschließen, Georg! Die mit dem dunkelblonden Haar ist die Kammerzofe der Gräfin, Marie, und die Schwarzhaarige unsere Leibdienerin Jannika«, sagte Hannes.

»Soll das heißen, die Gräfin ist gar nicht dabei?«, fragte Georg verblüfft.

»Du Narr, eine Frau, die unserem Herrscher den Kopf verdreht hat, braucht immer einen besonderen Auftritt!« Hannes wendete sich nach links. Es war das erste Mal, dass der schlagfertige Georg schwieg.

Der ehemalige Kavallerist Michael Kehl sorgte dafür, dass Georg ins Glied zurücktrat. Hannes atmete auf. Das durfte jetzt nicht schiefgehen. Er musste drei Tagediebe der Gräfin als deren neue Leibwache verkaufen.

Johanna, Marie, Jannika und Jakob Berlinger bildeten ein bescheidenes Spalier auf der Freitreppe, als Anna Constantia von Cosel gemessenen Schrittes erschien. Ungeachtet der fortschreitenden Schwangerschaft schien sie die Stufen hinunter zu schweben.

»Es erfreut mich, dass Sie so stattliche Männer für meine Sicherheit rekrutieren konnten, Herr Baron von Senftenberg!«

Georg Zimmermann bekam den Mund nicht mehr zu. Das war sie also, die schönste Frau Europas, die von Friedrich August I. geliebt und von Königen hofiert wurde.

»Gestatten Sie mir, verehrte Reichsgräfin von Cosel, dass ich Ihnen die Männer vorstelle?« Hannes verbeugte sich.

»Sehr gern, Herr Baron von Senftenberg! Fassen Sie sich kurz, aus bekannten Gründen kann ich nicht solange auf einem Fleck stehen!«

»Wie Sie wünschen, verehrte Gräfin! – Michael Kehl kämpfte als Husar im Großen Türkenkrieg«, stellte Hannes sein bestes Pferd im Stall vor. »Herr Kehl wird auch die Reit- und Fechtausbildung übernehmen, sodass wir keinen Fechtmeister aus Dresden bezahlen müssen.«

Die Gräfin Cosel baute sich vor Michael auf und musterte ihn von oben bis unten.

»Oberbefehlshaber? Welche Schlachten?«, fragte Anna Constantia von Cosel lauernd.

»Prinz Eugen von Savoyen. Sieg gegen die Türken bei Zenta, September 1697, Einnahme von Sarajevo Oktober 1697!« Michael erinnerte sich an alte Zeiten und hatte eine militärische Haltung angenommen.

»Husaren?«

»Jawohl, hochverehrte Reichsgräfin!«

»Leichte Kavallerie, die mit Lanzen, Säbel und Pistolen kämpft. Der Säbel ist eine Hiebwaffe, der Degen hingegen eine Stichwaffe. Der Herr Baron von Senftenberg sagte, Sie können auch damit umgehen?«

Hannes stand der Schweiß auf der Stirn. Wenn die Cosel so weitermachte, würde sie in den nächsten Minuten den Schwindel, die anderen beiden betreffend, aufdecken.

»Selbstverständlich, hochverehrte Reichsgräfin!«, sagte Michael im Brustton der Überzeugung und Hannes atmete vorerst auf.

»Ich werde mich morgen davon überzeugen. Falls es Ihnen der Herr Baron von Senftenberg noch nicht gesagt hat: Mein Vater war Kavallerieoberst in der dänischen Armee und hat mir das Reiten, Fechten und Schießen beigebracht.« Die Gräfin Cosel strich mit einer sanften Bewegung über den gewölbten Bauch. Sie wollte damit andeuten, dass sie die Ausbildung auch selbst leiten könnte, es aber aus offensichtlichen Gründen nicht tun würde.

Da Anna Constantia so konsequent nachhakte, änderte Hannes seine Taktik. Er würde zumindest beim nächsten Kandidaten nahe an der Wahrheit bleiben.

»Herr Martin Peters, ehemaliger Seemann aus Kiel. Leider nicht bei der Armee gedient«, sagte Hannes und deutete eine Verbeugung an.

»Aus Kiel? Das ist nicht weit entfernt von meinem Geburtsort Depenau!« Die dunklen Augen der Gräfin strahlten etwas heller. »Als Seemann mussten Sie sicher bei Sturm in die Takelage. Wer solchen Gefahren trotzt, ist auch geeignet, für meine Sicherheit zu sorgen. Willkommen, Herr Peters. - Gute Wahl, Herr Baron von Senftenberg!«

»Meine Verehrung, Reichsgräfin von Cosel, geborene von Brockdorff!« Martin machte eine tiefe Verbeugung.

Hannes blieb die Spucke weg. Nur weil der Mann ursprünglich aus Holstein kam, wurde nicht weiter nachgefragt? Beim dritten Kandidaten blieb Hannes nichts anderes übrig, als zu lügen.

»Herr Georg Zimmermann, ehemals 9. Infanterieregiment der Kursächsischen Armee!« Hannes perlte der Schweiß von der Stirn. Es lag nicht nur an den sommerlichen Temperaturen an diesem Augusttag. Da die Gräfin Cosel bei der Musterung des Mannes zunächst nichts sagte, fügte Hannes hinzu:

»Der Mann ist gewandt wie eine Katze, wurde sowohl als Melder als auch Saboteur hinter den feindlichen Linien eingesetzt. Um der Wahrheit die Ehre zu geben, ich habe mich bei einer Wirtshausschlägerei in Dresden von den Qualitäten des Mannes überzeugt.«

»Wenn Sie von den Fähigkeiten des Herrn Zimmermann überzeugt bin, dann bin ich es auch«, sagte die Gräfin.

Hannes glaubte, alle würden das Geräusch der purzelnden Steine hören, die auf ihm gelastet hatten. Anna Constantia war mit allen Kandidaten einverstanden! Hoffentlich fragte sie nicht bei General Flemming oder einem anderen ihr bekannten hohen Offizier nach, wer alles im 9. Infanterieregiment gedient hatte. Hannes beruhigte sich schnell wieder. Dazu würde man lange in alten Musterrollen stöbern müssen.

»Marie! Sie werden die Männer meiner Leibwache umgehend vermessen, damit morgen mit dem Schneidern der von mir entworfenen Uniformen begonnen werden kann«, sagte die Gräfin Cosel.

»Wie Sie wünschen, Frau Gräfin!« Die Zofe machte einen Knicks. Marie bekam beim Vermessen der stattlichen Männer einen hochroten Kopf. Anschließend lud Hannes die neu rekrutierte Leibwache der Gräfin Cosel zum Umtrunk ein. Das musste gefeiert werden. Das Gut Pillnitz verfügte über genug Räumlichkeiten für derlei Anlässe.

»Was, kein Bier, Hannes?«, maulte der wie immer vorlaute Georg.

»Pillnitz hat eigene Weinberge, hier wird der Rebensaft unter Anleitung eurer neuen Herrin veredelt«, sagte Hannes.

Jannika war dazu verdonnert worden, den Männern Speis und Trank zu servieren. Der Kammerdiener Jakob Berlinger saß beim flackernden Kerzenschein in seiner Stube und schrieb einen Bericht an seine Auftraggeber in Dresden. Irgendeines der Subjekte, die dieser Baron von Senftenberg angeschleppt hatte, musste aktenkundig sein. Wenn man es herausfand, konnte später der Gräfin Cosel ein Strick daraus gedreht werden.

Für einen Moment überlegte Jakob Berlinger, ob er sich bei dem Zechgelage anschleichen sollte, um an weitere Informationen zu gelangen. Er unterließ es lieber. Die Gefahr war zu groß, dass ihm der misstrauische Baron von Senftenberg ein Messer an die Kehle hielt.

Nach drei Bechern Wein spürte Georg ein dringendes menschliches Bedürfnis und stolperte nach draußen. Auf dem Flur wäre er beinahe mit Jannika zusammengestoßen.

»Ich habe noch nie ein so schönes Mädchen gesehen. Du bist noch hübscher als die vielgerühmte Gräfin Cosel!« Georg versuchte, einen Arm um den Oberkörper der jungen Frau zu schlingen, wurde aber abgewehrt.

»He, was ist los?«

»Mein Herz gehört einem anderen, du ungestümer Geselle!«, sagte Jannika und trat einen Schritt zurück.

»Darf ich auch fragen, wem?« Georg hatte seine Zunge noch unter Kontrolle, obwohl es ihm schwerfiel.

»Dein neuer Vorgesetzter, Johannes, Baron von Senftenberg!«

»Der Mann ist doch mit der Frau verheiratet, die links von dir auf der Treppe stand!« Georg verstand die Welt nicht mehr. Gehörten dem Baron alle Weiber auf Gut Pillnitz, ausgenommen die Gräfin Cosel? Jannika hörte die Frage nicht mehr. Sie war unterwegs zur Küche, um Wein, Brot und Käse zu holen.

Georg besann sich darauf, weshalb er nach draußen geeilt war und steuerte den nächsten Baum an.

DANZIG

»Das haben Sie wirklich gesagt? ›Die Polen haben einen großen Fehler begangen, als sie einen Fremden wählten.‹? Bei allem Respekt, Sie haben sich mit Flemming einen Feind gemacht!«, ereiferte sich Johanna und lief auf und ab.

»Wir sind unter uns«, seufzte die Gräfin Cosel, ließ sich auf einen Stuhl sinken und griff nach dem halbvollen Rotweinglas. »Du kannst mich Constantia nennen. Ich schätze deinen Eifer, mir Ratschläge zu geben, Johanna. Manchmal wird daraus auch Übereifer. Außerdem habe ich zu Flemming noch mehr gesagt: ›Nichtsdestoweniger will der König seinen Sohn zum Opfer bringen und ihn auf eine eitle und unbegründete Hoffnung hin zur katholischen Kirche übertreten lassen.‹« [1]

Die Gräfin nippte wieder am Weinglas.

»Komm setz' dich, Johanna, und trink einen Schluck mit mir, es wird dein Gemüt beruhigen.« Sie füllte eigenhändig das zweite auf dem Tisch stehende Weinglas aus der Karaffe und schwenkte einladend den rechten Arm.

Die Privatsekretärin nahm gehorsam Platz. Sie ließ die letzten Wochen Revue passieren. Sie hatten im Frühsommer 1710 das von der Pest bedrohte Warschau verlassen und auf der Weichsel stromab das Weite gesucht. Allerdings ohne Hast.

---

[1] Sta Dr Loc. 776, Minute d'un entretien de S.E.M. le Comte de Flemming avec M. la C. de Cosel. Danzig, 29. 11. 1710

Immer wieder ließ Friedrich August das Schiff an einem Platz ankern, an dem es ihm gefiel. Die Diener schlugen seidene Zelte auf und man speiste im Freien. Der früh einsetzende Winter zwang sie dann, von Langenfuhr in die Innenstadt von Danzig überzusiedeln. Hier bewohnten Friedrich August, seine Mätresse und der Hofstaat zwei Häuser am Markt.

»Was mir weitaus mehr Sorgen macht als Flemming, der mich bewundert und durchaus aufmerksam zugehört hat, ist, dass Friedrich August mir seine Absichten nicht mehr in jedem Falle offenbart.« Die Gräfin hatte die Stimme noch weiter gesenkt. Auch in Danzig hatten die Wände Ohren. Johanna wusste, dass Politik auch im Bett gemacht wird. Der Herrscher hatte bisher immer auf den Scharfsinn und die politische Weitsicht seiner Mätresse vertraut.

»Wie äußert sich das, wenn ich fragen darf?« Johanna nippte nur am Wein.

»Von den Bemühungen des Papstes, namentlich dessen Gesandten Albani, und Friedrich August, den Thronfolger zum katholischen Glauben konvertieren zu lassen, habe ich erst erfahren, als es öffentlich wurde«, seufzte Anna Constantia.

»Das hat er nur verschwiegen, weil die Mutter und Großmutter des Thronfolgers, du, wir alle, evangelisch-lutherisch sind«, sagte Johanna.

»Und den Ständen in Sachsen hatte Friedrich August, als er wieder einmal Geld brauchte, hoch und heilig versichert, seinen Sohn in diesem Glauben erziehen zu lassen. – Noch ein Glas Wein, Johanna?«

Hannes schlich über den Gang des Hauses in Danzig, das die Cosel und andere Mitglieder des Hofstaates mit ihren Bediensteten bewohnten. Immer wieder musste er einen Gruß erwidern oder sich bei einem Angehörigen des Hochadels verbeugen. Das Lächeln schien in Hannes Gesicht festgefroren. Es passte zum Wetter draußen. Er hatte es ungeachtet seines Eifers immer noch nicht geschafft, den Kammerdiener Jakob Berlinger als Spion zu entlarven. In Warschau hatte einer seiner Mitstreiter den Lakaien unter einen Vorwand in ein Wirtshaus gelotst. In der Zeit hatten er und Georg die Kammer des Jakob gründlich durchsucht, aber nichts Belastendes gefunden. Hannes war sich dessen sicher, dass der Diener jemand hatte, der die Schriftstücke heimlich in Empfang nahm und weiterleitete. Genauso ergebnislos waren vorangegangene Untersuchungen in Pillnitz und Dresden verlaufen.

Hannes war in Gedanken versunken, als er über einen bestickten Beutel stolperte und gegen eine Dame prallte. Die junge Frau drohte wiederum über ihn zu stürzen, weshalb er sich schnell aufrichtete und die Unterarme der Unbekannten umklammerte. Es war nicht schicklich, eine Frau, die man nicht kannte, so festzuhalten. Hannes konnte nicht anders. Er ließ nicht gleich los. Ihm waren die blauen Augen von Johanna und Jannika vertraut. Die Frau vor ihm strahlte ihn aus Lichtern an, welche die Farbe wechselten wie die Ostsee im Laufe der Jahreszeiten. Türkis dominierte, im Hintergrund schlummerten Meeresblau und Grau.

Das ebenmäßige ovale Gesicht wurde von blondem Haar umrahmt, welches der Unbekannten bis auf den Rücken fiel. Keine Perücke, pure Natur.

»Entschuldigen Sie, Mademoiselle …«, stotterte Hannes.
Jetzt ließ er endlich die Unterarme los. Jeden Moment
konnte jemand vorbeilaufen und die Situation missdeuten.

»Ich muss mich entschuldigen, werter Herr. Ich war es
doch die den Beutel mit den Nähutensilien fallen ließ.«

Hannes konnte sich immer noch nicht vom Wechselspiel
der Farben in den Augen der schönen Frau losreißen.

»Verzeihen Sie, ich habe mich noch nicht vorgestellt.
Johannes, Baron von Senftenberg, erster Kammerherr der
Reichsgräfin von Cosel!« Hannes verbeugte sich, obwohl er
nicht wusste, ob er es mit einer Adeligen oder einer Dienerin
zu tun hatte. Der Kleidung nach zu urteilen eher Ersteres.

»Agnieszka Komorowska, Tochter des Mitglieds des Sejm
Baron Komorowski. Da ihr Sachsen Schwierigkeiten habt,
den Namen auszusprechen, dürfen Sie mich Agnes nennen,
werter Herr Baron!« Die schöne junge Frau machte einen
vollendeten Knicks, woran Jannika nach einem Jahr immer
noch übte.

»Was ist ihr Begehr, werte Frau Agnes? Kann ich Ihnen
behilflich sein?«, fragte Hannes.

»Es freut mich, ihre Bekanntschaft zu machen. Begleiten
Sie mich bitte zu einem Vorstellungsgespräch bei der Gräfin
Cosel, wenn es ihre Zeit erlaubt.«

Die junge Polin gehörte zu den Frauen, denen man keinen
Wunsch abschlagen konnte.

Das gewinnbringende Lächeln war nur das Tüpfelchen auf
dem ›i‹. Dessen hätte es gar nicht bedurft. Hannes war für
einen Moment von Agnes Anmut geblendet gewesen.

Er besann sich auf seine eigentliche Aufgabe: Die Sicherheit der Gräfin Cosel. Den Auftrag hatte er vom Herrscher höchstpersönlich erhalten. Es gab keinerlei Anzeichen, dass der polnische Adel vorhatte, Anna Constantia aus dem Weg zu räumen, um Platz für eine polnische Mätresse zu machen. Er würde dennoch auf der Hut sein, bei aller Zuneigung zu dem schönen Geschöpf an seiner Seite.

»Darf ich fragen, verehrte Agnes, warum Sie sich für eine Anstellung bei meiner Herrin bewerben, wenn Sie einem alten polnischen Adelsgeschlecht entstammen?«

Agnieszka zog unmerklich die gestutzten Augenbrauen zusammen. »Die Privatsekretärin ist eine Baroness, Sie sind ein Baron, warum also nicht?« Wieder dieses entwaffnende Lächeln. Es waren nur wenige Schritte bis zu den Gemächern, die Anna Constantia, Johanna, Hannes, Marie und Jannika bewohnten. Johanna trat gerade aus der Tür, welche die Wohnung der engsten Vertrauten von jener der Gräfin trennte. Diesmal wurde die Frau, die Hannes anschleppte, nicht so überschwänglich empfangen wie einst Jannika. Agnes wurde misstrauisch gemustert.

»Wen darf ich anmelden«, fragte Johanna kurz angebunden.

»Agnieszka Komorowska«, sagte Agnes, machte aber keinen Knicks, weil die Baroness von Senftenberg nicht höheren Adels war als sie selbst. »Ich bin zu einem Vorstellungsgespräch geladen. Ich bewerbe mich als erste Kammerzofe der Frau Gräfin!«

Johanna musste kurz nachdenken, warum Anna Constantia ausgerechnet eine polnische Adelige als erste Kammerzofe einstellen wollte. Dafür gab es zwei Gründe, ahnte sie.

»Verstehe. Marie möchte zu ihrer kranken Mutter nach Meißen reisen und fällt auf unbestimmte Zeit aus. Wenn ich richtig informiert bin, wird für Sie, Frau Komorowska, eine neue Stelle geschaffen. Sie werden nicht Kammerzofe, sondern erste Kammerfrau! Ich wünsche Ihnen viel Erfolg und bei einer Anstellung hoffe ich auf eine gute Zusammenarbeit! Ich melde Sie jetzt an.«

Johanna gab ihrem Mann ein verstecktes Handzeichen, er solle auf sie warten. Sie verständigten sich häufig wortlos. Hannes wollte nicht auf dem Flur herumstehen und jeden, der vorbeieilte, grüßen. Er ging nach draußen und richtete seinen Blick zum Himmel. Die Wolkendecke riss gerade auf und die Sonne blitzte das erste Mal in diesen Tagen hervor. Es dauerte nicht lange, bis seine Frau, die sich in einen wärmenden Umhang gehüllt hatte, zu ihm stieß. Sie hängte sich in den dargebotenen Arm ein und sie machten einen Spaziergang entlang der Patrizierhäuser dieser reichen Handelsstadt.

»Wusstest du, dass Friedrich August von Danzig Unsummen gefordert hat, um den Nordischen Krieg fortsetzen zu können?«, fragte Johanna.

Hannes schüttelte den Kopf. Er kümmerte sich um derlei Dinge nicht. Das überließ er den blitzgescheiten Damen Anna Constantia und Johanna. Die Fragestellerin erhielt keine Antwort.

»Dann versuche ich es mit einer anderen Frage: Warum will unsere verehrte Constantia die Zofe Marie durch eine polnische Adlige ersetzen?«

Hannes konnte nicht sofort antworten, da er immer noch vom Verwirrspiel der Farben in den Augen der schönen Polin gefesselt war. Er räusperte sich.

»Um ehrlich zu sein, verstehe ich es nicht ganz. Da wir bald abreisen werden, macht es in meinen Augen wenig Sinn, die Tochter eines polnischen Adligen einzustellen, nur um bei eben diesen besser dazustehen«, sagte Hannes.

»Ich wusste doch, dass ich zwar einen Mann aus dem Volke geheiratet habe, der aber nicht auf den Kopf gefallen ist«, sagte Johanna lächelnd und drückte die Hand an ihrer Seite fester.

»Ich erinnere mich daran, dass ich sehr wohl auf den Kopf gefallen und von einem engelsgleichen Wesen gesundgepflegt worden bin!« Einige Passanten blieben verwundert stehen, als sie das lachende Pärchen bemerkten. Hannes wollte seine Frau küssen, sie hielt ihn auf Abstand.

»Das ziemt sich in der Öffentlichkeit nicht, mein werter Herr Gemahl! Wir sind hier zwar in der Hansestadt Danzig, aber ringsherum wohnen auch strenggläubige Katholiken, die nicht wissen, dass wir verheiratet sind.«

Hannes musste sich wie so oft der Argumentation fügen.

»Kommen wir zurück zur hübschen Blondine. Ich habe deine Blicke bemerkt, mein Lieber! Sie bekommt die neugeschaffene Stelle als erste Kammerfrau und damit detaillierte Einblicke in alles, was unsere Herrin betrifft.

Muss ich noch weiter ausholen, um deinen Gedanken auf die Sprünge zu helfen?«

»Ich glaube nicht, klügste aller Ehefrauen«, sagte Hannes. »Du bist allen Ernstes der Meinung, die wurde hierhergeschickt, um zu spionieren?«

»Ich verspeise einen Besen und reite auf einem zweiten davon, wenn dem nicht so ist! Constantia hat sich Flemming zum Feind gemacht, sie will es nicht wahrhaben und wiegelt ab. Da dieser Jakob Berlinger, den du schon lange verdächtigst, nichts Brauchbares liefert, wird die blonde Versuchung eingeschleust.«

Sie waren am Markt von Danzig angekommen und schlenderten mit mäßigem Interesse an den Ständen vorbei. Das Paar ignorierte die Zurufe der Verkäufer und Verkäuferinnen.

»Für den Fall, dass diese Agnes für Flemming oder jemand anderen spioniert, müssen wir sie umdrehen«, sagte Johanna.

Hannes blieb verwundert stehen. »Was verstehst du unter ›umdrehen‹?«

»Sie dazu bringen, dass sie auch für uns arbeitet. Aus meinem Munde muss es besonders verwunderlich für dich klingen, dafür kommst nur du infrage! Ich habe ihre Blicke bemerkt ...«

Hannes blieb stehen. Er brauchte einige Momente, ehe er begriff, was seine Frau von ihm wollte. Er beschloss, sich zunächst dumm zu stellen.

»Kraft welchen Talentes sollte ich in der Lage sein, die Dame umzudrehen, wie du es nennst?«

Johanna griff nach dem weiten Ärmel des grünen Rockes und zog ihren Ehegatten in Richtung einer weniger belebten Gasse.

»Ich kenne deine Tricks, mein Lieber. Du lässt den begriffsstutzigen Müllergesellen raushängen, weißt aber Bescheid.«

»Du verlangst als Ehefrau allen Ernstes, dass ich mit Agnes das Lager teile und wenn wir vertraut genug miteinander sind, ich sie rekrutiere?« Hannes schüttelte den Kopf. Es wurde schon genug darüber getratscht, dass manchmal die Dienerin Jannika im Ehebett lag. Jetzt sollte er auch noch mit der Polin? So ganz unangenehm war ihm die Vorstellung nicht. Er erinnerte sich an die Zartheit der Haut an den Unterarmen und Handgelenken, die Augen von undefinierbarer Farbe. Er war Agnes sehr nahe gewesen.

»Ich sehe an deinem verträumten Blick, mein lieber Herr Gemahl, dass dir die Vorstellung, mit der Baroness Komorowska ins Bett zu steigen zwar abenteuerlich, aber nicht unangenehm erscheint«, lachte Johanna.

Hannes wirbelte herum und umklammerte die Handgelenke seiner Frau. Wegen des schneidenden Windes von der Ostsee trug Johanna Handschuhe. Es wollte sich in diesem Augenblick nicht das gleiche Gefühl wie bei der schönen Polin einstellen. Er liebte diese Frau. In diesem Moment war sie von ihm weiter entfernt als die Hauptstadt des Russischen Reiches.

»Was treibt dich wirklich um, Johanna? Ist aus anfänglichem Hass wegen des Unterganges des Gutes Lichtenau tiefe Zuneigung geworden? Weshalb bist du bereit, alles für die Gräfin zu tun? Manchmal frage ich mich, ob du noch das engelsgleiche Wesen bist, in das ich mich verliebt und das ich geheiratet habe.« Hannes schüttelte den Kopf.

»Du tust mir weh, bitte lass los!«, wimmerte Johanna.

Hannes hatte unbewusst immer weiter den Druck seiner Hände verstärkt, sodass es selbst durch die Winterkleidung für Johanna schmerzhaft wurde.

»Du willst eine klare Antwort? Ich gebe Sie dir. Mir ist kalt, ich könnte eine Tasse gewürzten heißen Wein oder Schokolade vertragen. Lass es uns in dem Gasthaus da drüben besprechen!«

Als die Bedienung die zwei Becher heißen Rotwein serviert hatte, beugte sich Johanna etwas nach vorn. Sie hatten eine Ecke gewählt, wo man sie nicht so leicht belauschen konnte. Natürlich hatte sich Hannes wie gewohnt erst einen Überblick verschafft, ob Gefahr drohe oder Bekannte aus Dresden hier saßen. Seine drei Haudegen, die er in Dresden rekrutiert hatte, saßen offensichtlich in einem anderen Wirtshaus. Johanna schlürfte vorsichtig am heißen Wein, um sich nicht die Zunge zu verbrennen.

»Ein Becher dieses wärmenden Getränks wird nicht reichen, dir alles zu erklären. Ja, ich bin ursprünglich in die Dienste der Gräfin getreten, um mich zu rächen. Das ist Geschichte. Anna Constantia ist eine Frau, die praktisch alles kann. Sie hat einst in Holstein nicht nur Reiten, Fechten und Schießen gelernt, sondern auch Bier brauen, Wein keltern, Marmelade machen. Sie kann sticken, nähen und stricken. In ihrem Labor stellt sie ihre Schönheitsmittel selbst her.«

»Aber? Es klang so, als würde noch ein ›Aber‹ kommen«, unterbrach Hannes den Redefluss seiner Frau.

»Die Kehrseite der Medaille? Anna Constantia ist naiv und leichtgläubig. Wir, du und ich, sind ihre Angestellten, Hannes! Wir müssen sie vor sich selbst beschützen. Sie glaubt allen Ernstes, Jacob Heinrich von Flemming wäre ihr Bewunderer und Freund. Sie hat sich ihn zum Feind gemacht, ohne es zu bemerken. Der Mann will ganz nach oben. Dafür wird er den Geheimen Rat entmachten und neue Strukturen schaffen. Dann steht ihm nur noch unsere Gräfin im Wege, die das Ohr von Friedrich August hat, auch des nachts. Irgendwann wird er sie aus dem Weg räumen müssen. Mir ist das klar, Constantia nicht.« Johanna legte eine Pause ein, weil die blondbezopfte Bedienung, die Hannes ein Lächeln schenkte, zwei neue Becher Glühwein brachte.

»Langsam beginne ich zu verstehen, mein liebes, kluges Weib. Wenn Constantia fällt, fallen wir mit. Wir sind jung genug, um irgendwo neu anzufangen. Weil du unsere Herrin bewunderst, willst du diesen Zeitpunkt so weit wie möglich hinausschieben, vielleicht sogar verhindern. Dafür bist du bereit, deine Eifersucht hintenan zu stellen. Hast du schon einmal darüber nachgedacht, was passiert, wenn mich Agnes mehr fasziniert, als du und Jannika?« Hannes schlürfte den lauwarm gewordenen Glühwein.

»Mit diesem Risiko muss ich leben, ich vertraue dir, mein Herr Gemahl«, sagte Johanna. In diesem Moment war sie wieder die Frau, die Hannes als Erste an seinem Krankenlager in Pillnitz erblickt hatte.

»Manchmal erfordern es die Umstände, dass man zum Schutze der Brotherrin andere Waffen als den Degen einsetzt«, sagte Hannes mit einem Augenzwinkern.

»Diese Waffe ist nicht zu verachten, ich weiß als Ehefrau, wovon ich rede«, kicherte Johanna.

Hannes ließ nach dem Gespräch mit seiner Frau, welches unter einer warmen Daunendecke endete, tags darauf Taten folgen. Bei jeder sich bietenden Gelegenheit schenkte er der vorbeieilenden Agnes ein Lächeln, welches erwidert wurde. Er konnte die schöne Polin nicht zu einem Schäferstündchen einladen, denn es gab hier keine geeigneten Rückzugsorte. Der Auftrag, Agnes zu verführen, konnte nur in Dresden umgesetzt werden. Alle sehnten sich nach dem Befehl von Friedrich August, nach Süden aufzubrechen. Anna Constantia von Cosel wollte wieder als erste Dame am Hofe glänzen und brauchte zu Repräsentationszwecken das Taschenbergpalais. Johanna und Hannes wussten, dass es dort Gästezimmer und andere Räumlichkeiten gab, in das sich ein Paar zum Stelldichein zurückziehen konnte.

In der zweiten Dezemberhälfte 1710 war es endlich soweit. Friedrich August I. gab das Signal zur Abreise. Zuvor hatte der Monarch weitere schlechte Neuigkeiten erfahren müssen. Der Gesandte Polens wurde in Konstantinopel in das Gefängnis der Sieben Türme geworfen. König Karl XII. von Schweden hatte erreicht, dass der Sultan nach Polen auch Russland den Krieg erklärte.

Auf der Rückreise kam es zu einem Zwischenfall, da eine preußische Einheit eine Straße gesperrt hatte.

Hannes wies seine Leute an, unbedingt bei der Kutsche der Gräfin zu bleiben. Er ritt nach vorn und wurde von einem Oberst der Garde du Corps überholt. Die Eliteeinheit Augusts des Starken hielt die Leibwache der Cosel für überflüssig und für einen Haufen Tagediebe. Der Oberst rümpfte die Nase und trieb sein Pferd weiter an. Hannes hatte dank Bukephalos keine Mühe, dem Offizier zu folgen.

»Weshalb sperren Sie die Straße, Herr …?«, fragte der Oberst den kommandierenden preußischen Offizier, ohne sich mit Förmlichkeiten aufzuhalten.

»Hauptmann von Breitenbach. Hier darf keiner durch, der aus dem pestverseuchten Polen kommt!«, sagte der Offizier. »Befehl Unserer Majestät, des Königs von Preußen!«

»Ihnen ist schon klar, dass es keine gewöhnliche Reisegesellschaft ist, die wir begleiten, sondern der Hofstaat des Kurfürsten von Sachsen und Königs von Polen?«

»Ich dürfte auch nicht den Zaren, den Sultan oder den Kaiser von China durchlassen. Ich habe meine Befehle!«

Hannes hörte belustigt zu, hütete sich aber, seine Heiterkeit zu äußern. Der Oberst drehte den Oberkörper im Sattel, aber man hatte es verabsäumt, einen Meldereiter hinterher zu schicken. Es blieb ihm nichts anderes übrig, als sich an Hannes zu wenden.

»Herr Baron von Senftenberg! Sie haben ein schnelles Pferd. Würden Sie die Güte haben, Seine Majestät Friedrich August aufzusuchen, um ihn um Instruktionen zu bitten?«

»Sehr gern, Herr Baron von Borsdorf!« Hannes senkte kurz den Kopf und wendete Bukephalos.

Er konnte sich ein Grinsen nicht verkneifen. Der arrogante Schnösel hatte seinen Schatten übersprungen und ihn höflich um etwas gebeten. Die Kutsche von Friedrich August stand vor jener der Gräfin Cosel. Es war nur ein kurzer Ritt. Hannes sprang vom Pferd. Er verbeugte sich erst, als der Kammerdiener den Schlag der Kutsche etwas geöffnet hatte, damit der Herrscher ihn verstand.

»Verzeihen Sie die Störung, Majestät. Der Oberst von Borsdorf schickt mich und bittet um Instruktionen. Eine preußische Einheit versperrt wegen der Pest in Osteuropa die Straße. Es nutzte auch nichts, darauf hinzuweisen, dass Sie, Majestät, die Durchreise wünschen!«

»Danke, Baron von Senftenberg! Sagen Sie von Borsdorf, er soll einen Teil der Garde du Corps aufmarschieren lassen, aufgepflanztes Bajonett, Gefechtsformation. Notfalls werden wir uns den Weg freikämpfen. Natürlich werden wir nicht schießen, nur als Drohkulisse! Das Letzte, was ich jetzt gebrauchen kann, sind diplomatische Verwicklungen mit Preußen!«

Friedrich August wies den Kammerdiener an, umgehend die Tür zu schließen. Der kalte Ostwind ließ die Glieder frösteln. Michael, der ehemalige Husar, kam auf seinem dampfenden Ross herangaloppiert.

»Für die Gräfin besteht keine unmittelbare Gefahr, ich folge dir, Hannes!«, rief er.

»In Ordnung!« Friedrich August hatte keine Anweisung gegeben, dass sich die Leibwache der Gräfin Cosel an der folgenden Auseinandersetzung nicht beteiligen dürfe.

»Ach, Sie kommen gleich mit Verstärkung zurück, Herr Baron von Senftenberg?«, schnaubte der Oberst von Borsdorf. »Wie lauten nun die Befehle Seiner Majestät?«

Hannes lenkte Bukephalos dicht an das Pferd des Offiziers und flüsterte ihm etwas zu. Der Baron von Borsdorf runzelte die Stirn.

»Sie halten mit ihrem Mann die Stellung, ich hole meine Leute nach vorn!«

»Jawohl, Herr Oberst!« Was für eine Fügung des Schicksals, dachte Hannes. Eine Straßensperre führte dazu, dass Garde du Corps und die Leibwache der Cosel zusammenarbeiten mussten. Es dauerte nur zehn Minuten, die Hannes in der Winterkälte endlos lang vorkamen, bis ein Regiment der Eliteeinheit aufmarschiert war und in Stellung ging.

»Sie wollen sich den Weg freischießen?« Der Hauptmann von Breitenbach wirkte ratlos.

»Notfalls ja! Befehl unseres Herrschers!« Der Oberst von Borsdorf hielt einen Degen in den rechten und eine Pistole in der linken Hand, um seine Gefechtsbereitschaft zu demonstrieren.

»Ich beuge mich der Übermacht, meine Herren! Ich werde allerdings Meldung nach Berlin machen müssen. Sie dürfen passieren, insofern niemand an der Schwarzen Pest erkrankt ist!«

Als sie die Oberlausitz erreicht hatten, fragte Hannes die Gräfin Cosel, ob er selbst oder einer seiner Männer vorausreiten sollte, um die Dienerschaft im Residenzschloss und im Taschenbergpalais über die Ankunft des Hofstaates zu informieren.

Anna Constantia von Cosel schüttelte zunächst den Kopf. »Das übernehmen Meldereiter der Garde du Corps. Sie und ihre drei Männer werden weiterhin für meinen Schutz und den der mitreisenden Damen benötigt, auch wenn hier keine Gefahr zu gewärtigen ist.«

In der Kutsche der Gräfin saßen dick eingemummt Johanna und die neu angestellte Agnes.

»Wir werden bald einen Wald durchqueren. Wenn es Sie gelüstet, Bukephalos galoppieren zu lassen, Herr Baron von Senftenberg, dann reiten Sie doch zur Aufklärung voraus, lassen aber bitte zwei Mann der Leibwache hier.« Die Gräfin steckte die klammen Hände wieder in den Zobel-Muff. Hannes deutete eine Verbeugung an, befahl Michael und Martin unbedingt bei der Kutsche zu bleiben und winkte Georg zu sich. Die Heeresstraße führte von Kamenz fast direkt nach Süden. Hannes kannte den Weg. Er war im Frühsommer 1709 aus der anderen Richtung kommend nach Hoyerswerda geritten. Die Kutschen kamen nur langsam voran und die beiden Reiter bald eine halbe Meile voraus. Es war knackig kalt, aber es lag kaum Schnee.

»Was sagt der ehemalige Wegelagerer zur Gefahrenlage in dieser Gegend?«, fragte Hannes.

Inzwischen wusste er, dass Georg der Hehler von Martin gewesen war und die Edelmetallbarren nach Böhmen verkauft hatte. Michael hatte er beim Kartenspiel in einer Spelunke kennengelernt. Der ehemalige Husar hatte die Tricks von Georg durchschaut, keine Prügelei angefangen, sondern gefragt, ob man sich nicht zusammentun und den Gewinn teilen könnte.

»In dieser Gegend unseres geliebten Sachsenlandes hat man die Lage im Griff«, sagte Georg und riss Hannes aus seinen Gedanken. »Was nicht heißen soll, dass sich nicht eine neue Bande zusammengetan hat. Wenn sie die Uniformen der Garde du Corps sehen, verkrümeln sie sich umgehend in ihre Unterschlupfe.«

Hannes unterbrach mit einer Armbewegung den Redeschwall von Georg, als er glaubte, ein knackendes Geräusch im Unterholz gehört zu haben. Er wusste nur nicht, ob es von einem Tier oder einem Menschen stammte.

»Mir nach«, zischte Hannes und gab seinem Pferd die Sporen. Der Wald war licht und man konnte hoch zu Ross einen flüchtenden Schatten verfolgen. Schon bald stellte sich heraus, dass weder ein Hirsch noch ein Eber auf einen trockenen Ast getreten waren. Es handelte sich um einen Mann in zerlumpter Kleidung. Georg trieb sein Pferd an und es gelang es ihm, dem Flüchtenden den Weg abzuschneiden. Hannes musste nur noch aus dem Sattel springen und den Mann mit vorgehaltener Pistole zur Aufgabe zwingen.

»Wer sind Sie? Spion einer Räuberbande?«, rief Hannes außer Atem.

»Erbarmen, Herr! Ich bin doch nur der Köhler in diesem Wald!« Der zerlumpte Mann stand zitternd an einem Baumstamm.

»Ach, ja? Für einen Köhler haben Sie auffallend saubere Hände!« Hannes schüttelte den Kopf.

»Außerdem rieche ich keinen Rauch von einem Holzkohlenmeiler«, mischte sich Georg ein. »Willst du meine Meinung als ehemaliger Strauchdieb wissen?« Hannes nickte.

»Ein Späher, der die Straße beobachtet, ob lohnende Beute naht. Noch nicht lange dabei, sonst hätte er sich nicht so leicht fangen lassen.«

»Was meinst du, Georg? Laufen lassen oder uns unter Gewaltandrohung den Weg zum Lager der mutmaßlichen Bande weisen lassen? Wir könnten damit unserem Herrscher und vor allen den Damen beweisen, was wir draufhaben«, sagte Hannes und streckte sich.

»Hm, ich weiß nicht, Hannes. Bei dem Getöse, was die Kutschen, der schwere Tross und das Regiment Garde du Corps veranstalten, merken die Räuber doch in einer Meile Entfernung, was los ist«, äußerte Georg seine Zweifel.

»Meine Entscheidung ist gefallen, Georg! Ich knöpfe mir den Mann vor, du reitest zurück und sorgst dafür, dass alles Halt macht. Dann kommst du mit wenig Getöse, einer Kompanie Garde du Corps und unseren zwei anderen Helden zurück und wir greifen das mutmaßliche Lager der Räuber an!« Hannes wirkte kampfentschlossen. Er hielt seinen Degen dem schlotternden Mann an den Hals.

Georg schüttelte den Kopf, wendete aber das Pferd, da er einen eindeutigen Befehl vom Baron von Senftenberg erhalten hatte. ›Hoffentlich macht sich Hannes nicht zum Löffel‹, dachte er und gab dem Pferd die Sporen.

Hannes war kurz abgelenkt, weil er seinen Blick dem davonreitenden Georg zugewendet hatte. Er konnte der schnellen Bewegung des zerlumpten Mannes instinktiv gerade noch ausweichen, spürte einen brennenden Schmerz am linken Unterarm. Hannes hätte beinahe die Pistole fallengelassen. Er griff nach dem Schaft und schlug den Griff gegen den Kopf des mutmaßlichen Räubers. Der Mann, den sie gefangengenommen hatten, sackte am Baumstamm nach unten. Blut sickerte aus einer Platzwunde in der Nähe der Schläfe. Hannes ahnte, dass sie recht gehabt hatten. Leider gab es nun niemand, der sie zum Lager der Räuber führen könnte. Er sah den blutigen Dolch auf dem gefrorenen Waldboden. Hannes nestelte ein Taschentuch aus dem Rock, wickelte es um die blutende Wunde am Unterarm, biss in einen Zipfel, zog es fest und verknotete die Enden. Er ließ Bukephalos und den Bewusstlosen zurück und stolperte zum Straßenrand. Wichtig war jetzt nur eines: Die Garde du Corps und seine Männer durften keinen Lärm machen! Als Georg, Michael, Martin und zu seinem Leidwesen der Oberst von Borsdorf mit einem Teil seiner Männer auftauchte, legte Hannes den Zeigefinger über den Mund.

»Ich wurde angegriffen und musste den Mann niederschlagen. Jetzt können wir nur noch ausschwärmen und hoffen, das Lager der Räuber zu finden«, stöhnte Hannes.

»Ich erinnere Sie nur ungern daran, Herr Baron von Senftenberg, aber Sie haben kein Offizierspatent. Ich übernehme das Kommando!«, rief Oberst von Borsdorf.

Hannes spürte zwar den pochenden Schmerz am Unterarm, wollte aber unbedingt dabei sein und schwang sich wieder auf Bukephalos. Das treue Pferd war von allein zum Straßenrand gelaufen. Oberst von Borsdorf erwies sich als umsichtiger Befehlshaber. Er ließ die Kavallerie absitzen und zunächst nur die Infanterie vorrücken. Nach wenigen Minuten stieß die Vorhut auf eine alte Hütte im Wald.

Die zwei Posten, die sich davor befanden, waren zu sicher, dass der Mann an der Straße Auffälliges melden würde. Sie ahnten nicht die Gefahr, die im Wald lauerte. Vier Soldaten der Vorhut der Garde du Corps robbten im Schutz von Buschwerk über den gefrorenen Waldboden und machten in einer schnellen Bajonettattacke die Wachposten von hinten nieder. Der Oberst von Borsdorf gab den Befehl zum Sturm auf die Hütte. Die Räuberbande hatte keine Chance. Zwei wurden niedergeschossen, drei weitere gefangengenommen. Hannes und seine Männer beteiligten sich nicht direkt an den Kampfhandlungen, sicherten den Rückraum.

In den Kutschen und beim Tross wurde heftig disputiert, was denn zum Halt in diesem Wald südlich von Kamenz geführt haben könnte. Oberst von Borsdorf machte Meldung bei seiner Majestät Friedrich August I.

»Räubernest ausgehoben, Majestät! Vier getötet, weitere vier gefangengenommen!«

»Sehr gut, Borsdorf!«, rief der Herrscher aus seiner Kutsche, bequemte sich aber nicht, auszusteigen.

Niemand sollte wissen, dass er wieder dieses starke Kribbeln in den Füßen hatte, das manchmal schmerzhaft wurde.

»Die Ehre gebührt mir nicht allein, Majestät! Dank der Umsicht der Leibwache der Reichsgräfin von Cosel wurde die Gefahr rechtzeitig erkannt!«

Hannes dankte dem Oberst mit einer Verbeugung, glitt erschöpft aus dem Sattel. Johanna sah als Erste den blutdurchtränkten Verband am linken Arm. Selbst in dieser Situation dachte sie nur an die Zukunft und bat die erste Kammerfrau, Agnieszka Komorowska, den Verband zu wechseln.

Hannes Verstand war zu vernebelt, um zu bemerken, was seine Frau damit bezweckte. Sein Blick traf die unergründlichen türkisfarbenen Augen der Polin, die den Verband mit flinken Fingern erneuerte.

»Sie machen das besser als jede Ordensschwester, verehrte Agnes, wenn mir die Bemerkung gestattet ist«, sagte Hannes.

Johanna registrierte mit Genugtuung, wie sich die beiden anlächelten. Wegen der Verzögerung südlich von Kamenz kam der Hofstaat erst spätabends in Dresden an. Die Schnittverletzung am Unterarm hinderte Hannes nicht am Liebesspiel mit seiner Frau. Er wälzte sich todmüde auf die Seite und wollte einschlafen. Johanna machte mit einem sanften Rütteln an der Schulter den Plan zunichte.

»Woher wusstest du, dass in dieser einsamen Hütte im Wald Räuber hausen?«

»Um ehrlich zu sein, ich wusste es nicht. Georg sagte später, als wir nebeneinander ritten, dass es sich auch um ein Nest von Vagabunden gehandelt haben könnte. Dagegen sprachen die Aggressivität des Mannes am Waldrand und die bewaffneten Posten. Die Garde du Corps hob ein ganzes Waffenarsenal aus. Glück gehabt.« Hannes wollte sich wieder umdrehen, aber seine Frau redete weiter auf ihn ein.

»Die hätten wegen des Militärs unsere Kolonne nicht überfallen, aber den nächsten Kaufmann. Du hattest Glück im doppelten Sinne. Der Mann am Waldrand hätte auch deine Pulsader treffen können«, seufzte Johanna.

»Ein Mann, ein Wort. Eine Frau – ein ganzes Wörterbuch«, murmelte Hannes.

»Mein Held ist müde? Ruh' dich aus. Bald naht das Fest der Geburt unseres Heilands und der Liebe. Du solltest der polnischen Krankenschwester ein besonderes Geschenk bereiten! – Hannes?« Johanna hörte nur noch das gleichmäßige Atmen des Mannes neben ihr.

Friedrich August I. hatte einen Doppelposten vor dem Eingang des Taschenbergpalais stellen lassen, um seiner Wertschätzung der Gräfin Cosel Ausdruck zu verleihen. Die Leibwache, die Hannes kommandierte, wurde in Dresden gar nicht benötigt. Er setzte daher seine Männer für andere Aufgaben ein.

»Georg, du wirst Jakob Berlinger in dessen freier Zeit unbemerkt auf Schritt und Tritt folgen. Ich brauche endlich handfeste Beweise, um mich dieser Ratte zu entledigen!«

»Wir verwickeln den Mann in einen Streit, fordern ihn zum Duell und lassen dann Michael antreten. Gegen den hat er keine Chance!«

Hannes warf dem sonst so wortkargen Norddeutschen Martin einen erstaunten Blick zu.

»Gute Idee. Dann weiß ich aber immer noch nicht, für wen er spioniert hat. Deshalb setze ich Georg auf ihn an.«

»Sonst noch eine Aufgabe, außer uns den Weibern und dem Wein zu widmen?«, murrte Michael.

Hannes dachte angestrengt darüber nach, was sein Eheweib in den letzten Tagen so alles gesagt hatte. Es war zu viel, um sich an alles zu erinnern. Dann fiel ihm ein Punkt wieder ein. Die Leibwache der Gräfin Cosel war bisher in Dresden kaum in Erscheinung getreten.

»Ihr beiden, Michael und Martin, tauscht die Uniformen gegen teure Kleider, wir geben euch Fantasienamen wie Baron von Waldingen, und dann verschafft ihr euch Zutritt zu den Abendgesellschaften der Gräfin Reuß.« Hannes grinste über beide Backen. Jetzt hatte jeder eine Aufgabe. Er würde sich darum kümmern, die schöne Polin zur Spionage beim General von Flemming zu ermuntern.

»Ist die Frage gestattet, warum ausgerechnet bei der Gräfin Reuß?«, fragte Michael.

»Soweit mir bekannt, hat die Gräfin Reuß so viel Einfluss, um Mätressen aufsteigen und stürzen zu lassen. Die verschwenderische Fürstin Teschen – ich hatte das zweifelhafte Vergnügen sie kennenzulernen – wurde auf Betreiben der Gräfin Reuß abgesägt und Minister Hoym und dessen Gattin Anna Constantia zum Abendessen eingeladen, ebenso unser Herrscher. Da funkte es noch nicht, dazu musste erst ein Haus in Flammen aufgehen«, sagte Hannes.

»Willst du damit andeuten, dass die Gräfin Reuß eine Brandstifterin ist?«, fragte Michael verwundert.

»Ganz sicher nicht. Unachtsamkeit unserer Brotherrin, der damaligen Frau von Hoym, oder ihrer Zofe. Wie gesagt, die Gräfin Reuß, das Fräulein Hülchen und weitere Damen haben so viel Einfluss, dass es wichtig werden kann, zu wissen, was abends besprochen wird. He, seht es als eine Art Maskenball, spielt mal eine andere Rolle, Michael und Martin!«

Trotz der Ermunterung erntete Hannes skeptische Blicke.

»Ich statte euch mit etwas Kleingeld aus und ihr beteiligt euch am Kartenspiel. Passt auf, dass ihr mit euren Tricks nicht zu viel Gewinn hamstert. Viel Spaß!«

AGNIESZKA TEIL EINS

Hannes wusch und parfümierte sich, zog neue Kleidung an. Dann inspizierte er das Taschenbergpalais, vom dem er immer noch nicht alle Räume gesehen hatte, da sie häufig unterwegs gewesen waren und die Sommer in Pillnitz verbrachten. Ein Kabinett schien ihm besonders geeignet, um Agnes eine Avance zu machen. Es hatte einen Zugang vom breiten Flur und eine tapezierte Verbindungstür zu den Räumlichkeiten davor, die nicht weit entfernt von Johannas und seinen und den Gemächern der Gräfin lagen.

Es gab nur das kleine Problem, dass sowohl die Privatsekretärin als auch die erste Kammerfrau der Cosel bis zum Abend zur Verfügung stehen mussten. Hannes konnte nur auf einen Zufall hoffen oder dass ihm seine Frau einen Wink gab. Kaum hatte er an sie gedacht, wäre er beinahe mit ihr zusammengestoßen. Johanna konnte gerade noch verhindern, dass sich der Inhalt eines Korbes auf dem Gang verteilte.

»Entschuldigung, verehrte Gattin, was ist das?«, fragte Hannes mit einem Grinsen im Gesicht. Im Korb schimmerte es golden.

»Mit Blattgold ummantelte Walnüsse, mein Herr Gemahl. Sie dienen als Weihnachtsbaum-Schmuck.«

Johanna musste schmunzeln. Das Gesicht ihres Mannes war ein einziges Fragezeichen.

»Du kennst diesen Brauch nicht? Weihnachtsbäume werden extra aus dem Erzgebirge nach Dresden gebracht und da sie recht teuer sind, leisten es sich nur der Adel und reiche Bürger, Tannen zu schmücken. Auf der Suche nach Agnes?«, fügte Johanna leise hinzu. »Schau mal die Freitreppe hinunter. Die erste Kammerfrau wurde von Anna Constantia dazu verdonnert, das Schmücken des Baumes zu überwachen. Das passt ihr gar nicht.«

»Und warum nicht?«, wollte Hannes verständlicherweise wissen.

»Frag sie doch selbst!« Johanna zwinkerte mit einem Auge. »Hier, nimm den Korb mit den vergoldeten Walnüssen. Sag ihr, ich musste noch einen Brief versiegeln. Viel Glück!«

Hannes schüttelte kurz den Kopf. Es war wieder wie in Danzig. Die eigene Ehefrau wünschte ihm Glück dabei, eine andere zu verführen. Er schritt die Treppe hinunter und beobachtete, wie zwei Diener und eine Zofe mit Hilfe einer Stehleiter die hohe Tanne schmückten. Die schöne Polin bemerkte ihn zunächst nicht. Hannes räusperte sich, Agnes wirbelte herum. Er blickte in ein verdrießliches Gesicht, welches sich bei seinem Anblick aufhellte. Oder kam es ihm nur so vor?

»Oh, der Herr Baron von Senftenberg! Ist die Gattin verhindert?«

»Guten Abend! Sie musste noch einen Brief fertigstellen und versiegeln und lässt sich entschuldigen«, stotterte Hannes. Agnes nahm den Korb mit den vergoldeten Walnüssen entgegen.

»Karl! Die Nüsse, die der Herr Baron gebracht hat, an die oberen Zweige!«

»Jawohl, Baroness Komorowska!«

»Als ich Sie begrüßte, blickte ich zunächst in ein verdrießliches Gesicht, wenn die Bemerkung gestattet ist.«

»Ich bin Katholikin. Der Heilige Vater in Rom hält das Schmücken von Bäumen für einen ursprünglich heidnischen, jetzt bürgerlichen Brauch und ist dagegen. In Gedenken an die Geburt unseres Erlösers sollte man nur Krippen aufstellen, die an die Heilige Nacht erinnern. – Gerda! Den goldenen Stern nicht so weit unten aufhängen! - Ausgerechnet ich soll nun das Verschönern dieser Tanne in diesem Palais überwachen«, seufzte Agnes.

»Die Gräfin Cosel hat dies sicher nicht bedacht. Es gehört wohl zum Aufgabenbereich einer ersten Kammerfrau«, sagte Hannes. »Ich mache Ihnen einen Vorschlag. Ich helfe Ihnen dabei, hole weiteren Schmuck aus dem Obergeschoss, falls benötigt, und anschließend lade ich Sie zu einer Tasse heißer Schokolade, Kaffee oder einem Glas Wein ein, wenn's beliebt!« Hannes hoffte, nicht zu weit vorgeprescht zu sein.

»Sie müssen gar nicht weit laufen, Herr Baron. Die Lagerräume sind im Erdgeschoss rechts. Kerzen hat unser Herrscher verboten, er hat Angst vor einem Stadtbrand. Es fehlen noch Äpfel und Zuckerwerk, wurde mir gesagt. Würden Sie die Güte haben, es zu holen?«

Hannes deutete eine leichte Verbeugung an und beeilte sich, die Lagerräume aufzusuchen. Er hatte keine Antwort auf seine Frage erhalten. War das nun ein gutes oder schlechtes Zeichen? Er wusste es nicht. Nach wenigen Minuten war er mit zwei Körben, gefüllt mit Äpfeln und kleinen Figuren aus Zuckermasse, wieder zurück. Er reichte es an die Diener und die Zofe weiter. Nach einer halben Stunde trat Agnes ein paar Schritte zurück und betrachtete den Weihnachtsbaum.

»Ich habe keine Erfahrung in derlei Dingen. Könnte es der Frau Gräfin morgen früh gefallen?«, fragte Agnes skeptisch.

»Um ehrlich zu sein, ich auch nicht. Wir haben in unserer Mühle zu Weihnachten immer nur eine Krippe mit kleinen Figuren aus Ton aufgestellt. Jesus, Maria, Josef, ein paar Schafe und Rinder und die Hirten«, sagte Hannes.

»Oh, ich vergaß, Sie sind nicht von Geburt an Baron. Daher der Spitzname, der in der Dienerschaft kursiert, ›Baron von der Mühle‹«, lachte Agnes.

Hannes lachte pflichtgemäß mit. Es passte ihm nicht, dass man sich hinter seinem Rücken über ihn lustig machte.

»Ist es gestattet, Sie an meine Einladung zu erinnern, werte Agnes?«

»Hier im Foyer ist es kalt. Wenn die Küche heißen, gewürzten Wein hat, sage ich nicht nein!«

Hannes konnte sein Glück kaum fassen. Der erste Schritt war getan. Die Küchenmamsell warf ein paar Nelken in den Topf mit dem vor sich hin blubbernden Rotwein und stellte zwei irdene Krüge auf den Tisch.

Hannes gab ihr ein Zeichen, sie könne sich zur Ruhe begeben, er käme allein zurecht. Es war zwar nicht das Kabinett mit der teuren Tapete, sondern nur ein Raum neben der Küche. Für seine Zwecke genauso gut geeignet, dachte er. Hannes schwang die Schöpfkelle und servierte Agnes den heißen Trank.

»Wohl bekomm's, Baroness!«

Die polnische Kammerfrau starrte eine gefühlte Minute auf den Glühwein und probierte erst dann, ob sie sich nicht die Lippen verbrühen würde.

»Genau das richtige Maß an Zucker und Gewürzen! Ich weiß, was Sie vorhaben, Herr Baron. Ich habe damals in Danzig den Beutel mit den Nähutensilien fallengelassen, weil ich Sie kennenlernen wollte. Da wusste ich noch nicht, dass Sie mit Johanna verheiratet sind.«

Hannes verschluckte sich beinahe am Heißgetränk. Die Damenwelt überraschte ihn immer wieder.

»Ich mag Sie und ich würde gern mehr Zeit mit Ihnen verbringen.« Agnes errötete. Hannes hoffte, dass die schöne Polin mit ›mehr Zeit‹ auch das Schlafgemach meinte.

»Für mich als Katholikin ist das heilige Sakrament der Ehe unantastbar. Bei aller Zuneigung, die ich empfinde, ich würde zur Ehebrecherin werden. Das ist eine unverzeihliche Sünde! Gelobt sei Jesus Christus!«

Hannes war Protestant, deshalb kam ihm die Antwort ›In Ewigkeit, Amen!‹ nicht über die Lippen. Agnes hatte zwischenzeitlich einen Rosenkranz hervorgezaubert und betete mehrere ›Vaterunser‹.

»Ich habe in Gedanken gesündigt, Herr, vergib mir!«

Hannes musste seine Gefühlswelt erst neu sortieren. Agnes war in ihn verliebt, was außerordentlich förderlich für seinen Auftrag war. Als strenggläubige Katholikin erschien es ihr eine schwere Sünde, mit ihm das Lager zu teilen. Es blieb nur die Hoffnung, die polnische Festung bis zum neuen Jahr sturmreif zu schießen. Ob dies gelang, stand in den Sternen.

Hannes hatte es zu Weihnachten und den darauffolgenden Tagen immer wieder versucht, wenn sich die Gelegenheit ergab. Er war jedes Mal mit dem Hinweis abgeblitzt, Agnes wolle nicht zur Ehebrecherin werden. Sie hatte eine Hintertür offengelassen, als sie sagte, bei Angehörigen des evangelisch-lutherischen Glaubens wäre eine Scheidung leichter. Bei Katholiken könne nur der Heilige Vater in Rom eine Ehe annullieren.

»Es bleibt uns nichts anderes übrig, als der ersten Kammerfrau einen theaterreifen Ehestreit vorzuspielen. Wir sind ja schon vor Publikum aufgetreten«, sagte Johanna.

»Ja, aber nicht als Schauspieler«, warf Hannes ein. »Woran hattest du gedacht?«

»Uns läuft die Zeit davon. Bald reisen wir ab zur Zahlwoche der Leipziger Wintermesse, wo Constantia Außenstände eintreiben will, allein 72000 Taler vom Grafen Dünnwald.«

»Schweig, Weib!« Hannes hatte die Hand erhoben. Johanna zuckte zusammen. So hatte sie ihren Mann selten erlebt. Zudem hatte sie nicht bemerkt, wie Agnes eine Tür leicht geöffnet und gleich wieder angelehnt, aber nicht geschlossen hatte.

Hannes wusste nicht mehr wie Johanna es genannt hatte – irgendwas mit Impro …

»Ich stelle eine Frage und mein Weib schwafelt etwas daher, was nicht im Geringsten mit meinem Anliegen zu tun hat! Mal abgesehen davon, dass man die Zahlungsnot eines Grafen nicht auf den Fluren eines Palais herausposaunt!«

Johanna begann leicht zu zittern. Der Mann, dessen Stimme Kronleuchter zum Wackeln brachte, war nicht derselbe, den sie einst in Pillnitz kennengelernt hatte.

»Und wie war das mit der Knebelung unserer Leibdienerin Jannika, damit man ihre Schreie nicht hört?« Hannes war näher an seine schlotternde Frau getreten und hatte die Stimme gesenkt. Er zischte jetzt die Worte heraus.

»Das Mädchen nur zum Lustgewinn zu schlagen und nicht, weil man sie bestrafen will, das ist Sodom und Gomorrha!«

Die lauschende Agnes bekreuzigte sich.

»Du hast es auch bei der Zofe Marie versucht. Ihre kranke Mutter ist nur ein Grund, warum sie um Urlaub gebeten hat. Sie wollte auch deinen Nachstellungen entgehen! Ich kann mich nicht darüber beklagen, dass du deinen ehelichen Pflichten nicht nachkommst. Viel lieber treibst du es mit anderen Weibern, und zwar auf widernatürlichste Weise! Es widerstrebt mir zutiefst, mein Eheweib zu züchtigen, aber diesmal komme ich nicht umhin, es zu tun!«

Hannes griff Johanna am Nacken und stieß sie durch eine andere Tür als jene, die Agnes einen Spalt breit offengelassen hatte.

»Au, du tust mir weh!«, jammerte Johanna.

Ihr Mann ließ sich davon nicht beirren, warf sie bäuchlings auf das breite Ehebett und schob Kleid und Unterkleid nach oben. »Du musst jetzt schreien, obwohl ich nur die flache Hand und nicht den Gürtel benutzen werde«, zischte ihr Hannes ins Ohr.

»Constantia?«, fragte Johanna leise. »Ist bei Friedrich August«, flüsterte Hannes.

»Au!«, schrie sie, als sie zum ersten Mal den Aufschlag der flachen rechten Hand ihres Mannes auf dem Po verspürte. Es folgten elf weitere Schläge, dann richtete Hannes sich auf.

»Das nächste Mal lasse ich nicht so viel Gnade walten, verdorbenes Weib. Dann spürst du den Rohrstock!«, donnerte Hannes Stimme durch den Raum.

»Ja, mein Herr Gemahl«, wimmerte Johanna.

Hannes hoffte, Agnes hatte es gehört. Er kontrollierte die angrenzenden Räume und die Türen zu den Gemächern der Gräfin, den ihren und den Angestellten. Überall gähnende Leere. Die Polin war verschwunden. Vielleicht war sie zu einer Kapelle gelaufen, um für das Seelenheil der Sünderin Johanna zu beten. Als er zurückkam, hatte Johanna ihre Gewänder wieder gerichtet und klatschte Beifall.

»Du hast sie gesehen und sofort die Chance für einen Bühnenauftritt genutzt. Mon compliment, mon mari! Weißt du, wo sie jetzt ist?«

»Kein Beifall, der Künstler weiß, was er kann«, sagte Hannes mit einem Grinsen und deutete eine Verbeugung an.

»Ich weiß nicht, wo Agnes ist, kann nur annehmen, dass sie für dein, für unser aller Seelenheil betet.«

Hannes wusste nicht, warum er in diesem Augenblick betroffen war. Er weigerte sich, es einzugestehen, dass er die schöne Polin lieber unter anderen Umständen kennengelernt hätte. Nicht mit dem Hintergrund der Spionage – für wen auch immer.

»Liebster, du hast zwar etwas übertrieben, aber an dir ist ein Schauspieler verlorengegangen.« Johanna zerrte an Hannes' Ärmel. »Komm zurück ins Bett. Diesmal werde ich auf dem Rücken liegen«, gurrte sie.

»Jannika!!«, rief der Baron von Senftenberg. Es dauerte eine Weile, bis der schwarzgelockte Schopf des sorbischen Mädchens auftauchte.

»Findest du Gefallen an dem, was Johanna manchmal mit dir macht? Hände über Kopf fesseln, Augenbinde?«

Jannikas Wangen wurden Rot überflammt. »Ich habe mich lange dagegen gewehrt, es erregend zu finden. Ich habe viel gebetet, aber es hat nichts genützt. Ja, Hannes, es gefällt mir zunehmend.«

»Du hast aber nichts dagegen, wenn dich ab und zu ein richtiger Mann verwöhnt?«, fragte Hannes.

»Du kennst die Antwort seit wir auf dieser sonnenbeschienenen Wiese gelegen haben«, sagte Jannika und senkte den Blick.

»Ich werde dir jetzt beiwohnen und Johanna wird zuschauen. Keine Widerrede, meine Damen!«

Auf der Leipziger Wintermesse war deutlich weniger Trubel als noch im Herbst. Die Händler und Leipziger Bürger gaben mal dem stetig wechselnden Winterwetter, der Pest in Osteuropa und dem Geldmangel wegen des Nordischen Krieges die Schuld. Johanna zog ihren Kragen wegen des kalten Windes etwas höher und nahm ihren Mann beiseite.

»Constantia wird misstrauischer. Sie hat ein in Rindsleder gebundenes Buch, in dem sie ihre Geldgeschäfte notiert. Die Kladde hat zwei Schlösser.«

»Wie ich dich kenne, mein umtriebiges Weib, hast du das Problem längst gelöst«, sagte Hannes augenzwinkernd.

»Ich habe Wachsabdrücke gemacht und Ersatzschlüssel anfertigen lassen. Übrigens hatte ich recht mit dem Grafen Dünnwald, der hat tatsächlich zum zweiten Mal nicht gezahlt«, sagte Johanna. »Ich friere, mal wieder heißer Wein mit Gewürzen, mein Herr Gemahl?«

»Bei dem Wetter würde man nicht einmal Hunde vor die Tür jagen. Auf in eine Gastwirtschaft!« Hannes hakte seine Frau am Unterarm ein und sie steuerten das nächste Vertrauen erweckende Wirtshaus an. Dort saßen bereits die drei Haudegen der Leibwache der Gräfin Cosel beim Glühwein. Hannes hatte unterwegs keine Gelegenheit gehabt sie nach den Erfolgen bei ihren Missionen in Dresden zu befragen.

»Oh, welche Ehre! Der Baron und die Baroness von Senftenberg! Würden Sie uns das Vergnügen bereiten, an unserem Tisch Platz zu nehmen?« Georg Zimmermann schwenkte den Dreispitz und machte eine übertriebene Verbeugung, die vom Gelächter seiner Kumpane begleitet wurde.

»Respekt gegenüber meiner Gattin ist angebracht, aber nicht in Form einer Schmierenkomödie!« Hannes hatte die Stimme erhoben, aber nur so weit, dass die anderen Gäste nicht gafften. Er bestellte bei der herbeieilenden Bedienung eine Kanne heißen Weines, dazu zwei Becher.

»Da ich keine Geheimnisse vor meinem Eheweib habe, wünsche ich eure Berichte.« Hannes hatte sich etwas über den Tisch gebeugt und die Lautstärke reduziert. Es musste nicht jeder Leipziger Bürger mitbekommen, was in Dresden passierte.

»Beginnen wir mit dem Hahn, der immer zuerst und am lautesten kräht. Was hast du herausgefunden, Georg?«

Der Angesprochene wartete erst ab, bis neuer Glühwein und zwei Becher serviert worden waren.

»Dieser Jakob Berlinger ist wie ein Aal, den man mit bloßen Händen greifen will.« Georg stopfte umständlich ein Pfeifchen und zündete den Tabak an, während Hannes auf den Tisch trommelte.

»Genug der Abschweifungen in die Tierwelt. Auf welchem Wege gelangen die Berichte an den Auftraggeber und wer ist dieser?«

Georg nuckelte am langen Pfeifenstiel und stieß eine Wolke Tabakqualm aus.

»Ich habe den Mann in Dresden zwei Mal verfolgt und glaubte, dass Berlinger mich bemerkt hatte. Ich habe daraufhin die Beschattung abgebrochen und beim nächsten Mal einen Gassenjungen beauftragt.«

»Du hast einen Gassenjungen …?« Hannes schüttelte den Kopf.

»Entschuldige, Hannes, wir müssen uns an das neue Geschäft erst gewöhnen.« Georg schaute seine beiden Kumpane über den Tisch hinweg an und registrierte eifriges Kopfnicken. Hannes musste sich eingestehen, dass es keine Geheimdienstleute waren, sondern ehemalige Diebe und einem Falle Soldat.

»Was hat der junge Bursche herausgefunden? Lass dir nicht jedes Wort aus der Nase ziehen!«

Hannes griff nach dem Becher mit dem Glühwein, der inzwischen lauwarm geworden war.

»Es gibt in Dresden einen geheimen Ort, wo die Berichte hinterlegt werden. Eine Mauerspalte in einem leerstehenden Gebäude nahe des Residenzschlosses. Auf welchem Weg Jakob Berlinger signalisiert, dass etwas hinterlegt wurde, hat mein Kundschafter nicht herausgefunden. Jedenfalls wollte der Bursche einen ganzen Taler, weil er zwei Stunden warten musste, bis ein Lakai kam, um unauffällig in die Mauerritze zu greifen.« Georg musste zunächst seine trocken gewordenen Lippen befeuchten. »In der lauwarmen Plörre ist zu viel Zucker. Ich brauche jetzt eine Kanne Bier. Schankmädchen?«

Es dauerte nicht lange, bis eine junge Frau herbeieilte und nach ihren Wünschen fragte. Alle stiegen jetzt auf das schäumende Kaltgetränk um. Nur Johanna nicht – sie bestellte einen Schoppen Rotwein, der direkt aus der Flasche kam. »Wenn der Lakai mit dem Brief ins Residenzschloss eilte, haben wir ein Problem. Dann ist der Kreis der Verdächtigen unüberschaubar«, sagte sie.

Georg konnte wieder einmal seine Antwort hinauszögern, weil das Schankmädchen die gewünschten kalten Getränke brachte. Im Wirtshaus konnte man inzwischen die Luft schneiden. Es war warm und stickig. Johanna Augen tränten bereits und sie musste husten.

»Wenn ich dem jungen Burschen glauben darf, der wie erwähnt einen Taler extra kassierte, dann lief der Lakai zum Wohnhaus von keinem Geringeren als … Jakob Heinrich von Flemming! Dort nahm der Sekretär desselben das versiegelte Kuvert in Empfang.«

Georg Zimmermann lehnte sich zurück, nuckelte an der Pfeife, bis er bemerkte, dass diese bereits erkaltet war. Er klopfte den Pfeifenkopf in einem aus Ton gebrannten Aschenbecher aus.

»Es überrascht mich nicht wirklich«, sagte Johanna nachdenklich. »Flemming versichert unserer Herrin, dass er sie schätzt und mag, in Wirklichkeit sammelt er bereits Informationen, um sie aus dem Weg zu schaffen. Es würde mich nicht wundern, wenn es ein Dossier über die Gräfin Cosel gibt. Genau das werden wir uns beschaffen oder zumindest Kenntnis über den Inhalt.«

Johanna warf ihrem Mann einen vielsagenden Blick zu. Es dauerte nicht lange, bis der Groschen fiel. Die polnische erste Kammerfrau sollte angestiftet werden, einen Blick in das Dossier zu werfen. Vorausgesetzt, sie arbeitete ebenso wie Berlinger für Flemming. Genau das sollte Hannes herausfinden.

»Es ist stickig hier. Ich würde gern ins Quartier gehen, mein Herr Gemahl!«, hustete Johanna.

»Gleich, mein liebes Eheweib. Wir sind hier noch nicht durch. Es fehlt der Bericht von Michael und Martin, die sich als Barone verkleidet in die Abendgesellschaft der Gräfin Reuß geschlichen haben!«, sagte Hannes bestimmt. »Ich bitte dich, eine Weile zu verharren.«

Johanna zog die Augenbrauen unmerklich etwas höher. Ihr Gatte war umsichtiger als sie erwarten konnte. Er hatte die zur Untätigkeit Verdammten zu Spionen gemacht. Da der Norddeutsche Martin nicht gern viele Worte machte, ergriff der ehemalige Husar Michael das Wort.

»Ich möchte nicht so viel Federlesens darum machen, wie mein geschätzter Freund Georg. Wir haben vorsichtig agiert und nicht so viel im Kartenspiel gewonnen, wie es uns möglich gewesen wäre. Ein paar Taler sind dabei herumgekommen. Wir haben die Ohren gespitzt, aber nichts Nachteiliges, unsere Brotherrin betreffend, gehört. Deshalb habe ich einige Damen gesetzteren Alters darauf angesprochen.« Nach dieser langen Rede brauchte auch der Gaumen von Michael eine Kühlung und er setzte den Becher an. Obwohl Johanna weiterhin unter der stickigen Luft litt, hielt sie den Atem an.

»Nun, eine Madame sagte, die Gräfin Cosel habe ihren Aufstieg nur der Gräfin Reuß zu verdanken, würde sich nun aber undankbar zeigen. Es würde sie nicht wundern, wenn man die Cosel gegen eine polnische Mätresse austauschen würde, um den Adel in Polen zu besänftigen.«

Michael Kehl bemerkte das Entsetzen in Johannas blauen Augen. »Ich gebe nur das wieder, was ich gehört habe«, versicherte er.

»Die Lage ist ernster, als ich erwartet habe. Umso wichtiger erscheint mir die Gegenspionage. Hannes, du weißt, was zu tun ist! Ich möchte jetzt gehen und wünsche, dass mein Herr Gemahl mich durch dunkle Gassen begleitet!«

Johannas Blick duldete keinen Widerspruch. Hannes zahlte die Zwischenrechnung und wünschte seinen Haudegen noch einen vergnüglichen Abend.

Erst nach der Rückkehr aus Leipzig war es Hannes möglich, mit Agnes ein Gespräch unter vier Augen zu führen.

Das Taschenbergpalais mit seinen Zimmern, Salons und Separees bot ganz andere Möglichkeiten als das eher beengte Quartier in der Messestadt. Hannes hatte mit seiner Frau Schönschrift geübt und es war ihm gelungen, der schönen Polin unbemerkt ein Billett zuzustecken, welches sie errötend in ihrem Dekolleté verschwinden ließ. Er hatte aus der Küche Punsch besorgt, zwei Gläser und eine Schale mit Naschwerk bereitgestellt. Hannes schaute immer wieder auf die leise tickende Kaminuhr im Roten Salon. Er wusste, dass weder seine Frau, die Privatsekretärin, noch die erste Kammerfrau pünktlich Feierabend hatten. Der Minutenzeiger der Uhr rückte immer weiter vor, der Punsch in der Kanne kühlte ab. Als Hannes zur Tür schritt, um auf dem Flur Ausschau zu halten, bemerkte er, wie die Klinke auf der anderen Seite heruntergedrückt wurde. Er trat etwas zurück, um das Türblatt nicht gegen die Stirn zu bekommen.

»Es freut mich, dass Sie meiner Einladung gefolgt sind, verehrte Baroness Komorowska«, sagte Hannes und deutete eine Verbeugung an. »Nehmen Sie doch Platz!«

Er schenkte Punsch in zwei Gläser ein. »Leider nicht mehr so heiß wie vor einer halben Stunde«, sagte Hannes. In seiner Aufregung hätte er beinahe etwas von dem Heißgetränk auf die Tischdecke gekleckert.

»Meine Verspätung ist nicht durch die Gräfin verschuldet. Ich war noch in einer Kapelle, um Einkehr zu halten«, sagte Agnes und nippte am Punsch. »Wenigstens muss man keine Angst haben, sich die Lippen zu verbrennen.« Dann griff sie nach einem Stück des süßen Gebäcks. »Der Tag war lang und ich bin etwas müde, Herr Baron. Ich hatte bereits zu Weihnachten angedeutet, dass mir ihre Avancen nicht gleichgültig sind.«

Hannes Herz klopfte schneller. Agnes hatte gerade die Tür aufgestoßen.

»Ihr Ehestreit in Leipzig … Ich gebe zu, dass ich in der Nähe war und gelauscht habe. Wenn Sie mir zusichern, dass Sie sich in absehbarer Zeit von der Baroness von Senftenberg trennen werden, könnte ich mir eine gemeinsame Zukunft vorstellen.« Agnes atmete tief durch. Deutlicher konnte man einem Mann nicht sagen, dass man in ihn verliebt war. »Ich kann verstehen, wenn Sie noch Zeit brauchen. Wir sind alle Angestellte der Gräfin Cosel und werden uns täglich mehrfach über den Weg laufen. Falls es möglich ist, möchte ich eine saubere Trennung im Frieden. Es klingt vermessen, aber ich hoffe, wir bekommen es hin ohne Auswirkungen auf unsere Tätigkeit.« Agnes nahm einen kräftigen Schluck vom lauwarmen Punsch. »Wenn ich ehrlich sein soll – ich könnte jetzt ein Glas polnischen Wodka vertragen!«

Hannes stand auf, schlich um den Tisch und massierte den Nacken der Baroness. Sie ließ es sich ohne Widerspruch gefallen.

»Keine Perücke, natürliches blondes Haar«, sagte er und schnupperte daran.

»Ich dachte, ich bin hier von den schönsten Frauen umgeben, bis ich Sie sah, Agnes!« Hannes hoffte, nicht zu dick aufgetragen zu haben.

»Sie sind ein Schmeichler, Herr Baron!«

Bevor sie sich umdrehte, um Hannes zu küssen, dachte Agnieszka noch einmal über die Konsequenzen nach.

Ihr Vater, der Baron Komorowska, hatte sie nach Dresden ziehen lassen, weil er sich eine gute deutsche Partie für seine Tochter erhoffte. Das Mitglied des Sejm hatte womöglich auf einen Grafen oder Herzog spekuliert, durfte sich aber nicht beschweren, wenn es ›nur‹ ein Baron war. Es blieb das Problem, dass Hannes sich erst scheiden lassen musste. Der gemeinsame Wohnsitz würde nicht im katholischen Polen sein, wo man hinter ihrem Rücken über den Makel tuschelte. Wenn sie sich jetzt drehte, um ihre Lippen darzubieten, würde es eine Entscheidung für immer sein. Agnieszka stand auf und wirbelte herum. Ihr Herz klopfte wild. Der Kuss dauerte eine halbe Ewigkeit. Die Zungen entwickelten ein Eigenleben, spielten miteinander. Als Hannes versuchte, das Kleid über die Schultern zu streifen, löste sie sich von ihm.

»Bitte, Hannes, es geht mir zu schnell! Nicht beim ersten Rendezvous. Versprich mir, mit deiner Frau zu reden. Wir können das nicht ewig geheim halten.« Agnieszka trat wieder einen Schritt vor und schmiegte sich an Hannes. »Warum muss ich mich ausgerechnet in einen verheirateten Mann verlieben?«, flüsterte sie kaum hörbar.

»Und ich bedaure, dass du nicht damals schon, im Mai 1709, erste Kammerfrau der Gräfin Cosel warst. Es hätte vieles einfacher gemacht.«

Hannes gab ihr einen letzten Kuss und verabschiedete sich mit schlechtem Gewissen. »Ich rede mit Johanna.«

Genau das passierte noch an diesem Abend, allerdings ganz anders, als es sich die polnische Kammerfrau vorstellte.

»Ist sie im Netz?«, fragte Johanna unverblümt. Sie hatte Wein und Gebäck bereitstellen lassen. Hannes war ein wenig schockiert über die direkte Ausdrucksweise seiner Frau.

»Ja, es gab Küsse und Umarmungen und wir sind beim ›Du‹. Ins Bett wollte sie nicht – aus den hinlänglich bekannten Gründen. Als strenggläubige Katholikin möchte sie nicht als Ehebrecherin dastehen.« Hannes griff nach einem Glas Rotwein und stürzte es in einem Zug herunter. Ihn hielt es nicht mehr auf dem Polsterstuhl. Er stiefelte in der Wohnung auf und ab. Johanna hielt ihren Mann am weiten Ärmel des Rockes fest und baute sich vor ihm auf.

»Kann es sein, dass nicht nur von ihrer Seite Gefühle im Spiel sind, sondern auch von deiner?«

Genau das hatte Hannes verheimlichen wollen. »Dir kann man nichts vormachen!«

»Du läufst hier herum wie ein aufgeregter Gockel, der Angst hat, dass eine seiner Lieblingshennen vom Fuchs gefressen wird.« Johanna nippte nur am Rotwein. Hannes konnte über diesen Vergleich nicht lachen. Ihm wurde bewusst, dass er Agnes, wenn er sie als Spionin rekrutierte, damit in Gefahr bringen konnte.

»Das alles nur, um an Informationen zu gelangen, von denen wir nicht einmal wissen, ob sie uns etwas nützen?«

Er beendete das rastlose Umherwandern und blieb am Tisch stehen, auf dem der Rotwein und die Schale mit dem Gebäck standen.

»Wir sind dazu da, um Constantia vor sich selbst und anderen zu schützen! Setz dich und nimm mir nicht die Ruhe!«, sagte Johanna. Hannes nahm gehorsam Platz.

»Es gibt nur eine Lösung: Du sagst ihr, dass wir uns gütlich trennen. Nur dann wird sie mit mir ins Bett steigen und ich kann sie nach einer gewissen Zeit davon überzeugen, für uns zu arbeiten. – Ich bin müde, geh zu Bett, werde wohl kaum in den Schlaf finden«, gähnte Hannes.

Johanna hatte mit Agnieszka gesprochen und ihr mitgeteilt, dass sich das Ehepaar insgeheim trennen würde, man es zunächst noch vor der Gräfin geheim halten wollte. Es würde sich in der Zusammenarbeit nichts ändern. Agnieszka wiederum hatte Hannes zugeraunt, dass sie noch nicht bereit war, alle moralischen Bedenken über Bord zu werfen. Wenn dies der Fall sein sollte, würde sie wie beim ersten Treffen einen Beutel mit Nähutensilien zu Boden fallen lassen als Signal für ein Schäferstündchen am gleichen Abend. Es dauerte eine ganze Woche, in der sie sich häufig trafen, in der kein bestickter Beutel auf dem Marmorboden landete.

Es war wieder einer dieser Tage, an denen Hannes an Jannika denken musste, die auf einer Wiese an der Schwarzen Elster nicht viel Federlesens gemacht und ihn verführt hatte. Er hatte nicht darauf geachtet, wer ihm entgegenkam, spürte nur, dass er jemand angerempelt hatte. Der Beutel mit dem bekannten gestickten Muster landete auf dem Flur.

»Entschuldige bitte, Agnes, ich war in Gedanken versunken«, sagte Hannes.

»Ich habe den Beutel nicht absichtlich fallenlassen, nehme es aber als Wink des Schicksals, mich darauf einzulassen«, sagte Agnieszka mit errötenden Wangen.

»Gleicher Ort, gleiche Zeit?«, flüsterte Hannes. Die Baroness Komorowska nickte nur und nahm den Stoffbeutel an sich.

Die Temperaturen waren frühlingshaft mild geworden, weshalb Hannes im Roten Salon keinen Glühwein bereitstellte, der ohnehin zu schnell erkaltete, sondern ungarischen Tokajer, den er sich aus dem Vorrat der Gräfin Cosel ›geborgt‹ hatte. Diesmal waren keine Dienstboten eingeweiht. Kurz vor der achten Stunde des Abends inspizierte Hannes nochmals die Flure. Er wollte vor allem sichergehen, dass der umtriebige Jakob Berlinger nicht durch die Gänge schlich. Endlich war es soweit! Die polnische erste Kammerfrau kam wie verabredet durch eine Nebentür in den von Kerzen erleuchteten Roten Salon. Hannes rückte den Stuhl nach hinten, damit die Dame Platz nehmen konnte. Der Rotwein funkelte in den Kristallgläsern.

»Auf unser erneutes Treffen, verehrte Agnes!« Die Gläser klirrten aneinander.

»Ich habe lange mit mir gerungen, Hannes.« Agnieszka senkte die Wimpern nach unten. Hannes ließ ihr alle Zeit der Welt. Er wollte keineswegs den Fehler machen, die schöne Polin unter Druck zu setzen.

»Ich halte es immer noch für eine unverzeihliche Sünde, die ich beichten werde«, sagte die Baroness Komorowska.

Hannes nippte kurz am Rotwein, stand auf, schlich um den Tisch und massierte mit sanftem Druck seiner Hände den Nacken der vor ihm sitzenden Frau.

»Entspanne dich, Agnes, alles wird gut! Du folgst nur dem Ruf deines Herzens, so wie ich auch.« Selbst in Hannes Ohren klang etwas zu schwülstig. Die vor ihm Sitzende streckte sich wie eine Katze, deren Fell man kraulte. Mit einem Ruck erhob sie sich aus dem Polsterstuhl, wirbelte herum und küsste ihn leidenschaftlich.

Hannes Hände tasteten ihren Rücken ab. Erfreut stellte er fest, dass die Dame heute Abend zu allem bereit war. Sie hatte das Korsett vorher abgelegt.

BETTGEFLÜSTER

Erst beim dritten Rendezvous wagte Hannes, seine Geliebte daraufhin anzusprechen, ob sie bereit wäre, etwas für ihn zu tun.

»Sehr gern, worum geht es denn?«, strahlte sie ihn an.

»Man kann in deinen türkisfarbenen Augen ertrinken«, sagte Hannes.

»Lenk nicht ab, nun sag schon, was kann ich für dich tun? Solange es nicht gegen die zehn Gebote in der Bibel verstößt.«

Hannes fand nicht gleich die richtigen Worte.

»Ich verstehe, es ist nicht ganz legal.« Agnieszka legte den Zeigefinger über den Mund, nahm ihn wieder weg und küsste Hannes. »Ich kann schweigen, wenn es sein muss.«

»Wir …« Ganz schlechter Anfang, tadelte Hannes sich selbst. Johanna sollte keineswegs ins Spiel gebracht werden, es sei denn, er verkündete seiner Geliebten den Scheidungstermin.

»Ich hege seit langem den Verdacht, dass der Lakai Jakob Berlinger heimlich Berichte schreibt, die Gräfin Cosel und ihr Umfeld betreffend. Ist dir in letzter Zeit irgendetwas

Ungewöhnliches aufgefallen? Schlich er sich von dannen, um einen Brief zu überbringen?« Der Einstieg war geschafft. Dank Georg wusste er, wie und für wen Berlinger Berichte übergab. Hannes hatte für einen Moment das Gefühl, als ob ein Schatten über das hübsche Gesicht der Polin flackerte. Die Iris ihrer Augen wechselte von Türkis zu Grau. Im nächsten Augenblick lächelte sie wie zuvor.

»Warum glaubst du, dass ich auf derlei Dinge achte?« Hannes konnte seiner Geliebten unmöglich sagen, dass Johanna den Verdacht hegte, Agnieszka wäre nur eingeschleust worden, weil die Berichte von Berlinger nichts Brauchbares lieferten. Genauso schwierig, wie die Frau ins Bett zu bekommen, erwies sich die Aufgabe, sie zu Spitzeldiensten heranzuziehen. Immer vorausgesetzt, sie wusste, was Berlinger machte, und arbeitete für Jakob Heinrich von Flemming.

»Dein Schweigen ist beredt genug, sagt man so im Deutschen?« Agnieszka kuschelte sich enger an Hannes. Ihre geschwungenen Lippen suchten seine.

»Du sprichst ausgezeichnet Deutsch. Wo hast du es erlernt?« Hannes konnte gerade noch den Namen ›Flemming‹ herunterschlucken.

»Du hast mir versichert, mich zu lieben und dich von deiner Frau zu trennen. Im Gegenzug bin ich bereit, nahezu alles für dich zu tun. Aus deinen Andeutungen entnehme ich nur, du hegst einen Verdacht gegen einen Lakaien und glaubst, ich könne es aufklären«, sagte Agnieszka.

Hannes ließ es sich gern gefallen, dass sie ihn erneut zärtlich küsste.

»Zusammengefasst glaubst du, ich wäre eingeschleust worden, um die Gräfin zu bespitzeln. Ansonsten hättest du dieses Ansinnen nicht gestellt«, seufzte Agnieszka und warf sich auf ein Kopfkissen.

»Ich weiß nicht, wie du zu dieser kühnen Schlussfolgerung gekommen bist, Liebste.« Jetzt war es an Hannes, die Initiative zurück zu gewinnen. Er hauchte ihr einen Kuss zunächst auf die Wange, dann auf den Mund. »Ich glaube, es gibt ein Dossier über die Gräfin Cosel, in dem gesammelt wird, was später einmal zu ihrem Fall beitragen könnte. Unsere Brotherrin will es nicht wahrhaben, sie glaubt, wie eine Ehefrau zur Linken immer an der Seite von Friedrich August zu bleiben.« Die Kenntnis über den streng geheimen Ehevertrag verschwieg Hannes natürlich.

»Jakob Heinrich von Flemming will erster Minister mit alleinigem Vortragsrecht beim Herrscher werden. Wer steht ihm da im Wege, Liebste?« Hannes wartete die Antwort nicht ab.

»Die Gräfin Cosel! Sie hat zu jeder Stunde, auch des nachts, das Ohr des Kurfürsten und Königs. Da sie eine eigene, manchmal abweichende Meinung zum höfischen und politischen Geschehen hat, wird sie zum Gegenstand von Spionage.«

Agnieszka griff nach der Karaffe auf dem Nachtschrank und schenkte ein Glas Rotwein ein.

»Nach dieser langen Rede musst du deinen trockenen Gaumen benetzen, mein Held!«, spottete Agnieszka. »Du unterstellst mir, ich käme an das Dossier, insofern vorhanden, heran und könne dir den Inhalt mitteilen?«

Hannes zog die schöne Polin näher an sich heran.

»Ich unterstelle dir gar nichts, Agnes. Ich will nur Unheil von unserer beider Brotherrin abwenden und glaube, du könntest helfen. – Eine neue Runde?«

»Ja, ich mache es, für dich. Und zu deiner anderen Frage: Wenn du das schaffst?«

»Nun lass dir nicht jedes Wort aus der Nase ziehen, mein Herr Gemahl. Agnes, wie du sie nennst, hat tatsächlich eine Mappe gefunden, die Jakob Heinrich von Flemming extra für die Gräfin angelegt hat?«, fragte Johanna eine Woche später. Sie hatte die Ellenbogen auf dem Tisch abgestützt und das Kinn auf die Hände gelegt. Sie musterte mit ihren blauen Augen intensiv ihr Gegenüber. Unterschwellig schwang immer die Angst mit, Hannes habe sich in die polnische Baroness verliebt. Inzwischen bereute sie es beinahe, ihren Mann zu dem Seitensprung angestiftet zu haben.

»Flemming weilte beim Herrscher und dessen Privatsekretär war in der Stadt unterwegs. In der Kürze der Zeit konnte Agnes keine Notizen machen, prägte sich aber vieles ein.« Hannes griff nach dem halbvollen Rotweinglas. Ein Humpen Bier wäre ihm lieber gewesen.

Johanna richtete sich auf und nippte am Wein. »Wie großzügig von Constantia, uns zehn Flaschen Tokajer zu überlassen, wirklich lecker. Nennen wir es Notizen, die Flemming in einer gesonderten Mappe abgelegt und die unsere polnische Kammerfrau gefunden und eingesehen hat. Wie viel von dem konnte sie sich einprägen?«

»Du unterschätzt Agnes bei weitem, meine Liebe«, sagte Hannes. »Sie liest nicht nur, um sich etwas einzuprägen, sie bewertet es.«

»Und zu welchem Schluss ist Agnes gekommen? Wird bereits am Thron gesägt, auf dem unsere Brotherrin sitzt?« Johanna ging es nicht allein darum, Anna Constantia von Cosel vor Unbill zu bewahren. Sie wollte vor allen anderen wissen, wann der Malstrom die Gräfin erfassen würde und sich rechtzeitig absetzen, wenn möglich mit Taschen voller Geld. Sie hatte erleben müssen, wie das Gut Lichtenau unterging. Damals war sie noch zu jung gewesen, um etwas dagegen zu unternehmen. Diesmal würde sie gewappnet sein. Es war etwas, dass sie selbst ihrem Mann nicht offenbarte. Hannes würde sie für gefühlskalt halten.

»Es geht in den Notizen in erster Linie um das längere Gespräch, dass Constantia mit Flemming in Danzig führte«, sagte Hannes. Er bemerkte, wie der ungarische Wein seine Zunge lockerte.

»Agnes stellte fest, dass Flemming alle Argumente unserer Brotherrin gewissenhaft aufgeschrieben hat. Wie ich schon sagte, hat sie es bewertet. Flemming hält zwischen den Zeilen die Gräfin für klug und weitsichtig. Ihre Ansichten sind in manchen Punkten konträr zu denen des Generals. Mit anderen Worten: Eine Mätresse, die sich dank ihrer Intelligenz in das politische Tagesgeschäft einmischt, ist gefährlich!« Hannes stellte das leere Glas schwungvoll ab.

Johanna griff zur Karaffe und schenkte in beide Gläser nach. »Und das steht so im Dossier?«

»Ich habe immer gedacht, du bist noch klüger als Constantia«, seufzte Hannes.

»Natürlich nicht! Wie ich schon zwei Mal sagte, bewertet es Agnes so. Zu dem hat sie auch noch gesagt, dass man bei politischen Unruhen in Polen Friedrich August eine polnische Mätresse vorschlagen würde, um das Volk zu besänftigen. Ehe du wieder fragst, meine Liebe, nein, es steht nicht in den Notizen. Es ist eine Einschätzung, die Agnes getroffen hat. Bei allem Respekt, mein liebes Eheweib, sie ist mindestens so intelligent wie Constantia und du!«

Hannes hatte es sich eigentlich abgewöhnt, ein Getränk in einem Zug herunter zu stürzen. Diesmal hatte er einen Rückfall und benahm sich wie ein Müllergeselle.

AGNIESZKA TEIL ZWEI

Sah sie schon Gespenster? Agnieszka griff zur silbernen Kette mit dem Kreuz und murmelte ein Gebet. Sie hatte das unbestimmte Gefühl verfolgt zu werden.

Bisher hatte sie nicht einmal einen Schatten auf dem dunklen Weg durch die Stadt zum Taschenbergpalais gesehen. Als sie den beiden Soldaten der Garde du Corps am Hauptportal freundlich zunickte, glaubte die erste Kammerfrau der Gräfin Cosel, dass sich nun bald ein Gefühl von Sicherheit einstellen würde. Dies war nicht der Fall. Es gab unbewachte Hintereingänge für Dienstboten und Lieferanten. Die Leibwache der Gräfin kontrollierte diese manchmal, konnte aber nicht überall sein. Wieder beschlich sie dieses beklemmende Gefühl.

Der Verfolger – falls es einen gab – konnte durch einen dieser unbewachten Eingänge ins Palais gelangt sein und sich irgendwo verbergen. Jetzt schnell die Freitreppe hoch und in das eigene Schlafgemach. Erst wenn sie die Tür von innen verriegelt hatte, würde sie sicher sein. Vielleicht waren das alles auch nur Hirngespinste. Niemand hatte sie gesehen, als sie das Arbeitszimmer von Flemming verlassen und durch einen Seitenausgang hinausgehuscht war. Nur noch diesen langen Gang entlang, der durch flackernde Kerzen, die in Halterungen an der Wand steckten, etwas erhellt wurde.

Der Attentäter hatte nur eine Chance. Der erste Angriff musste sitzen. Wenn er die polnische Dirne nicht tödlich verletzte, würde sie mit ihren Schreien alle Bediensteten und schlimmer noch, die Leibwache der Cosel auf den Plan rufen. Er trug zwar außer einem Dolch einen Degen bei sich, aber nur für den Fall, dass unerwartet einer der Leibwächter der Gräfin auftauchte. Er verwarf die Variante, einen raschen Schnitt am Hals auszuführen. Dabei würde die eigene Kleidung besudelt werden. Der Attentäter verließ seine Deckung. Er hielt sich nicht damit auf, ihr zu erklären, warum sie sterben musste.

»Sie?«, rief Agnieszka. Ein Ausruf des Erstaunens, kein Schrei, der alle alarmierte.

Die Klinge durchbohrte das Korsett so gerade, wie es sich der Mörder erhofft hatte. Die junge polnische Baroness sackte zusammen, war aber nicht tot. Der Mörder fing sie auf und presste die behandschuhte Hand vor den Mund der Frau. Er wartete ab, bis der Körper erschlaffte. Dabei hätte er beinahe die sich nähernden Schritte überhört.

Hannes hatte geglaubt, kurz die Stimme von Agnes gehört zu haben und war dem nachgegangen. Jetzt war er froh, das Gehänge mit dem Degen zu dieser abendlichen Stunde noch nicht abgelegt zu haben.

»Berlinger! Endlich habe ich Sie!« Hannes riss mit schnellem Schwung den Degen aus der Scheide und ging in Angriffsposition. Der Mann, der neben seiner reglosen Bettgespielin stand, konnte nicht entkommen. Er versperrte ihm den Weg. In der anderen Richtung gab es keine Tür. Oder etwa doch? Hannes verfluchte sich wieder einmal, die Baupläne des Taschenbergpalais nicht gründlich studiert zu haben.

Jakob Berlinger schien den Kampf annehmen zu wollen. Er setzte den rechten Fuß nach vorn und machte keine Anstalten zu fliehen. Jetzt nur nicht den Kopf verlieren, ermahnte sich Hannes. Agnes lag am Boden. Blut quoll aus dem Brustkorb. Zunächst musste er den Mann, dem er vom ersten Augenblick an misstraut hatte, beseitigen. Der Angriff von Berlinger kam völlig überraschend. Hannes konnte gerade noch den Degen vor der Brust kreuzen und den Stoß nach oben abgleiten lassen. Verdammt!

Er hatte doch Fechtunterricht bei der Gräfin Cosel und Michael Kehl gehabt. Der Mann, der nach eigenen Angaben zwei Dutzend Türken im Reiterkampf getötet hatte. Woher hatte der Lakai Berlinger dieses Können? Hannes blieb keine Zeit, weiter darüber nachzudenken. Er musste den Mörder dahin treiben, woher er gekommen war. Er machte eine Drehung wie beim Menuett, nur sehr viel schneller. Berlinger schlug nach ihm. Hannes hörte das Zischen der Klinge und duckte sich weg.

Seine Angriffe wurden von Berlinger immer wieder pariert, die Klingen machten scheppernde Geräusche. Wenn der Kampf weiterging, würde genau dieses wiederkehrende Schlagen von Metall auf Metall seine Freunde auf den Plan rufen. Da er nicht darauf vertrauen konnte, griff Hannes weiter an. Er trieb den Mörder den Gang entlang, näher zu den Räumlichkeiten, in denen Menschen waren, die es doch hören mussten. Beim vierten Angriff strauchelte Berlinger und riss nicht rechtzeitig den Degen zur Parade hoch. Hannes genoss den entsetzten Blick, als seine Stichwaffe das Wams des Gegners durchbohrte. Er stand eine Weile mit dem blutigen Degen in der Hand auf dem Flur und starrte ins Leere.

»Wir müssen die Leichen wegräumen, die Spuren beseitigen und uns etwas einfallen lassen!«

Die Worte von Michael drangen kaum an Hannes Ohr. Die Augen der Frau, die er nicht nur des Auftrags willen geliebt hatte, waren gebrochen. Nein, das traf es nicht ganz. Er war im Begriff gewesen, sich in Agnes zu verlieben. Die ganze Tragweite des Geschehens erkannte er in diesem Moment nicht.

»Hannes?« Er gab Michael keine Antwort, kniete sich neben Agnes und drückte die Augenlider nach unten.

Dabei murmelte er ein Gebet, bat sie um Vergebung. Inzwischen waren die anderen beiden der Leibwache der Gräfin Cosel herbeigeeilt und schlugen die Hände vor die Münder.

»Da unser Anführer in Schockstarre verharrt, übernehme ich das Kommando! Wir schaffen die beiden Leichen in ein Nebengelass. Ich werde die Gräfin informieren und um

Instruktionen bitten, wie weiter zu verfahren ist!«, sagte Michael Kehl.

Georg und Martin wussten zwar nicht, was hier geschehen war, folgten den Anweisungen und trugen die Leichen in einen Nebenraum. Michael blieb nichts anderes übrig, als selbst einen Eimer mit Wasser und Wischlappen herbei zu schaffen, um den blutigen Fußboden zu reinigen. Er wollte keine Magd mit dem Tatort konfrontieren. Hannes hatte seine Gebete beendet und erhob sich ächzend.

»Ich danke dir für deine Umsicht, Michael«, keuchte er.

»Der Herr Baron ist wieder bei uns! Übernimmst du es, die Gräfin zu informieren, oder soll ich …?«, fragte der ehemalige Husar.

»Anna Constantia weilt im Schlafgemach unseres Herrschers. Mein kluges Eheweib weiß sicher Rat!« Hannes ließ seine Leute einfach zurück und stiefelte zu den Räumen, die er, seine Frau und Jannika bewohnten. Johanna stand an einem Schreibpult, das durch eine flackernde Kerze notdürftig erhellt wurde. Als Hannes eintrat, ließ sie die Schreibfeder sinken.

»Du bist ja ganz blass!«

Hannes wankte zu einem Hocker und nahm Platz.

»Jannika! Ein Glas Wasser bitte! - Was ist geschehen, mein lieber Mann?«

Hannes konnte nur stockend berichten, wurde von Jannika unterbrochen, die ihm ein Glas Wasser hinstellte.

»Berlinger … er hat sie umgebracht! Ich kam zu spät!« Er stürzte das Getränk in einem Zug herunter. »Jannika, hol' bitte Wein, den kann ich jetzt gebrauchen«, keuchte Hannes. »Ich habe dann den Meuchelmörder im Gefecht besiegt. Meine Männer haben die Leichen beiseitegeschafft und reinigen den Flur! Johanna, mein kluges Weib, wie sollen wir weiter verfahren?«

Weder Johanna noch Jannika fragten, wen der Jakob Berlinger umgebracht hatte. Es war ihnen klar. Nach wenigen Augenblicken hatte Hannes ein Glas Rotwein vor sich stehen, welches er wie das Wasser zuvor in einem Zug leerte.

»Wir brauchen eine Version, die wir unserem Herrscher unterbreiten. Nein, das machen wir nicht mehr heute, sondern morgen früh«, entschied Johanna und ihr Mann war froh, die Verantwortung los zu sein.

Anna Constantia von Cosel lief um den Frühstückstisch und würdigte die Speisen keines Blickes. Dann schlug sie den zusammengeklappten Fächer auf eine Stuhllehne und Johanna zuckte zusammen.

»Warum ist dein untreuer Ehegatte nicht gleich mitgekommen?«, rief sie. »Hat er Angst, dass ich ihn entlasse? Ich hätte nicht übel Lust dazu!«

In Wirklichkeit hatte die Gräfin Cosel keineswegs vor, ihren ersten Kammerherrn zu entlassen, es sei denn Friedrich August wies es an. Dann würde sie sich dem beugen müssen.

»Ich will ihn sprechen – jetzt!«

Johanna wirbelte herum und verließ das Esszimmer der Gräfin so schnell sie ihre Füße trugen. Anna Constantia von Cosel ahnte, dass Friedrich August, der mit Kriegszugvorbereitungen und einem Treffen mit dem russischen Zaren beschäftigt war, toben würde. Nicht wegen des Umstandes, dass ein Lakai und eine erste Kammerfrau zu Tode gekommen waren, sondern weil es sich um die Tochter des polnischen Parlamentsabgeordneten Baron Andrzej Komorowski handelte. Ungeachtet des kühlen Frühlingswetters tupfte sich die Gräfin mit einem Seidentüchlein den Schweiß von der Stirn.

»Herein!«, rief sie. Johanna öffnete zaghaft die Tür. »Der Herr Baron von Senftenberg, Frau Gräfin!« Angesichts von zwei Toten hielt die Privatsekretärin es für besser, die offizielle und nicht die vertrauliche Anrede zu benutzen. Hannes verbeugte sich tief. Jetzt kam der Moment in dem sich entschied, ob er den Degen abgeben musste oder nicht. Da Marie noch nicht aus Meißen zurück war, tauchte Jannika auf, um zu fragen, ob sie das Geschirr wegräumen solle.

»Ganz im Gegenteil, Jannika! Ich erwarte nachher unseren Herrscher zum Frühstück. Eine Kanne Kaffee und sag in der Küche Bescheid: In einer halben Stunde ein frisch zubereitetes Omelett!«

»Jawohl, Frau Gräfin, wie Sie wünschen!« Jannika beherrschte den Hofknicks inzwischen wie alle anderen Dienerinnen.

Hannes schielte auf das frische Brot, die Butter, die Marmelade und den Kaffee. Er hatte noch nicht gefrühstückt und zudem schlecht geschlafen.

Anna Constantia bot ihm keinen Stuhl an. Ein schlechtes Omen? Verdenken konnte er es seiner Brotherrin nicht.

»Es tut mir leid, Hannes. Das Frühstück ist nicht für dich, sondern für Friedrich August bestimmt. Unser Herrscher ist allen leiblichen Genüssen sehr zugetan und ich hoffe, ihn damit milder zu stimmen.«

Hannes fiel ein Stein vom Herzen. Die Gräfin hatte ihn vertraulich angeredet, wie sonst auch, wenn keine Dienstboten zugegen waren. Seine Entlassung konnte nur noch Friedrich August bewirken.

»Meine Privatsekretärin hat mir heute Morgen eine abenteuerliche Geschichte aufgetischt. Der Diener Jakob Berlinger wäre in meine erste Kammerfrau verliebt gewesen und als er erfuhr, dass die Dame sich mit dir mehrfach heimlich getroffen hatte, sie in einem Anfall von Eifersucht erstach. Du bist zufällig auf der Bühne aufgetaucht und als du bemerktest, dass der Mann die Baroness Komorowska gemeuchelt hatte, hast du ihn zum Duell gefordert. Dank meiner Ausbildung und des Trainings mit Herrn Kehl hast du das Duell gewonnen. Ist das soweit richtig?«

Hannes verbeugte sich ungeachtet der vertraulichen Anrede durch die Gräfin. »Das ist soweit richtig, Constantia!«

»Ich würde es für eine Theaterposse halten, wenn da nicht in einem Lagerraum dieses Palais zwei Leichen legen würden!« Die Gräfin Cosel war aufgesprungen und warf den Fächer zwischen das Porzellangeschirr. »Warum wurde ich nicht umgehend gestern Abend informiert, Hannes?«

»Du warst nicht hier, Constantia, und Johanna war der Meinung, dass …«

»Schweig! Eine sofortige Information hätte mir die Gelegenheit gegeben, ein paar Stunden länger darüber nachzudenken, wie wir den bedauerlichen Tod der Baroness Komorowska nach außen hin darstellen! Hast du gar nicht daran gedacht, dass es auf mich zurückfallen könnte, weil es im Taschenbergpalais geschah? Du kannst gehen, Hannes!«

Der Angesprochene verbeugte sich erneut und beeilte sich, über den Flur zu kommen, bevor der Kurfürst von Sachsen und König von Polen hier auftauchte. Es dauerte nicht lange, bis Friedrich August zu Fuß durch den überdachten Gang angerauscht kam. In seiner Begleitung hatte er nur zwei Soldaten der Garde du Corps, welche Georg ablösten, der bisher Wache am Lagerraum gehalten hatte, in dem die Leichen von Agnieszka Komorowska und Jakob Berlinger lagerten. Anna Constantia von Cosel erzählte die Geschichte, die ihr Johanna aufgetischt hatte.

»Merde!«, sagte Friedrich August. »Wir können dem Baron Komorowski unmöglich sagen, dass seine Tochter in Dresden erstochen wurde. Der bildet im Sejm eine Fraktion gegen mich, als wäre das Herrschen in Polen nicht schon beschwerlich genug.«

Jannika kam genau im rechten Moment mit einem Teller, auf dem ein Omelett aus drei Eiern, verfeinert mit Zwiebeln, Schinken und Petersilie, angerichtet war.

»Oh, eine meiner Lieblingsspeisen, Cherie«, sagte der Herrscher. Er begann mit großem Appetit das Omelett mit einer Gabel zu zerteilen.

»Wie du weißt, meine Liebe, habe ich nicht viel Zeit. Ich möchte, dass du die Baroness von Senftenberg ausquetschst wie eine Zitrone. Drohe ihr notfalls mit Entlassung, Schimpf und Schande. Die Dame hat nicht nur körperliche Vorzüge, die ich einst bewundern durfte, sie ist auch nicht dumm. Hinter diesem Eifersuchtsdrama scheint mehr zu stecken. Ich beauftrage dich, es herauszufinden.«

Friedrich August von Sachsen ließ sich die Eierspeise auf der Zunge zergehen. »Vorzüglich. Dein Koch versteht sein Handwerk. Was sagen wir dem Baron Komorowski in Warschau?«

»Dein Leibarzt wird feststellen, dass Agnieszka am Fieber verstarb, mein Lieber. Das Einstichloch in ihrem Brustkorb kann man kaschieren.« Anna Constantia von Cosel rief nicht nach Jannika, sondern schenkte selbst Kaffee nach.

»Ein natürlicher Tod, in der Blüte ihrer Jugend? Ich hoffe, man kauft es mir ab. Nur Kaffee, kein Wein?«

Die Gräfin Cosel erschrak.

»Ist schon in Ordnung, Constantia, war ein Scherz. Wein erst ab Mittag, nachdem ich wichtige Entscheidungen getroffen habe.«

WINTER

Friedrich August I. war verzweifelt. Die Belagerung der befestigten schwedischen Stadt Stralsund war fehlgeschlagen.

Man hatte viel zu lange auf die schweren Geschütze warten müssen, die mit Schiffen aus Dänemark gekommen waren und über den Landweg aus Sachsen. Obwohl die schwedische Kavallerie desertierte und auch Infanteristen, einige davon gebürtige Sachsen, war der Angriff gescheitert. Am fünften Januar 1712 durfte Anna Constantia von Cosel aus dem verhassten Feldlager abreisen. Sie sehnte sich nach einem wärmenden Kaminfeuer im Taschenbergpalais. Nicht anders erging es ihrer engsten Vertrauten, der Baroness von Senftenberg. Johanna hatte vom Rauch der qualmenden Kohlenbecken einen hartnäckigen Husten bekommen. Zudem machte sie sich Sorgen um ihren Ehegatten. Hannes verbrachte viel Zeit mit zechenden Soldaten und den Männern Georg, Andreas und Martin, die er einst in Dresden angeworben hatte. Wenn Hannes abends ins Zelt wankte, hatte er immer häufiger zu viel heißen Punsch im Bauch und schlief umgehend ein. Wehmütig dachte Johanna an den Sommer 1709 zurück, als die Welt noch in Ordnung war. War sie das jemals wirklich gewesen? Zumindest waren damals die Tage warm und noch heißer die Nächte mit Hannes. Manchmal auch zu dritt mit Jannika.

Das mitgebrachte Garn zum Sticken und die Wolle zum Stricken waren aufgebraucht. Es wurde Zeit, nach Dresden zurückzukehren. Ein weiter Weg durch Vorpommern und Preußen.

Die Wege waren verschneit. Man hatte zwei Schlitten geordert, einen für das Gepäck, den anderen für die Gräfin, sie selbst, Jannika und Marie. Johanna winkte ihrem Mann zu, der tief eingemummelt auf Bukephalos saß, dessen dampfender Atem in die kalte Luft stieg.

Hannes hatten seinen Männern eingeschärft, tagsüber keinen Alkohol zu trinken und vor allem hier in Schwedisch-Pommern größte Aufmerksamkeit walten zu lassen. Die Gräfin Cosel und Johanna trugen über den Wollumhängen Zobelpelze und wärmten ihre Hände jeweils in einem Muff aus dem gleichen Material. Jannika und Marie hatten es nicht ganz so gut. Sie mussten sich mit einem zweiten Mantel aus Schaffellen begnügen. Ihre frierenden Hände steckten in Handschuhen, die sie selbst gestrickt hatten. Die Schlitten setzten sich lautlos in Bewegung. Hannes hatte die Glöckchen vorn links und rechts aus Sicherheitsgründen abbauen lassen. Niemand sollte im Voraus wissen, dass hohe Herrschaften ein Dorf passierten. Er hatte kein gutes Gefühl. Der Herrscher war noch im Feldlager vor Stralsund und mit ihm die Garde du Corps.

»Wie geht es jetzt weiter, Constantia?«, fragte Johanna. Sie hatten sich in Polen darauf verständigt, dass sie im Beisein von Bediensteten die Gräfin mit ›Sie‹ und ›Constantia‹ anreden durfte.

Die Angesprochene reckte den Hals ein wenig aus dem Pelzkragen. Als sie den schneidenden Ostwind spürte, zog sie sich wieder zurück wie eine Schildkröte in ihren Panzer.

»Ein Teil der Truppen wird nach Greifswald ziehen, die meisten Regimenter nach Sachsen. Friedrich August wird das Lager zerstören und uns bald folgen«, murmelte sie.

Nach über einer Stunde näherten sie sich einem ersten Dorf. Hannes ritt voraus und wies die beiden Kutscher an, langsamer zu fahren. Dann winkte er seine drei Haudegen nach vorn, um die Lage zu erkunden.

Sie fanden nur rauchgeschwärzte Ruinen vor, die sich vor dem glitzernden Schnee abhoben. Es war beängstigend still. Sie hörten weder bellende Hunde, wiehernde Pferde noch andere Geräusche, die man in einem Dorf erwarten durfte. Hannes glaubte weit entfernt einen Lichtschein auszumachen. Vielleicht spielten ihm seine Sinne einen Streich. Aufziehender Nebel sorgte dafür, dass die Szenerie noch gespenstischer wirkte. Am Ausgang des Dorfes stand ein Baum der seine kahlen Äste anklagend in den trüben Himmel reckte. An einem davon hing ein Mann an einem Seil.

»Schauen Sie nicht hin, Constantia, bitte!«, flehte Johanna vergebens.

»Ich bin kein Kind mehr, das man vor solchen Anblicken schützen müsste, Baroness! Vermutlich hat man den Mann aufgehängt, weil er den Schweden weder Geld noch Lebensmittel geben wollte!«

Hannes trabte an den Schlitten heran. »Und wenn es nicht die Schweden waren, dann unsere Soldaten, die Dänen oder die Russen!«

»Ich weiß«, seufzte die Gräfin Cosel. »Ich habe vor Stralsund den erbärmlichen Zustand der russischen Truppen gesehen. Unterernährt und krank.«

Hannes trieb Bukephalos wieder an, um sich an die Spitze zu setzen. Hier drohte keine Gefahr mehr. Das Dorf war entvölkert. Sie kamen durch eine Ansiedlung, die man nicht vollständig gebrandschatzt hatte. Ganz vorn ritt jetzt der ehemalige Wegelagerer Georg, der glaubte, hinter einem Haus einen Schatten gesehen zu haben. Er zügelte das Pferd.

»Hannes, ich habe da eine Bewegung gesehen! Wenn es nur eine Person ist, droht kein Hinterhalt. Ich würde darauf nicht wetten.«

»In Ordnung. Absitzen, Pistolen schussbereit und die Degen in die rechte Hand!«, befahl er. Hannes gab Handzeichen, Andreas und Martin sollten um das verdächtige Gebäude links herum gehen, er selbst und Georg rechts.

Hinter dem Haus versuchte ein Schatten davonzuspringen. Georg rannte hinterher, obwohl er keinen entsprechenden Befehl erhalten hatte. Mit einem Hechtsprung riss er die fliehende Gestalt in den Schnee. Als er diese drehte, blickte er in das blasse Gesicht eines Mädchens.

»Erbarmen, Herr! Ich bin Magdalena, Tochter des Hufschmieds in diesem Dorf. Ich war bei einer Tante und als ich zurückkam, waren alle verschwunden!«

Georg schwenkte den Degen. »Hannes, was machen wir mit der?«

»Zum Verhör bei der Reichsgräfin von Cosel. Nicht so derb, Georg, das ist keine Gefangene, sondern eine Zeugin!«

Als sie mit dem Mädchen zurück zur Straße kamen, glaubte Hannes, seinen Augen nicht zu trauen. Die beiden Schlitten waren weg! Mit ihnen Anna Constantia, Johanna, Jannika und Marie!

»Scheiße!«, schrie Georg außer sich und stieß Magdalena in den aufstiebenden Schnee. »Verrat! Das war ein Ablenkungsmanöver gewesen. Wir sollten die Dirne verfolgen!«

Bevor der ehemalige Strauchdieb auf die in einer Schneewehe Liegende nachtreten konnte, sprang Hannes vom Pferd und brüllte: »Schluss jetzt, Georg! Lass sie zurück, wir folgen den Spuren der Schlittenkufen, bevor der Wind sie zuweht!«

Michael lenkte sein Pferd neben Hannes. »Ich vermute mal Entführung der Cosel, verbunden mit einem Hinterhalt. Wir sollten ausschwärmen, damit nicht alle auf einmal über den Haufen geschossen werden!«

»Nein, wir bleiben zusammen! - Georg!«

»Zur Stelle, Hannes!« Ihren Anführer redeten sie nur mit ›Baron von Senftenberg‹ an, wenn sie betrunken waren.

»Ich habe vorhin weit entfernt einen Lichtschein bemerkt, womöglich das Lager der Entführer. Du reitest als Unterhändler voraus. Du weißt, wie Wegelagerer ticken, du warst selbst mal einer!«

»Das mag sein, Hannes, aber du weißt schon, dass es ein Himmelfahrtskommando ist?«

»Bei Entführung und Lösegelderpressung werden sie weder die Damen noch uns erschießen, sondern verhandeln wollen«, sagte Hannes bestimmt. Er war sich dessen nicht sicher, wollte aber keine Unsicherheit zeigen.

Georg trieb sein Pferd an und folgte den Spuren im Schnee, die langsam zugeweht wurden.

»Was wird mit der Jammergestalt, die Georg zu Boden geworfen hat?«, fragte Michael und lenkte sein dampfendes Reittier neben Bukephalos.

»Du hebst sie auf dein Pferd, wir nehmen sie mit! - Martin! Du folgst uns in gebührendem Abstand. Wenn wir auf das Lager stoßen, umgehst du es, und greifst erst ein, wenn es die Lage erfordert!«

»Wird gemacht, Hannes!«

Michael sprang aus dem Sattel und hob das Mädchen aus dem Schnee. Als alle bereit waren, gab Hannes das Signal, dem vorausgeeilten Georg zu folgen. Hannes hätte jetzt gern einen Meldereiter zur Stelle gehabt, welcher die Garde du Corps, die Eliteeinheit von Friedrich August, alarmieren konnte. Er musste allein auf sich gestellt eine Lösung finden und hoffen, dass alle Beteiligten es überlebten, vor allem das Liebste, was er hatte und die Gräfin. Die Spuren im Schnee waren bedeutungslos geworden. Auf einer Lichtung flackerte ein Lagerfeuer. Als Hannes und Michael sowie ihre Gefangene Magdalena von den Pferden glitten, wurden sofort drei Musketen auf sie gerichtet.

Georg stand mit erhobenen Händen da. Pistole und Degen hatte er im festgetrampelten Schnee ablegen müssen. Hannes erfasste mit einem Blick, was hier vorging. Drei Deserteure, den dreckigen Uniformen nach zu urteilen, Sachsen, waren eine unheilige Allianz mit Dorfbewohnern eingegangen, die nichts mehr zu verlieren hatten. Die Bauern hatten zwar keine Schusswaffen, aber Sensenblätter an lange Stangen gebunden, mit denen sie Pferde und Reiter schwer verletzen konnten.

»Das ist der Mann, mit dem ihr verhandeln müsst! Johannes Bauer, unser Anführer!«, rief Georg.

Vor dem Eintreffen der anderen hatte er gesagt, er wäre früher ein Straßenräuber gewesen, dafür aber nur boshaftes Gelächter geerntet.

Die vier Damen und die zwei Schlitten waren unversehrt, stellte Hannes erleichtert fest. Man hatte nur die Pferde ausgespannt. Er war Georg unendlich dankbar, dass er ihn nicht als ›Baron von Senftenberg‹ vorgestellt hatte. Es hätte die Verhandlungen nicht gerade erleichtert.

»Absitzen, Waffen ablegen, wird's bald!«, brüllte ein Mann mittleren Alters. Gemäß der Uniform ein desertierter Korporal der sächsischen Armee. Der hatte offenbar hier das Kommando inne. Damit die Lage nicht eskalierte, kamen Hannes und Michael der Anweisung nach. Magdalena wurde nicht zurückgehalten, rannte zu den Dorfbewohnern und schmiegte sich an die Brust eines großgewachsenen Mannes, der als Waffe einen Vorschlaghammer schwang.

»Sie sind also der Anführer der wenig beeindruckenden Leibwache der Gräfin Cosel, Herr Bauer? Ich war der irrigen Meinung, unser erlauchter Herrscher, der in der Hölle schmoren möge, würde sein Liebstes besser beschützen als durch drei Mann, die nicht mal Soldaten sind!«

»Meinen Namen kennen Sie. Ich würde gern erfahren, mit wem ich es zu tun habe«, sagte Hannes, als handele es sich um ein Picknick auf einer Wiese an der Elbe.

Magdalena flüsterte ihrem Vater zu, es waren vier Männer gewesen, die sie ergriffen hatten. Der Schmied schob es auf die Verwirrtheit seiner Tochter, die man gegen seinen Willen als Lockvogel eingesetzt hatte.

»Es geht Sie zwar nichts an, Herr Bauer, aber ich bin Korporal Hartmann, wegen schlechter Besoldung abgängig vom Heer unseres Kurfürsten und Möchtegern-Königs von Polen! Wir haben hier ein kleines Problem. Zwei der Damen in unserer Obhut sind Dienstpersonal. Die anderen beiden tragen noble Pelze. Welche von denen ist die Bettgespielin unseres Herrn, der präparierte Hufeisen verbiegt? Sicher können Sie uns da weiterhelfen, Herr Bauer!« Der desertierte Unteroffizier drehte sich nach Beifall heischend um. Die erhofften Reaktionen blieben aus.

Ehe Hannes etwas erwidern konnte, trat zu seinem Entsetzen Johanna einen Schritt vor.

»Ich bin die Reichsgräfin von Cosel! Lassen Sie mich umgehend frei. In einer Stunde wird die Garde du Corps hier sein und alle niedermetzeln!«

Hannes bewunderte den Mut seiner Frau. Er hoffte inständig, niemand würde unabsichtlich das Verwechslungsspiel aufklären.

»Ach, ja, und die andere Dame im Zobelpelz?«, fragte Korporal Hartmann misstrauisch nach.

»Meine Privatsekretärin, die Baroness von Colditz!«, sagte Johanna. Sie hatte absichtlich den falschen Namen genannt, um für mehr Verwirrung zu sorgen. Die Kammerzofe Marie hielt es nicht mehr aus. Sie bekam eine Panikattacke und suchte ihr Heil in der Flucht. Hannes war entsetzt. Marie würde durch die Schneewehen nicht weit kommen.

Der Korporal gab einem seiner Soldaten einen Befehl. »Nimm' das Pferd vom Herrn Bauer, das ist wohl das schnellste!«

Wegen der auf ihn gerichteten Muskete des zweiten Soldaten konnte Hannes nicht verhindern, dass sein Pferd für die Jagd auf Marie genutzt wurde. Der desertierte Soldat hetzte der Flüchtenden hinterher, holte sie bald ein, fesselte ihre Hände und schleifte sie durch den Schnee zurück ins Lager.

»Noch jemand Lust auf eine Flucht?«, fragte der Korporal grinsend.

Maries Kleider waren voller Schnee und Dreck, teilweise zerrissen. Ein Ellenbogen lag frei, Blut tropfte auf den weißen Boden. Den Mantel aus Schafwolle hatte sie verloren. Er war auch nirgendwo auf dem Weg zu sehen. Einer der Dorfbewohner hatte ihn unbemerkt an sich genommen. Jannika nahm ihren Umhang ab und legte ihn um die zitternden Schultern der Kammerzofe.

»Kommen wir endlich zum Wesentlichen, Herr Bauer!« Der desertierte Korporal stolzierte auf und ab, als wäre er General und nicht Unteroffizier.

»Alle Pferde, der Transportschlitten mit dem darauf befindlichen Gepäck und Proviant, sowie 1000 Reichstaler für die Frau Gräfin!«

Hartmann zeigte auf Johanna, welche die Verräter mit kalten Blicken strafte. Hannes war eines klar: Es gab hier kein Entrinnen durch Lösegeldzahlung. Nicht einmal die vermögende Gräfin Cosel trug so viel Bargeld bei sich. Die drei Deserteure hätten sie im Kampf vielleicht besiegt, zumal Martin überraschend aus dem Hinterhalt eingreifen konnte. Wegen der gewaltbereiten Bauern war der Gegner in der Überzahl.

Bei einem Gefecht könnte eine der vier Frauen verletzt oder getötet werden. Wenn es Anna Constantia betraf, wollte er es Friedrich August nicht erklären müssen.

»Weil die Straßen hier so unsicher sind, habe ich weder Schmuck noch Geld bei mir. Nur so viel, um eine Wirtshausübernachtung zu zahlen«, schnaubte Johanna. Sie musterte den Korporal mit einem hochnäsigen Blick.

›Was für eine grandiose Schauspielerin‹, dachte Hannes. Die Entführer kamen gar nicht auf die Idee, dass die Dame nicht die Cosel sein könnte.

»Werden Sie nicht frech, Madame! Sie verkennen den Ernst der Lage! Noch kann ich meine Männer daran hindern, die Witzfiguren von Leibwächtern niederzumetzeln und ihre drei Begleiterinnen zu schänden. Ich weiß nur nicht, wie lange noch.« Der entlaufene Unteroffizier kratzte sich am Bart.

»Also gut, Sie haben mich. In einer der Truhen sind Schmuck, Geld und silbernes Tafelbesteck«, log Johanna und streckte den rechten Arm in Richtung des Gepäckschlittens aus, der abseits am Rande der Lichtung stand.

»Das Feuer brennt runter, einer der Bauern oder Mägde soll Holz nachlegen«, schnauzte der Korporal. »Matthias! Du rennst zum Schlitten und hebelst die Koffer und Truhen auf … Nein, warte, ich habe eine bessere Idee!«

Der Anführer der Deserteure wandte sich an Johanna. »Sie, werte Gräfin, werden den Soldaten begleiten und die richtige Truhe aufschließen. Erspart uns Zeit und Arbeit!«

Hannes konnte sein Glück kaum fassen, auch wenn seine Johanna in ihrer Rolle gefährdeter denn je war. Die Entführer zerstreuten sich! Jetzt musste er nur noch dafür sorgen, dass die Einfaltspinsel so weitermachten.

Noch hielt ein Soldat eine geladene Muskete schussbereit. Die Distanz war zu groß, um einen Überraschungsangriff zu starten. Der Wichtigtuer Hartmann war mit Degen und Pistole bewaffnet. Hannes, Georgs und Michaels Waffen lagen einige Meter entfernt im festgetrampelten Schnee. Einige Bauern schwenkten die selbstgefertigten Lanzen und würden in den Kampf eingreifen.

Plötzlich erhob sich am anderen Ende der Lichtung ein Tumult, den sich Hannes nicht erklären konnte. War Martin etwa so wahnsinnig, jetzt anzugreifen? Allein durch die Reihen der bewaffneten Bauern? Hannes glaubte seinen Augen nicht zu trauen! Die Dorfbewohner stoben auseinander, fielen in den Schnee, andere stolperten über die Gestürzten. Genau das Durcheinander, das er brauchte!

Er wusste nicht, wen Martin als Verstärkung dabeihatte. Der Korporal und der Deserteur mit der Muskete drehten sich in die Richtung, aus der der Lärm kam. Hannes gab Georg und Michael ein Handzeichen. Mit schnellen Sprüngen überwanden sie die Distanz, griffen in einer fließenden Bewegung nach den Degen, welche die Entführer nicht weit genug weggeräumt hatten. Der Korporal wirbelte herum und feuerte seine Pistole ab. Hannes warf sich nach links in den Schnee. Die Kugel pfiff dicht an ihm vorbei.

Als Hartmann aufstand, quoll Blut aus dem offenen Mund des Unteroffiziers. Dann sackte er zusammen.

»Nicht nur Verräter, auch noch dumm«, sagte Anna Constantia von Cosel. »Ich habe im Zobel noch eine zweite Waffe. Sie haben mich nicht durchsucht, zudem hat Johanna auch behauptet, ich sei nur die Privatsekretärin.«

»Du bist wohlauf, Constantia?«, fragte Hannes. Die Etikette galt in solchen Situationen nicht mehr.

Jannika beugte sich über Marie, die zusammengebrochen war. Der andere Soldat hatte sie beim Zurückweichen mit dem Gewehrkolben erwischt. Georg und Michael hatten den Mann inzwischen überwältigt und gefesselt. Hannes Sorge galt jetzt nur noch der Frau, die er liebte. Auf dem Weg zu den zwei Schlitten begegnete er Martin, der ihn freudestrahlend aufhalten wollte.

»Eine Eskadron Kavallerie auf der Suche nach Deserteuren! Ich konnte den Leutnant davon überzeugen, absitzen zu lassen und sich leise dem Lager zu nähern! Ich versprach ihm drei Verräter für das Militärgericht!«

»Nur zwei. Die Gräfin hat den Anführer erschossen!« Hannes ließ den erstaunten Martin links stehen.

»Was für ein Weib!«, murmelte dieser.

Hannes erreichte den Transportschlitten und rang nach Atem. Ungeachtet der Kälte rann ihm der Schweiß von der Stirn. Der dritte Deserteur lag verwundet am Boden. Er hielt einen Degen in der rechten Hand. Aus einer Rückenwunde quoll Blut. Johanna reinigte mit einer Handvoll Schnee einen blutigen Dolch.

»Als der Tumult losging, habe ich zugestoßen. Der Mann erwischte mich mit seinem Degen, bevor er niedersank«, sagte Johanna, als hätte sie es täglich mit Wegelagerern und Deserteuren zu tun.

Hannes bemerkte erst jetzt, dass vom rechten Handgelenk seiner Frau Blut in den weißen Schnee tropfte.

»Das muss verbunden werden!« Er nahm seine Frau in den Arm und drückte sie. »Gott der Herr hat uns aus dieser misslichen Lage befreit«, sagte Hannes und faltete die Hände zu einem kurzen Dankesgebet.

»Ich würde eher sagen, eine Eskadron Kavallerie und unser aller beherztes Handeln«, erwiderte Johanna und schloss sich nach kurzem Zögern dem Gebet an. Die Kavallerieeinheit der sächsischen Armee hatte nicht alle Dorfbewohner festsetzen können, da diese in alle Richtungen geflohen waren. Unter den Gefangenen befanden sich der Schmied und dessen Tochter. Die Gräfin Cosel verhandelte gerade mit dem kommandierenden Leutnant über das Schicksal der Entführer und den beteiligten Bauern.

»Und Sie haben eigenhändig den Anführer der Deserteure erschossen?«, fragte der Offizier erstaunt.

»Hat mir mein Vater, der Oberst der Kavallerie, Joachim von Brockdorff beigebracht. Es tut mir leid, werter Herr Leutnant von Saalbach, dass wir Ihnen nur einen Deserteur unversehrt übergeben können.«

»Darf ich Ihnen ein Kompliment aussprechen, sehr geehrte Reichsgräfin von Cosel?« Leutnant von Saalbach salutierte vor Anna Constantia.

»Nicht mir gebührt der Dank, sondern meinem Anführer der Leibwache, dem Herrn Baron von Senftenberg, der die Lage jederzeit im Griff hatte und kaltblütig handelte. Nicht zu vergessen meine Privatsekretärin Johanna, Baroness von Senftenberg, die Verwirrung stiftete und sich als meine Person ausgab. Ein bühnenreifer Auftritt! – Holt sofort Verbandmaterial vom Schlitten!«

Die Gräfin Cosel kümmerte sich persönlich um die Versorgung von Johanna und Marie. Letztere hatte Prellungen und Schürfwunden davongetragen, als man sie an Bukephalos gebunden über Bodenunebenheiten durch den Schnee geschleift hatte. Der kommandierende Leutnant hatte den Feldscher der Eskadron herbeirufen lassen.

»Flicken Sie den Bastard wieder zusammen, damit wir ihn vor ein Militärgericht stellen können!«

»Jawohl, Herr Leutnant!« Der Feldscher beugte sich über den besinnungslosen Deserteur Matthias und untersuchte ihn. »Zum Glück haben wir eine Trage auf Kufen dabei, die werden wir brauchen, wenn ich die Blutung gestoppt habe!«

»Auch an Sie mein Kompliment, verehrte Baroness von Senftenberg! In der Situation kühlen Kopf bewahren und einen erfahrenen Soldaten kampfunfähig machen, Chapeau!« Leutnant von Saalbach salutierte erneut.

»Kommen wir zurück auf die wenigen Dorfbewohner, derer wir habhaft werden konnten! Was haben Sie zu ihrer Verteidigung vorzubringen, Hufschmied?« Der Leutnant hatte anhand des Vorschlaghammers, den man konfisziert hatte, keine Mühe, den Beruf erraten.

»Immer wieder ziehen preußische, schwedische, dänische, russische und sächsische Truppen durch unser Dorf und verlangen Lebensmittel und Geld. Wir haben nichts mehr, Herr Leutnant! Es gibt keine Pferde mehr, die ich beschlagen könnte. Meine Frau ist am Fieber gestorben und meine Tochter Magdalena hungert! Als der Korporal und zwei Soldaten kamen, wollten wir diese erschlagen, weil es diesmal so wenige waren. Sie haben uns dazu überredet, aus einem Hinterhalt heraus Reisende zu überfallen. Ich wurde mit einer Waffe bedroht, weil ich verhindern wollte, dass man Magdalena als Lockvogel zurück ins Dorf schickt.«

»Bei allem Verständnis, Hufschmied, Sie hätten sich nicht mit Deserteuren der sächsischen Armee gemein machen dürfen! Sie haben sich bewaffnet und Verrätern angeschlossen. Dafür werden Sie hängen, auch wenn Sie nicht Untertan unseres Herrschers von Gottes Gnaden sind!«

»Einspruch, Herr Leutnant!«, sagte Anna Constantia von Cosel und trat energisch einen Schritt nach vorn. »Ich halte ihre Argumentation für juristisch bedenklich. Diese Gegend gehört zu Schwedisch-Pommern. Es sind Untertanen von König Karl XII. und unterstehen nicht unserer Gerichtsbarkeit!«

»Bei allem Respekt, Frau Reichsgräfin, die Schweden kontrollieren im Moment diese Gegend nicht, weil sie aus bekannten Gründen ihre Truppen und Beamten nach Stralsund und Rügen geschickt haben«, sagte der Leutnant.

Der Schmied und seine Tochter machten große Augen, weil der Offizier die schwarzhaarige Dame ständig als Reichsgräfin ansprach.

Sie hatten bisher die Frau mit dem goldbraunen Haar und der Bandage um das rechte Handgelenk für die Gräfin Cosel gehalten.

»Ich begnadige die gefangengenommenen Dorfbewohner. Sie wurden Opfer der Umstände und haben sich verleiten lassen.« Von Saalbach wollte etwas erwidern. Anna Constantia brachte ihn mit erhobener Hand zum Schweigen.

»Ich weiß, was Sie vorbringen wollen, Herr Leutnant. Ich bin dazu nicht befugt, sondern nur der General Flemming und unser Herrscher. Ich versichere Ihnen, die Begnadigung bei nächster Gelegenheit von einem der Genannten bestätigen zu lassen. Sie sind ihrer Aufgabe nachgekommen, Deserteure der sächsischen Armee festzusetzen. Vielen Dank für ihr Eingreifen in einer misslichen Lage!« Die Gräfin Cosel reckte das Kinn in den kalten Ostwind. Sie ließ keine Zweifel zu, dass sie die Nähe des Herrschers hatte und solche Entscheidungen treffen konnte.

»Verstanden und akzeptiert, verehrte Reichsgräfin. Dann gehe ich davon aus, dass Sie und ihre Begleiter nach Stralsund zurückkehren oder wünschen Sie nach Greifswald zu fahren? Ich würde Ihnen auch vier Reiter mitgeben, damit Sie besser geschützt sind«, sagte der Leutnant.

»Weder noch. Was ist die nächste größere Ansiedlung, in der wir ein Gasthaus finden?« Anna Constantia hatte sich an Johanna gewandt, die allwissende Privatsekretärin.

»Grimmen, Madame!« Johanna deutete den Knicks nur an.

Der hünenhafte Schmied verbeugte sich tief.

»Vielen Dank, verehrte Gräfin! Ich werde Sie bis an mein Lebensende in meine Gebete einschließen!« Der Hufschmied gab seiner Tochter einen sanften Schubs und Magdalena versuchte sich an einem Hofknicks.

»Da meine Kammerzofe verletzt ist, stelle ich Magdalena in meine Dienste. Sie bekommt ein warmes Bett und regelmäßig etwas zu essen. Stimmen Sie als ihr Vater zu, Schmied?«, fragte die Gräfin.

»Ich gebe sie nur ungern her, aber wenn sie es in Sachsen besser hat, lasse ich sie ziehen und gebe meinen Segen!«

Hannes gab Anweisung, dass die acht Zugpferde wieder vor die zwei Schlitten gespannt wurden. Im ersten Schlitten wurde es eng, da jetzt auch das Mädchen Magdalena etwas Platz beanspruchte. Zuvor hatte sie tränenreichen Abschied von ihrem Vater genommen. Leutnant von Saalbach lenkte sein Pferd neben den ersten Schlitten.

»Sie sind sicher, dass Sie keinen Geleitschutz bis Grimmen brauchen, verehrte Reichsgräfin?«

»Ich vertraue dem Baron von Senftenberg und seinen Männern!«

»Wie Sie, wünschen, Madame!« Der Offizier ließ zum Sammeln blasen. Die Leiche des Korporals Hartmann wurde zur Abschreckung an einen kahlen Baum gehängt, ein Mittäter auf eine Trage mit Kufen gelegt und der zweite gefesselt auf ein Reservepferd gesetzt.

In Grimmen angekommen, jammerte der Wirt, dass abziehende Schweden alles konfisziert hätten, sogar die Wachskerzen. Man könne das Gasthaus nur mit rußenden Unschlittkerzen erhellen.

Die Gräfin Cosel hellte mit ein paar Talern die Laune des Wirtes merklich auf.

»Leider kann ich Ihnen nur heiße Suppe, Brot und Bier anbieten, verehrte Gräfin! Ich war auf so hohen Besuch nicht eingerichtet.« Der Kneipier machte einen Katzenbuckel. Er rannte in die Küche und weckte Koch und Schankmädchen aus dem Winterschlaf. Nach dem spartanischen Mahl zogen sich alle in die Gästezimmer zurück. Es gab davon nur vier. Sogar die Gräfin musste sich ihres mit der Kammerzofe Marie teilen. Es wurde für Anna Constantia eine unruhige Nacht, denn Marie schrie im Schlaf und schlug um sich, musste immer wieder getröstet werden. Hannes hatte vom Wirt eine Schüssel heißes Wasser erbeten. Die Bitte nach einem ganzen Zuber wurde abgeschlagen. So konnte er seiner Frau wenigstens ein warmes Fußbad zur Verfügung stellen. Johanna streckte beide große Zehen hinein, dann die Füße. Hannes kniete vor ihr und massierte das linke Bein.

»Es gibt Momente wie diesen, da danke ich Gott, dass sich unsere Wege kreuzten und ich dich geheiratet habe, mein Gemahl!«

»Meine Heldin! Ich verneige mich vor dir und wasche deine Füße – dennoch war es ein großes Risiko, dich als die Gräfin auszugeben! Zudem wusste ich nicht, dass du an der Wade eine Dolchscheide trägst. – Bitte den anderen Fuß aus dem Wasser, danke!«

»Anna Constantia hat die beiden Pistolen sonst in einer ihrer Truhen. Sie rief mich zu sich und sagte, wir müssten für einen Überfall gewappnet sein. Sie prüfte die Ladungen der Pistolen und übergab mir eine Dolchscheide zum Anschnallen an der rechten Wade. Wir atmeten tief durch, als die Deserteure uns nicht gründlich durchsuchten. Sie waren abgelenkt, weil du Georg sofort hinterhergeschickt hast.«

Hannes trocknete die Füße ab und Johanna stieg aus der Schüssel. Sie ließ das Kleid zu Boden flattern. »Mir ist jetzt warm. Ich sorge dafür, dass dir heiß wird!«

DAS GASTHAUS IN WIDAWA

»Das ist ungeheuerlich! Der König befiehlt mir, ich soll für einige Zeit aus dem Taschenbergpalais ausziehen, er will es umbauen lassen. Ich werde selbst nach Warschau reisen und ihn zur Rede stellen! Ruf Marie, sie soll meine Sachen packen!«

»Ich weiß nicht, ob das eine gute Idee ist, Constantia«, sagte Johanna, der es angesichts der aufgebrachten Gräfin, die durch das Zimmer rauschte, schwer fiel ruhig zu bleiben. Anna Constantia von Cosel blieb abrupt stehen und stützte sich an einer Tischkante ab.

»Hast du Neuigkeiten aus Warschau, weil du mir diesen Rat gibst?«

»Selbstverständlich nicht …«, stotterte Johanna.

»Dann schweig, ruf Marie und sag deinem Mann, dass es morgen losgeht.«

Johanna wollte schon nach draußen laufen, wurde aber durch einen Zuruf der Gräfin zurückgehalten.

»Warte noch! Komm zurück und schließ die Tür!«

»Glaubst du, man hat einen neuen Spion bei uns eingeschleust, Constantia?« Johanna verdrehte die Augen. Bisher hatte sich keiner der Angestellten so auffällig verhalten wie einst Jakob Berlinger, den Hannes getötet hatte.

»Das weiß ich nicht. Wir werden dennoch das Gerücht verbreiten, ich reise nach Hamburg, um dort ein Haus zu kaufen. Sorge bitte dafür. Alle die sich freuen, ich sei weit weg von Dresden und noch weiter von Warschau, werden sich noch wundern. Und jetzt ruf endlich Marie!«

Weder die Cosel noch Johanna und Hannes ahnten, dass gern gesehene Gäste bei den Abendgesellschaften, wie die Brüder Lecheraine oder der Comte de Lagnasco auch für die Gegenseite arbeiteten. Diese Männer waren charmant und geistreich, bewunderten die Schönheit der Gräfin. Sie kamen aus Frankreich und Italien, der Abbé Lecheraine war ein ordinierter Priester. Niemand, auch nicht die stets misstrauische Johanna, kam auf die Idee, dass diese Gäste in Verbindung mit Flemming standen. Wie ihr geheißen, verbreitete Johanna in Dresden das Gerücht, die Cosel, deren Dienerschaft und Leibwache würden nach Hamburg reisen. In Wirklichkeit wurden die Kutschen nördlich von Dresden nach Osten gelenkt. Es ging über die Neiße nach Schlesien. In Breslau legte die Gräfin einige Tage Pause ein. Der Comte de Lagnasco war ihnen heimlich nachgereist.

Versteckt in einem anderen Gasthaus verfasste er einen
Brief, den er mit Eilboten an den Hof zu Warschau schickte.
Dort sorgte die Information, die Gräfin Cosel weile weder in
Dresden noch in Hamburg, für helles Entsetzen. Zu viele
hatten bereits ihre Karriere an die neue Mätresse, die Gräfin
Dönhoff, geknüpft.

»Jeder weiß, dass diese Cosel stets zwei geladene Pistolen
bei sich führt!«, schrie Maria Magdalena von Dönhoff. »Sie
wird kommen, um dich zu erschießen, August! Viel
wahrscheinlicher ist wohl, dass sie mich umbringt! Diese
Person darf Warschau nie erreichen, mach was, August!«
Friedrich August I., als König von Polen August II., gefiel
das alles nicht. Jeder redete ihm ein, die Cosel wäre
gefährlich. Er hatte sie als schöne, geistreiche Frau in
Erinnerung, mit der man gern Zeit verbrachte, auch im Bett.
Er hatte ihr in einem geheimen Vertrag sogar die Ehe
versprochen. Um allen Seiten gerecht zu werden, willigte er
ein, man möge den zum Kammerjunker ernannten
Franzosen Nicolas de Montargon auf eine diplomatische
Mission schicken, damit er die Cosel überrede, nach
Dresden zurück zu kehren. Um dem Ganzen Nachdruck zu
verleihen, würde man dem Emissär einige Kavalleristen
unter der Leitung des Oberstleutnants de la Haye zur Seite
stellen.

»Ich verstehe nicht, was diese Aktion soll«, rief de la Haye
aufgebracht. »Warum ködern Sie eine Bande von polnischen
Betteljungen und werfen mit Talern um sich?«

»Glauben Sie mir, werter Herr Oberstleutnant, ich habe
versucht, den Stalljungen zu bestechen, die Pferde der
Leibwache der Cosel wegzutreiben. Das ist mir noch nicht
untergekommen! Ein Pole, der sich nicht bestechen lässt!

Die Bande von Betteljungen, wie Sie sie bezeichnen, wird den Unwilligen in Fesseln legen und die Pferde auf die Wiesen jagen!«, sagte Nicolas de Montargon.

»Ich habe immer noch nicht verstanden, was das Ganze soll, Herr Kammerjunker!«, ereiferte sich der Offizier der Garde du Corps.

»Die Gräfin Cosel hat ein aufbrausendes Temperament. Sie wird meinem freundlichen Vorschlag, zurück zu reisen womöglich nicht folgen und mich bedrohen. Wenn sie ihre Leibwache ruft, um mich festzusetzen, ist diese mit dem Einfangen der Pferde beschäftigt«, sagte de Montargon.

»Wir sind ja auch noch da«, antwortete der Oberstleutnant kopfschüttelnd.

»Was glauben Sie, welchen Aufruhr es gibt, wenn eine sächsische Eliteeinheit ein polnisches Gasthaus stürmt? Sie kommen mit herein, ihre Männer bleiben draußen!«

Diesen Argumenten konnte sich de la Haye nicht ganz verschließen.

Der Wirt wusste nicht, wer sein Gast war, erkannte aber an der Kleidung eine adelige Dame.

»Chcesz zjeść kolację, Madame? Sie möchten speisen?« Die Gräfin Cosel zuckte mit den Schultern. Johanna hatte auf der Reise von Warschau nach Danzig Polnisch gelernt und antwortete: »Tak, panie właściciel! Ja, natürlich, Herr Gastwirt! Bitte bringen Sie die Speisekarte!«

»Karte?« Der polnische Gastwirt kratzte sich an der Stirn. Sollte er jetzt auch noch jeden Tag aufschreiben, was in der Küche gebrutzelt wurde?

»Nun, wir haben heute Ochse am Spieß, Schweinebraten und Rote-Beete-Suppe anzubieten.« Mit einem einst weißen Tuch wedelte der Wirt Krümel von der Tischplatte.

Hannes hatte nach einem prüfenden Blick durch den Gastraum den Eindruck gewonnen, hier drohe keine Gefahr für die Gräfin.

Er hatte niemand zur Bewachung der Pferde zurückgelassen. Der polnische Stallbursche hatte einen zuverlässigen Eindruck gemacht. Michael, Georg und Martin saßen an einem der hinteren Tische und warteten auf die Humpen Bier, die sie bei einem Schankmädchen bestellt hatten. Einige der Gäste hatten dank Wodka bereits um die Mittagsstunde einen beachtlichen Pegel erreicht und diskutierten lautstark in der Sprache mit den vielen Zischlauten. Draußen vor dem Gasthof nahm das Unheil seinen Lauf. Nicolas de Montargon war mit einigen Straßenjungen handelseinig geworden, die in den Stall schlichen, um den unbestechlichen Janek zu überwältigen. Die Verhandlungen hatten sich in die Länge gezogen, weil die Jugendbande die Pferde nicht nur wegtreiben, sondern auch verkaufen wollte. Das war nicht im Sinne des französischen Kammerjunkers. Es ging nur darum, Zeit zu gewinnen.

»Oh, ein Oberstleutnant der Garde du Corps! Was verschafft uns die Ehre?«, sagte Hannes nach einem Blick auf die weiße Uniform und die Schulterstücke.

»Das erklärt Ihnen am besten der Marquis de Montargon, der jeden Augenblick hier eintreten wird, Herr Baron von Senftenberg!« Man hatte de la Haye in Warschau instruiert, dass er auf den Chef der Leibwache der Cosel treffen würde.

Die Gräfin Cosel hatte sich für die Rote-Beete-Suppe als Vorspeise und den Schweinekrustenbraten entschieden. Vielmehr an Auswahl gab es hier nicht. Johanna hatte alles für den Wirt übersetzt, der nur wenig Deutsch sprach. In diesem Augenblick stürzte eine Magd in den Raum, die auf Polnisch rief, einige Pferde der Gäste wären nicht mehr im Stall, sondern weit entfernt auf einer saftigen Wiese.

Hannes schnappte einen Zuruf seiner Frau auf und winkte seinen Männern, sie sollen ihm folgen. Ein paar Polen fühlten sich bemüßigt, ebenfalls nach dem Rechten zu sehen, es könnten ja auch ihre Pferde sein. Nachdem ein Teil der Gäste und vor allem die Leibwache der Gräfin nach draußen gestürmt war, betrat der Marquis de Montargon den Raum, steuerte zielsicher den Tisch der Gräfin an und schwenkte den Dreispitz.

»Gestatten Sie, verehrte Reichsgräfin von Cosel, dass ich an ihrem Tisch Platz nehme, oder soll ich woanders …?«

»Mit wem habe ich das Vergnügen, verehrter Herr …?«, fragte Anna Constantia verwundert, denn sie kannte den Mann nicht.

»Marquis de Montargon, Verehrteste, ein bisher unbekannter Bewunderer ihrer Schönheit, Anmut und Tugend!«

Anna Constantia von Cosel fand, der Mann trage zu dick auf. »Dann nehmen Sie doch Platz, sehr geehrter Marquis. Ich überlege gerade, welcher Wein zum Essen passt. Die Auswahl scheint mir in dieser bescheidenen Schänke doch etwas begrenzt. Ich bevorzuge zum Schweinebraten einen Pinot Noir, was ist ihre Meinung dazu?«

»Ein Spätburgunder ist sicher die treffende Wahl, Reichsgräfin von Cosel.« Nicolas de Montargon tupfte sich mit einer Serviette die Lippen ab, obwohl er bisher nichts gegessen oder getrunken hatte. Auf seiner Stirn bildeten sich Schweißperlen. Er widerstand der Versuchung, die Serviette zweckentfremdet einzusetzen.

»Vielen Dank für die Einladung, hochverehrte Reichsgräfin! Um der Wahrheit die Ehre zu geben … ich bin auch hier, um Ihnen einen freundschaftlichen Rat zu geben.«

»Ach, ja? Um welchen Rat handelt es sich, Marquis?«

Johanna bemerkte mit wachsender Unruhe, dass ihre Herrin den zusammengeklappten Fächer, den sie stets bei sich trug, auf die Tischkante klopfte. Kein gutes Zeichen.

»Für Sie, für alle, wäre es das Beste, wenn Sie umkehren und in Dresden eine neue Bleibe suchen. Wie Sie wissen, soll das Taschenbergpalais umgebaut werden und wegen des Baulärms …«

Johanna hatte erwartet, dass die Gräfin aufsprang und den Fächer malträtierte. Nichts dergleichen geschah. Nur die Farbe des Gesichts änderte sich. Die vornehme Blässe wechselte ins Rötliche.

»Sie hätten sich die Mühe sparen können, mich in diesem Gasthof aufzuspüren, Marquis! Ich möchte vom König, dem Vater meiner Kinder, selbst hören, dass ich unerwünscht bin! Niemand wird mich daran hindern.«

Der Wirt brachte die bestellten Getränke und sorgte dafür, dass die Situation vorerst nicht eskalierte.

»Verstehen Sie doch, verehrte Reichsgräfin, ich will Sie doch nur vor Unannehmlichkeiten und unbedachten Schritten bewahren. Nichts liegt mir ferner, als ihre Entschlusskraft anzuzweifeln«, sagte de Montargon. Er kramte ein Seidentüchlein hervor, um endlich den Schweiß von der Stirn zu wischen.

»Ich glaube, ich habe mich vorhin deutlich genug ausgedrückt, Marquis. Sie spielen sich hier als Freund auf, obwohl wir uns gerade erst kennengelernt haben. Mir scheint, ein Klüngel in Warschau hat sein Wohl auf der Gunst der kleinen polnischen Bettgespielin unseres Herrschers begründet und versucht, mich ihm zu entfremden! Sie können gehen, Marquis. Suchen Sie sich einen anderen Tisch oder besser noch, ein anderes Gasthaus!«

Johanna sah sich wieder einmal getäuscht. Nicht ihre Herrin, sondern der Kammerjunker de Montargon sprang auf.

»Wenn Sie mir nicht glauben, Reichsgräfin, ich kann Ihnen ein amtliches Schreiben vorweisen, unterzeichnet vom König selbst, dass Ihnen befiehlt, nach Dresden zurückzukehren und sich zu fügen!«

Die Gräfin Cosel öffnete in Windeseile ein Reisenecessaire, das neben ihr auf einem leeren Stuhl stand, griff hinein, förderte zwei Pistolen zutage und brachte sie in Anschlag.

»Verschwinden Sie, Marquis, jetzt!«

Der Stuhl, auf dem der Kammerjunker gerade noch gesessen hatte, kippte um und der Mann rannte nach draußen.

»Baroness von Senftenberg! Wo sind ihr Ehegatte und seine drei Männer, wenn man sie mal braucht?«, schrie die Cosel. Sie beruhigte sich und legte die Pistolen auf den Tisch.

»Sie sind draußen, weil die Pferde fortgetrieben wurden.«

»Dann eilen Sie hinaus und sagen ihnen, sie sollen den Marquis festsetzen!«

»Ja, Frau Gräfin!« Johanna stürmte nach draußen.

Die ganze Zeit hatte der Oberstleutnant de la Haye seelenruhig am Tisch gesessen und sich nicht eingemischt. Während einer Schlacht war eine Kanonenkugel nur zwanzig Meter von ihm entfernt eingeschlagen, das aufbäumende Pferd hatte ihn abgeworfen und der Feldscher musste das gebrochene Bein schienen. Ein Offizier der Kavaliergarde ließ sich durch zwei Pistolen nicht aus der Ruhe bringen. Nicolas de Montargon hatte eine Ledermappe zurückgelassen, die der Oberstleutnant öffnete. Er entnahm ihr ein Schreiben und schob es über den Tisch.

Die Gräfin Cosel brach das Siegel mit zitternden Händen.

»Mon dieu, dann hat der Marquis nicht gelogen? Es ist die Unterschrift von Friedrich August! Es muss doch zu klären sein, wer ihm das eingeflüstert hat …« Anna Constantia von Cosel ließ das Schreiben sinken. Aller Kampfesmut war erloschen und die rote Farbe aus ihrem Gesicht gewichen.

»Es tut mir aufrichtig leid, verehrte Gräfin, ich habe meine Befehle. Draußen sind meine Soldaten. Sie werden überwachen, dass ihre Kutsche den Weg zurück über Breslau nach Dresden nimmt. Übrigens, das Ablenkungsmanöver mit den Pferden war nicht meine Idee, wie Sie sich denken können, sondern die des Marquis. Warten Sie ab, bis der König in seine Residenz in Dresden zurückkehrt und bitten dann um eine Aussprache.«

Der Offizier hatte ruhig und mit Nachdruck gesprochen. Anna Constantia von Cosel blieb nichts anderes übrig, als sich dem Befehl zu fügen. Sie hatte keinen Appetit mehr, schob den lecker duftenden Schweinebraten in die Mitte der Tischplatte.

»Möchten Sie, Herr Oberstleutnant?«

»Sonst sehr gern, verehrte Gräfin, aber meine Männer sind durch den entstandenen Tumult verwirrt und warten auf Befehle. Ich muss leider nach draußen.« De la Haye stand auf, verbeugte sich und schwenkte den Dreispitz. Anna Constantia von Cosel griff nach dem Glas mit dem Spätburgunder und kippte es in einem Zug herunter.

Hannes, Michael, Georg und Martin war es gelungen, die Pferde auf einer entfernten saftigen Wiese wieder einzufangen und erneut in die Obhut des Stalljungen zu geben, den man von den Fesseln befreit hatte.

Als seine Frau erschien, hielt Hannes gerade vier Strohhalme in der Hand, um auszulosen, wer den Kürzeren zog und Wache schieben musste.

Johanna war verwirrt. Die Fraktion in Warschau, die gegen ihre Herrin arbeitete, war mächtiger als sie geglaubt hatte.

»Mein liebes Eheweib, Soldaten versperren den Weg nach Nordosten. Hat sich unser Herrscher von Constantia abgewandt und will sie nicht mehr sehen?« Hannes schüttelte den Kopf. »Wer steckt dahinter?«

»Flemming und ein paar Günstlinge, von denen einer gerade einen misslungenen Auftritt in der Schankstube hatte. Es erübrigt sich die Frage, wohin der Marquis de Montargon geflohen ist. Das konntet ihr nicht sehen. Das Wegtreiben der Pferde war geschickt eingefädelt«, seufzte Johanna. »Es wäre schade um das bestellte Essen. Komm herein, mein lieber Herr Gemahl, und lass es dir schmecken!«

»Einen Moment noch, die Auslosung ist noch im Gange, wer dem Janek beisteht, falls wider Erwarten die Bande nochmal auftaucht, die offensichtlich von dem Marquis de Montargon angestiftet wurde.«

Michael Kehl zog den kürzesten Strohhalm und schlich mit mürrischer Miene zum Stall.

»Jetzt können wir doch noch unser Bier austrinken!«, frohlockte Georg.

»Ist inzwischen schal geworden, ich bestelle frisches«, sagte Martin.

DIRNEN AUS BÖHMEN

Hannes und Georg hatten ihre Pferde vor einem Gasthaus in Schandau angebunden.

Sie warteten geduldig auf das Schankmädchen, welches gerade anderen Gästen Speisen und Getränke servierte.

»Um ehrlich zu sein, Hannes, habe ich immer noch nicht begriffen, warum uns die Gräfin auf diese Mission schickt. Sicher kannst du mir auf die Sprünge helfen.« Georg winkte der Bedienung zu, die mit wiegenden Hüften und vollem Tablett an ihnen vorbeihuschte.

»Ich bin gleich bei Ihnen, meine Herren!«, zwitscherte sie.

»Heiße Braut! Busen, Taille, Hüften – da stimmt alles!« Hannes verhinderte mit erhobener Hand, dass Georg dem attraktiven Mädchen hinterher pfiff. Gerade sie als Leibwache der Gräfin Cosel sollten sich mustergültig verhalten, was zu ihrem Auftrag nicht zu passen schien.

»Um auf deine Frage zurück zu kommen, mein lieber Freund«, sagte Hannes, wurde aber vom Schankmädchen unterbrochen, das nun bereit war, ihre Bestellung aufzunehmen. Georg starrte ihr ungeniert in den Ausschnitt. Sie entschieden sich für Dünnbier und Schweinebraten.

»Musst du sie so angaffen, Georg?« Hannes schüttelte den Kopf.

»Am liebsten würde ich gleich dieses Mägdelein mit nach Pillnitz nehmen. Michael hast du wohlweislich bei der Gräfin und deiner Johanna gelassen. Der hätte schon längst ein Schäferstündchen mit ihr vereinbart!«, lachte Georg.

»Kommen wir auf deine ursprüngliche Frage zurück. Die lässt sich mit einem Satz beantworten, ist aber dann doch komplizierter, denn es fing alles mit dem Generaladjutanten

Benedict Detlev von Thienen an«, sagte Hannes. Er hatte sich über den Tisch gebeugt und die Stimme gesenkt.

»Dann bitte zunächst die Kurzversion und beim Essen die lange!« Georg grinste Hannes an.

»Kabinettsminister Watzdorf wollte unserer Gräfin an die Wäsche und im Gegenzug für Liebesdienste günstige Bedingungen für ihren Rückzug bei unserem König aushandeln. Um künftig stürmischen Herren den Druck aus dem Kessel zu nehmen, reiten wir nach Böhmen, um Dirnen anzuwerben, die nicht als solche erkennbar sind.«

»Das waren schon zwei Sätze, Hannes! Die lange Version dauert bis heute Nachmittag, fürchte ich.« Georg täuschte ein verdrießliches Gesicht vor, welches sich umgehend aufhellte, als das Schankmädchen das Bier brachte.

»Ist die Frage nach dem Namen gestattet, holde Maid?«

»Katharina, mein Herr!« Die Wangen der jungen Frau wurden eine Nuance röter.

»Oh, ich kenne eine Katharina in Pillnitz, die hat aber nicht so schöne Augen wie du!«

Wenn Georg erwartet hatte, dass das Gesicht des Schankmädchens glühen würde, sah er sich getäuscht.

»Das höre ich heute schon zum dritten Mal, mein Herr! Nur der Ort wechselt. Wohl bekomm's!«

Hannes klopfte sich unter dem Tisch auf die Schenkel, behielt aber eine scheinbar ernste Miene.

Beide benetzten die durstigen Kehlen mit dem Dünnbier.

»Wo waren wir stehengeblieben? Ach, ja, diesem geschniegelten von Thienen.« Georg war nach der Abfuhr sichtlich bemüht, das Thema zu wechseln. »Natürlich haben wir einiges mitbekommen, Hannes. Hat dieser Thienen nun mit unserer Gräfin oder hat er nicht?«

»Sowohl mein Weib als auch Jannika und die neue Zofe Katharina haben mir glaubhaft versichert, Constantia habe mit ihm nicht das Lager geteilt«, sagte Hannes und nahm einen weiteren Schluck Bier.

»Aber verliebt war der Schnösel schon?«, vergewisserte sich Georg.

»Das kann wohl sagen.« Hannes grinste über den Tisch.

Katharina brachte Schweinebraten, Brot und Besteck. Sie blieb diesmal unbehelligt.

»Du hast versprochen, beim Essen die ganze Geschichte, Hannes!« Georg zerteilte mit einem Messer das Fleisch und schob den ersten Bissen in den Mund. »Vorzüglich!«

»Ab morgen gibt es Knödel zum Braten«, sagte Hannes mit vollem Mund. Eine Weile stopften beide das Essen in sich hinein und spülten es mit Bier herunter.

»Nur gut, dass mein Weib nicht dabei ist. Sie würde mich ermahnen, nicht zu essen wie ein Fuhrknecht«, seufzte Hannes, legte das Besteck beiseite und tupfte sich den Mund mit einer Serviette ab.

»Du erinnerst dich an Georg Ludwig von Haxthausen, der häufig zum Essen bei unserer Gräfin erschien?«

»Ja, sicher, ein umgänglicher Mann, freundlich zu allen, auch zu uns und den Bediensteten in Pillnitz. Was hat der Tischgenosse unserer Gräfin mit dem Fortgang der Geschichte zu tun?«, wollte Georg wissen.

»Der Sohn des Erziehers unseres Königs ist auch in diesen schwierigen Zeiten ein guter Freund unserer Brotherrin. Er hat sie vor von Thienen und Watzdorf gewarnt. Der eine ist etwas ungestüm und hat wohl am Hof behauptet, der König handle unrecht, wenn er eine so schöne und kluge Frau beiseiteschiebe. Der Oberhofmarschall Löwendahl behauptete, von Thienen beginge seine Dummheiten, weil er hoffnungslos in unsere Gräfin verliebt sei und in ihrem Auftrag handele, was natürlich ausgemachter Unsinn ist!«, ereiferte sich Hannes. Er hatte als ehemaliger Müllergeselle die Intrigen am Hof nie durchschaut, wusste nur, dass Constantia das Opfer eines Ränkespiels geworden war. Inzwischen hatten in Dresden die Leute die Oberhand, welche die kluge, aber naive Gräfin Cosel ständig verleumdeten. Wie skrupellos diese Höflinge vorgingen, konnte Hannes nur erahnen.

»Natürlich haben wir auch unsere Spione in Dresden«, sagte Hannes. Seine Kehle wurde trocken, als er an das Schicksal der schönen Polin Agnes dachte. »Diese berichten von seltsamen Vorfällen. Von Vitzthum wollte von Thienen daran hindern einen Raum zu betreten, in dem der König weilte. Das gelang nicht, von Thienen stürmte vorbei und wurde von Friedrich August zu Boden geworfen und sogar getreten! Man hatte ihm erzählt, der Mann habe mit Constantia das Lager geteilt. – Du kannst lesen, Georg?«

»Das will ich meinen! Wie kommst du darauf?«, fragte der Mitstreiter verwundert.

»Welcher Artikel in der Zeitung ist dir in letzter Zeit besonders aufgefallen?«, fragte Hannes lauernd.

»Die neue Mätresse, Maria Magdalena von Dönhoff, hatte Stunden damit zugebracht, sich zu kleiden und zu schminken. Als sie in den Festsaal schritt, um von allen bewundert zu werden, stürmte unser Herrscher auf sie zu und riss ihr wie im Rausch nacheinander alle Klamotten vom Leib, bis sie nackt dastand. Sie wurde von Hofdamen umringt und schlotternd aus dem Saal geführt.«

»Richtig, Georg. Und jetzt füge Eins und Eins zusammen!«, sagte Hannes.

»Unser Herrscher ist immer noch in unsere Gräfin verliebt, lässt seine Wut an der Nachfolgerin aus und misshandelt einen Mann, von dem er glauben muss, er habe mit Constantia im Bett gelegen.« Georg trank den Rest aus, der sich noch im Bierhumpen befand.

»Besser hätte es mein kluges Weib Johanna auch nicht formulieren können.«

»Hat es Ihnen nicht geschmeckt, werter Herr?« Von den beiden Männern unbemerkt war die Bedienung Katharina wieder an den Tisch getreten. »Sie haben ja gar nicht aufgegessen!«

»Es hat vorzüglich gemundet, Katharina! Ich bin satt und möchte dem Pferd draußen nicht zumuten, noch mehr zu tragen!« Hannes lächelte das Schankmädchen an.

»Wenn Sie gestatten, werter Herr, kehre ich den Spieß mal um und frage nach ihrem Namen!«

»Johannes, Baron von Senftenberg. Der vorlaute Bursche an meiner Seite ist Georg Zimmermann.« Hannes bemerkte, dass sich die Wangen des Mädchens verfärbten.

»Bleiben Sie unser Gast, Herr Baron, oder führen Sie ihre Wege weiter?«

Georg stellte verwundert fest, dass Katharina auf Hannes ganz anders reagierte als auf ihn.

»Unser Weg führt ins Böhmische, nach Aussig, Fräulein Katharina!«

»Wirklich schade, ich hatte gehofft, Sie …« Katharina stellte mit rotglühenden Wangen die Teller auf ein Tablett und huschte davon.

»Wie machst du das nur, Hannes?«, fragte Georg verblüfft.

»Keine Ahnung, die Weiber stehen auf mich.«

Zwangsläufig musste er an Jannika und Agnes denken – die schöne Polin, die er hinters Licht geführt hatte. Bevor er in trübe Gedanken abglitt verlangte Hannes die Rechnung.

»Warum bist du auf die Avance nicht eingegangen, Hannes?«, wunderte sich Georg.

»Johanna. Sie reißt mir den Kopf ab, wenn sie es erfährt«, sagte er kurz angebunden.

»Deine neu entdeckte eheliche Treue verträgt sich nicht mit unserem Auftrag«, sagte Georg schmunzelnd, als sie bereits auf dem Weg nach draußen zu den Pferden waren. »Wir werden die Damen auch testen müssen. Oder soll ich etwa allein?«

Hannes gab seinem Weggefährten einen Klaps auf den Hintern. »Schwing deinen schlaffen Po auf den Gaul. Wir wollen noch vor der Dämmerung Aussig erreichen!«

»Weder ist mein Hintern schlaff noch der Fuchshengst ein Gaul! Irgendwann kommt der Tag, da verlangt Friedrich August seine Rassepferde aus Pillnitz zurück, auch deinen Bukephalos.«

Hannes hatte den Rappen bereits zum Trab angetrieben, zügelte ihn und hielt an.

»Ich fürchte den Tag, an dem deine Prophezeiung eintritt, Georg«, sagte Hannes ernst.

Sie ritten durch das malerische Elbtal vorbei an den grauen Sandsteinformationen. Es war herrliches Frühsommerwetter. Bauern mähten das Gras auf den Elbwiesen, um in ein paar Tagen, wenn das Wetter hielt, die erste Heuernte einzubringen. Hannes erinnerte sich an die Tage bei Elisabeth Hufner in Burkersdorf bei Ortrand. Nach zweieinhalb Stunden erreichten sie Tetschen-Bodenbach. Hannes schlug vor, eine erneute Rast einzulegen.

»Wir haben zwar Order von der Gräfin, uns nach Aussig zu begeben, aber warum suchen wir nicht gleich hier nach geeigneten Damen und verbleiben am Ort? Mir gefällt es hier«, wandte Georg ein.

Hannes konnte sich mit dem Gedanken gut anfreunden. Georg hatte recht. Warum bis Aussig reiten? Reizende böhmische Damen gab es hier sicher auch. Man musste sich nur durchfragen. Er stieg vom Pferd und wandte sich gleich an die erste Passantin, eine alte, krumm gehende Frau, die sich auf einen Stock stützte.

»Wissen Sie, werte Dame, wo wie hier Frauen finden, die ihre Gunst feilbieten?«, fragte Hannes.

Georg musste an sich halten, um nicht los zu prusten. Der ehemalige Müllergeselle drückte sich manchmal wirklich wie ein Baron aus.

»Wieder mal zwei Edelleute aus deutschen Landen, die etwas Abwechslung suchen, hi hi!« Die Alte entblößte zwei Reihen lückenhafter Zähne und ihr Lachen klang wie das Meckern einer hungrigen Ziege, die soweit die Kette reichte, alles kahlgefressen hatte.

»Das ist so nicht ganz richtig, Madame, wir handeln im höheren Auftrag«, sagte Hannes und erntete noch mehr Gelächter, auch von Georg.

»Ist mir auch egal, wer Sie sind, Herr …?«

»Baron von Senftenberg, Madame!«

»Habe ich es doch gewusst! Wie dem auch sein, die Eva erfüllt Ihnen alle Wünsche, auch die obskuren. Die Straße runter und das Gelb getünchte Haus. Viel Vergnügen, meine Herren!« Die Alte hinkte meckernd von dannen bevor sich Hannes bei ihr bedanken konnte.

»Dann klopfen wir doch mal bei jener Eva an. Der erfreulichste Auftrag, seitdem ich in Diensten der Gräfin Cosel stehe!« Georg schwang sich aufs Pferd und war nicht mehr zu bremsen.

Er war dann auch der Erste, der den eisernen Türklopfer am benannten Haus betätigte. Ihm öffnete eine junge Frau, die Georg auf Mitte bis Ende Zwanzig schätzte.

Sie trug ein geschlitztes Kleid, welches ihren rechten Oberschenkel besonders gut zur Geltung brachte. Wegen der sommerlichen Temperaturen trug sie keine Strümpfe. Es fiel Georg schwer, sich von dem Anblick loszureißen. Ihm sprang sein Vorgesetzter zur Hilfe. Hannes verbeugte sich.

»Baron von Senftenberg, in Diensten der Reichsgräfin von Cosel. Wir sind auf der Suche nach …«

»Oh, ich weiß, wonach die Herren suchen. Seien Sie gewiss, bei mir bekommen Sie alles!«, sagte die Blondine mit blitzenden blauen Augen.

»Das bezweifle ich nicht, verehrte Frau …?«, fragte Hannes mit hochgezogenen Augenbrauen.

»Eva Pivonka, werter Herr Baron!«

»Wir sind nicht auf der Suche nach einem schnellen Abenteuer, sondern … könnten Sie sich vorstellen, dies alles hier für eine Weile zu verlassen, um in die Dienste der Reichsgräfin von Cosel zu treten?«

Georg befand, Hannes habe die Katze zu schnell aus dem Sack entlassen.

»Wie darf ich das verstehen? Treten Sie doch ein. Alles weitere besprechen wir bei einem Gläschen Wein, oder bevorzugen die Herren böhmisches Bier?«

»Roter Wein ist schon recht, verehrte Eva«, sagte Hannes und folgte der Einladung, sich an einen Tisch zu setzen.

»Lenka! Wo steckt das dumme Ding nur wieder? Lenka!!«

Nach wenigen Augenblicken erschien eine Magd, die das dunkelblonde Haar geflochten und den Zopf um den Kopf gewunden hatte.

»Lenka, bitte Wein vom Besten und drei Gläser!«

Die Magd machte einen Knicks, verschwand und kam bald darauf mit dem Gewünschten wieder. Hannes und Georg waren nach dem Ritt durstig und tranken die Gläser umgehend halb leer.

»Kommen wir auf ihr Ansinnen zurück, Herr Baron von Senftenberg. Gesetzt den Fall, ich begleite Sie und trete für eine Weile, wie Sie es zu formulieren beliebten, in die Dienste der Gräfin Cosel – was wäre dann meine Aufgabe?«, fragte die Gastgeberin gespannt.

Georg hing wie gebannt an den geschwungenen Lippen der blonden Frau.

»Ich weiß nicht, ob es sich bereits bis hierher herumgesprochen hat. Einige Herren aus Dresden sind der Meinung, unsere Herrin müsste ihnen ihre Gunst erweisen, um bessere Verhandlungsergebnisse beim König zu erzielen. Um die Leidenschaft jener Herren in eine andere Bahn zu lenken, sollen Damen vom Fach, wie Sie, Frau Eva, tätig werden.« Hannes räusperte sich und trank das Weinglas leer. Er hoffte, er habe sich nicht zu kompliziert ausgedrückt.

»Verstehe«, antwortete Eva Pivonka. »Man bestürmte die Gräfin. Bei künftigen Zwischenfällen soll ich mit den Herren ins Bett steigen. Was springt dabei für mich heraus? Immerhin hätte ich Verdienstausfälle hier in Tetschen-Bodenbach. Genügt Ihnen eine Dame?«

Die Gastgeberin rief nicht nach der Magd, sondern schenkte selbst Wein nach.

»Das waren mehrere Fragen auf einmal, Frau Eva.« Hannes musste sich etwas sammeln. Es war nicht das erste Mal, dass ihn die Gräfin Cosel auf eine heikle Mission schickte. Wenigstens drohten hier im Böhmischen weder Anklage noch Kerker, wie er es einst in Hoyerswerda erlebt hatte. Man wusste allerdings nie, wie sich die Dinge entwickelten.

»Wir geleiten Sie nach Pillnitz, übernehmen alle Reisekosten. Eigene Räume, freies Logis und Kost, für jeden Einsatz 50 Taler. Ein Grundgehalt bei Untätigkeit müssten Sie mit der Gräfin Cosel direkt aushandeln. Und zur anderen Frage: Ja, wir würden es schätzen, wenn sich Ihnen eine weitere Dame anschließt.« Hannes atmete tief durch und trank einen Schluck Wein.

»Das klingt verlockend. Leider arbeite ich im Moment allein. Milena ist krank geworden.« Eva Pivonka verschwieg den Herren aus Sachsen, dass sich die andere Dirne eine Geschlechtskrankheit zugezogen hatte. Das würde ihre Besucher abschrecken.

»Ich habe eine Freundin, die manchmal die Wäsche macht, und zwar viel ordentlicher als die einfältige Lenka. Sie wäre an diesem Angebot interessiert, obwohl sie nicht vom Fach ist.«

Eva schenkte wieder einmal Wein nach. Die Gäste waren durstig und trinkfest. Etwas anderes hatte sie von deutschen Männern auch nicht erwartet.

»Darf ich fragen, warum ihre Freundin ein Interesse bekundet, nach Sachsen zu gelangen?« Hannes hatte die Augenbrauen hochgezogen. Sein Auftrag lautete, zwei erfahrene Dirnen nach Pillnitz zu bringen.

»Das ist eine lange Geschichte. Es ist am besten, Veronika erzählt sie Ihnen selbst, Herr Baron von Senftenberg. – Lenka!« Nach wenigen Augenblicken erschien die Magd, die von Eva als einfältig bezeichnet worden war. Hannes befand, das Mädchen wäre weder dumm noch hässlich.

»Lenka! Lauf in die Bärengasse und hol mir die Veronika herbei, wenn's geht, noch heute!«

»Jawohl, Frau Pivonka!« Die Magd deutete einen Knicks an und verschwand so schnell sie ihre Füße trugen. Um die Wartezeit zu überbrücken, schlug Eva vor, etwas zum Abendessen in einer benachbarten Gastwirtschaft zu bestellen. Hannes winkte ab. Das hatte Zeit. Er war gespannt auf die Freundin der Dirne Eva. Man verbrachte noch etwas Zeit beim Plaudern. Die Gastgeberin schenkte gelegentlich nach. Georg machte ein paar schlüpfrige Witze und ließ durchblicken, dass er gern die Dame testen würde, bevor man sie mit nach Sachsen nahm. Hannes setzte zu einer Antwort an, aber die Worte blieben ihm im Hals stecken, obwohl er ihn gut angefeuchtet hatte. Die Frau, die in den Empfangsraum des Bordells trat, war eine Mischung aus Anna Constantia von Cosel, Jannika und Elena Kretzulesco. Letzterer ähnelte sie wie eine Schwester. Die schwarzhaarige Schönheit deutete einen Knicks an. Die Magd Lenka hatte ihr unterwegs erzählt, dass ein Baron von Senftenberg mit einem Gefolgsmann zu Gast sei.

»Ich bin Veronika Rasic, was kann ich für Sie tun, werte Herren aus dem Kurfürstentum Sachsen?« Die Frau, die Hannes auf Ende Zwanzig schätzte, hatte eine angenehme, warme Stimme.

»Rück einen Stuhl zurecht und setz dich zu uns, Veronika!« Eva Pivonka hatte die Lippen etwas gekräuselt, weil ihre Freundin sich nicht an sie, sondern direkt an die Gäste gewandt hatte. »Lenka, noch ein Glas und einen neuen Krug Rotwein!«

Erst nachdem die Magd für den Nachschub an Getränken gesorgt und jeder an seinem Glas genippt hatte, forderte Eva Hannes auf, sein Ansinnen zu wiederholen. Veronikas Gesicht hellte sich auf. Hannes hatte eher erwartet, dass die Dame, die nicht im käuflichen Gewerbe zuhause war, die Stirn in Falten legte. Der Vorname passte ins Böhmische, jedoch nicht der Familienname.

»Der Name Rasic hat einen entfernteren Ursprung, werte Veronika. Darf ich fragen, wo Sie geboren wurden?« Hannes war zwar von der Schönheit der Frau geblendet, blieb aber misstrauisch.

»In Sarajevo, in Bosnien-Herzegowina, werter Herr Baron«, sagte sie und schlug die Augen nieder.

In Hannes Hirn klingelte etwas. Er konnte es nur nicht so schnell zuordnen.

»Und Sie sind bereit, für eine befristete Zeit in die Dienste der Reichsgräfin von Cosel zu treten?«

»Ja, sehr gern, Herr Baron. Es war schon immer mein Wunsch, nach Sachsen oder Preußen zu reisen.«

Wieder dieses warme Timbre in der Stimme. Hannes ermahnte sich, weiterhin Skepsis walten zu lassen. Er war im Begriff gewesen, sich in die schöne Polin Agnieszka zu verlieben. Die war schon eine Weile unter der Erde. Nachdem sie ein paar belegte Brote verzehrt hatten und dazu den restlichen Wein tranken, räusperte sich Hannes.

»Ich komme nicht umhin, Ihnen mitzuteilen, meine Damen, dass wir natürlich ihre speziellen Fähigkeiten einer Prüfung unterziehen müssen.«

Wegen des genossenen Rotweins fiel es ihm immer schwerer, die Zunge unter Kontrolle zu halten und sich gewählt auszudrücken, wie es seiner Meinung nach einem Baron zukam.

»Oh, sehr gern!«, zwitscherte Eva. Sie zog Georg am Ärmel seines Rockes hoch und verschwand mit ihm in einem Separee. Damit hatte die Gastgeberin vollendete Tatsachen geschaffen.

»Möchten Sie … willst du auch?«, hauchte Veronika. Hannes fühlte sich von der schnellen Entwicklung überrumpelt, musste an Johanna, Jannika und die ermordete Agnes denken.

»Bei aller Sympathie, langsam mit den jungen Pferden«, wand er sich. »Noch ein Schluck Wein, Wasser oder etwas anderes?«, fragte er verlegen.

»Nein, danke. Ich glaube, ich habe schon einen leichten Schwips«, sagte Veronika.

Dann geschah etwas, womit Hannes nicht gerechnet hatte. Veronika huschte um den Tisch, umarmte ihn und drückte ihm einen Kuss auf den Mund.

»Bitte nimm mich mit nach Sachsen!«, flehte sie.

Hannes blieb seelenruhig sitzen, obwohl der Kuss der Frau, die ihn von Anfang an fasziniert hatte, sein Innerstes aufgewühlt hatte.

»Wie gelangt eine Frau aus der entfernten Provinz Bosnien in den Norden des Habsburger Reiches? Warum ist dir so viel daran gelegen, mit uns zu gehen?« Er überlegte, ob er noch einen Schluck Wein vertragen würde, entschied sich dann lieber für einen Becher Wasser.

»Das ist eine lange Geschichte, Hannes«, sagte Veronika und setzte sich zunächst wieder.

»Ich bin zwar müde, aber geneigt, sie zu hören«, gähnte Hannes.

»Komm, wir gehen ins nächste Separee«, hauchte Veronika. Sie legte den rechten Zeigefinger längs über die Lippen. »Hörst du es auch? Eva und dein Gefährte haben bereits ihren Spaß!«, kicherte sie leise. Im nächsten Zimmer angekommen machte sich Veronika sofort daran, Hannes Rock über die Schultern zu streifen und ordentlich über eine Stuhllehne zu hängen.

»Ich bin dir noch eine Antwort schuldig«, flüsterte sie, während sie sich mit den Knöpfen der Weste beschäftigte.

»Kennst du den Begriff ›Knabenlese‹?«, fragte sie. Hannes schüttelte den Kopf. Inzwischen fand auch die Weste den Weg auf die Stuhllehne.

»In jedem dritten, fünften und siebten Jahr durchstreifen Janitscharen, eine berittene Eliteeinheit des Sultans, die Täler meiner alten Heimat. Sie sammeln in jedem Dorf Knaben ein, die muslimisch erzogen werden, um später als Soldaten das eigene Volk zu unterdrücken. Die Reitertrupps nahmen nicht nur Jungen mit, sondern auch Mädchen. Eines davon war ich, damals erst dreizehn Jahre alt.«

Hannes fragte sich, was das Treiben der Türken in Bosnien mit dem offenkundlichen Interesse von Veronika an Sachsen zu tun hatte. Die schöne junge Frau hatte das weiße Hemd aufgeknöpft und ihre Zunge umspielte Hannes Brustwarzen. Dann waren ihre samtweichen Lippen wieder an seinem Hals.

»Wir wurden in den Harem des Gouverneurs gebracht. In Bosnien regiert der einheimische Adel, der zu großen Teilen bereits vor mehr als zweihundert Jahren zum Islam konvertierte. Die Türken mischen sich in die innere Verwaltung kaum ein, weshalb in Sarajevo kein Statthalter, sondern ein Gouverneur residiert«, flüsterte Veronika in Hannes Ohr und biss sanft in das Ohrläppchen. Hannes stöhnte auf. Es bereitete ihm zusehends Mühe, der Lebensgeschichte der Veronika zu folgen. Dabei war das erst der Auftakt.

»Wir wurden von Eunuchen und älteren Damen aus Konstantinopel bewacht. Im Schlafsaal fragte ich ein weinendes Mädchen, kaum älter als ich, was man mit ihr gemacht hatte. ›Ich musste mich über eine Stange in Hüfthöhe beugen. Dann wurden meine Hand- und Fußgelenke aneinandergefesselt. Anschließend wurde ich geschändet.‹ Andere Mädchen hatten mehr Glück. Sie dienten als lebendes Buffet, wurden mit Honig beschmiert und Früchten verziert, andere mussten orientalische Tänze lernen.«

Irgendwie hatte Veronika es während ihrer Erzählung geschafft, Hannes vom Hemd zu befreien. Das landete auf der freien Sitzfläche des bereits mit Kleidungsstücken dekorierten Stuhls. Sie rutschte eine Etage tiefer und beschäftigte sich mit dem Gürtel und dem Bund der Kniebundhose.

»Bevor ich zum Einsatz kam, wurde die Stadt von Habsburger Truppen eingenommen. Sarajevo brannte. In dem Chaos wurde ich von einem Husaren gerettet, der mich mitnahm und von seinen Kameraden verspottet wurde, weil er mich nicht schändete, sondern wie eine Tochter oder Nichte behandelte.«

In Hannes Hirn überschlugen sich die Gedanken. Nein, das konnte nicht sein, es wäre ein zu großer Zufall. Dann stöhnte er auf, weil die Kniebundhosen zu Boden segelten und Veronika beim Leibtuch angelangt war. Als ihre Zunge seine empfindlichste Stelle umspielte, gebot er Einhalt.

»Halt! Wenn du so weitermachst, komme ich und du hast nichts davon!«

Veronika kam aus der Hocke hoch und drückte ihm einen Kuss auf den Mund. Dabei machte sie eine einladende Bewegung hin zur breiten Liegestatt.

»Magst du es, wenn die Frau oben ist?«

»Ja«, keuchte Hannes.

Veronika schwang sich keineswegs auf das Becken von Hannes. Erst jetzt begann sie sich zu entkleiden.

Dabei ließ sie die Hüften kreisen. Hannes erinnerte sich an die Ereignisse, die sich während seiner Abwesenheit von Dresden zugetragen hatten. Elena Kretzulesco! Johanna hatte berichtet, dass die Frau aus der Walachei mit den magischen Fähigkeiten diese Tänze auch beherrschte und Friedrich August vorgeführt hatte. Veronika warf das Unterkleid achtlos beiseite und präsentierte sich Hannes wie Eva im Paradies. Nach dem intensiven Liebesspiel kämpfte Hannes gegen die Müdigkeit, wollte aber wissen, ob er mit seiner abenteuerlichen Vermutung richtig lag.

»Es fehlt noch die Antwort auf die Frage, mit wem du nach Böhmen gelangt bist«, gähnte Hannes.

»Jener Husar nahm mich mit nach Brünn, wo er nach den Feldzügen unter Prinz Eugen von Savoyen stationiert wurde. Ich war inzwischen zwei Jahre älter, wir teilten das Lager, eines Morgens war er weg. Ich war völlig aufgelöst, kämpfte mit den Tränen, wusste nicht, warum er gegangen war. Es gab nur vage Hinweise, er wäre nach Norden geritten und hätte den Dienst quittiert.« Veronika kuschelte sich enger an Hannes. »Ich hatte kein Geld, musste mir jede Meile nach Norden mit niederen Arbeiten, wie Wäsche waschen, erkämpfen. Es dauerte Jahre, bis ich nach Tetschen-Bodenbach kam.«

Hannes sah, wie erste Tränen an den Wangen der neben ihm liegenden Veronika herabkullerten. Diese benetzten schon bald das zweite Kopfkissen.

»Als ich das Bordell von Eva betrat und dich sah, wusste ich, dass ich meinem Ziel näher bin als jemals zuvor. Nur so ein Gefühl …«, schluchzte Veronika.

»Halten wir uns nicht mit Beschreibungen auf, sag mir einfach den Namen.« Hannes gähnte demonstrativ. Er war umgehend wieder hellwach, als seine Bettgefährtin ›Michael Kehl‹ sagte.

»Was würdest du mit Michael Kehl machen, wenn du ihn nach so langer Zeit wiedersiehst?«, fragte Hannes.

»Ihm links und rechts eine scheuern und dann sagen, dass ich ihn nicht vergessen habe!«, seufzte Veronika.

»Da bin ich gern dabei und führe dich zu ihm. Jetzt lass uns schlafen!« Hannes drehte sich nach links und täuschte vor, einzuschlafen.

»Soll das heißen, du kennst ihn?« Veronika rüttelte an Hannes Schulter.

»Lass dich überraschen, süßeste Versuchung seit Elena Kretzulesco«, grunzte Hannes im Halbschlaf.

»Wer ist diese Elena?«, fauchte Veronika, die keineswegs müde war.

»Sie wurde wie du von Türken entführt«, behauptete Hannes, obwohl es so nicht ganz richtig war. Man hatte sie als Geisel genommen, weil sie einem uralten Adelsgeschlecht entstammte. Alle weiteren Bemühungen von Veronika blieben fruchtlos. Ihr Bettgenosse war eingeschlafen.

Als Veronika und Hannes am nächsten Morgen nach der Katzenwäsche übernächtigt in den Empfangsraum des Bordells stolperten, saß das andere Pärchen quietschvergnügt am Frühstückstisch. Es duftete nach Kaffee, Weißbrot und Rührei.

»Dass mit dem Schiff ist eine ausgezeichnete Idee, liebe Eva, aber wegen der Pferde werden wir wohl anders reisen«, sagte Georg gerade. »Guten Morgen, Herr Kommandant der Leibwache und erster Kammerherr der Gräfin Cosel, um mal alle Titel zu nennen«, lachte er.

»Von mir auch einen schönen guten Morgen, Herr Baron von Senftenberg!«, zwitscherte Eva.

»Hannes reicht«, knurrte der Gegrüßte. »Für uns auch was da?«

»Ehe ich wieder Lenka rufe, mache ich es selbst«, sagte Eva und huschte in die Küche. Im Davongehen drehte sie den Kopf. »Hilfst du mir, Veronika?«

Als die beiden Frauen verschwunden waren, beugte sich Georg über den Tisch. »Ich kann mir die Frage ersparen, wie sie war, deine Augenringe sind beredt genug.«

»Warum fragst du dann?« Hannes starrte auf die bunte Tischdecke.

»Weil ich deinem unergründlichen Gesicht ansehe, dass mehr dahintersteckt. Spuck es aus, bevor die Damen zurück sind!« Als keine Reaktion kam, schlug Georg kurz auf die Tischplatte und Hannes schreckte auf.

»Ach so, ja, wir sind dabei, unserem Kameraden Michael entweder einen Bären- oder Liebesdienst zu erweisen. Ich sehe aber keine Möglichkeit, Veronika davon abzuhalten uns zu begleiten.«

»Du sprichst in Rätseln, Mann. Einige erklärende Worte, die auch ein Tölpel und ehemaliger Strauchdieb wie ich versteht, wären hilfreich«, seufzte Georg.

»Unser Freund Michael hat Veronika aus dem Harem des Gouverneurs von Sarajevo befreit und sie aus der brennenden Stadt mitgenommen. Sie lebten lange zusammen, zuletzt in Brünn in Mähren. Eines Tages war unser Held verschwunden und die ehemalige Geliebte möchte ihn zur Rede stellen. Dabei ist sie auch bereit, mit Männern das Lager zu teilen, die unsere Gräfin bestürmen. War das jetzt deutlich genug, Georg?«

»Weißbrot und Rührei, letzteres von mir frisch zubereitet, Herr Baron, äh, Hannes!«, wurden sie von der fröhlichen Eva unterbrochen. Veronika legte Teller und Besteck auf den Tisch. Sie spürte, dass Hannes seinem Gefährten ihre Geschichte erzählt haben musste. Eva ahnte nichts davon.

»Ich brauche noch einen halben Tag, um meine Geschäfte hier zu ordnen und um zu packen. Veronika muss ebenfalls ihre Kammer andernorts räumen. Am Nachmittag könnten wir aufbrechen. Wie werden wir nun reisen, Hannes und Georg?«

»Ich weiß nicht, wie es um die Reitkünste der Damen bestellt ist«, sagte Hannes, jetzt wieder Herr der Lage. »Ich werde daher eine Kalesche mieten. Sie, werte Eva, wissen am besten, wo man hier in Tetschen-Bodenbach so etwas günstig bekommt.« Hannes widmete sich mit großem Appetit dem Rührei.

»Beim Fuhrunternehmer Pavel Moravec, ein guter Kunde, das darf sein Weib allerdings nicht wissen, sonst lernen Bratpfannen das Fliegen«, kicherte Eva. »Du musst nur sagen, dass du von mir kommst, dann gibt es einen Preisnachlass.«

Am Nachmittag desselben Tages war alles organisiert. Die Magd Lenka hatte noch beklommen gefragt, was zu tun sein, wenn ein Stammkunde erscheint und Milena noch nicht wieder im Dienst ist.

»Dann lässt du ihn ein und machst die Beine breit. Die Taler darfst du behalten«, lachte Eva.

»Was für ein rassiges Pferd«, staunte Veronika, als sich Hannes in den Sattel schwang.

»Bukephalos, ein Jagdpferd, gehört eigentlich unserem Herrscher Friedrich August. Ich weiß nicht, wie lange ich es noch behalten darf.«

Eva hatte gesagt, sie könne eine zweispännige Kalesche durchaus lenken. So konnten Hannes und Georg voraus traben.

»Du hattest mir in Schandau versprochen, mehr über diesen von Thienen zu erzählen, Hannes. Leider sind wir nicht mehr dazu gekommen.«

Hannes schwieg einige Minuten. Seine Brotherrin wurde immer wieder in die unmöglichsten Geschichten verwickelt, was am Hof aufgebauscht und interpretiert wurde.

»Ein weiterer Vetter von Constantia, Joachim zu Rantzau, Oberst in Diensten unseres Landesherrn, behauptete öffentlich, von Thienen schlafe am Tage und nachts gehe er zur Cosel. Vor Flemmings Haus kam es zu einer heftigen Szene. Der General ließ beide Streithähne unter Arrest stellen. Eine Kammerjungfer namens Charlotte wurde von unserer Herrin hinausgeworfen, nachdem diese behauptet hatte, sie habe sich in Pillnitz eine Geschlechtskrankheit zugezogen. Nebenbei bemerkt, eine ehemalige Dirne. Sie behauptete weiterhin, sie selbst und ein Page hätten unsere Gräfin mit von Thienen im Bett liegen sehen.«

»Und du hast in Schandau gesagt, dass alle, unter anderem dein Eheweib und Jannika das Gegenteil beteuerten«, erwiderte Georg.

»Unsere Gräfin hat sich nie mit einem anderen Mann vergnügt, außer Hoym und unserem Herrscher. Ob der Beischlaf mit Hoym ein Vergnügen war, sei dahingestellt. Wenn man in Dresden andauernd behauptet, sie wäre untreu und vermeintliche Zeugen und Beweise aufbietet, bleibt etwas davon an unserer Herrin kleben«, sagte Hannes in Gedanken versunken. Dass seine Frau Johanna insgeheim die Gräfin immer öfter als naiv bezeichnete, weil Constantia auf den geheimen Ehevertrag vertraute, äußerte er lieber nicht öffentlich. Eva und Veronika schnatterten auf dem Kutschbock. Sie näherten sich der Zollstation Herrnskretschen. Habsburger Soldaten und Zollbeamte traten vor den geschlossenen Schlagbaum. Für die Handelsschifffahrt auf der Elbe galten Sonderregelungen. Da wurde nicht ganz so streng kontrolliert.

»Sie wollen uns verlassen, wertes Fräulein Pivonka?«, fragte ein Leutnant und lüftete den Dreispitz.

»Keine Sorge, Herr von Kronenberg, nicht für immer. Ich trete für eine Weile in die Dienste der Reichsgräfin von Cosel, komme irgendwann zurück«, lachte Eva.

»Wer vertritt Sie während ihrer Abwesenheit?« Der Offizier war einen Schritt nähergetreten und hatte die Frage nur geflüstert.

»Lenka und Milena, wenn sie wieder gesund ist!«

»Das ist schade. Ich hoffe auf ihre baldige Rückkehr, Fräulein Pivonka!«, sagte der Leutnant enttäuscht.

Hannes hatte in der Zwischenzeit die Papiere vorgezeigt, die ihn und Georg auswiesen. Dank der Fälschungskünste von Johanna hatte man für den Notfall immer ein Schreiben dabei, das vom Kurfürsten von Sachsen und König von Polen ›persönlich‹ unterzeichnet war. Ein übereifriger Zollinspektor verlangte, dass das Gepäck auf der Ladefläche der Kalesche geöffnet wurde. Leutnant von Kronenberg pfiff ihn zurück.

»Ich glaube nicht, dass die Damen etwas zu verzollen haben, Herr Huber! Sie führen sicher nur Kleidung, Puder und Schminke mit sich! – Sie dürfen passieren, viel Glück, Fräulein Pivonka!«

Am frühen Abend erreichten sie das Gasthaus in Schandau, in dem Hannes und Georg gespeist hatten. Sie fragten nach zwei Doppelzimmern, eines für die Damen und eines für die Herren, da man ja nicht miteinander verheiratet war. Es blieb nach dem Abendessen nicht bei der Belegung, die man dem Wirt genannt hatte. Veronika öffnete in beachtlicher Geschwindigkeit alle Knöpfe von Hannes Oberbekleidung.

»Wenn es so weitergeht mit uns beiden, wird mich Michael Kehl zum Duell fordern«, seufzte Hannes.

»Falls mich der Ausbilder der Leibwache der Cosel nicht umbringt, kratzt mir die Privatsekretärin, mein Weib Johanna, die Augen aus!«

»Du Schuft!« Veronika trommelte mit ihren Fäusten auf Hannes Brust. Du hast mir weder gesagt, dass Michael zu deiner Truppe gehört, noch dass du mit der Privatsekretärin der Gräfin verheiratet bist!«

»Es sollte eine Überraschung sein!« Hannes konnte gerade noch die auf ihn zufliegende Hand abfangen und umklammerte das Handgelenk der temperamentvollen Frau aus Bosnien.

»Heb dir die Backpfeifen für Michael auf«, lachte er.

»Vielleicht bekommt er auch keine«, sagte Veronika trotzig. »Schon gar nicht in der Öffentlichkeit, wenn die Gräfin Cosel dabei ist. Ich will doch nur wissen, warum er grußlos verschwand und ob nach dieser langen Zeit noch Gefühle im Spiel sind.« Veronika schmiegte sich an Hannes und benetzte das geöffnete Hemd mit Tränen.

»Für den Fall, dass die alte Leidenschaft nicht mehr auflodert, wärst du meine Wahl gewesen. Und jetzt sagst du, dass du schon verheiratet bist!«

»Zweite Wahl«, murmelte Hannes, »nicht gerade ein Kompliment.«

»So war es doch nicht gemeint! Ich fand dich vom ersten Augenblick anziehend, will gleichzeitig herausfinden, was Michael und mich nach all den Jahren noch verbindet. Ist das so schwer zu verstehen?« Veronika löste sich von Hannes und wandte sich der Waschschüssel zu.

»Es ist nicht leicht, die Gedankengänge von Frauenzimmern zu verstehen. Gerade eben hörte ich heraus, dass wir heute Nacht zwar das Lager teilen, aber nicht miteinander …«

Veronika hatte das Kleid abgelegt und den Oberkörper entblößt. Jetzt drehte sie sich um und Hannes konnte den wohlgeformten Busen bewundern. Das machte es nicht gerade einfacher.

»Du hast es erfasst! Und falls deine Hände auf Wanderschaft gehen, dann …« Veronika schwang das Handtuch wie eine Waffe.

Nach der Übernachtung und dem Frühstück war es von Schandau bis Pillnitz ein kurzer Weg und die Kalesche und die beiden Reitpferde spürten schon nach drei Stunden den knirschenden Kies unter den Rädern und Hufen. Als Empfangskomitee fungierten Johanna und Jannika. Hannes sprang vom Pferd und eilte zu seiner Ehegattin, umarmte und küsste sie. Georg sorgte dafür, dass die Pferde und die Kalesche in die Obhut des Stallmeisters Scheunemann gelangten.

»Ich hatte dich nicht so bald zurückerwartet, mein Herr Gemahl«, strahlte Johanna. »Jannika! Lauf und gib der Gräfin Bescheid!«

Das sorbische Mädchen war nach wenigen Augenblicken zurück.

»Die Frau Gräfin erwartet euch!«

Veronika hielt verzweifelt Ausschau nach Michael. Der ehemalige Husar war nirgendwo zu sehen.

Als die Reisegesellschaft in den Empfangsraum der Gräfin Cosel trat, machten Eva und Veronika einen Knicks und die Herren beugten die Oberkörper.

»Darf ich vorstellen? Eva Pivonka und Veronika Rasic, verehrte Gräfin!«, sagte Hannes und verbeugte sich leicht.

Anna Constantia blieb im Duplikat ihres vergoldeten Sessels sitzen und starrte nur die Zweitgenannte an. Bevor das Schweigen peinlich wurde, sagte sie: »Sehr gute Wahl, Herr Baron! Die Baroness und der Baron von Senftenberg, sowie Veronika Rasic umgehend in mein Arbeitszimmer!« Die Stimme der Gräfin Cosel duldete keinen Widerspruch.

Johanna und Hannes wechselten verwirrte Blicke. Die Gräfin setzte sich nicht hinter ihren Schreibtisch, sondern blieb stehen. Sie hatte den Blick immer noch auf Veronika gerichtet.

»Das ist ein Glücksgriff, Baron von Senftenberg!« Im Beisein einer Fremden wählte sie die offizielle Anrede. »Dem Blick entnehme ich, Sie wissen nicht, warum? Wem sieht Veronika Rasic ähnlich?«

»Elena Kretzulesco?«, stammelte Hannes.

»Und wem noch?«

»Ihnen, verehrte Gräfin?« Hannes hatte natürlich die Ähnlichkeit bemerkt. Das Entscheidende war jedoch gewesen, dass Veronika Michael Kehl zur Rede stellen wollte.

»Glückwunsch, Herr Baron, ich erhöhe ihr Salär!« Anna Constantia von Cosel nahm nun doch Platz hinter ihrem massiven Schreibtisch aus Eichenholz.

»Es stand schon einmal im Raum, Elena Kretzulesco als mein Double einzusetzen. Das scheiterte daran, dass Johanna dem Tausch nicht zustimmte.«

»Ich erinnere Sie nicht gern daran, aber Sie stimmten damals auch dagegen«, mischte sich Johanna ein.

»Ja, weil Sie als Privatsekretärin mit besonderen Fähigkeiten noch wertvoller sind, liebe Baroness!«, entgegnete die Gräfin. »Treten Sie bitte einen Schritt nach vorn, Fräulein Rasic!«

Veronika tippelte näher an die Schreibtischkante.

»Den dunklen Teint kann man überschminken. Ein Kleid von mir und fertig ist die perfekte Doppelgängerin!«, sagte die Gräfin Cosel.

»Im Moment habe ich noch keine Verwendung für ein Double, das kann sich aber ändern! Niemand außer den Personen, die es schon wissen, darf erfahren, dass Sie hier sind! Jannika wird Ihnen ein Zimmer zuweisen. Sie dürfen sich entfernen, Fräulein Rasic!«

Veronika knickste und lief zur Tür. Johanna und Hannes wollten sich ihr anschließen.

»Ihr beide bleibt noch!« Die herrische Stimme der Gräfin hielt sie zurück. »Du hast wirklich nicht unter dem Gesichtspunkt der Ähnlichkeit gehandelt, Hannes?« Man war jetzt unter sich.

»Eva Pivonska schlug vor, Veronika Rasic mit nach Sachsen zu nehmen, weil die andere Dirne krank ist. Wenn man so will, war es reiner Zufall. Die Dame erkannte, dass ich sie vielleicht zu ihrem langjährigen Lebensgefährten

Michael Kehl führen könnte, der aus unbekannten Gründen das Weite gesucht hatte«, sagte Hannes.

»Deine Bescheidenheit ehrt dich, Hannes.« Anna Constantia von Cosel erhob sich, lief um den Schreibtisch und klopfte auf die Schulter ihres ersten Kammerherrn.

»Bei Veronika stimmt alles. Alter, Statur, Haar- und Augenfarbe. Ich muss ihr jetzt nur noch beibringen, so zu sprechen und sich zu bewegen wie ich selbst.«

Veronika Rasic war verwirrt. Die Dienerin Jannika hatte sie in ein Zimmer geführt, ausgestattet mit viel edleren Möbeln, als sie es je gesehen hatte. Die junge Frau nahm auf einem weichen Kanapee Platz. Veronika fragte sich, ob sie jetzt noch lüsternen Abgesandten des Hofes in Dresden zu Diensten sein musste. Wohl eher nicht. Zumindest deutete sie die Worte der Gräfin Cosel so. Sie hatte gehofft, umgehend den untreuen Michael zur Rede stellen zu können. Jetzt saß sie in einem schönen Zimmer mit Blick auf den Park von Pillnitz und durfte nicht hinaus.

Georg hatte sich auf die Suche nach Michael gemacht und wurde beim Stallmeister des Gutes fündig. Sein Kamerad hatte nach einem Botenritt das schweißnasse Pferd an einen Stalljungen übergeben, der es mit einem Bündel Stroh trockenrieb.

»Zurück aus dem Böhmischen?«, fragte Michael Kehl.

»Ich habe eine Überraschung für dich, mein Freund! Ob angenehm oder nicht, werden wir sehen.« Georg machte ein undurchdringliches Gesicht wie beim Kartenspiel, wobei er schon so manchen Taler gewonnen hatte.

»Dann führ mich zu dieser Überraschung, Georg!«, rief Michael.

»Sehr gern!« Sie näherten sich dem Haupthaus des Gutes und Georg fragte die vorbeihuschende Jannika nach der Dame mit dem dunklen Haar.

»Den Flur entlang, das dritte Zimmer rechts!«, wurde ihm beschieden. »Die Gräfin hat angewiesen, dass niemand … ist schon gut, ihr seid ja die Leibwache.«

»Es wird immer mysteriöser«, murmelte Michael. Georg klopfte an und eine Stimme rief:

»Herein!«

»Du?«, entfuhr es Michael nach dem Eintreten. Mit diesem Wiedersehen hatte er nicht gerechnet.

Veronika trat an ihn heran, hob die Hand und ließ sie wieder sinken. »Warum?«, flüsterte sie mit erstickter Stimme. »Eine andere Frau?«

»Nein, Veronika! Du hattest in Brünn angedeutet, dass du mein Weib werden willst. Ich war damals noch nicht soweit, hatte Angst vor einem kirchlichen Treueschwur. Heute weiß ich, dass es ein Fehler war, einfach davon zu reiten. Es tut mir leid!« Michael hatte den Kopf gesenkt. Das junge Mädchen, das er verlassen hatte, war nach all den Jahren immer noch eine betörend schöne Frau, die der Gräfin Cosel auffallend ähnlich sah.

»Das ist alles?« Veronika kämpfte mit den Tränen.

»Wir lebten doch schon zusammen wie Eheleute. Ich machte damals den Vorschlag nur, um unter den Husaren, in dieser rauen Männerwelt, besser geschützt zu sein!«

Michael trat einen Schritt näher und wollte sie umarmen. Veronika wehrte ihn ab.

»Ich lasse euch besser mal allein«, räusperte sich Georg und verschwand.

»Deine Anwesenheit beweist, dass du mich nicht vergessen hast. Gib mir eine zweite Chance, bitte! Ich werde nie wieder einfach so davonreiten. Wenn ich von der Gräfin oder Hannes den Befehl erhalte, kehre ich sobald es geht zurück, versprochen!«

Diesmal ließ Veronika die Umarmung zu. Sie wollte ergründen, ob nach all den Jahren die Gefühle wieder aufflammten. Es war der einzige Grund, weshalb sie sich Eva angeschlossen hatte.

Hannes, Georg und Martin saßen beim Bier in einer der Gartenlauben. Den Eingang bildete eine Pergola, an deren Sprossen Jelängerjelieber grünte und in Rot blühte. Es gab noch eine weitere Gartenlaube, der Leseplatz der Gräfin Cosel. Niemand der Leibwache und der Angestellten wagte es, dort zu verweilen.

»Wird aus denen wieder ein Paar?«, wollte Hannes wissen.

Georg grinste. »Ich habe mich diskret zurückgezogen, glaube aber, Veronika wird ihm verzeihen und eine neue Chance geben. Ist nur mein Eindruck, kann mich auch irren.«

»Meine Kanne ist fast leer. Ich schlendere mal zu Jannika, um Nachschub zu organisieren«, brummte der wortkarge Norddeutsche Martin.

Georg beugte sich über den Tisch. »Wir waren noch nicht durch mit diesem Benedict Detlev von Thienen, mein lieber Hannes!«

Der Angesprochene musste sich erst besinnen, wieviel er bereits erzählt hatte.

»Von Thienen forderte Rantzau zum Duell. Unser Herrscher entließ sie aus seinen Diensten, denn ein Offizier hätte sich nicht duellieren dürfen. Ein Gerücht am Hof zu Dresden besagt, Anna Constantia habe des nachts an der Elbfähre auf von Thienen gewartet, die Pistolen selbst geladen und ihn ermahnt, schneller abzudrücken als sein Gegenüber!«

»Das kann nur törichter Klatsch sein.« Georg schüttelte den Kopf. »Wünscht man dem eigenen Vetter den Tod?«

»Je absurder ein Gerede, umso eher wird es geglaubt. Johanna und Jannika versicherten, unsere Gräfin habe zum besagten Zeitpunkt im November 1714 im Bett gelegen und geschlafen«, sagte Hannes.

»Und wie ging es weiter?«, fragte Georg, immer noch halb über den Tisch gebeugt.

Die Neigen von Bier in den Kannen drohten schal zu werden.

»Der Hallodri von Thienen hat zu Rantzau in Altenberg im Erzgebirge erschossen und verschwand. Über kurz oder lang wird der lüsterne Knabe hier wiederauftauchen«, sagte Hannes und nippte am Bier.

»Alle Achtung, er hat einen Offizier im Duell besiegt. Für den Fall, er taucht in Pillnitz wieder auf – begnügt er sich dann mit Eva, deren Vorzüge ich kennenlernen durfte?«, fragte Georg.

»Veronika wird er jedenfalls nicht begegnen. Die wird als Doppelgängerin unserer Gräfin versteckt. Vielleicht bekomme ich noch Instruktionen, von Thienen festzusetzen und in die Verbannung zu schicken. Ich weiß es nicht.« Hannes starrte in die leere Kanne.

In diesem Moment kam Martin mit einem Krug frischem Bier zurück.

»Nachschub, meine Herren! Wohl bekomm's!«

AUFBRUCH

»Unter vier Augen, verehrte Reichsgräfin«, sagte der Kabinettsminister Christoph Heinrich von Watzdorf und bedachte Johanna mit einem missbilligenden Blick. Die Gräfin Cosel schickte ihre Privatsekretärin mit einem Wink des Fächers aus dem Raum. Die feinen Härchen im Nacken richteten sich auf. Beim letzten Mal war der Abgesandte aus Dresden zudringlich geworden. Hannes hatte draußen auf dem Flur auf seine Frau gewartet.

»Verstehst du, was da gerade vorgeht, klügste aller Ehefrauen?« Er konnte sich einiges zusammenreimen.

Die Zeichen standen auf Abschied von Pillnitz. Ein Herr Christian Kluge war mehrfach ein- und ausgegangen. Die Instruktionen an einen möglichen Pächter oder Verwalter des Gutes hatte die Cosel eigenhändig geschrieben.

»Constantia wird freies Aufenthaltsrecht aushandeln sowie die Bewahrung ihres Vermögens«, sagte Johanna mit gerunzelter Stirn. »Dafür soll sie den geheimen Ehevertrag rausrücken, über den sie uns bereits vor Jahren in Kenntnis setzte. Das Problem ist – das Dokument ist nicht hier. Wenn der Minister weg ist, wird sie uns unterrichten, hoffe ich«, seufzte Johanna. Sicher war sie dessen nicht. In letzter Zeit hatte Constantia sie nicht mehr in alles eingeweiht und einige Briefe und Listen mit Wertgegenständen selbst verfasst.

Die Tür flog auf und Johanna und Hannes stoben zur Seite. Der Kabinettsminister von Watzdorf stürmte an ihnen vorbei, ohne sie eines Blickes zu würdigen. Auf dem Kiesweg schwang er sich in die Kutsche, die umgehend anrollte. War er auch diesmal der Gräfin zu nahegetreten, fragten sich Johanna und Hannes.

Anna Constantia von Cosel lugte durch die Tür und winkte ihnen zu. Hannes vergewisserte sich, dass niemand von den neuen Lakaien herumschlich. Die Gegner seiner Brotherrin hatten vielleicht wieder Spione in Pillnitz eingeschleust. Nach der Affäre ›Berlinger‹ war er noch vorsichtiger geworden.

»Ihr habt seit langem Kenntnis von dem fünffach versiegelten Vertrag, den man jetzt zurückverlangt. Watzdorf hat mir ein Dekret von Friedrich August vom ersten Dezember diesen Jahres 1715 gezeigt. Ich darf mich frei bewegen und überall dort aufhalten, wo der König gerade nicht ist. Für Pillnitz, die Häuser in Dresden und einen Weinberg in Lößnitz bekomme ich 200000 Taler, zahlbar in zehn Jahresraten.«

Das war ein ausgezeichnetes Verhandlungsergebnis, befand Johanna. Ihre Brotherrin wirkte dennoch nicht glücklich. Obwohl es noch früh am Tage war, orderte die Privatsekretärin bei der neuen Zofe Katharina Rotwein. Nachdem die Bedienstete wieder verschwunden war und alle einen Schluck genommen hatten, räusperte sich Johanna.

»Der Ehevertrag liegt im Archiv von Christian Detlev Graf zu Rantzau. Wenn ich mich recht entsinne, in Drage in Holstein. Schick uns dorthin, Constantia! Wir beschaffen dir das Papier, ich kopiere es, du händigst die Abschrift aus und das Original verbleibt bei dir!«

Johanna ließ den vorzüglichen Rotwein in der Mundhöhle kreisen. Sie hielt es für eine geniale Idee, bis ihr einfiel, dass sie nicht in der Lage wäre, fünf verschiedene Siegel wiederherzustellen.

»Vergiss es, Johanna! Man würde es euch nicht aushändigen. Dazu bedarf es einer schriftlichen Anweisung meines Vetters Graf Rantzau«, seufzte Constantia und trank ihr Glas bis auf eine Neige leer.

»Ich verstehe immer noch nicht, wo das Problem ist. Klärt mich bitte auf, Constantia und Johanna!«, sagte Hannes.

»Dein nasser Hintern an der Elbe?«, kicherte seine Ehefrau und versuchte so, ihm auf die Sprünge zu helfen.

»Stimmt, Graf Rantzau hatte nicht die weiblichen Rundungen von Jannika bewundert, sondern … Jetzt sagt nicht, der Mann wurde wegen Sodomie verhaftet?«

Die beiden eben noch kichernden Damen wurden umgehend wieder ernst.

»Der angestellte Jäger einer Frau von Schlieffen hat Anzeige in Berlin erstattet. Mein Vetter habe ihm 1000 Taler dafür geboten, wenn er mit ihm das Lager teilt«, sagte die Gräfin Cosel. »Seit Mai diesen Jahres sitzt Graf Rantzau in der Zitadelle Spandau bei Berlin. Ich habe ihn bereits angeschrieben, aber keine Antwort erhalten«, sagte Constantia und trank die Neige in ihrem Glas aus.

Johanna runzelte die Augenbrauen. Wieder einmal ein Schriftstück, welches sie als Privatsekretärin nie zu Gesicht bekommen hatte.

»Es bleibt uns nichts anderes übrig, als nach Berlin zu reisen und bei den Preußen eine Besuchserlaubnis auf der Zitadelle Spandau zu erwirken. – Johanna, schenk noch einmal nach!«

Nachdem alle am Wein genippt hatten, wagte Hannes einen Vorstoß.

»Ich nehme an, Minister Watzdorf ist mit einer befristeten Reise nach Berlin einverstanden. Was ist mit deinen Gegnern in Dresden, Constantia? Werden sie es nicht als Flucht von Pillnitz, aus Sachsen auslegen?«

»Der Einwand meines Mannes ist nicht unbegründet, Constantia«, sagte Johanna.

»Wie du weißt, werden wir alles in unserer Macht stehende tun, um dich zu unterstützen. Löwendahl, Flemming – alle werden es als Flucht bewerten …«

»Hört mir auf mit Löwendahl! Der hat seinen Posten als Generalhofmarschall nur dank meines Einflusses bekommen! Zeigt man so seine Dankbarkeit, indem man gegen mich opponiert?« Die Gräfin Cosel hatte sich so sehr ereifert, dass sie beinahe das wieder gefüllte Weinglas umriss. Johanna legte beruhigend ihre rechte Hand auf das linke Armgelenk der Gräfin. Nach so vielen Jahren wusste sie immer noch nicht, wieviel Vertraulichkeit Constantia zuließ. Es war täglich anders.

»Wir müssen besonnen bleiben, Constantia!«, sagte sie. Ihre Hand wurde nicht abgeschüttelt.

»Vielleicht gelingt es uns ja, von Graf Rantzau ein Schriftstück zu bekommen, mit dem Hannes und ich nach Drage reisen und uns den Ehevertrag aushändigen lassen. Wer ist der Herr auf dem Gut in Holstein während der Abwesenheit von Christian Detlev?« Johanna ließ das Handgelenk wieder los, weil sich Constantia beruhigt hatte.

»Wilhelm Adolf zu Rantzau, dessen Bruder, den ich kaum kenne und nicht einschätzen kann«, seufzte die Gräfin. »Ich kann nur mutmaßen, dass er der besonnenere der beiden Brüder ist. Ich wurde als junges Mädchen zunächst nach Gottorf und dann nach Wolfenbüttel geschickt, sodass ich kaum Gelegenheit hatte, alle weitläufigen Verwandten kennenzulernen.« Constantia nippte am Weinglas und entschloss sich dann, die Neige auszutrinken. »Johanna, schenk bitte nach!«

Die Privatsekretärin hatte zur Weinflasche gegriffen und hielt mitten in der Bewegung inne.

»Wir setzen Veronika Rasic in eine Kutsche und schicken sie nach Dresden. Du darfst dich ja überall dort aufhalten, wo der König gerade nicht ist. Deine Doppelgängerin sucht in der Residenzstadt nach einer Wohnung, während du in Berlin weilst und bei den preußischen Behörden eine Besuchserlaubnis auf der Zitadelle Spandau erwirkst. Genau für diesen Fall hat Veronika in letzter Zeit kaum das Tageslicht gesehen!« Johannas Hand zitterte, als sie versuchte, den Rotwein ohne zu kleckern in die Gläser zu füllen.

Hannes nickte. Michael hatte ihm erzählt, dass er seine wiedergefundene alte Liebe nur nachts im Mondschein beim Spaziergang begleiten durfte, wenn man sicher war, dass die Dienerschaft mit geschwollenen Füßen todmüde in den Betten lag.

»Ja, du hast recht, Johanna«, ließ sich die Gräfin vernehmen. »Genau für diesen Fall haben wir Veronika! Ich habe nur kurz gezögert, weil sie als Double zu einem späteren Zeitpunkt vielleicht bessere Dienste leisten könnte.«

»Es gibt nur ein kleines Problem«, räusperte sich Hannes. »Wir wissen nicht, wer von der Dienerschaft jetzt für Löwendahl, Flemming oder die Gräfin Reuß spioniert. Man würde es doch sofort nach Dresden melden, wenn zwei Kutschen abreisen. Ich schlage vor, Johanna und ich machen eine Liste, wer neu eingestellt wurde, und überprüfen unauffällig die Personen.«

»Sehr gut, Hannes«, lobte die Gräfin. »Für die neue Kammerzofe Katharina würde ich die Hand ins Feuer legen, die ist absolut loyal.«

»Wir überprüfen ausnahmslos alle. Wenn wir bei jemand eine Verbindung finden, die zu dem oben genannten Personenkreis weist, schicken wir die am Abreisetag nach Pirna oder Dohna mit irgendeinem Auftrag.« Hannes griff nach dem Weinglas. Die Aufgabe als Verantwortlicher für die Sicherheit der Gräfin Cosel, die ihm einst sogar der König persönlich anvertraut hatte, wurde immer komplizierter.

»In Ordnung«, sagte Anna Constantia, »ich gebe euch drei Tage, dann werde ich abreisen!«

»Warum diese Eile, Constantia?«, wollte Johanna wissen.

»Jede weitere Verzögerung wird man als Widerspenstigkeit auslegen. Man wird gegenüber Friedrich August behaupten, ich habe den geheimen Vertrag, wolle ihn nur nicht herausrücken. Die Reise nach Berlin und Spandau darf nicht lange dauern. Inzwischen stimme ich euch zu, dass man es als Flucht bewerten wird.« Die Gräfin lehnte sich zurück und atmete hörbar aus. »Kann ich noch ein Glas Wein haben, Johanna? Danke!«

Vom Rotwein beflügelt, brachte Johanna noch ein weiteres Argument vor. »Das ist noch nicht alles! Wenn der Inhalt des geheimen Ehevertrages bekannt wird, ist unser Herrscher blamiert. Denn nie zuvor hat eine Mätresse etwas ähnliches ausgehandelt!«

Die Gräfin Cosel schüttelte den Kopf. »Ich sehe dir nach, dass der Wein deine Zunge gelockert hat, Johanna!«

Anna Constantia stellte mit Schwung das zum Glück leere Glas auf dem Tisch ab.

»Aber eines sollte klar sein! Ich bin nicht irgendeine Mätresse, sondern die künftige Ehefrau des Königs. Es mag sein, dass die Fraktion, die es nicht weiß oder leugnet, im Moment die Oberhand innehat. Wenn man mir nur einmal die Gelegenheit gibt, mit ihm zu sprechen, flammt die Liebe wieder auf!«

Johanna und Hannes wechselten über den Tisch hinweg schnelle Blicke. Die Privatsekretärin rief nach Jannika, damit diese die Gläser und Flaschen wegräume. Es gab nichts mehr zu sagen. Anna Constantia von Cosel lebte in einer anderen Welt. Es wurde immer schwieriger, sie in die Realität zurück zu holen.

BERLIN - DRESDEN

Die Gräfin Cosel schmetterte den zusammengeklappten Fächer auf die Tischkante, sodass er diesmal zerbrach. Johanna zuckte zusammen. Anna Constantia neigte zu solchen Ausbrüchen. Sie kamen jedes Mal überraschend.

»So kommen wir nicht weiter, Johanna! Wieder eine Absage durch die verbohrten preußischen Beamten. Warum darf ich meinen gefangenen Vetter nicht besuchen? Dabei hatte ich doch an Pedro Roberto de Lagnasco geschrieben, dass ich auf alle Forderungen von Friedrich August eingegangen bin und auch die letzte erfüllen werde, das Herbeischaffen des geheimen Vertrages!«

Johanna runzelte die Augenbrauen. Für sie stand jener Comte de Lagnasco im Verdacht, die Reise der Gräfin nach Polen verraten zu haben. Wem konnte man in diesen Zeiten noch trauen?

»Gib mir einen Rat, Johanna!«, wurde sie von der Gräfin aus ihren Gedanken gerissen.

»Wir müssen den Teufel mit dem Beelzebub austreiben«, sagte die Privatsekretärin.

»Wie darf ich das verstehen, Johanna?« Die Gräfin Cosel hatte den Ersatzfächer in der Hand, diesmal, um sich frische Luft ins Gesicht zu wedeln.

»Minister Watzdorf hat stillschweigend die Abreise aus Pillnitz toleriert, wenn wir den geheimen Vertrag herbeischaffen. Ihm muss daran gelegen sein, dass du so bald als möglich nach Sachsen zurückkehrst, sonst sägen Flemming und Löwendahl an seinem Stuhl.« Johanna griff nach einem neuen Bogen Papier und tauchte die Feder in das Tintenfass. »Ich beginne schon mal, das Schreiben aufzusetzen – oder willst du lieber selbst?«

»Warum der Vergleich mit dem Gottseibeiuns?«, fragte Anna Constantia mit gerunzelter Stirn.

»Vergünstigungen gegen Gefälligkeiten, wie sie nur eine Frau einem Mann …?«

»Genug, Johanna! Dafür sind wir zum Glück weit genug entfernt.- Katharina!« Die neue Zofe erschien nicht sofort, weshalb die Gräfin zu einem Glöckchen griff. Bevor der letzte Ton verklang, erschien die knicksende Dienerin.

»Katharina! Etwas Wein und Wasser für mich und meine Privatsekretärin!«

»Kommt sofort, Frau Gräfin!«

Fast zur gleichen Zeit wurde Veronika Rasic vom kommandierenden Offizier der Dresdner Hauptwache vernommen.

»Sie haben die kurfürstlichen Beamten und mich in die Irre geführt, in dem Sie vorgaben, als Gräfin Cosel eine Wohnung in Dresden zu suchen!«, schäumte Oberst Konrad Lorenz. »Die echte Gräfin floh derweil mit einer Kutsche nach Berlin!«

Veronika Rasic brach ihr Schweigen. »Das ist so nicht ganz richtig, Herr Oberst. Die Gräfin Cosel ist keinesfalls geflohen. Mit stillschweigender Billigung des Kabinettsministers von Watzdorf versucht sie nur, in Berlin an ein Dokument zu kommen, welches Seine Kurfürstliche Gnaden Friedrich August wiederhaben möchte.«

Wenn man sie hier inhaftierte, war sie sich nicht sicher, ob Michael und seine Mitstreiter Mittel und Wege fanden, sie zu befreien.

»Es ändert nichts an der Tatsache, dass Sie eine Hochstaplerin und Betrügerin sind, Frau Rasic, oder wie immer Sie heißen mögen!« Lorenz winkte einen Unteroffizier herbei, der wiederum einem Diener den Auftrag erteilte, dem Herrn Oberst einen Humpen Bier zu bringen, um dessen Gaumen zu kühlen. Lorenz blätterte in den Papieren.

»Erklären Sie mir, warum Sie sich damals der Dirne Eva Pivonka angeschlossen haben, obwohl Sie nur als Haushaltshilfe engagiert waren?«

»Ich hegte die Vermutung, dass mein langjähriger Lebensgefährte in Sachsen ein neues Auskommen gefunden hatte und schloss mich deshalb Eva Pivonka an.«

»Die Ähnlichkeit mit der abgängigen Gräfin Cosel wurde Ihnen erst bewusst gemacht, als Sie auf dem Gut Pillnitz ankamen?«, fragte Lorenz.

»Ich versichere Ihnen, dass ich mich der Leibwache der Gräfin, vertreten durch den Baron von Senftenberg und Georg Zimmermann, sowie der Frau Pivonka nur anschloss, weil ich glaubte dort den ehemaligen Husaren Michael Kehl wieder zu finden.«

Veronika schlug sich im gleichen Augenblick die Hand vor dem Mund. Was hatte sie getan? Bei einem der Mondscheinspaziergänge in Pillnitz hatte ihr Michael gebeichtet, dass man ihn zu Festungsbau verurteilt hatte, weil er angeblich Silberbesteck aus der Küche des Stadtkommandanten von Dresden gestohlen hatte. Sie hatte geahnt, dass mehr dahinterstecken musste und bei den Bediensteten und der Baroness von Senftenberg nachgefragt. Offenbar hatte Michael eine Affäre mit der Tochter des Stadtkommandanten gehabt.

Konrad Lorenz schob einen Papierstapel beiseite, rückte die Brille zurecht und ließ sich von einem Unteroffizier ein weiteres Dokument reichen.

»Der Herr Baron von Senftenberg in Diensten der Gräfin
Cosel zeigte dem Hauptmann von Burgstädt ein Schreiben,
welches mir vorliegt, gezeichnet von Unserer Kurfürstlichen
und Königlichen Majestät Friedrich August, woraufhin der
von Ihnen genannte Michael Kehl aus der Haft entlassen
wurde. Als Begründung diente, er wäre als Ausbilder der
Leibwache der Cosel wertvoller als beim Festungsbau.
Weder der Stadtkommandant noch meine Wenigkeit wurden
über diesen Vorgang informiert. Es wagte bisher niemand,
seine Majestät nach der Echtheit der Unterschrift zu fragen,
zumal sich unser Herrscher meistens in Warschau aufhielt.«

Der Oberst putzte umständlich die Brille.

»Davon wusste ich nichts, ich weilte im Böhmischen«,
beeilte sich, Veronika zu versichern.

»Wir verzichten auf eine hochnotpeinliche Befragung. Sie
werden wegen Irreführung der Behörden weiterhin
inhaftiert, Fräulein Rasic. Michael Kehl wird zur Fahndung
ausgeschrieben, weil der Verdacht besteht, dass er
unrechtmäßig aus dem Strafvollzug entlassen wurde. Ich
ordne Hafterleichterung für Fräulein Rasic an. Sie wird nicht
in Eisen geschmiedet. Abführen!«

Nachdem der Kabinettsminister von Watzdorf in Preußen
interveniert hatte, bekam Anna Constantia von Cosel
kurzfristig die Besuchserlaubnis auf der Zitadelle Spandau.
Die Kutsche rumpelte über eine Brücke durch das Portal.
Die Gräfin Cosel hatte auf Gefolge verzichtet. Sowohl
Johanna als auch Hannes und Georg verblieben in Berlin.

Zwei preußische Grenadiere geleiteten die Gräfin zum Eingang. Ein Unteroffizier wies den Kutscher an, das Gefährt zu wenden und vor dem Portal zu warten.

Die Besucherin hatte kein Handgepäck dabei, welches man kontrollieren musste.

Ein Offizier und zwei Grenadiere eskortierten die Gräfin über lange, kahle Gänge zu einer Zelle, in der der Untersuchungshäftling Christian Detlev zu Rantzau saß. Die massive Tür, die in Augenhöhe ein vergittertes Fenster hatte, wurde aufgeschlossen, Anna Constantia durfte eintreten. Der Offizier ermahnte sie, dass man ihr eine halbe Stunde gab, um mit dem Gefangenen zu sprechen. Die Gräfin nickte, um ihr Einverständnis zu signalisieren.

»Ich bleibe in der Nähe. Sollte die Sprache auf Fluchtpläne kommen, hole ich Sie aus der Zelle«, sagte der Hauptmann. »Ein Gespräch, um den Inhaftierten auf Kaution freizulassen, ist zulässig«, räumte der Offizier ein.

Christian Detlev zu Rantzau erhob sich von einem Schemel und eilte der Gräfin entgegen.

»Der erste Besuch, seitdem ich hier einsitze. Was verschafft mir die Ehre deines Erscheinens, werte Cousine Constantia?« Das blasse Gesicht des Häftlings überzog eine erwartungsvolle Röte. Die vermögende Cousine würde ihn endlich hier rausholen, hoffte Christian.

»Ich erinnere dich nur ungern daran, mein lieber Vetter, aber ich habe dir viele Male geholfen und bitte jetzt um eine winzige Gefälligkeit. Der Kurfürst von Sachsen und König von Polen möchte einen Vertrag zurückhaben, der im Familienarchiv derer zu Rantzau in Drage in Holstein lagert.

Meine Sekretärin hat eine Vollmacht vorbereitet, die du nur noch unterzeichnen musst.«

Die Gräfin Cosel legte die Urkunde auf die kleine, quadratische Tischplatte, an welcher der Inhaftierte sonst seine Mahlzeiten einnahm.

»Sehr gern, liebe Cousine. Ich knüpfe an diese winzige Gefälligkeit, wie du sie nennst, eine einzige Bedingung: Ich unterzeichne, wenn ich frei bin. Die Kaution beträgt 15000 Reichstaler. Bei deinem Vermögen sollte das kein Problem darstellen!«

Anna Constantia von Cosel war geneigt, wieder einmal einen Fächer an einer Holzkante zu zerschmettern, besann sich dann. Wenn sie hier eine Szene machte, würde der lauschende Hauptmann einschreiten und womöglich den Besuch vorzeitig beenden.

»Ist das der Dank dafür, dass ich dir und vielen anderen Verwandten immer wieder Posten verschafft habe? Du knüpfst eine Bedingung an eine lächerliche Unterschrift?«, zischte sie gefährlich leise.

Christian Detlev zu Rantzau kannte das aufbrausende Temperament seiner Cousine.

»Ich sitze seit Monaten hier ein. Ein Advokat hat wenigstens aushandeln können, dass ich auf Kaution freikomme. Wie hoch ist dein Vermögen? Mehrere hunderttausend Taler, schätze ich. Und du hast nicht einmal 15000 für mich übrig?« Der Gefangene schlich kopfschüttelnd zum einzigen Stuhl in der Zelle, setzte sich und schlug die Hände vor das Gesicht.

Anna Constantia von Cosel musste weiter stehenbleiben. Sie hatte keine Lust, ihrem Vetter die komplizierten Vermögensverhältnisse zu erläutern. Es hätte den Rahmen ihrer Besuchszeit gesprengt. Das meiste war angelegt, unter anderen in Immobilien. Ein Teil des Geldes verliehen.

Die Zahlungsmoral der Schuldner sank mit jedem neuen Gerücht, das über sie und Friedrich August gestreut wurde. Genau deshalb musste sie zur Leipziger Herbstmesse, um sich persönlich darum zu kümmern.

»Auch wenn du mir nicht glaubst, Christian, ich habe keine 15000 Taler im Reisegepäck. Ich kann dir auch nicht versprechen, kurzfristig soviel aufzutreiben. Ich brauche dieses Dokument dringend, damit ich meine Glaubwürdigkeit nicht verliere. Bitte, nur eine Unterschrift! Bis zum Ende des Sommers sorge ich für deine Freilassung, vertrau mir!«

»Die Unterschrift auf die Vollmacht nur dann, wenn ich die Zitadelle von außen betrachte, und zwar vom anderen Ufer der Havel! Das ist mein letztes Wort, liebe Cousine!« Christian Detlev zu Rantzau stand auf und stützte beide Hände an der Kante des kleines Tisches ab. »Zudem wüsste ich gerne, worum es in diesem ominösen Dokument überhaupt geht, bevor ich meine Zustimmung gebe, es dir oder deinen Abgesandten auszuhändigen.«

Anna Constantia wusste, dass der Offizier, der seinen Namen nicht genannt hatte, im Gang durch die kleine vergitterte Öffnung lauschte. Die Preußen durften nicht erfahren, dass Friedrich August einer Mätresse einst die Ehe vertraglich zugesichert hatte, verbunden mit weitreichenden Zugeständnissen.

Der Monarch wäre nicht nur in Berlin, sondern in ganz Europa blamiert. Und dies zu einem Zeitpunkt, als er gerade die Hochzeit des Kurprinzen mit einer Prinzessin aus dem Hause Habsburg einfädelte. Ungeachtet der Vorsicht, welche die Gräfin Cosel walten ließ, streuten Flemming und Löwendahl in Dresden später das Gerücht, die flüchtige ehemalige Mätresse würde in Preußen Staatsgeheimnisse verraten und habe sich schriftlich an hohe Adelige gewandt, die bei König Friedrich Wilhelm I. ein- und ausgingen. Das Gespräch in der Zelle hatte einen unerfreulichen Verlauf genommen. Anna Constantia ahnte, dass sie bei diesem ersten Besuch nichts mehr bewirken konnte und klopfte gegen die Tür. Wie von ihr befürchtet, war der Hauptmann sofort zur Stelle und ließ sie hinaus.

»Für eine erneute Besuchserlaubnis wenden Sie sich bitte an die zuständige Justizbehörde in Berlin, werte Frau Reichsgräfin!« Der Offizier verbeugte sich sogar.

»Mit wem hatte ich das Vergnügen, werter Herr?«, fragte Anna Constantia.

»Ich bedaure das Versäumnis, mich noch nicht vorgestellt zu haben! Hauptmann Friedrich von Eulenburg, Madame!« Der Offizier zog den Dreispitz und schwenkte ihn vor der Brust.

Zurück in Berlin hielt Anna Constantia Kriegsrat mit ihren Vertrauten Johanna und Hannes.

»Ich befürchte, auch bei weiteren Besuchen nicht weiter zu kommen. Falls mein Vetter nicht einlenkt, wie können wir die geforderte Kaution beibringen? Die Fuhrwerke mit Silber aus Töplitz wurden irgendwo aufgehalten. Mit dem Verkauf des Geschirrs hätte ich zumindest einen Teil der geforderten Summe aufbringen können.« Anna Constantia wirkte verzweifelt. Johanna legte eine Hand beruhigend auf den linken Unterarm ihrer Brotherrin, wohlwissend, dass die Gräfin nicht jeden Tag in der Stimmung war, um derlei Vertraulichkeiten zuzulassen.

»Ich schlage vor, wir kämpfen an zwei Fronten, Constantia! Du versuchst weiter, das Herz deines Vetters zu erweichen. Gleichzeitig reisen Hannes und ich nach Holstein und stehlen das Dokument aus dem Archiv in Drage. Ich weiß, das wird nicht einfach, aber wir lassen uns etwas einfallen«, sagte Johanna und schickte ihrem Ehegatten einen aufmunternden Blick zu.

»Wir beschaffen das Dokument«, nuschelte Hannes. Er war keineswegs so zuversichtlich wie seine Ehefrau, würde aber mitspielen.

Die Fenster im Erdgeschoss und die Lichtschächte der Hauptwache in Dresden waren vergittert. Alle Türen verschlossen.

»Wenn wir ins Nebengebäude einsteigen und aufs Dach klettern? Von da sind es nur fünf Schritte bis zum Giebel der Hauptwache«, schlug der ehemalige Seemann Martin Peters vor.

»Was für eine aberwitzige Idee!«, zischte Michael Kehl. »Selbst wenn es uns gelingen sollte, unbemerkt ins Nebengebäude einzudringen, bin ich nicht so lebensmüde und springe hinüber!«

»Du Landratte hast noch nie etwas von einem Seil mit Enterhaken gehört. Wir warten die Dämmerung ab und schauen es uns mal an. Ich brauche nur eine Luke, einen vorstehenden Balken oder einen Mauervorsprung, um mich hinüber zu schwingen. Ist wie das Entern eines Schiffes, kein Problem.«

Michael Kehl glaubte, sein Kamerad habe einen Scherz gemacht. Martins Gesicht verriet keinerlei Regung.

Er verzog nicht einmal die Mundwinkel zu einem spöttischen Grinsen.

»Wenn es die einzige Möglichkeit ist, meine Veronika zu retten … erkläre deinen Plan!«

Peters winkte ihm, er solle ihm folgen. In einem Versteck in der Nähe der Elbe stopfte der ehemalige Seemann zwei lange und mehrere kurze Seile, sowie eine Flasche Alkohol und Musselintücher in eine geräumige Tasche aus Segeltuch. Der Enterhaken, der von Michael bestaunt wurde, passte nicht hinein.

»Wir wickeln Stoffstreifen um die Bögen und Spitzen. Wenn uns jemand anhält, behaupten wir einfach, es handele sich um einen alten Kronleuchter aus Eisen. Bereit?«, fragte Martin.

»Die Sonne geht unter. Du willst wirklich im Dunkeln von einem Giebel zum anderen …?«

»Ja, wann denn sonst? Nachher geht der Mond auf, wir werden schon etwas sehen.« Der ehemalige Matrose wirkte zuversichtlich. Michael blieb nichts anderes übrig, als durch dunkle Seitengassen seinem Freund hinterher zu stapfen.

Sie hatten Glück. Sie wurden weder von Nachtwächtern noch Gerichtsbütteln oder Soldaten nach ihrem Treiben befragt. Sie schlichen sich an der Hinterfront der Hauptwache vorbei zum Nebengebäude.

»Wie ich es gesagt habe, ein Mauervorsprung«, flüsterte Martin. Michael starrte angestrengt in die hereinbrechende Nacht. Er konnte nur schemenhaft erkennen, was sein Kumpan gemeint hatte, der gerade dabei war, eines der längeren Seile am Enterhaken zu befestigen.

Das Glück blieb ihnen weiterhin treu. Sie fanden einen unverschlossenen Dienstboteneingang im Nebengebäude und schlichen im Dunkeln die Treppen hinauf. Michael unterdrückte einen Fluch, als er an einer Stufe stolperte. Oben im staubigen Dachboden gab es tatsächlich eine Luke. Man konnte sie nur erahnen, weil Mondlicht durch die Ritzen der grob gezimmerten Tür drang.

»Zwei Laternen wären hilfreich gewesen«, jammerte Michael, der mit dem Knie an etwas gestoßen war, welches er im Finstern unmöglich erkennen konnte.

»Bist du wahnsinnig? Damit wären wir erst recht aufgefallen!«, zischte der ehemalige Seemann.

»Du hast mir immer noch nicht deinen Plan erläutert« flüsterte Michael und rieb sich das schmerzende Knie.

»Was gibt es da zu erläutern? Enterhaken rüber, ich schwinge mit dem zweiten Seil dahin, welches ich drüben vertäue. Du hangelst hinterher. Runter in den Keller, Wachen betäuben, fesseln, Schlüssel abnehmen, Veronika befreien.«

Michael Kehl glaubte im Mondlicht so etwas wie ein Grinsen im Gesicht des Freundes gesehen zu haben.

»Wir können nicht auf dem gleichen Weg zurück!«

»Natürlich nicht, ich werde die Taue kappen! Mit dem erbeuteten Schlüsselbund können wir zur Hintertür hinaus. Etwas mehr Zuversicht! Es geht um deine Braut, nicht um meine!«

Beim zweiten Wurf krallte sich der Enterhaken hinter dem Mauervorsprung fest und Martin Peters schwang sich hinüber. Leider gab es an diesem Giebel keine Luke. Der Norddeutsche musste einige Dachschindeln abdecken. Am freigelegten Gebälk befestigte er das zweite mitgebrachte Seil und gab Handzeichen, Michael möge herüber hangeln. Der ehemalige Husar war es gewohnt, von einem Pferderücken aus zu agieren und zu kämpfen. Klettern und Hangeln behagte ihm überhaupt nicht. Er prüfte die Straffheit des Seils und ließ sich auf das Wagnis ein. Inzwischen war es stockfinster und er konnte nicht abschätzen, wie tief er fallen würde, falls ihn die Kräfte verließen.

»Für Veronika!«, schnaufte er und umklammerte das Seil. Zoll für Zoll kam er dem anderen Gebäude näher bis er erleichtert die Hand seines Freundes spürte.

»Na endlich, wie haben nicht bis zum Morgengrauen Zeit«, meckerte Martin.

Sie tasteten sich treppab, bis sie endlich einen durch Kerzen erhellten Flur erreichten. Es dauerte einige Zeit, bis sie in den Kellergewölben ankamen, wo sie die Zellen vermuteten. Das Überwinden der Wachen gestaltete sich viel einfacher als das Eindringen in das Gebaude.

Die schnarchten bereits und ließen sich leicht betäuben und fesseln. Bei einem dritten Wachmann fand man auch den Universal-Schlüsselbund, welcher unabdingbar für die Befreiung von Veronika und das Entkommen war. In den ersten zwei Zellen, die sie aufschlossen, wurden sie von Untersuchungshäftlingen angefleht, sie zu befreien. Vielleicht befanden sich am Bund sogar die Schlüssel, um die Eisen aufzuschließen.

Michael und Martin hielten sich damit nicht auf. In der dritten Zelle eilte ihnen Veronika entgegen und fiel Michael um den Hals.

»Ich habe zu Jesus gebetet und fest daran geglaubt!«

»Der Dank gebührt nicht mir, sondern Martin, der einen Weg hier herein gefunden hat, Liebste!«

»Küssen könnt ihr später«, brummte der ehemalige Seebär. »Jetzt raus hier! Noch vor dem Morgengrauen werden wir unsere drei Hintern auf Pferde schwingen und ins Böhmische entschwinden!«

DAS ARCHIV IN DRAGE

Anna Margarethe von Brockdorff ging gebückt. Johanna zögerte einen Moment, dann lief sie zu der abgehärmten Frau und umarmte sie.

»Verzeihen Sie, Constantia schickt Ihnen diese Umarmung und bedauert zutiefst, nicht selbst anwesend zu sein!«

»Aus den Briefen weiß ich, dass Sie nicht nur die Privatsekretärin, sondern auch eine enge Vertraute meiner Tochter sind. Und der stattliche Herr an ihrer Seite?« Anna Margarethe von Brockdorff hatte sich aus der Umarmung gelöst.

»Mein Ehegatte, Johannes, Baron von Senftenberg, Chef der Leibwache ihrer Tochter«, sagte Johanna und zupfte ihr von der Reise zerknittertes Kleid zurecht.

Sie hatten mit der Postkutsche über holprige Landstraßen fast eine Woche gebraucht, bis sie Hamburg erreichten. Dort hatten sie eine Kalesche gemietet, wobei abwechselnd Johanna und Hannes an den Zügeln saßen.

»Kommen Sie doch bitte rein«, sagte die alte Dame. »Leider kann ich Ihnen nicht viel anbieten. Etwas Wein, Most, Brot und Käse lassen sich bestimmt auftreiben.«

Die Gastgeberin hinkte die Stufen zum Eingang des Herrenhauses des Gutes Depenau hinauf und eine Magd öffnete die Tür. Durch die dunklen Vorhänge gelangte kaum Licht in die große Stube, wo einst der Ritter Joachim von Brockdorff Gericht über seine Untertanen gehalten hatte. Anna Margarethe hob ihren Stock und die junge Magd beeilte sich, die Vorhänge beiseite zu schieben. Nachdem das spartanische Mahl serviert worden war, ergriff die Gastgeberin das Wort.

»Gut Depenau ist nicht ihr eigentliches Ziel.« Die alte Dame ließ es so im Raum stehen. Im Sonnenlicht tanzten Staubkörnchen. Nach einer Minute des Schweigens fühlte sich Johanna bemüßigt, die unausgesprochene Frage zu beantworten.

Anna Constantia hatte ihnen eingeschärft, mit niemand über die geheime Mission zu sprechen. Galt das auch für deren Mutter?

»Im Familienarchiv der Grafen zu Rantzau in Drage lagert ein Dokument, welches ihre Tochter dem Kurfürsten von Sachsen und König von Polen aushändigen muss, um angemessene Bedingungen für ihren Abschied vom Hof in Dresden aushandeln zu können.«

Hannes runzelte die Augenbrauen. Ihn traf der entschuldigende Blick aus den blauen Augen seiner Frau.

»Abschied?«, flüsterte die Alte. »Dann hat man diesem Tunichtgut Friedrich August aus dem Geschlecht der Wettiner eine neue Buhle aufgeschwatzt?« Anna Margarethe von Brockdorff griff mit zittriger Hand zum Weinglas. »Worum geht es in diesem Dokument, dass Sie erwähnten, Baroness von Senftenberg?«

»Verzeihen Sie, Verehrteste, aber das dürfen wir selbst Ihnen nicht sagen«, mischte sich Hannes ein. Er erntete einen missbilligenden Blick seiner Frau.

»Sie sind die Mutter unserer Herrin, Frau von Brockdorff. Unter dem Siegel der Verschwiegenheit teile ich Ihnen mit, dass es sich um einen geheimen Ehevertrag handelt. Für den Fall des Ablebens der Gemahlin von Friedrich August soll ihre Tochter von einer Ehefrau zur Linken zur rechtmäßigen Ehegattin aufsteigen. Die gemeinsamen Kinder werden legitimiert. Des Weiteren gibt es finanzielle Regelungen, die ich im Detail nicht kenne.«

»Meine Tochter hat immer wieder Andeutungen gemacht, sie habe den Herrscher von Sachsen und Polen an der Angel, aber den Vertrag kenne ich nicht. Es wird Constantia nicht helfen. Könige halten sich nicht an Vereinbarungen – sie sind selbst das Gesetz«, seufzte die Alte. »Wie gedenken Sie an den Vertrag zu kommen, der im Archiv meines Verwandten lagert?«

»Wir haben eine Vollmacht, ausgestellt von ihrer Tochter, werte Frau von Brockdorff«, sagte Johanna. Sie spürte selbst, dass es nicht besonders überzeugend klang.

»Das wird Ihnen nichts nützen, Sie brauchen eine Vollmacht von Christian Detlev zu Rantzau. Ihm gehört das Archiv.«

Anna Margarethe von Brockdorff trank nur einen winzigen Schluck Wein und schob dann das halbvolle Glas von sich.

»Uns wurde gesagt, der Verwalter von Drage wäre etwas umgänglicher, als der Eigentümer, den man in der Zitadelle Spandau bei Berlin festhält«, sagte Hannes, der die Konversation nicht den beiden Damen überlassen wollte.

Die Witwe von Brockdorff schlug mit solcher Vehemenz mit der flachen Hand auf den Tisch, sodass das noch nicht abgeräumte Geschirr klapperte.

›Das Temperament hat sie an ihre Tochter vererbt‹, dachte Johanna.

»Umgänglicher? Christian Detlev mag ein Hallodri sein, der lieber Männern als Frauen nachstellt. Der ist aber nicht annähernd so boshaft wie sein jüngerer Bruder. Ich kann Sie vor Wilhelm Adolf nur warnen! Es tut mir leid, so etwas über einen Verwandten sagen zu müssen. Versuchen Sie ihr Glück, ich habe Sie gewarnt!« Anna Margarethe von Brockdorff hatte es sich anders überlegt und griff nun doch wieder zum halbvollen Weinglas.

Johanna und Hannes folgten der Einladung der leicht angesäuselten alten Dame, bei ihr zu übernachten. Es gab hier keine Zofen oder Diener. Eine Magd leuchtete ihnen den Weg zu einem der Gästezimmer. Im Bett beratschlagten sie das weitere Vorgehen.

»Es wird nichts bringen, bei diesem Wilhelm Adolf zu Rantzau offiziell vorstellig zu werden.« Hannes führte die rechte Hand zum Mund, um das Gähnen zu unterdrücken. »Schlafen wir eine Nacht drüber. Vielleicht fällt uns morgen etwas ein, wie wir in das Archiv gelangen.«

Hannes kannte seine Frau inzwischen gut genug, dass sie nicht umgehend Ruhe geben würde.

»Wir müssen nachts dort einsteigen und unsere Gastgeberin wird uns dabei helfen!«, sagte Johanna und rüttelte an Hannes Schulter, weil sie glaubte, ihr Gatte wandele schon an der Grenze zum Reich der Träume.

»Die alte Mutter von Constantia soll uns helfen?«, murmelte er. »Wie stellst du dir das vor?«

»Seit sie als junge Frau von Hamburg hierherkam, lebte sie immer in Holstein. Folglich kann sie uns einen Grundriss vom Gut Drage zeichnen.« Johanna streckte sich aus, verschränkte die Arme im Nacken.

»Kannst du bitte das Nachtlicht löschen? Ich möchte schlafen!«, knurrte Hannes. »Falls es uns mit Hilfe eines Lageplans gelingt, in das Gebäude einzusteigen, dann wissen wir immer noch nicht, welches von den hunderten Dokumenten das richtige ist.«

Johanna musste sich eingestehen, dass ihr Mann recht hatte. Das Unterfangen gestaltete sich schwieriger, als angenommen. Als sie gleichmäßige Atemgeräusche und bald darauf ein leises Schnarchen vernahm, verzichtete sie auf das weitere Schmieden von Plänen.

Am nächsten Morgen beim Frühstück erklärte sich Anna Margarethe von Brockdorff bereit, einen Lageplan zu zeichnen. Bei einer zweiten Kanne Kaffee brütete man über der Skizze.

»Das Archiv befindet sich rechts im Anbau vom Herrenhaus«, erläuterte die Mutter von Constantia.

»Gibt es einen Hintereingang oder Dachluken?«, fragte Johanna gespannt.

»Man kann vom Dienstboteneingang des Herrenhauses dahin gelangen. Ich würde es nicht empfehlen. Die Gefahr ist zu groß, von einer Magd, einem Diener oder Wächter, die Wilhelm Adolf beschäftigt, entdeckt zu werden.« Anna Margarethe von Brockdorff führte mit zitternder Hand die Kaffeetasse zum Mund. »Ihr seid noch jung, ihr könnt mittels einer Leiter über eine der Luken im Obergeschoss einsteigen, insofern diese nicht von innen verriegelt sind. Aber warum sollte Wilhelm Adolf das tun? Dort lagern keine Gold- und Silberschätze, sondern Dokumente.«

»Luken im Obergeschoss? Wozu dienten diese einst?«
Johanna schlug die flache Hand vor die Stirn. Sie war selbst
auf einem Gut großgeworden. »Verstehe, zum Entladen von
Fuhrwerken mit Heu und Strohballen. Später baute man eine
Scheune.«

»Kluges Mädchen«, kicherte ihre Gastgeberin.

Johanna und Hannes machten sich um elf Uhr auf den
Weg, um zum Einbruch der Dunkelheit Drage zu erreichen.
Frau von Brockdorff gab ihnen Brot, Käse, Wasser und
Wein mit und wünschte alles Gute. Sie winkte der Kalesche
noch solange nach, bis sich der aufgewirbelte Staub wieder
senkte. Dann vergoss sie bittere Tränen. Selbst wenn die
Vertrauten ihrer Tochter das Dokument beschafften, in dem
Constantia als ›épouse‹, das französische Wort für Ehefrau,
bezeichnet wurde – es würde ihrem Mädchen nichts nutzen.
Ihr Sturz war längst beschlossene Sache. In Dresden glaubte
man, Constantia habe den geheimen Vertrag und wolle ihn
nur nicht herausrücken.

Es ging über holprige Kopfsteinpflasterstraßen und
Feldwege einmal quer durch fast ganz Holstein. Johanna und
Hannes machten zwei Mal Rast, ließen die Pferde grasen
und stärkten sich. Den Wein hob man auf, um später auf
eine gelungene Mission anstoßen zu können.

»Da vorn muss es sein«, rief Johanna und streckte den
rechten Arm nach Westen. Hannes schirrte die Pferde aus
und schob die leichte Kalesche in den Schatten einer
Baumgruppe. Danach band er die Zugtiere so an, dass sie
grasen konnten.

Sie widerstanden der Versuchung, gleich nach Sonnenuntergang an die roten Backsteingebäude anzuschleichen und harrten aus, bis die Lichter im Herrenhaus erloschen. Es gab von der Baumgruppe bis zu ihrem Ziel kaum Deckung. Sie gingen in gebückter Haltung, immer gewärtig, beim Auftauchen eines Wächters ins hohe Gras abzutauchen. Endlich erreichten sie den rechten Flügel, indem sich nach Meinung von Anna Margarethe von Brockdorff das Archiv befand. Hannes atmete auf. Bisher war ihnen niemand von der Wachmannschaft des Grafen Wilhelm Adolf zu Rantzau begegnet. Hannes schlich vorsichtshalber nach links, um durch eines der Fenster zu spähen. Wie erwartet, saßen dort die Männer des Grafen und spielten Karten. Auf den Tischen Krüge mit Bier und eine Flasche Branntwein.

»Schaff mir bitte die lange Leiter von dort drüben herbei!«, zischte Johanna leise als ihr Mann zurückkam und blickte sich nach allen Seiten um.

Nachdem Hannes die schwere Leiter im Schweiße seines Angesichts an die mittlere der drei Luken gelehnt hatte, fragte er nach Atem ringend: »Du willst einsteigen, mein liebes Weib? Soll ich nicht lieber?«

»Psst!« Johanna legte den Zeigefinger auf die Lippen. »Du weißt nicht, wo du suchen musst, ich schon!«

»Ach, ja?«, flüsterte Hannes.

»Der geheime Vertrag wurde Constantia am 12. Dezember 1705 zugestellt. Sie glaubte, dieses für sie so wichtige Dokument wäre in Holstein sicherer als in Dresden oder Pillnitz. Ich muss nur in der Reihe suchen, wo die Papiere von der Jahreswende 1705/06 abgelegt sind. Den Ehevertrag erkenne ich an den fünf Siegeln. Noch Fragen?«

»Nein, aber du musst die Leiter nach oben ziehen, sonst kannst du nicht in das unter dem ehemaligen Heuboden liegende Archiv gelangen!«

Die Luke ließ sich leicht nach innen öffnen. Johanna atmete auf. Es kostete sie etwas Mühe, mittels Feuerstein, Zunder und Schwamm eine kleine Flamme an einem Kienspan zu erzeugen, um dann die Kerze in der Laterne zu entzünden. Bisher war alles glatt gegangen. Johanna zog die Leiter nach oben und Hannes blieb nichts anderes übrig, als die halb geöffnete Luke anzustarren und Schmiere zu stehen. Dann hörte er im Inneren des Gebäudeteils einen leisen Schrei. War Johanna von der Leiter gestürzt und hatte sich verletzt? Es gab keine Möglichkeit, eine zweite Steighilfe zu beschaffen.

Als Hannes glaubte, in seinem Rücken etwas gehört zu haben, war es schon zu spät. Er spürte eine schwere Hand auf der linken Schulter und eine Klinge am Hals.

»Wen haben wir denn da?«, kicherte ein Wachmann. Hannes roch den nach Bierhefe stinkenden Atem. Ein zweiter bewaffneter Knecht drehte seine Handgelenke auf den Rücken und fesselte sie mittels eines Seils. Gegen diese beide vierschrötigen Kerle hatte er keine Chance.

»Johannes, Baron von Senftenberg«, keuchte Hannes.

»Ja, sicher, und ich bin Ludwig der XIV. von Frankreich! Ein zweiter Trupp ist deinem Komplizen auf den Fersen! Der Herr Graf freut sich über die Abendunterhaltung!«

Die beiden Gefangenen fanden sich in einem Kellergewölbe wieder, welches Hannes sofort an jenes im Schloss Hoyerswerda erinnerte. Nur ging es hier etwas beengter zu. In einer Ecke loderte Feuer in einem Kamin. Nachdem er und Johanna der Aufforderung, sich zu entkleiden, nicht sofort nachgekommen waren, wurden ihnen die Kleider vom Leib gerissen und auf einen Haufen geworfen. Man hängte sie mit gestreckten Armen an den in der Decke befestigten Haken ein. Es dauerte ein paar Minuten, bis der Bruder des Grafen zu Rantzau, den sie in Pillnitz kennengelernt hatten, auftauchte.

»Hier gibt es kein Gold, zumindest nicht im rechten Flügel des Herrenhauses«, sagte Wilhelm Adolf beiläufig und ließ seinen Blick über die gestreckten, nackten Körper des gefangenen Paares schweifen. Aufgrund des Feuers war es warm im Kellergewölbe und beiden brach der Schweiß aus.

»Folglich wolltet ihr ein Dokument stehlen. Mir ist völlig egal, wer ihr seid. Unbefugtes Eindringen auf ein Privatgrundstück, Sachbeschädigung und versuchter Diebstahl. Wir werden damit keinen Richter in Kiel behelligen. Gehe ich richtig in der Annahme, dass Sie uns nicht verraten wollen, um welches Dokument es geht?« Wilhelm Adolf zu Rantzau war dicht an Johanna getreten. Sie spürte seinen Atem auf ihrem Gesicht. Der Mann hatte keinen Tabak geraucht, aber zum Abendessen Wein getrunken. Sie wollte den Kopf nach links drehen. Eine harte Hand umfasste ihr Kinn.

»Ich frage nur noch einmal. Um welches Dokument geht es? Was ist daran so wichtig, dass Sie es stehlen wollten? Keine Antwort?« Wilhelm Adolf ließ endlich das Kinn los und trat zurück. Johanna atmete auf.

»Sind die Weidenruten wie angewiesen in einem Eimer mit Essigwasser?«

»Jawohl, Herr Graf!«, rief einer der Büttel dienstbeflissen.

»Dreißig Schläge dürften reichen, um die Dame gesprächiger zu machen«, lachte Wilhelm Adolf.

»Das ist gegen das Gesetz! Sie dürfen uns nicht hochnotpeinlich befragen, zumindest nicht ohne Richter, Beisitzer und Schreiber!«, empörte sich Hannes. Von ihm unbemerkt hatte einer der Büttel eine gewässerte Weidenrute ergriffen und schlug sie ihm von unten zwischen die Beine. Hannes jaulte auf wie ein angeschossener Wolf.

»Noch weitere Beschwerden und Fragen?«

Wilhelm Adolf zu Rantzau begann Johannas Rücken auszustreichen, bis die erste Weidenrute zerbrach. Er ließ sich umgehend eine neue reichen. Johanna biss die Zähne zusammen, konnte aber nicht verhindern, dass sie ab und an aufschrie. Ihr Rücken schien in Flammen zu stehen.

»Aufhören!«, schrie Hannes. »Mein Weib wird Ihnen alles sagen!«

Ein Büttel wollte wieder einmal eine Rute von unten zwischen die Beine des Gefangenen schlagen. Der Graf zu Rantzau hielt ihn zurück.

»Was macht Sie da so sicher, mein Herr?«, zischte der gegenwärtige Herr über das Gut Drage in Hannes Ohr. Ein anderer Büttel entnahm mit einer Zange ein glühendes Stück Eisen aus dem Feuer und reichte es an Wilhelm Adolf weiter. Mit der linken Hand knetete dieser die rechte Brust Johannas.

»Es wäre doch schade, wenn ich diese reine Haut versengen müsste. Zudem mag ich den Geruch verbrannten Fleisches nicht. Das Dokument?«

»Sag es ihm!«, rief Hannes und spürte umgehend einen Einschlag in den Rippen.

»Ein Dokument, das beweist, dass ihre Cousine, Anna Constantia, Gräfin Cosel, die Ehe mit Friedrich August, Kurfürst von Sachsen und König von Polen, Anno 1705 zugesichert wurde. Bei Herausgabe der Zweitschrift, die hier verwahrt wird, kann die Gräfin bessere Konditionen beim Abschied vom genannten Herrscher aushandeln.«

Die Büttel wirkten enttäuscht, als der Graf sie anwies, die Gefangenen abzuhängen und gefesselt in eine Scheune zu schleifen. Sie hatten gehofft, das Paar noch bis weit in die Nacht weiter foltern zu dürfen und dabei Spaß zu haben. Wilhelm Adolf zu Rantzau überlegte, was er mit der gewonnenen Erkenntnis anfangen sollte. Seine Cousine hatte offenbar einen Vertrag ausgehandelt, wie es zuvor noch keiner Mätresse gelungen war. Nutzen würde es ihr nichts. Der Herrscher über Sachsen und Polen würde sich darüber hinwegsetzen. Sollte er den Baron und die Baroness von Senftenberg, die nebenan in einer Scheune lagen, laufen lassen? Er entschied sich, die beiden noch etwas leiden zu lassen.

Eine Magd hatte sich erbarmt und den Gefangenen zwei Wolldecken gebracht, damit sie ihre Blöße bedecken konnten. Am nächsten Morgen wurden Johanna und Hannes von den Stockknechten des Grafen zu einer Eiche geschleift und an einem starken Ast, der waagerecht aus dem Stamm des Baumes wuchs, eingehängt.

Das zusammengetrommelte Gesinde durfte nach einer kurzen Rede des Wilhelm Adolf zu Rantzau die beiden Diebe mit fauligem Obst bewerfen. Es war wie am Pranger stehen, nur deutlich schlimmer, denn der ganze Körper diente als Trefferfläche. Einige machten sich einen Spaß daraus, gezielt die empfindlichsten Stellen zu bewerfen. Nachdem man sie mit mehreren Zubern eiskalten Wassers überschüttet hatte, landeten sie wieder mit gefesselten Hand- und Fußgelenken im Stroh.

»Er wird es nicht wagen, uns umzubringen«, zischte Johanna ihrem Mann zu.

»Was macht dich da so sicher?«, knurrte er.

»Constantia und ihre Mutter wissen, dass wir hier sind. Wir sind von Adel und keine Leibeigenen. Falls ich Gelegenheit dazu bekomme, werde ich darauf hinweisen, dass wir ausgezeichnete Kontakte zum König von Dänemark haben.«

»Frederik IV. hatte seine Hände überall da, wo sonst nur ich …« Hannes wurde vom eintretenden Grafen zu Rantzau unterbrochen, der eine Magd und den Anführer seiner Wachmannschaft im Schlepptau hatte.

»Fesseln lösen!«, befahl der Graf. Die Magd legte Kleidungsstücke bereit, in welche Johanna und Hannes schlüpfen sollten.

»Das sind Kleider aus Leinen, nicht die, welche wir auf dem Weg hierher getragen haben!«, empörte sich Johanna. Sie duckte sich, weil sie erwartete, dass der Graf oder sein Stockknecht zuschlagen würden. Nichts dergleichen geschah.

»Es tut mir leid, werte Baroness. Ein betrunkener Knecht stürzte gestern Nacht mit einer Fackel in den Kleiderhaufen im Keller. Sie müssen mit dem vorliebnehmen, was Ihnen die Magd reicht.«

Johanna und Hannes beeilten sich, in die einfachen, aber sauberen Gewänder zu schlüpfen.

»Meine Männer haben ihre Kalesche und die Pferde vereinnahmt. Sie können sie wiederhaben, wenn Sie mir eine Gefälligkeit erweisen, Baroness«, sagte der Graf zu Rantzau.

»Worin sollte diese Gefälligkeit bestehen?«, fragte Johanna, wusste aber, worauf es hinauslaufen würde. Anna Margarethe von Brockdorff hatte sie gewarnt.

»Sie sind eine mehr als ansehnliche Frau und ich könnte mir vorstellen, dass Sie besondere Fertigkeiten mit ihrer Zunge und den Händen haben«, lachte Wilhelm Adolf.

Der Anführer der Wachmannschaft hielt Hannes eine Klinge an den Hals, weil er zu Recht vermutete, dieser würde toben.

»Nie im Leben!«, rief Johanna, deren Rücken immer noch brannte und von Striemen überzogen war. Sie beruhigte sich umgehend wieder. Dieser satanische Graf spielte mit ihnen.

»Welche Optionen haben Sie noch zu bieten, Herr zu Rantzau?«, fragte sie.

»Ich habe Erkundigungen über Sie eingezogen. Sie sind eine gewissenhafte Privatsekretärin, die auch Dokumente und Signaturen fälschen kann. Und Sie, Herr Baron von Senftenberg, sind ein stattlicher Kerl. Ihnen biete ich an, Stellvertreter des hier anwesenden Karl Gustav zu werden.

Egal, was meine Cousine Ihnen zahlt, ich lege einige Taler pro Monat drauf!«

»Wir sind Anna Constantia von Cosel verpflichtet!«, riefen Johanna und Hannes wie aus einem Mund.

»Weil Sie mein großzügiges Angebot ausschlagen, bleibt nur noch die dritte Option. Sie werden nach Berlin laufen und meiner Cousine den Misserfolg beichten. Es steht Ihnen offen, zum Gut Depenau zu wandern. Zwei meiner Männer sind auf dem Weg dorthin und werden verhindern, dass man Ihnen Obdach, Brot und ein Fuhrwerk gibt. Gute Reise!« Wilhelm Adolf zu Rantzau lachte meckernd und verschwand aus der Scheune.

»Wie sieht es mit Schuhwerk aus?«, rief Johanna ihm hinterher.

»Wir können keine Lederschuhe entbehren. Sie bekommen Holzpantinen. Und jetzt Abmarsch, bevor der Herr Graf es sich anders überlegt!«, brummte Karl Gustav.

Johanna schleuderte nach einer halben Meile die Holzpantinen in den Straßengraben.

»Ich kann in den Dingern nicht laufen! Das raue Unterkleid scheuert auf meinem wunden Rücken!« Johanna setzte sich ins Gras und weinte. Hannes nahm sie in den Arm.

»Ich bin diesem Grafen zu Rantzau in gewisser Weise sogar dankbar«, sagte er und hauchte seiner Frau einen Kuss auf die mit Tränen benetzte Wange.

»Diesem Scheusal dankbar?«, schluchzte Johanna.

»Ja, er hat uns nähergebracht. Ich erkenne in dir wieder die Frau, in die ich mich einst in Pillnitz verliebt habe.«

»Waren wir uns jemals fern gewesen?«, fragte Johanna erstaunt. Ihre Tränen versiegten.

»Ja, Liebste. Du hast mich in Danzig entgegen allen kirchlichen Treueschwüren aufgefordert, das Herz der Polin Agnes zu erobern. Die Streiche mit der Weidenrute - ich habe jeden Einschlag gespürt, obwohl es nicht mein Rücken war. Ich liebe dich, Johanna. Du hast diesem Grafen zu Rantzau die Stirn geboten. Ich danke Gott, dass Du an meiner Seite bist!«

Bei Johanna flossen erneut die Tränen. Es kam nicht jeden Tag vor, vom eigenen Ehemann so eine Liebeserklärung zu erhalten. Sie sammelte die Holzpantinen wieder ein und nahm sie in die Hand. Sie würde barfuß weiterlaufen. Der Weg war staubig, aber nicht steinig. Sie übernachteten zwei Mal in einer Scheune am Wegesrand, wie es Hannes auch mit Jannika erlebt hatte. Durst und quälender Hunger zwangen sie, an die Pforte einer einsamen Hütte zu klopfen. Die alte Frau, die öffnete, wollte ihnen die Tür vor der Nase zuschlagen, aber Johanna rief: »Wir sind auf dem Weg zu Anna Margarethe von Brockdorff!«

»Oh, das ist etwas anderes. Ich stand in Diensten derer von Brockdorff, wurde entlassen, weil nicht mehr genügend Geld da war. Die reiche Tochter schickte zwar Geld aus Dresden, aber nur für die Kleidung und Ausbildung der beiden kleinen Mädchen. Ich bin Magdalena Schneider und Sie?«

»Johannes Bauer und das ist mein Weib Johanna«, sagte Hannes.

Die Bäuerin hätte ihnen in diesem Aufzug niemals die Adelstitel Baron und Baroness von Senftenberg abgekauft. Nachdem ihnen Frau Schneider Wasser, Buttermilch, Brot und Käse serviert hatte, kühlte Johanna die geschwollenen Füße in einer Schüssel Wasser. Hannes trat verlegen von einem Fuß auf den anderen.

»Mein Weib hat einen geröteten Rücken, werte Frau Schneider. Haben Sie vielleicht eine lindernde Salbe?«

Magdalena Schneider streifte ohne nachzufragen Kleid und Unterkleid über Johannas Schultern.

»Das ist die Handschrift des Wilhelm Adolf zu Rantzau. Sein Bruder ist ein Sodomit, er selbst aber viel schlimmer, weil er Freude daran hat, andere leiden zu sehen. Ja, ich stelle die Salben selbst her.«

Die Bäuerin holte einen Tiegel mit Salbe und massierte sie sanft auf Johannas Rücken ein.

»Was veranlasste den Grafen zu Rantzau, Sie so zu misshandeln? Raus mit der Sprache, mein Kind! Ich helfe euch weiter, wenn ihr mir sagt, was ihr auf dem Gut Drage wolltet und wer ihr wirklich seid!«

Johanna und Hannes wechselten einen schnellen Blick. Sie wussten nicht mehr, wem sie wirklich trauen konnten.

»Baron und Baroness von Senftenberg«, sagte Hannes. »Wir glaubten, die Büttel des Grafen zu Rantzau würden bei Bier und Branntwein sitzen und nicht mitbekommen, dass wir ein Dokument stehlen, welches Anna Constantia von Cosel, geborene von Brockdorff gehört, in deren Diensten wir stehen. Das ist leider schiefgegangen«, seufzte er.

»Eine Antwort, die neue Fragen aufwirft. Was steht in dem Dokument? Warum ist so wichtig, dass Sie beide soviel dafür riskierten? Konnte man es nicht auf offiziellem Wege beschaffen?«

Frau Schneider hatte die wohltuende Massage beendet. Johanna zog die Kleider wieder über die Schultern und verknotete das Bändchen am Ausschnitt.

»Christian Detlev zu Rantzau sitzt wegen Sodomie in der Zitadelle Spandau. Mit seiner schriftlichen Zustimmung hätten wir das Dokument offiziell bekommen können. Die Kaution für seine Freilassung wurde auf 15000 Taler festgelegt. Diese Summe verlangte er im Gegenzug für das Ausstellen einer Vollmacht. Die Gräfin Cosel ist zwar reich, hat aber nicht so viel Bargeld bei sich, das meiste ist verliehen.«

»Danke, werte Baroness von Senftenberg, ich habe verstanden. Noch Schmerzen?«, fragte Frau Schneider.

»Vielen lieben Dank, es ist deutlich besser geworden«, sagte Johanna.

»Leider kann ich euch weder Pferd noch Wagen stellen. Nach dem Tod meines Mannes und meiner Tochter ...«

Johanna nahm die Bäuerin, deren Worte von Tränen erstickt wurden, in den Arm.

»Vielen Dank für alles! Gott schütze Sie!«

Sie brauchten noch einen ganzen Tag, ehe sie an das Gut Depenau heranschleichen konnten.

Johanna und Hannes warteten wieder den Einbruch der Dämmerung ab, dann glitten sie wie Schlangen durch das dürre Gras. Grillen zirpten und Ameisen krabbelten über ihre Körper.

»Ich kann niemand entdecken«, flüsterte Hannes.

»Oh, doch, sieh da vorn, zwei Pferde, die vor dem Haus angebunden sind«, hauchte Johanna.

Es gelang ihnen, ungesehen von den Schergen des Wilhelm Adolf zu Rantzau in das Haus zu schlüpfen. Anna Margarethe von Brockdorff war noch wach.

»Nicht erschrecken, wir sind's!«

»Ich hätte euch in dieser einfachen Kleidung fast nicht erkannt«, flüsterte die Hausherrin.

»Wie ist es euch ergangen? Habt ihr das Dokument?« Die Witwe hatte die Stimme ebenfalls gesenkt.

»Leider nein, wir wurden erwischt und müssen nun zur Strafe als Magd und Knecht durch das Land laufen. Ich frage Sie nur ungern, werte Frau von Brockdorff, aber können Sie eine Kalesche und wenigstens ein Pferd entbehren? Wir wären Ihnen sehr dankbar!« Johanna schaute die Mutter der Gräfin Cosel erwartungsfroh an.

»Ich habe den beiden Bütteln des Grafen zu Rantzau reinen destillierten Alkohol ins Bier gemischt. Die schlafen wie betäubte Ratten. Wir schleichen uns zum Stall und schirren ein Pferd ein, folgt mir!«

Johanna und Hannes wussten genau, dass es eine erhebliche Geräuschkulisse geben würde, wenn sie davonbrausten.

»Soll ich euch noch etwas mitgeben?«, fragte die Witwe.

»Wir haben Wegzehrung von Magdalena Schneider bekommen«, antwortete Johanna leise.

»Ach, ja, die Magda. Eine tüchtige Hausgehilfin, die ich wegen Geldmangel entlassen musste. Grüßt meine Tochter!«

Johanna winkte zum Gruß und Hannes setzte das leichte Gefährt in Bewegung. Sie waren noch nicht weit gekommen, als Hannes Hufgetrappel hinter sich hörte. Einer der betrunkenen Büttel hatte es geschafft, sich auf sein Pferd zu schwingen und verfolgte sie. Mit einem Blick über die Schulter bemerkte Hannes, dass der Reiter den Halt verlor und aus dem Sattel rutschte. Er wurde im Steigbügel ein Stück weit mitgeschleift. Dabei löste sich ein Schuss aus einer Pistole. Johanna sackte in seinen Schoß. Ein roter Blutfleck breitete sich auf der Schulter aus. Hannes schickte ein Stoßgebet zu Jesus Christus, dass die Kugel nicht die Schulter durchschlagen hatte. An einer Hügelkuppe lenkte er die leichte Kalesche scharf nach links. Dann sprang er vom Kutschbock, rannte zurück und hielt Ausschau. Vom Verfolger keine Spur. Falls es dem Büttel gelang, sich wieder auf sein Pferd zu schwingen, dann würde er in Richtung Hamburg oder Berlin suchen. Niemand würde damit rechnen, dass sie nach Norden, nach Kiel flohen. Es blieb Hannes nichts anderes übrig, als einen Teil des Unterrocks seiner Frau zu zerfetzen, um einen Notverband anzulegen. Die Pistolenkugel hatte die Schulter nur gestreift. Er konnte die Blutung stillen.

Die Ohnmacht seiner Frau war dem Umstand zuzuschreiben, dass Johanna völlig erschöpft und geschockt vom Schuss war. Als er ein leises Fluchen hörte, rollte sich Hannes unter die Kalesche. Zuvor hatte er nach einem losen Kantholz von der Ladefläche gegriffen.

»Ihr Gesindel sollt laufen, sagte der Graf …« Obwohl die lallende Gestalt mit einem Degen bewaffnet war, hoffte Hannes auf das Überraschungsmoment. Der hinkende Betrunkene näherte sich dem Gefährt und sah im Mondschein auf der Ladefläche eine liegende Frau. Bevor er zustechen konnte, sackte er zusammen. Hannes wiegte das Kantholz in der Hand. Obwohl der Mann den Tod verdient hatte, hoffte er darauf, der würde am nächsten Morgen mit einem doppelten Brummschädel, verursacht durch Alkohol und den Schlag, wieder aufwachen. Sonst würde ihnen der umtriebige Wilhelm Adolf zu Rantzau noch einen Mord anhängen. Ein letzter, sichernder Blick. Vom zweiten Büttel war weit und breit nichts zu sehen.

Um Erschütterungen zu vermeiden, setzte Hannes die Kalesche ganz langsam in Bewegung. Im Morgengrauen erreichte er Kiel. Zwei Mal musste er der misstrauischen Stadtwache erklären, dass sein Weib einem Unfall zum Opfer gefallen war. Aus der Flinte eines Jägers hatte sich versehentlich ein Schuss gelöst und die Schulter gestreift. Die gleiche Geschichte tischte er dem Chirurgen Dr. Heinze auf. Johanna stöhnte, als der Arzt die Wunde mit Alkohol desinfizierte und neu verband. Dann schickte er das Paar zu einem Apotheker, der eine Salbe herstellen sollte. Hannes musste das von Anna Margarethe von Brockdorff geliehene Pferd und die Kalesche verkaufen, um den Apotheker und im Nachgang den Chirurgen bezahlen zu können.

Der neue Plan sah vor, mit einem Handelsschiff von Kiel nach Rostock zu segeln, um dann eine Postkutsche nach Berlin zu nehmen. Mit gefurchter Stirn zählte Hannes die verbliebenen Taler. Hoffentlich reichte das für die weitere Reise. Auf See ging es Johanna zunehmend besser, während Hannes sich bei leichtem Seegang über die Reling erbrach. Mit günstigem Westwind erreichten sie nach drei Tagen Rostock. Die einst glanzvolle Hansestadt hatte sich vom Brand im Jahr 1677 noch nicht wieder erholt und litt zudem unter dem Nordischen Krieg, der den Handel behinderte.

Mit den letzten Talern kaufte Hannes zwei Plätze in einer Postkutsche, die sie in einer Woche nach Berlin brachte. Als sie mit klopfenden Herzen und außer Atem die Wohnung der Gräfin Cosel erreichten, öffnete niemand. Die Vermieterin sagte ihnen, dass die Dame vor einigen Tagen abgereist sei. Wohin, dass wisse sie nicht.

»Constantia wird versuchen, während der Leipziger Herbstmesse Außenstände einzutreiben. Dabei wird sie in einer Stadt Quartier nehmen, wo sie vor dem Zugriff sächsischer Beamter sicher ist – Halle an der Saale!«

Hannes unterließ die Bemerkung, dass er die klügste Ehefrau von allen hatte. Er klopfte ihr auch nicht auf die lädierte Schulter, sondern nahm sie sanft in den Arm.

»Und wie gelangen wir nach Halle?«, fragte er.

»Ich habe keinen Heller mehr.«

Johanna legte den Zeigefinger über die Lippen und fischte aus einem Versteck in einem Mauerspalt einen Nachschlüssel.

»Hm, sieht so aus, als wäre schon jemand hier gewesen«, zischte sie. »Kriech bitte unter diesen Schreibtisch und suche links nach einem versteckten Hebel!«

Hannes verstand. Wegen der langsam abheilenden Verletzungen am Rücken und an der Schulter wollte es Johanna nicht selbst machen.

Nach einiger Suche fand er den Hebel und betätigte ihn. Am Sekretär sprang vorn eine Schublade auf, die sich zuvor nicht öffnen ließ.

»Voilá! Die Kopie des Depositenscheins für die Hamburger Bank, weitere Dokumente und Taler, die uns die Weiterreise nach Halle ermöglichen! Lass uns verschwinden, Hannes, bevor die Vermieterin die preußische Geheimpolizei informiert!«

HALLE AN DER SAALE

Otto Dietrich kratzte sich das stoppelige Kinn. Vor sich eine halbvolle Kanne schales Bier, die er angewidert in Richtung Tischmitte schob. Er blickte auf dreißig Jahre im Dienst zurück und freute sich auf den nahen Ruhestand. Er hätte auch jetzt schon als Chef der Geheimpolizei Preußens am liebsten seine Ruhe gehabt, aber immer wieder fuchtelten die Könige und Fürsten mit dem Degen und seit Monaten mussten seine Leute auch noch die aufsässige Gräfin Cosel beobachten. Die ehemalige Mätresse des Kurfürsten von Sachsen und Königs von Polen hatte sich viele Male Zugang zur Zitadelle Spandau verschafft. Jetzt war sie abgängig. Die Informanten sagten, sie halte sich in Halle an der Saale auf.

Das Problem war nicht die Gräfin allein, die konnte man leicht überwachen, sondern deren engste Vertraute, die mal hier mal dort auftauchten. Ein Albtraum für jeden Geheimdienst. Vor sich hatte Otto Dietrich ein Stück Papier, welches er zum zweiten Mal mit dem Kopf schüttelnd las.

»Was für ein unsinniger Aberglaube! Wahrscheinlich glauben die auch, dass der Heilige Sankt Nikolaus Geschenke bringt und zu Ostern ein Hase Eier legt!«

Otto Dietrich klingelte nach der Dienstmagd, die umgehend erschien. Er deutete auf das schal gewordene Bier und verlangte nach einem frischen Getränk.

»Verzeihen Sie, Herr Dietrich, aber draußen auf dem Flur warten zwei Männer, die Sie zu sprechen wünschen.«

Das Dienstmädchen machte einen Knicks, allerdings mit einem angewiderten Gesicht, als habe sie vorhin eine Schlange erblickt. Otto Dietrich konnte die junge Frau verstehen. Was waren das für Zeiten, als sein Meisterspion noch Meinhard Gerber hieß! Dem gutaussehenden Mann lagen einst die Frauen zu Füßen. Der hatte sich für eine Holländerin entschieden, den Dienst quittiert und lebte seit vielen Jahren in den Niederlanden.

»Herein mit ihnen«, seufzte der Geheimdienstchef. Er wusste nicht einmal, ob Bertram und Hinz die Vor- oder Familiennamen der beiden Kerle waren. Es war ihm auch egal. Man hatte sie ihm fürs Grobe zugeteilt. Er hoffte, die hatten wenigstens so viel Grips, um den Auftrag zu verstehen, den er ihnen geben musste. Sein Widerstreben gegen diesen Befehl musste er im Interesse Preußens hintenanstellen.

»Worum geht es, Herr Dietrich?«, fragte der Erste, der zwei Gehirnzellen mehr als der Zweite zu haben schien.

Das Dienstmädchen brachte eine frische Kanne Bier und fragte, ob die beiden Gäste auch etwas zu trinken wünschten. Ehe Otto Dietrich reagieren konnte, schlug der Erste der jungen Frau auf den Hintern und rief: »Selbstredend, noch zwei Bier, Mädel!«

»Bevor Luise zurückkommt – ein Deserteur, der uns von der sächsischen Armee übergeben wurde, behauptet, dass eine Magd in Diensten der Gräfin Cosel allein durch Singen Unheil abwehren kann. Ihre Zwillingsschwester habe angeblich den bösen Zauber, der auf einer Mühle in der Oberlausitz lag, gebrochen. Mit anderen Worten: Man dichtet der Magd der Cosel magische Fähigkeiten an! Schwachsinn! Es gibt Offiziere in unserer unschlagbaren preußischen Armee, die behaupten, Mannschaftsgrade würden sich weigern, die Gräfin Cosel zu ergreifen und zur Grenze zu eskortieren, solange diese Magd in deren Diensten steht!«

Bertram und Hinz standen die Mäuler offen. Otto Dietrich hatte nichts anderes erwartet. Er konnte nur darauf hoffen, dass die beiden Kerle später im Außeneinsatz wussten, was sie taten. Er würde allerdings nicht darauf wetten. Der ergraute Geheimdienstchef wurde durch die Magd unterbrochen, die zwei Kannen Bier vor die beiden grobschlächtigen Männer stellte und umgehend wieder verschwand, bevor einer auf die Idee kam, ihr erneut auf den Hintern zu schlagen.

»Ihr werdet die Magd Jannika Brezan isolieren und entführen!«, sagte Otto Dietrich fest.

»Was sollen wir mit ihr machen?«, fragte der erste Mann, der sich Bertram nannte.

»Der Dirne das Maul stopfen. Der Rest ist eurer eher beschränkten Fantasie überlassen.«

Otto Dietrich entließ die beiden Männer mit einer unwirschen Handbewegung, als wolle er Fliegen verscheuchen. Er ahnte, die beiden würden nicht so filigran arbeiten, wie jene Mitarbeiter, die einst einer jungen Französin in Emden Angst und Schrecken eingejagt hatten. Das Bier in der Kanne war schon wieder schal geworden. Vielleicht sollte man sich das Getränk in kleinen Bechern oder Gläsern servieren lassen.

Der Plan war genauso simpel gestrickt, wie die beiden, die ihn ausgeheckt hatten. Die Magd musste ja auch mal auf den Markt, um für die Gräfin Cosel und deren Gefolge Lebensmittel einzukaufen. Vom Markt in Halle an der Saale musste die junge Frau auf dem Weg zum Haus, in dem die Gräfin Quartier genommen hatte, durch eine dunkle Seitengasse. Bertram und Hinz hatten die Magd zwei Mal beschattet. Am liebsten wäre es ihnen gewesen, das Unternehmen in den Abendstunden durchzuführen. Aber zu dieser Tageszeit hüpfte die zu Entführende nicht draußen herum. Sie hatten sich die Beine in den Bauch gestanden und abgewechselt, um das herauszufinden. Es blieb Bertram und Hinz nichts anderes übrig, als der Magd an einem belebten Morgen aufzulauern. Der Plan sah vor, dass Bertram der Zielperson ein alkoholgetränktes Tuch vor den Mund presste, bei Widerstand ihr mit einem stoffumwickelten Totschläger auf den Hinterkopf schlagen und die Magd dann zur in der Nähe wartenden Kutsche schleifen würde.

Man hatte sich vergewissert, dass niemand in der Gasse war, während auf den Straßen und dem Marktplatz selbst reges Treiben herrschte. Es war ein trüber Herbsttag, der Himmel nebelverhangen, was das Vorhaben eigentlich erleichtern sollte. Natürlich blieb das Risiko, dass unvermittelt ein Unbeteiligter auftauchte und Alarm schlug. Noch schlimmer das Szenario, dass der Sicherheitchef der Gräfin Cosel auftauchte, der Baron von Senftenberg. Man munkelte, der habe auch schon Spione mit dem Degen durchbohrt. Daran mochten Bertram und Hinz nicht denken, obwohl auch sie gut bewaffnet waren.

Jannika näherte sich leise singend und nichtsahnend dem Eingang der gespenstisch leeren Gasse.

»Stopfe dir etwas in die Ohren«, flüsterte Bertram seinem Kumpan auf dem Kutschbock zu. Ihr Chef Otto Dietrich hatte sich zwar lustig darüber gemacht, aber die von der Armee glaubten an die magischen Kräfte der jungen Frau. Bertram verschwand hinter einem Mauervorsprung. Als Jannika die Mitte der Gasse erreicht hatte, wunderte sie sich, warum einige Meter entfernt eine Kutsche stand und die beiden Pferde mit den Hufen scharrten. Jannika spürte, dass hier etwas nicht stimmte. Sie hatte genügend Körperspannung, um sofort den Korb mit Gemüse und Brot fallenzulassen, als sie den Atem eines Mannes in ihrem Nacken spürte. Sie ergriff die Flucht und musste feststellen, dass der Mann auf dem Bock der Kutsche die Pferde antrieb und versuchte, das Gefährt etwas quer zu stellen. Das kostete Zeit. Vielleicht gelang es ihr, zwischen Hauswand und der sich bewegenden Kutsche hindurch zu schlüpfen. Hinter ihr stolperte Bertram über einen herumkullernden Kohlkopf. Er stieß einen Fluch aus.

Zu allem Überdruss öffnete sich eine Tür und ein Herr mit einem Spazierstock trat heraus. Der musste annehmen, hier solle eine junge, attraktive Frau entführt und geschändet werden und lag damit gar nicht so verkehrt. Bertram war dem Kohlkopf ausgewichen und sah sich unvermittelt einem neuen Gegner gegenüber. Der Spaziergänger war gewillt, seinen Stock wie einen Degen einzusetzen und fuchtelte damit herum. Bertram verschwendete keine Zeit damit, aus der Innentasche seines Rockes ein Papier zu holen, das ihn als Angestellter der Regierung von Preußen auswies. Er zog die geladene Pistole und der Mann, der eigentlich nur zum Markt wollte, erstarrte.

»Verschwinden Sie wieder in ihrem Haus! Das ist eine Maßnahme auf Befehl und Order unserer Majestät Friedrich Wilhelm I.!«

Das war zwar maßlos übertrieben, aber der König von Preußen wünschte auch, dass die Gräfin Cosel so bald als möglich an die Sachsen übergeben wurde. Jannika hatte sich auf den Verfolger konzentriert, der beinahe über das Gemüse gestolpert war. Sie hatte nicht bemerkt, dass der Kutscher vom Bock gestiegen war und ihr mit schnellen Sprüngen den Weg abschnitt. Zurück konnte sie nicht. Der andere hatte es geschafft, den Mann, der ihr vielleicht geholfen hätte, mit vorgehaltener Waffe in ein Haus zurückzutreiben. Ehe Jannika es sich versah, umklammerte der Kutscher ihre Oberarme. Ihr Aufschrei wurde erstickt, als der andere Angreifer, der hinzugeeilt war, ihr ein nach hochkonzentriertem Alkohol stinkendes Tuch vor den Mund presste. Sie nahm nur noch benommen wahr, dass man sie in die bereitstehende Kutsche verfrachtete.

Ehe sie einen Laut äußern konnte, wurde das stinkende Tuch durch einen nicht minder unangenehmen Knebel ersetzt, den der brutal wirkende Kerl mit einem Schal fixierte.

»Jetzt haben wir dich, sorbische Hexe«, sagte der Mann über ihr.

Jannika fühlte sich, als habe sie eine Karaffe Wein getrunken. Dabei hatte sie doch nur die Ausdünstungen aus dem Tuch eingeatmet. Ihr wurde schwindelig. Die Frage nach dem ›Warum?‹ blieb ihr im Hals stecken. Sie konnte sich nicht äußern. Sie spürte nur noch, wie sich das Gefährt über das rumpelnde Kopfsteinpflaster in Bewegung setzte. Hatte die Kräuterfrau aus den Wäldern um Klettwitz das vorausgesehen und nur nicht gewagt, es ihr zu sagen?

Die Gräfin Cosel lief unruhig auf und ab. Sie hatte Johanna nach Leipzig geschickt, um auf der Herbstmesse Schulden von säumigen Zahlern einzutreiben. Ein schwieriges Unterfangen, denn die Leute, die ihr etwas schuldeten, wussten genau, dass sie in Dresden in Ungnade gefallen war. Sie traute sich nicht mehr auf sächsisches Territorium, um ihren Forderungen Nachdruck zu verleihen. Johanna und Hannes hatten sie immer wieder davor gewarnt. Jannika war morgens auf den Markt gegangen, um einzukaufen, und nach zwei Stunden noch nicht zurück. Anna Constantia von Cosel rief Katharina, sie solle den Herrn Baron von Senftenberg herbeiholen. Hannes war nach wenigen Augenblicken zur Stelle und verbeugte sich leicht. Sie waren unter sich, da konnte man auf übertriebene Förmlichkeiten wie immer verzichten.

»Johanna ist in Leipzig, Jannika habe ich auf den Markt geschickt. Sie braucht sonst nur eine Stunde für Einkäufe und den Weg hin und zurück. Jetzt ist es zehn Uhr und sie ist nicht da!« Die Gräfin setzte sich nicht, sondern lief weiterhin unruhig auf und ab. Diese Unruhe übertrug sich auch auf Hannes. Er liebte immer noch das Mädchen, mit dem er aus Hoyerswerda geflohen war.

»Du musst sie suchen! Ich habe ein unangenehmes Bauchgefühl, als wäre Jannika etwas zugestoßen. Sie ist sonst die Zuverlässigkeit in Person!«, sagte die Gräfin.

»Ich weiß«, antwortete Hannes knapp. Für ihn bestand auch die Möglichkeit, Jannika habe mit einem anderen Dienstmädchen geplaudert und dabei die Zeit vergessen.

»Ich soll sie suchen?«, fragte er nach.

»Wer denn sonst?«, brauste die Gräfin auf. »Du bist hier für die Sicherheit von uns allen zuständig!«

Hannes hätte am liebsten geantwortet, dass er nicht jeder Angestellten der Gräfin einen bewaffneten Mann zur Seite stellen konnte. Zum einen war Jannika nicht eine beliebige Angestellte, zum anderen wollte er die Gräfin nicht provozieren, die sich seit der Trennung von Friedrich August I. verändert hatte und noch cholerischer reagierte, als vorher schon.

»Ich mache mich umgehend auf den Weg!« Hannes deutete eine Verbeugung an, wirbelte herum und verließ das Haus.

Außerhalb von Halle befand sich in der Nähe eines Dorfes auf einer Anhöhe ein ehemaliges Kloster, das im Zuge der Reformation von den Mönchen aufgegeben worden war und seitdem langsam verfiel. An einigen Stellen hatte die Natur von den Bauwerken wieder Besitz ergriffen. Vereinzelt schwankten Birken im Herbstwind, als die Kutsche durch die offene Einfahrt brauste. Das einst aus starken Eichenbohlen gefertigte zweiflügelige Tor war längst in den Feuerstätten des Dorfes verbrannt worden.

Bertram und Hinz hatten sich für die ein Stück von Halle entfernt liegende Klosterruine entschieden, weil sie von Mauern umgeben war. Das Dorf war weit genug entfernt, um unbemerkt zu bleiben – hofften sie. Hinz schirrte die Pferde aus und band ihnen die mitgebrachten Hafersäcke um, damit sie sich stärken konnten. Bertram schleppte die immer noch benommene Magd in eine halbverfallene Kirche, legte sie auf dem Altar ab und streckte die gefesselten Handgelenke über Kopf. Dann suchte er nach einer Befestigungsmöglichkeit, fand aber keine. Es blieb ihm nichts anderes übrig, als ein längeres Seil von den Handgelenken zu einem Taufbecken in der Nähe zu führen und es an dessen Standsäule zu verknoten. Im Moment ließ er auch die Beine gefesselt. Er wartete auf seinen Kumpan, bevor er den Knoten löste.

Hannes war verzweifelt. Man hatte Jannika auf dem Markt gesehen. Einige glaubten mit einem Blick auf die Kirchturmuhr sich daran zu erinnern, dass eine Magd mit schwarzen Haaren und blauen Augen den Markt gegen neun Uhr verlassen habe. Die Gasse, durch die Jannika gegangen sein musste, war menschenleer. Nach dem Trubel auf dem Markt war es hier beinahe unheimlich ruhig.

Das Glück kehrte zu Hannes zurück, als er an eine zweite Tür klopfte, um nachzufragen, ob jemand etwas Ungewöhnliches beobachtet habe. Ihm öffnete ein gut gekleideter Mann, der unter dem Rock eine blauseidene Weste trug. Vorsichtig schaute der Bürger nach links und rechts, als drohe ein Hinterhalt. Hannes verbeugte sich leicht.

»Entschuldigen Sie, werter Herr, ich bin Johannes, Baron von Senftenberg.« Die Zugehörigkeit zur Gräfin Cosel verschwieg man in diesen Tagen lieber. »Ich bin auf der Suche nach einer jungen Magd mit dichten schwarzen Haaren und blauen Augen, die nicht zurückgekehrt ist. Haben Sie etwas Auffälliges beobachtet?«

Hannes glaubte nicht wirklich daran, von dem, gemessen an der Kleidung, wohlsituierten Hallenser Bürger etwas Brauchbares zu erfahren.

»Bertold Lehmann mein Name. Das will ich meinen, Herr Baron! Ich traue mich nicht mehr auf die Straße, seitdem ich mit einer Waffe bedroht wurde! Stellen Sie sich vor, Herr Baron, am helllichten Tag!«

»Haben Sie die beschriebene Magd gesehen?«, hakte Hannes nach.

»Ja, sicher. Sie wollte fliehen, wurde aber vom Kutscher, der vom Bock stieg, aufgehalten. Der andere Mann bedrohte mich derweil mit einer Pistole!« Bertold Lehmann schlotterten immer noch die Knie, wenn er an das Geschehen heute Morgen dachte.

»Als die weg waren, warum haben Sie dann nichts unternommen, Herr Lehmann?«, fragte Hannes scharf.

»Zum Beispiel die Stadtwache oder -verwaltung informieren?«

»Der Mann, der mich bedrohte, behauptete, auf Befehl des Königs und der preußischen Regierung zu handeln, Herr Baron. Ich verschwand im Haus und musste das glauben. Warum sollten Verbrecher, die nur darauf aus sind, irgendeine junge Frau zu schänden, ausgerechnet hier in den Morgenstunden jemand auflauern? Wenn Sie mich fragen, Herr Baron, war das eine zielgerichtete Aktion auf Befehl von Oben. Darauf deutete auch die bereitstehende Kutsche hin.«

Für Hannes Geschmack schwafelte der Bürger zu viel. Es ging wertvolle Zeit verloren. Der Vorsprung der Entführer wuchs mit jeder Minute und Hannes hatte keine Ahnung, wohin die Jannika verschleppt hatten.

»Geben Sie mir eine Beschreibung der Männer, der Kutsche und der Pferde!«

Der Bürger konnte sich an alles erinnern, sogar an das Zaumzeug der Zugtiere.

»Sie haben mir sehr geholfen, Herr Lehmann, vielen Dank dafür. In welche Richtung entschwand die Kutsche?«

Bertold Lehmann streckte den Arm nach rechts. Hannes deutete eine Verbeugung an und beeilte sich, zurück zum Quartier der Cosel zu eilen. Dort würde er den Stallburschen anweisen, umgehend ein Pferd zu satteln. Er wusste nur, dass er nach Norden reiten musste. Ob die Entführer und Jannika noch in der Stadt waren oder außerhalb, entzog sich seiner Kenntnis.

Auf Grund der genauen Beschreibung der Kutsche und der Pferde, die er von Herrn Lehmann erhalten hatte, konnte Hannes die Stadtwache fragen, welchen Weg die Entführer genommen hatten. Die beiden Wachmänner streckten die rechten Arme nach Norden. Dort zeichnete sich in einiger Entfernung im Dunst eine auffällige Erhebung in der ansonsten flachen Landschaft ab. Hannes zügelte das Pferd.

»Wie weit ist es bis zur Anhöhe, wie heißt der Ort und gibt es da Versteckmöglichkeiten?«

Die beiden Männer von Stadtwache wechselten verwunderte Blicke. Der Mann hatte sich als Baron von Senftenberg vorgestellt.

»Was veranlasst Sie, Herr Baron, die Verfolgung einer Kutsche aufzunehmen, die von uns wegen Unauffälligkeit nicht kontrolliert wurde?«, fragte der Wachführer streng.

Er konnte unmöglich wissen, dass für den Fall einer Kontrolle Bertram und Hinz ein amtliches Schreiben mitführten, welches sie als Mitarbeiter des Preußischen Innenministeriums auswies. Hannes musste jetzt die Katze aus dem Sack lassen, sonst würden ihn die beiden Übereifrigen noch festhalten.

»Womöglich befindet sich in der Kutsche eine Bedienstete der Gräfin Cosel, die vermisst wird. Ich bin verantwortlich für die Sicherheit der Gräfin und der Angestellten! Darf ich auf meine Frage zurückkommen?« Das Pferd begann zu tänzeln. Die Unruhe des Reiters übertrug sich auf das Tier. Wieder ging wertvolle Zeit verloren.

»Petersberg, im Volksmund manchmal auch Lauterberg genannt. Eine Postmeile. Auf der Anhöhe befindet sich eine Klosterruine«, sagte der Truppführer.

»Vielen Dank, die Herren!«, sagte Hannes, lüftete den Dreispitz und trieb das Pferd an. Leider hatte er diesmal nicht so ein schnelles Jagdpferd wie bei der Flucht aus Hoyerswerda unterm Sattel.

Jannika stieß abwechselnd mit beiden Beinen zu, als die beiden Entführer Unterrock und Kleid über die Schenkel nach oben streifen wollten. Gegen zwei kräftige Männer hätte sie nicht einmal eine Chance gehabt, wenn ihre Arme nicht über Kopf gefesselt gewesen wären. Sie spürte, wie Tränen an ihren Wangen herunterliefen. Die groben Kerle würden sie hier, an einem einst heiligen Ort, schänden und wahrscheinlich umbringen. Jannika gab den Widerstand auf und flüchtete sich ins stille Gebet. Sie bat den Heiland und dessen Mutter Maria um Beistand.

Bertrams Blick fiel, bevor er gewaltsam in die Magd eindrang, auf das Kreuz, welches Jannika an einer silbernen Kette um den Hals trug. Durch den harten Ruck sprang der Verschluss der Kette auf. Jannikas Aufschrei blieb wegen der Knebelung ungehört. Bertram warf das Kreuz mit der Kette achtlos neben den Altar. Er würde es später aufsammeln und in Berlin verkaufen. Hinz war sauer, weil man nicht ausgeknobelt hatte, wer die Magd zuerst besteigen dürfe. Immer drängelte sich der Wichtigtuer vor!

»Steh nicht rum!«, keuchte Bertram. »Schau draußen nach, ob es Verfolger oder ein neugieriges Bäuerlein gibt!«, kommandierte er.

»Ich darf aber auch noch ran?«, fragte Hinz und trottete nach draußen. Er warf nur einen kurzen Blick durch das Tor. Es hatte wieder zu regnen begonnen. Durch den Dunst konnte man nicht soweit blicken, wie noch am Morgen. Er beeilte sich, wieder in die Kirche zu eilen, um seinen Einsatz nicht zu verpassen. Als Hinz fertig war und seine Hose wieder nach oben zog, fragte er: »Was hast du nun mit ihr vor?«

»Der Dietrich, der alte Sack, hat uns freie Hand gelassen. Das Finale!« Bertram zog einen Dolch aus einer ledernen Scheide.

»Ihr die Kehle durchschneiden?«

»Oh nein, viel perfider! Ich schlitze der Dirne die linke Pulsader auf und drücke ihr den Dolch in die rechte Hand. Wenn wir sicher sein können, dass sie sich nicht mehr aus eigener Kraft erheben kann, lösen wir die Seile, räumen auf und verschwinden!« Bertram klatschte in die Hände, als habe er einen besonders schlauen Plan entwickelt.

»Und wozu das Ganze?«, fragte Hinz mit gerunzelter Stirn.

»Unsere letzte Rache. Als Selbstmörderin bekommt sie ein namenloses Grab außerhalb der Friedhofsmauer – wenn man sie findet. Eine Hexe bekommt, was sie verdient.«

Hinz Stirn glättete sich wieder. »Du bist ein durchtriebener Halunke, Bertram!«

»Ich weiß. Genau deshalb hat man mich, äh, uns, mit diesem Auftrag betraut!«

Jannika spürte den brennenden Schmerz, als die Klinge des scharfen Dolches ihre Pulsader vom linken Handgelenk an fast eine halbe Elle nach oben auftrennte. Ihr Blut tropfte vom Altar nach unten und bildete auf dem Boden eine Pfütze. Jannika murmelte hinter dem Knebel ein letztes Gebet, bat um Vergebung ihrer Sünden. Dann schwanden ihre Sinne. Bertram und Hinz warteten ab, bis die Magd bewusstlos war. Dann lösten sie das Seil, rollten es auf. Sie zogen die Kleider wieder bis hinunter zu den Fußgelenken. Als Bertram den Dolch in die erschlaffende rechte Hand von Jannika gedrückt und die Kette mit dem Kreuz aufgesammelt hatte, schickte er einen letzten prüfenden Blick durch die ehemalige Kirche. Er wollte gerade den Befehl erteilen, hier zu verschwinden, als er bemerkte, dass sein Kumpan Hinz die Kirche längst verlassen hatte. Der hatte das aufgerollte Seil in der Kutsche verstaut und saß auf dem Bock, die Zügel in der Hand. Bertram gelang es gerade noch, auf das Trittbrett der anfahrenden Kutsche zu springen. Nach der Tordurchfahrt ging es steil bergab. Er schaffte es noch, auf eine Sitzfläche zu hechten. Die Rache des Mannes, den er wie einen untergebenen Trottel behandelt hatte.

Hannes hatte die Fuchsstute angetrieben. Der wiedereinsetzende Oktoberregen weichte die Wege auf und er kam langsamer voran, als er gehofft hatte. Aus einem Regenschleier heraus löste sich eine Kutsche, die direkt auf ihn zuhielt. Er achtete nicht darauf, ob die Beschreibung von Herrn Lehmann zutraf. Das konnten nur die Entführer sein! Hannes musste in Sekunden eine Entscheidung fällen. Versuchte er, die Kutsche zu stoppen, würden ihn die bewaffneten Männer töten.

Wenn er weiterritt, konnte er vielleicht das Leben von Jannika retten! Hannes musste nicht weiter nachdenken. Er gab dem Pferd die Sporen.

Die Kinder Katharina und Friedrich hatten sich aus dem Dorf geschlichen, um oben auf dem Berg in den Ruinen Verstecken zu spielen. Das hatten ihnen die Eltern zwar verboten, doch genau darin lag der Reiz. Sie wurden vom wiedereinsetzenden Regen überrascht und suchten Schutz in der Kirche. Katharina unterdrückte einen Aufschrei, indem sie eine Hand vor den Mund presste.

»Fritz! Fritz! Komm' schnell! Überall Blut. Eine Frau liegt auf dem Altar, sie stirbt vielleicht! Wir müssen zurück, es melden!«

»Bist du verrückt, Kati? Unsere Eltern würden uns verprügeln, wenn sie erfahren, wo wir ...«

Angesichts der jungen Frau auf dem Altar und der Blutlache blieb ihm die weitere Einrede im Hals stecken. Die beiden Kinder rannten hinunter ins Dorf. Der Erste, den sie trafen, war der Pfarrer Herrmann.

»Oben im Kloster, eine junge Frau, überall Blut!«, keuchte Fritz.

Der Pfarrer rief seinen Küster herbei, der sich eine Tasche mit Verbandmaterial und Medizin schnappte und sie eilten dem Kind hinterher. In der Kirchenruine angekommen, legte Pfarrer Herrmann sofort zwei Finger an die Halsschlagader der jungen Frau. »Es ist noch Leben in ihr! Thomas! Vor dem Ellenbogen abbinden, möglichst fest. Dann einen Druckverband über den Längsschnitt!«

Der Küster beeilte sich, den Anweisungen Folge zu leisten. Die Blutung konnte zunächst gestoppt werden. Pfarrer Herrmann wusste nicht, ob die junge Frau die Sünde der Selbstentleibung begangen hatte. Der gerade Schnitt entlang der Ader deutete auf Fremdeinwirkung. Sicher war er sich nicht. Sie hielt ein blutiges Messer in der rechten Hand. Solange noch ein Funken Leben in der Frau war, musste er Gottes Auftrag erfüllen und ihr helfen. Dann bemerkte der Pfarrer, dass der kleine Friedrich noch in der Kirche weilte.

»Fritz! Renn' ins Dorf! Vier Männer sollen mit einer Trage kommen, lauf!«

Der Junge schaffte es tatsächlich binnen zehn Minuten vier Dorfbewohner zu mobilisieren. Die bewusstlose Jannika wurde bergab ins Pfarrhaus getragen. Immer wieder prüfte der Seelsorger der Gemeinde Atmung und Puls. Beides wurde nach seinem Dafürhalten immer schwächer. Er war Theologe und kein Chirurg. Pfarrer Herrmann konnte nicht wirklich einschätzen, ob die junge Frau eine Überlebenschance hatte. Ihm, seiner Frau und einigen Dorfbewohnern blieb nur, im Gebet göttlichen Beistand für die Unbekannte zu erbitten.

Hannes hatte die Fuchsstute angetrieben, die auf dem südlichen Pfad ins Straucheln kam. Er musste die letzten Meter zu Fuß mit dem Pferd am Zügel zurücklegen. Rechts von ihm erhob sich eine noch halbwegs intakte Kirche. Hannes hastete durch das offene Portal und fand neben dem Altar eine Blutlache, die zwar langsam antrocknete, aber noch frisch war. Hatten die Entführer Jannika ermordet und die Leiche mitgenommen oder hatte jemand anderes für den Abtransport gesorgt? Er hatte nur eine Chance.

Hannes musste unten im Dorf nachfragen. Als ein Junge seinen Weg kreuzte, zügelte er das Pferd und stieg aus dem Sattel.

»Ich bin der Baron von Senftenberg. Hast du eine junge Frau mit schwarzen Haaren und blauen Augen gesehen?«

»Oh, ja, Herr Baron. Ich habe sie oben im Kloster gefunden!«, verkündete Fritz stolz.

»Und wo ist sie jetzt?« Hannes hielt es vor Spannung kaum noch aus.

»Im Pfarrhaus. Alle, auch mein Vater, beten, dass sie wieder aufersteht wie unser Herr Jesus!«

Hannes schwang sich in den Sattel und trabte zum nahegelegenen Pfarrhaus. Man hatte Kerzen entzündet. Hannes riss den Dreispitz vom Kopf. Auf einem Tisch lag die junge Frau, die ihn einst aus dem Kerker in Hoyerswerda befreit hatte. Das Gesicht aschfahl, der linke Arm bis zum Ellenbogen bandagiert.

Der Küster bemerkte den eintretenden Fremden als Erster.

»Unsere Gebete begleiten sie auf den Weg zum obersten Richter. Sie hat gerade den letzten Atemzug getan. Und Sie sind, werter Herr?«

Hannes wurde schwindlig. Er war zu spät gekommen. Er hatte als Mann, der für die Sicherheit der Cosel und ihrer Angestellten sorgen sollte, versagt.

»Johannes, Baron von Senftenberg. Die Frau auf dem Tisch da vorn ist Jannika Brezan, Dienerin meiner Wenigkeit und Johanna, Baroness von Senftenberg, meiner Frau. Ich möchte den Pfarrer sprechen!«

Der Küster wartete ab, bis Pfarrer Herrmann das Totengebet beendet hatte. Erst dann machte er ihn auf den Neuankömmling aufmerksam.

»Wir haben alles getan was wir konnten, werter Herr Baron! Der Herr Küster und ich haben einen Druckverband angelegt. Die Verletzung und der Blutverlust waren zu groß. Unserem Herrn hat es gefallen, die junge Frau zu sich zu holen. Können Sie mir sagen, zu welcher Konfession die Verstorbene gehörte?«

»Ist das jetzt noch wichtig, dass es sich um eine sorbische Katholikin aus der Lausitz handelt? Ich zahle Ihnen einen angemessenen Betrag, wenn Sie Jannika Brezan ein ordentliches Grab auf Ihrem Friedhof geben.«

»Sie wollen nicht bleiben, Herr Baron? «, fragte Pfarrer Herrmann mit hochgezogenen Augenbrauen.

»Leider nein. Wenn diese Männer Jannika geschändet und ermordet haben, schrecken sie auch nicht vor Gewalttaten gegen die Gräfin Cosel oder meine Frau, der Baroness von Senftenberg zurück!«

Fritz stürmte das Pfarrhaus und störte die Totenruhe. »Sie kommen zurück! Die Männer mit der Kutsche!«, keuchte er.

Den Chef der Geheimpolizei Preußens, Otto Dietrich, plagte ein Gichtanfall.

Er hatte daher seinen forschen Stellvertreter Wolf von Liebig zur Überwachung der Operation nach Halle an der Saale entsandt. Das Kommando der preußischen Armee wollte sicher sein, es nur mit einer Hexe zu tun zu haben. Denn auch die Gräfin Cosel war schon der Hexerei bezichtigt worden. Im Falle der sorbischen Magd verließ man sich auf die Aussage eines von den Sachsen ausgelieferten Deserteurs, der sich in der Nähe von Schwarzkollm versteckt gehalten hatte, dass die Zwillingsschwestern Brezan magische Kräfte hatten. Wolf von Liebig musste sich profilieren. Den alten Dietrich würde man demnächst pensionieren. Wenn er nicht wollte, dass man einen anderen in der Nachfolge vorzog, musste er im ›Fall Cosel‹ Erfolge vorweisen. Von Liebig erwartete daher Bertram und Hinz ungeachtet des Regens vor dem nördlichen Stadttor.

»Was habt ihr mit ihr gemacht?«, fragte er barsch, als die Kutsche heranrumpelte und hielt.

»Es so aussehen lassen, als habe die Dirne sich selbst entleibt!«, sagte Bertram mit geschwellter Brust.

»Und wo ist die Leiche?« Wolf von Liebig schaute selbst in der Kutsche nach und glaubte, seinen Augen nicht zu trauen.

»Seid ihr wahnsinnig? Ihr habt sie auf dem Petersberg zurückgelassen? Man wird die Magd finden und sich fragen, ob sie sich wirklich selbst das Leben genommen hat. Nicht auszudenken, wenn ein Chirurg hinzugezogen wird und der eine genaue Leichenschau macht! Ihr Deppen macht sofort kehrt und räumt dort auf! Ich besorge mir ein Pferd und komme nach.«

Wolf von Liebig schüttelte noch den Kopf, als die Kutsche längst gewendet hatte. Die Stadtwache zuckte bedauernd mit den Schultern. Er solle sich wegen eines Pferdes an die Garnison der Armee wenden.

In Petersdorf bot sich der kleine Fritz als Lockvogel an. Sein Vater war entsetzt. Hannes versuchte, den Mann zu beruhigen. Man würde mit ein paar bewaffneten Bauern versteckt auf der Lauer liegen. Dem Jungen würde nichts passieren. Der Pfarrer und der hinzugeeilte Dorfschulze sorgten dafür, dass die Straße wie leergefegt wirkte.

Bertram und Hinz waren stinksauer. Dieser von Liebig wollte sich nur wichtigmachen. In der Kirche der Klosterruine stellten sie fest, dass der Stellvertreter von Dietrich recht hatte. Irgendjemand hatte die Leiche entdeckt und fortgeschafft. Hinz lenkte die Kutsche bergab hinein ins Dorf. Einem Jungen schien das nasse Herbstwetter nichts auszumachen. Er spielte allein mit einem Ball aus Lumpen.

Hinz beugte sich vom Kutschbock. »He, Junge! Eine Frau ist schwerverletzt. Wir wollen sie zu einem Chirurgen fahren, aber oben auf dem Hügel ist sie nicht mehr. Kannst du uns sagen, wohin sie gebracht wurde?«

»Sicher kann ich das. Warum haben Sie die Frau nicht gleich mitgenommen, wenn sie wussten, dass sie verletzt ist?« Fritz trat gegen den Ball. Die Lumpen hatten sich mit Regenwasser vollgesogen und das Spielgerät rollte nicht einmal bis zur nächsten Hauswand.

»Für dein Alter bist du ganz schön frech«, sagte Hinz und versuchte sich an einem Grinsen.

»Hinter dem Pfarrhaus ist unsere neue Kirche. Ich glaube, man hat die Frau dahin gebracht.«

»Wie ist dein Name?«, wollte Hinz wissen.

»Fritz!« - »Danke, Fritz!« Er trieb die Pferde an und stoppte die Kutsche vor der kleinen Kirche.

Als Hinz vom Bock stieg und Bertram den Schlag öffnete, lösten sich aus dem Regen acht bewaffnete Bauern und der Baron von Senftenberg, der einen Degen in der rechten und eine Pistole in der linken Hand hielt. Sie hatten nicht mit einem Hinterhalt gerechnet und wurden sofort überwältigt.

»Sie sollen dasselbe Schicksal erleiden, wie Jannika!«, schrie Hannes außer sich.

Der Pfarrer Herrmann stellte sich mit ausgebreiteten Armen vor die beiden Mörder.

»Aber nicht in meiner Kirche oder anderem geweihten Boden!«, keuchte er. »Wenn Sie die beiden Männer hochnotpeinlich befragen müssen, Herr Baron, dann bitte in der Scheune da hinten!«

»In Ordnung!« Hannes gab den Bauern die Anweisung, die inzwischen gefesselten Mörder zur besagten Scheune zu schleifen. Dort wurden sie mit nach oben gestreckten Armen im Gebälk eingehängt. Hannes hatte nicht übel Lust, den beiden Halunken die Kniebundhosen nach unten zu streifen und sie zu entmannen, weil sie vermutlich seine Jannika geschändet hatten. Leider waren auch der Pfarrer und sein Küster zur Scheune geeilt, um das Verhör zu überwachen.

»Wer seid ihr und wer hat euch den Befehl erteilt, dieses abscheuliche Verbrechen zu begehen?«, schrie Hannes.

Bertram und Hinz wussten, sie mussten hier nur eine kurze Zeit durchhalten, dann käme Wolf von Liebig mit geladener Pistole und wenn sie viel Glück hatten, mit ein paar Soldaten der preußischen Armee. Als Hannes keine Antwort erhielt, ließ er sich von einem Dorfbewohner einen Knüppel reichen und schlug bei Hinz unvermittelt zu. Der Schlag traf diesen knapp oberhalb der Körpermitte und der Getroffene biss sich die Unterlippe blutig, um nicht aufzuschreien.

»Ich frage nur noch einmal, dann wende ich andere Methoden an«, drohte Hannes. »Wer seid ihr und in wessen Auftrag habt ihr eine unschuldige Magd geschändet und ermordet?«

Es kam Unruhe in die Dorfbevölkerung. Man hörte draußen Hufgetrappel. Die Scheune wurde gestürmt. An der Spitze der Militäreinheit Wolf von Liebig und ein ranghoher Offizier.

»Bekleiden Sie ein Richteramt, Herr Baron von Senftenberg? Nein? Dann sind Sie auch nicht befugt, eine hochnotpeinliche Befragung durchzuführen! Legen Sie den Knüppel und den Degen ab, sofort!«

»Und Sie sind?«, fragte Hannes überrascht. Da mehrere Musketen auf ihn gerichtet waren, folgte er der Anweisung.

»Oberst von Winterfeldt! Ich bin von unserer Majestät König Friedrich Wilhelm I. beauftragt, den Arrest der Gräfin Cosel durchzusetzen. Vor deren Wohnung wurde ein Posten platziert. Die beiden Männer in ihrer Gewalt handelten in unserem Auftrag, sind vielleicht über das Ziel hinausgeschossen. Sie werden von uns zur Verantwortung gezogen, nicht von Ihnen, Herr Baron von Senftenberg!«, sagte der Oberst mit befehlsgewohnter Stimme.

Hannes resignierte. Gegen die Geheimpolizei und das Militär des Königreiches Preußen hatte er keine Chance. Er wies zwei Bauern an, die Mörder von Jannika von den Fesseln zu lösen.

»Das ist noch nicht alles, Herr Baron! Wir werden Sie nach Halle eskortieren und der Gräfin Cosel nahelegen, Sie wegen ihres eigenmächtigen Handelns aus deren Diensten zu entlassen!«

Hannes hatte der Mut verlassen. Zum Gefühl des Verlustes von Jannika, die er nicht beschützen konnte, kam die Angst, es wären noch mehr von der Sorte Bertram und Hinz unterwegs, die seiner Ehefrau Johanna auflauerten. Als Privatsekretärin der Gräfin Cosel wusste sie über alles Bescheid, hatte unzählige Dokumente selbst geschrieben, kopiert oder täuschend echte Fälschungen angefertigt. Das musste auch die Geheimpolizei Preußens wissen oder ahnen. In der Wohnung der Cosel in Berlin hatte man vermutlich nichts gefunden, weil Johanna die Dokumente andernorts versteckt hatte. Wo genau wusste nicht einmal Hannes. Ein Soldat sammelte den auf dem Boden liegenden Degen auf. Hannes straffte sich. Sein Blick streifte Wolf von Liebig, von dem er nicht wissen konnte, welches Amt der bekleidete. Dann fixierte er den hohen Offizier.

»Als Oberst der Preußischen Armee sind Sie ein Mann von Ehre, werter Herr von Winterfeldt!« Hannes deutete sogar eine Verbeugung an, obwohl die Männer ihn an der Rache für den Tod von Jannika gehindert hatten.

»Ich bitte Sie mir zu versichern, dass die Geheimpolizei ab jetzt außen vor ist und keine weiteren Entführungen geplant sind. Dass nach der Entlassung aus den Diensten der Gräfin Cosel meine Ehefrau Johanna und ich ungehindert unserer Wege gehen können und nicht festgesetzt werden!«

»Ich glaube nicht, dass Sie in der Position sind, Forderungen zu stellen, Herr Baron von Senftenberg! Ich kann Ihnen aber versichern, dass ab jetzt ich das Kommando habe. Gemäß Befehl aus Berlin soll nur verhindert werden, dass die Gräfin Cosel Kontakt mit wem auch immer aufnimmt. Wie weiter mit der Gräfin zu verfahren ist, wird man mir noch mitteilen. Wahrscheinlich ist aber eine Überstellung an die Sächsische Armee. Was Sie und die Baroness von Senftenberg betrifft, sind keine Zwangsmaßnahmen angewiesen worden. Sie erhalten ihren Degen selbstverständlich in Halle zurück!« Hannes war verwundert, dass der Oberst von Winterfeldt eine leichte Verbeugung andeutete.

Wolf von Liebig machte ein finsteres Gesicht. Sollte die Misshandlung eines seiner Spione ungestraft bleiben? Egal, was dieser ranghohe Offizier versprach. Er würde auf jeden Fall an der Baroness und dem Baron von Senftenberg dranbleiben und im geeigneten Moment zuschlagen!

Hannes blieb nur noch, dem Pfarrer Herrmann 100 Taler zu überreichen, damit Jannika ein ordentliches Begräbnis und eine Totenmesse bekam.

Zurück in Halle übergab Hannes das Pferd der Obhut eines Stallburschen und machte sich auf den Weg, die traurige Botschaft Johanna und Anna Constantia zu überbringen.

Vor der Tür der Zimmerflucht, welche die Gräfin Cosel in Halle bezogen hatte, stand nicht nur ein Grenadier, sondern auch ein schneidiger junger Leutnant. Den Preußen musste die Bewachung der Cosel sehr wichtig sein, wenn sie dafür einen Oberst, einen Leutnant und mehrere Elitesoldaten abstellten. Oberst von Winterfeldt gab dem Leutnant den Befehl, den Herrn Baron von Senftenberg durchzulassen. Die beiden Damen saßen auf einem Kanapee und waren in eine angeregte Unterhaltung vertieft.

»Anna Constantia ist der Meinung, uns entlassen zu müssen, Hannes!«, wurde der Eintretende von seiner Frau begrüßt.

»Das ist bereits andernorts entschieden worden und nicht mehr Gegenstand der Debatte«, sagte Hannes mit grimmiger Miene.

Johanna sprang vom Sitzmöbel. Anna Constantia von Cosel erhob sich etwas zögerlicher. Die Gräfin war in den letzten Tagen noch blasser geworden.

»Entschuldige, dass ich nicht gleich gefragt habe. Hast du Jannika gefunden?«

Hannes hatte den rechten Handschuh ausgezogen und knetete ihn mit beiden Händen.

»Zwei Büttel der Geheimpolizei haben sie entführt, geschändet und einen Schnitt am linken Unterarm beigebracht. Man hat sie zwar gefunden und in die Ortschaft Petersberg gebracht, aber der Pfarrer und sein Gehilfe sind nun mal keine Ärzte. Sie haben alles getan, um sie zu retten, leider vergeblich! Obwohl man es so aussehen lassen wollte, als habe sie sich selbst entleibt, habe ich für ein anstandiges

Begräbnis gesorgt. Als ich die Mörder zur Rechenschaft ziehen wollte, schritten die Männer ein, die draußen vor der Tür und dem Haus stehen!«

HAMBURG

Wolf von Liebig hatte sich davon überzeugt, dass niemand in der Nähe der alten Lagerhalle in diesem abgelegenen Teil des Hamburger Hafens herumwuselte. Die beiden Neuen waren im Vergleich zu den Tölpeln, die Jannika Brezan in Petersberg bei Halle umgebracht hatten, intelligente Burschen. Dennoch hatten sie vergessen, einen Posten aufzustellen. Der neue preußische Geheimdienstchef schloss das knarzende Tor. Seine Augen mussten sich erst an das Zwielicht gewöhnen. Durch ein paar Ritzen drangen verirrte Sonnenstrahlen. Dort, wo das Licht hin schien, tanzten Staubkörnchen in der Luft.

Von den auf dem Rücken gefesselten Handgelenken der Gefangenen, die nur noch das Unterkleid trug, führte ein Seil zu einer Umlenkrolle, die man weit oben an einem Balken befestigt hatte. Eine Leiter kündete davon, wie es die beiden bewerkstelligt hatten.

»Was soll das, Anton?« Wolf von Liebig schüttelte den Kopf.

Der Angesprochene trat einen Schritt vor. »Eine Verhörmethode gemäß der Constitutio Criminalis Carolina! Wir waren der Meinung, dass Sie …«

»Der Gedankengang, es handele sich um die Vernehmung einer kriminellen Person ist nicht einmal so weit hergeholt«, sagte von Liebig. Anton neigte den Kopf und grinste dabei. Er hatte eine schroffe Zurückweisung erwartet und bekam jetzt sogar etwas zu hören, das man fast als Lob deuten konnte.

»Ich bin kein Richter und ihr keine Gerichtsbüttel. Wir sind der preußische Geheimdienst und an derlei gesetzliche Vorgaben nicht gebunden. Ihr könnt das Seil durch die Rolle gleiten lassen.«

»Nun zu Ihnen, verehrte Baroness von Senftenberg!« Von Liebig trat an die zitternde Johanna heran. Sie konnte das Eau de Toilette riechen, welches der Verantwortliche für den Tod von Jannika nach der Rasur aufgelegt hatte. Ungeachtet des sonnigen Wetters draußen war es in der zugigen Lagerhalle erbärmlich kalt. Johanna presste die Kiefer aufeinander, damit die Zähne nicht klapperten. Bisher war kein Zug auf dem Seil gewesen. Dennoch spürte sie eine gewisse Erleichterung, als das Ende des Strickes zu Boden fiel und weiteren Staub aufwirbelte. Sie blieb gefasst. Was hatte der Mann mit ihr vor? Sie würde ihm keineswegs verraten, wo der Depositenschein versteckt war.

Anton und Ernst hatten für ihren Chef einen provisorischen Schreibtisch aus leeren Kisten und Planken gebaut, hinter dem Wolf von Liebig auf einem Kasten Platz nahm. Zuvor hatte er mit einem Taschentuch den überall präsenten Staub von der Sitzfläche gewedelt. Der Geheimdienstchef warf ein Buch auf die Planken und die aufgewirbelten Partikel lösten einen Hustenreiz bei ihm aus. Johanna stand weit genug weg.

»Sie wollen ernsthaft mit mir über ein altes Buch disputieren, Herr von Liebig?«, fragte sie verwundert.

»Sie sind gebildet, werte Baroness. Kennen Sie Dom Joao Freitas?«

Johanna schüttelte den Kopf. »Nein? Ein Missionar in der portugiesischen Kolonie Brasilia. Er wollte Indianer im Hinterland christianisieren und wurde Zeuge von seltsamen Sitten und Gebräuchen. Eine interessante Lektüre.«

Johanna fragte sich, was das sollte. Es ging um den Depositenschein der Gräfin Cosel und um sehr viel Geld und Wertgegenstände. Und dieser umtriebige Wolf von Liebig erzählte ihr etwas von Brasilia? Der Geheimdienstchef blätterte in dem Buch, schlug eine Seite auf und winkte seine Gehilfen hinter den provisorischen Schreibtisch. Dann deutete er auf eine Zeichnung, die der Missionar angefertigt hatte.

»Sieht aus wie eine Schaukel«, wunderte sich Anton.

»Erinnert mich an ein Trapez, welches fliegende Akrobaten nutzen«, warf Ernst ein.

Wolf von Liebig hatte jetzt die Bestätigung, dass diese beiden um einiges klüger waren, als die Einfaltspinsel, die er in Halle zur Verfügung hatte.

»Das baut ihr jetzt nach!«

»Jawohl, wird gemacht!«, sagte Anton und machte sich auf die Suche nach einem geeigneten Rundholz.

Wolf von Liebig drehte das Buch, sodass Johanna die Illustration ebenfalls sehen konnte.

»Dom Joao nennt es pau de arara, Papageienschaukel. Wenn so ein exotischer Vogel im Käfig den Halt verliert, hängt er kopfüber an der Stange. Ein Papagei mag das verkraften – Sie auch? Es liegt an Ihnen, ob wir das ausprobieren!«

Johanna spürte, wie die Kälte ihr Herz umklammerte. Wer zuließ, dass eine unschuldige Dienerin ermordet wurde, schreckte auch nicht davor zurück, sie zu foltern.

»Wo ist der Depositenschein der Cosel? Reden Sie, Baroness! Sie können sich das alles ersparen! Ich versichere Ihnen, nach fünfzehn Minuten an der Schaukel bezichtigen Sie ihre eigene Mutter der Hexerei!«

»Den Schein, den Sie meinen, Herr von Liebig, hat mein Ehemann, der Baron von Senftenberg!«

Johanna wollte Zeit gewinnen, bis Hannes hoffentlich mit Verstärkung hier auftauchte.

Das konnte dauern, denn er konnte unmöglich wissen, wohin man sie verschleppt hatte. Warum nur hatten sie sich getrennt? Hannes hatte sich umgehört und jemand glaubte, Martin Peters mit einer Frau am Arm in Hamburg gesehen zu haben. Jetzt war er auf der Suche nach dem ehemaligen Waffengefährten. Die Abwesenheit des Beschützers hatten die Schergen des preußischen Geheimdienstes genutzt, um Johanna nach bekanntem Muster zu betäuben und in eine Kutsche zu verfrachten. Als sie in diesem staubigen, kühlen Lagerraum erwachte, hatte man ihr das Kleid ausgezogen und die Hände gefesselt. Johanna hatte keine Erinnerung daran, wie sie hierher gelangt und was kurz danach geschehen war.

»Obwohl ich es Ihnen nicht abkaufe, sagen Sie mir den Aufenthaltsort ihres Ehegatten, Baroness?« Wolf von Liebig lächelte. Dabei lehnte er sich zurück, bis er bemerkte, dass der provisorische Sitzplatz keine Lehne hatte. Johanna lief ein Schauer über den Rücken. Wollte der sich selbst bereichern? Den Beamten in Sachsen sagen, man habe nur einen Teil des Vermögens der Gräfin Cosel in Hamburg aufspüren können? Sie musste es in Betracht ziehen.

»Wir haben uns vorläufig getrennt. Mein Ehegatte ist auf der Suche nach einem alten Bekannten.«

»Das glaube ich Ihnen sogar.« Von Liebig setzte sich wieder gerade hin. »Kann es sein, dass es sich bei diesem alten Bekannten um ein Mitglied der ehemaligen Leibwache der Gräfin Cosel handelt?«

Johanna erschrak, blieb aber nach außen gefasst. Dieser Mann wusste viel, aber zum Glück nicht alles.

»So kommen wir nicht weiter! – Anton, Ernst, wie weit seid ihr mit der Papageienschaukel?«

Anton deutete auf seinen Kumpan, der die Leiter zu einem anderen Stützbalken schleppte und dort anstellte. »Wir müssen nur noch die beiden Seile oben befestigen, dann kann es losgehen!«

»Warum zwingen Sie mich zu dieser Maßnahme, Baroness? Ich gebe Ihnen eine letzte Chance, die Orte zu benennen, an denen der Depositenschein lagert oder an dem sich ihr Ehegatte befindet!«

Johanna schüttelte den Kopf.

Wolf von Liebig erhob sich von der Kiste, auf der er gesessen hatte, lief um den provisorischen Tisch, durchtrennte mit einem Dolch die Nähte an den Schultern des Unterkleides, welches daraufhin zu Boden rauschte.

»Sehr ansehnlich«, sagte der preußische Geheimdienstchef und begann die Brüste der Gefangenen zu kneten. Johanna schloss die Augen. Der machte das nur, um sie zu demütigen. Da musste sie jetzt durch. Gleich würde man sie nackt an die Schaukel hängen. Es hing alles davon ab, ob Hannes Martin Peters und anschließend sie fand.

»Die Kniekehlen auf das Rundholz, die Handgelenke an die Schienbeine fesseln!«, wies von Liebig an. Als Johanna kopfüber hing, hatte sie bereits nach wenigen Augenblicken eine Ahnung, welch perfide Foltermethode die Indios in Brasilia entwickelt hatten. Der größte Teil ihres Körpergewichts lastete auf den Kniekehlen, der Schmerz baute sich umgehend auf und wurde jede Minute stärker.

Von Liebig wies an, die Gefangene zu knebeln. Die Schreie der Gefolterten könnten Neugierige anlocken. Anton schlug einen Knüppel auf die flache linke Hand. »Sollten wir nicht ein wenig nachhelfen?«

Wolf von Liebig schüttelte den Kopf. »Dom Joao schreibt, eine Viertelstunde reiche aus, und der Körper des Opfers verkrampft. Die Androhung, es erneut an die Schaukel zu hängen, genüge, um alle gewünschten Informationen zu bekommen.«

»Haben das die Portugiesen selbst ausprobiert?«, fragte Anton. Für den Geheimdienstchef die nächste Bestätigung, dass die neuen Gehilfen nicht auf den Kopf gefallen waren. Er blätterte in dem Buch des Missionars.

»Die Indios behaupteten, im Hinterland gäbe es kein Gold. Man hängte die Tochter des Häuptlings an eine Papageienschaukel und hielt die Dorfbewohner mit Musketen und Schwertern in Schach. Da der Häuptling wusste, welche Qualen seine Tochter litt, flehte er die Portugiesen an, sie abzuhängen und führte sie durch den Urwald zu einer Goldquelle. Nicht so ergiebig wie die Silber- und Goldminen der Spanier in Peru, aber immerhin.« Von Liebig legte das Buch beiseite. Der gekrümmt nach unten hängende Körper Johannas wurde von ersten Krämpfen geschüttelt. Genau, wie es der Missionar beschrieben hatte. Der Geheimdienstchef zog eine silberne Spindeltaschenuhr aus der Westentasche.

»Es ist zwar noch keine Viertelstunde um, wir hängen sie ab, Anton und Ernst!«

Die Gehilfen nickten, lösten die Fesseln und ließen Johanna zu Boden gleiten.

Sie machten nicht den Fehler, den Knebel sofort zu entfernen. Die Gefolterte hätte den Hamburger Hafen mit ihren Schreien alarmiert. Johanna war ungeachtet der Kühle in diesem Lagerhaus schweißnass. Sie fürchtete, nie wieder auf den eigenen Füßen stehen zu können. Zumindest würden die Knie das eigene Gewicht nicht mehr tragen.

»Bedeckt ihre Blöße mit einer Decke«, wies von Liebig an.

Anton und Ernst wagten nicht zu fragen, ob man die Baroness im Rahmen dieses Verhörs nicht auch schänden dürfe. Vielleicht kam ja der selbstgefällige Chef von allein auf die Idee, um die Gefangene weiter zu demütigen. Wolf von Liebig hockte sich neben Johanna und brachte sie in eine sitzende Position.

408

»Ich löse jetzt den Knebel, damit du besser Luft bekommst. Wenn du glaubst, du müsstest schreien, dann …« Dabei deutete er auf einen stoffummantelten Knüppel.

Johanna nickte. Der Mann, der für den Tod von Jannika verantwortlich war, redete sie nicht mehr mit ›Sie‹ oder ›Baroness‹ an. Das sichere Zeichen, dass die Preußen das hier bis zum bitteren Ende durchziehen würden. Bis man ihre Leiche in der Elbe, Alster oder Nordsee entsorgte. Sie zitterte am ganzen Körper. Der unerträgliche Schmerz in den Kniegelenken ließ etwas nach. Jetzt keinen Fehler machen! Die Schergen hinhalten. Vielleicht kamen ja Hannes und Martin, um sie zu befreien. Der Glaube daran schmolz dahin wie Schnee in der Märzsonne. Als von Liebig den stinkenden Lappen entfernt hatte, zog sie Luft durch die Nase und stieß sie durch den Mund geräuschvoll wieder aus. Johanna wurde schwindlig. Der Geheimdienstchef bemerkte, dass der Körper, den er hielt, erschlaffte.

»Schnell, ein Glas Wasser!«, rief er. Ernst goss das belebende Nass von einer Feldflasche in einen Becher und führte ihn an die Lippen der Gefangenen. Johanna hatte auf eine erlösende Ohnmacht gehofft. Nach wenigen Augenblicken sah sie wieder die Gesichter der Männer, die sie solange foltern würden, bis sie alles wussten. Sie musste sich erst besinnen, worum es eigentlich ging. Der Depositenschein der Gräfin Cosel? Sie würde lügen müssen, damit man sie nicht wieder an die Schaukel hängte.

»Wo ist der Depositenschein, deren Besitz Zugriff auf große Teile des Vermögens der Gräfin Cosel ermöglicht?«

Johanna hörte die Worte ihres Peinigers wie durch Watte. Sie war immer noch nicht ganz bei sich.

»Keine Antwort? Wir können dich auch gern wieder schaukeln lassen. Ich habe auch einige andere Befragungsmethoden, die ich ausprobieren könnte. Also?«

»Der Depositenschein war ursprünglich in der Kommode in der Wohnung der Gräfin in Berlin«, stotterte Johanna. Sie bekam umgehend eine schallende Ohrfeige.

»Wir haben die Wohnung zwei Mal auf den Kopf gestellt, du Metze! Ich weiß, dass der Schein in Hamburg ist – wo?« Von Liebig verlor langsam die Geduld.

Johanna krümmte sich zusammen und schützte den Kopf mit ihren Händen, um ihn vor den zu erwartenden Schlägen zu schützen. Ihr Peiniger machte etwas ganz anderes. Er riss die seitlich lagernden Beine nach oben und schob einen Knüppel unter die Kniekehlen. Gleichzeitig winkte er Anton herbei, den er anwies, die flache rechte Hand auf den Mund von Johanna zu pressen. Dann riss er den Knüppel hoch. Sobald ihr Körper etwas angehoben worden war, spürte Johanna wieder die gleichen Schmerzen wie an der Papageienschaukel. Ihr Schrei wurde durch Antons Hand erstickt. Ernst glaubte, ein Geräusch am Tor gehört zu haben und schlich näher. Er schüttelte den Kopf. Dann wieder dieses Scharren von Metall auf Holz. Ernst zog die geladene Pistole aus dem Gürtel und öffnete das Tor einen Spalt breit. Als er den Kopf hinausstreckte, um die Ursache des Geräusches zu erkunden, donnerte eine Faust auf seinen Nacken und er blieb sofort benommen liegen. Wolf von Liebig ließ sein wimmerndes Opfer liegen und riss den Degen aus der Scheide. Im Licht, das durch das inzwischen halb geöffnete Tor flutete, erschien Hannes. Der Geheimdienstchef atmete tief durch. Das hatte man einkalkuliert. Dafür gab es einen Fluchtplan.

Mit einer Handbewegung scheuchte er Anton zum Hinterausgang der Lagerhalle.

Hannes ließ sich von seiner wimmernden Frau nicht ablenken. Er hatte gelernt, dass Hass und daraus resultierendes ungestümes Verhalten nicht zielführend sind. Wolf von Liebig war etwas irritiert. Offensichtlich war nur der Baron von Senftenberg durch das Haupteingangstor gekommen. Wo war Martin Peters? Es blieb immer noch der andere Weg nach draußen, den Anton gerade sicherte. Hannes griff nicht sofort an, obwohl er mit dem Licht im Rücken die günstigere Position hatte. Von Liebig fragte sich, worauf der ehemalige Müllergeselle wartete. Dann klirrten zum ersten Mal die Klingen aufeinander. Der Geheimdienstchef wehrte den ersten Schlag mit Leichtigkeit ab. Er versuchte mit tänzelnden Bewegungen in die bessere Angriffsposition zu kommen. Noch immer blendete ihn das Licht.

»Wir hatten unseren Spaß mit ihr!«, rief von Liebig und zeigte mit der Spitze des Degens kurz auf die am Boden liegende, nur halb bedeckte Johanna. Hannes ließ sich nicht beirren. Mit dieser Provokation wollte ihn der Gegner nur zu unbeherrschtem Handeln verleiten. Die Angriffe von Hannes wurden weiterhin nur halbherzig vorgetragen. Wolf von Liebig konnte dennoch keinen Boden in Richtung des Tores gutmachen. Wie aus dem Nichts prallte jemand auf seine Schultern. Dann umfing ihn tiefe Schwärze.

»Der Hinterausgang?«, rief Hannes Martin zu. Peters war durch eine Dachluke geklettert und hatte an einem Seil hängend von Liebig zu Boden gerissen. Hannes Frage wurde durch einen Schuss beantwortet. Aus dem Schatten trat eine Frau, welche die rauchende Pistole noch in der Hand hielt.

»Der ist erledigt!« Dann sah sie, dass Johanna ihre Hilfe brauchte. Sie eilte sofort zu der am Boden Liegenden und zog die Decke über den zitternden Körper.

»Marie, du?«, fragte Johanna mit weit aufgerissenen Augen.

»Ja, ich bin die Gefährtin von Martin. Wir werden heiraten. Was haben sie dir angetan?«, fragte die ehemalige Kammerzofe der Gräfin Cosel besorgt. »Kannst du gehen?«

»Im Moment nicht, eine perfide Foltermethode.« Johanna deutete mit ausgestrecktem Arm auf die Papageienschaukel.

Die beiden Männer waren damit beschäftigt, die immer noch bewusstlosen Geheimdienstleute zu fesseln. Marie flickte mit schnellen Stichen das Unterkleid und half der ehemaligen Privatsekretärin beim Ankleiden. Das gestaltete sich schwierig, da Johanna kaum stehen konnte und sich an einem der Stützbalken anlehnen musste.

Hannes ging zu seiner Frau, umarmte und küsste sie. »Haben sie dich, Liebste …?«

»Nein, nicht geschändet, nur gefoltert. Ich kann kaum laufen, denke aber, es wird wieder.«

»Wir brauchen eine geschlossene Kutsche, um meine Frau, zwei Gefangene und einen Toten von hier wegzubringen«, sagte Hannes.

»Ist organisiert. Mattes müsste in zwei Minuten da sein«, antwortete Martin. Bald darauf hörten sie draußen vor der Halle das Wiehern von Pferden. Der Freund von Martin Peters stellte keine Fragen, als nacheinander eine hinkende Frau, zwei mit Stricken verschnürte Männer und ein Toter in seine Kutsche getragen wurden.

Johanna gefiel es überhaupt nicht, neben ihrem Peiniger zu liegen. Sie hatte mit Hannes, bevor sie sich getrennt hatten, besprochen, wie es weitergehen würde. Der Fluchtplan war perfekt gewesen, bis der preußische Geheimdienst sie entführt hatte.

»Wie geht es dir, Liebste?« Hannes legte ein feuchtes Tuch auf die heiße Stirn seiner Frau.

»Wenn weder Bänder noch Sehnen bei der Tortur gerissen sind, kann ich morgen wieder laufen. Ich wurde unter der Folter immer wieder gefragt, wer den Depositenschein hat. Wer hat ihn nun eigentlich?«, keuchte Johanna.

»Ich hatte ihn«, sagte Marie lächelnd. »Hannes war der Meinung, dass ich zwar nicht als Gräfin Cosel bei den Banken vorstellig werden kann, aber als ehemalige Privatsekretärin. Man hat mir geglaubt, dass ich Johanna von Senftenberg bin. Zudem konnte ich ja eine Vollmacht vorlegen, welche von der Gräfin Cosel unterzeichnet war. War die Unterschrift echt?«

»Nein, ich habe das Schriftstück verfasst und unterschrieben«, keuchte Johanna. »Hast du alles sichergestellt, Hannes?«

»Ja, Liebste. Und ehe du fragst, auch die Siegel und das Siegelwachs! Das Geld hat Marie. Holen wir unterwegs aus dem Versteck.«

Wolf von Liebig erwachte mit Kopfschmerzen. Er hatte seinen Gegner unterschätzt. Die ehemalige Kammerzofe der Gräfin Cosel hatte er nicht auf dem Zettel gehabt. Die Kutsche hielt vor einem Bootssteg, der Fischkuttern vorbehalten war.

»Ich danke dir, Mattes!« Einige Taler wechselten den Besitzer. »Denn man tau auf eine fröhliche Schiffsfahrt!«, rief Martin vergnügt. Hannes wunderte sich. Der ehemalige Waffengefährte gebärdete sich heute wie eine übermütige Plaudertasche. Die Laune des Mannes aus Kiel verschlechterte sich binnen weniger Augenblicke, als er mit dem Kutterkapitän verhandelte. Hauke Jansen kaute den erkalteten Pfeifenstiel breit, als nacheinander eine hinkende Frau, zwei gefesselte Männer und eine Leiche auf seinen Kahn verbracht werden sollten.

»Halt, Herr Peters! Das war nicht abgemacht! Mit Mord will ich nichts zu tun haben!«, sagte der Seebär. »Erzählen Sie mir nicht, der Mann habe einen Unfall erlitten. Das Einschussloch ist nicht zu übersehen«, knurrte Hauke Jansen.

»Es gibt nichts, das sich nicht mit Geld regeln ließe«, mischte sich Hannes ein. »Marie, hundert Taler extra aus der Kiste!«

»Da der Mann nun schon mal tot ist, können wir ihn mit einem Gebet der See übergeben«, lenkte der Friese ein. »Die anderen beiden bleiben am Leben, sonst legen wir nicht ab!«

Wolf von Liebig atmete auf. Wenn sich der störrische Seemann durchsetzte, könnten er und Ernst irgendwann die Verfolgung wieder aufnehmen.

Martin Peters richtete seinen Blick auf Hannes, der sich Johanna zuwandte. »Deine Entscheidung, mein liebes Eheweib. Du warst hier die Leidtragende, nicht zu vergessen der Mord an Jannika!«

»Ich habe den Tölpeln in Halle gesagt, sie sollen die Magd zum Schweigen bringen, aber nicht, dass sie …« Wolf von Liebig krümmte sich, als er Hannes Stiefelspitze an seinen Rippen spürte.

»Wir setzen sie auf einer der Ostfriesischen Inseln aus, oder nein, besser noch auf einer Hallig. Ehe sie den Bauern davon überzeugt haben, sie an die Küste zu bringen, sind wir verschwunden. Ich glaube, das ist eine Lösung, mit der auch Herr Jansen leben kann.« Johanna rieb mit den Handflächen die Knie. Sie war guter Dinge, schon bald wieder ohne fremde Hilfe laufen zu können.

»Sie haben mein Weib gehört, Herr Jansen.« Hannes unterstrich seine Worte, indem er dem Seemann einen Beutel mit hundert Talern übergab.

»Ich widerspreche der Dame nur ungern, aber die Halligen liegen alle im Norden und nicht auf unserer Route. Mein Vorschlag: Die Insel Wangerooge. Alle an Bord, wir legen ab!«

Solange von Liebig und Ernst zuhörten, wollte Hannes auf hoher See nicht mit seiner Frau, Martin und Marie über eine gemeinsame Zukunft sprechen. Johanna hatte bisher offengelassen, ob sie in Amsterdam bleiben oder in die Neue Welt reisen wollte.

Als man weit genug von der Küste entfernt war, wurde der Leichnam von Anton der See übergeben. Da sich niemand sonst dazu berufen fühlte, sprach Hauke Jansen ein Gebet. Johanna stand mit nachlassenden Knieschmerzen an der Reling und spuckte in die Wogen.

»Möge er in der Hölle schmoren!« Sie erinnerte sich an den Knüppel, den Anton geschwungen hatte, obwohl sie bereits unerträgliche Schmerzen litt. Ohne das Eingreifen von Hannes, Martin und Marie hätte man sie geschändet und zu Tode gefoltert. Die Nordsee war rau, aber nicht so stürmisch, um das Anlegemanöver des Kutters an einem abgelegenen Bootssteg der Insel Wangerooge zu behindern. Martin durchtrennte die Fesseln der Gefangenen, damit sie auf den morschen Steg klettern konnten. Hannes hielt den Degen in der rechten und eine Pistole in der linken Hand, falls von Liebig und sein Gehilfe durchdrehten.

»Ich verfolge euch bis ans Ende der Welt!«, schrie Wolf von Liebig gegen den Wind. Als Antwort hörte er nur das Blöken von hundert Schafen.

AMSTERDAM

Meinhard Gerber rückte die Brille zurecht. Er hätte auch ohne Sehhilfe erkannt, dass es bei den beiden Pärchen, die zwei Tische weiter saßen und sich angeregt auf Deutsch unterhielten, um die Zielpersonen handeln musste. Als der Bote, dessen Pferd Schaum vor dem Maul hatte, an seine Wohnungstür in Amsterdam geklopft hatte, war er zunächst erschrocken gewesen. Er hatte einen Knecht angewiesen, das Reittier in den Stall zu führen, zu striegeln und mit Futter und Wasser zu versorgen. Der Überbringer der Nachricht war so ermattet gewesen, dass er ihn ins Haus gebeten hatte, um sich auszuruhen. Erst dann hatte Meinhard Gerber das Schreiben des Nachfolgers seines ehemaligen Chefs Otto Dietrich gelesen.

Wolf von Liebig war nebst einem Mitstreiter entführt, auf einer Insel ausgesetzt worden und hatte einen Fischer überredet, sie nach Emden zu bringen. Meinhard Gerber runzelte die Stirn. Dieser von Liebig versprach ihm einen Anteil vom Vermögen der Gräfin Cosel, wenn es ihm gelang, den Baron und die Baroness von Senftenberg, Martin Peters und eine ehemalige Kammerzofe an der Weiterreise zu hindern. Oder zumindest deren Absichten, wo sie sich niederlassen wollten, zu erkunden. Meinhard Gerber erschien die Aussicht auf fürstliche Entlohnung zu vage und er entschied sich für die zweite, ungefährlichere Variante. Er war nicht mehr der schneidige Meisterspion, der er vor dreißig Jahren einmal gewesen war. Gerber spitzte weiterhin in der Gastwirtschaft die Ohren und bekam Dinge zu hören, die er zunächst nicht einordnen konnte. Dass die Gräfin Cosel als erste Dame am Hof von Dresden gestürzt worden war, hatte sich bis in die Niederlande herumgesprochen.

»Gehe ich richtig in der Annahme, dass ich den Hamburger Bankiers nicht den originalen Depositenschein vorgezeigt habe?«, wollte Marie wissen.

Meinhard Gerber wurde von einer Bedienung gestört, die fragte, ob er noch ein Bier wünsche. Er nickte eifrig, um ja nicht zu verpassen, was am anderen Tisch geredet wurde.

»Der originale Depositenschein wurde von Anna Constantia in Halle an einen preußischen Leutnant d' Hautcharmois, der unsterblich in unsere Herrin verliebt war, übergeben. Als der junge Mann bemerkte, wie heiß das Eisen war, das er angefasst hatte, übergab er den Schein vermutlich an den Fürsten von Anhalt-Dessau. Das ist Spekulation, so genau weiß ich es nicht«, sagte Johanna und nippte an ihrem Weinglas.

»Vorsorglich hatte ich bereits in Berlin besagten Depositenschein kopiert und mir eine Vollmacht ausgestellt, um an Teile des Vermögens von Anna Constantia zu gelangen.«

Meinhard Gerber verstand jetzt, was den neuen Geheimpolizeichef umtrieb. Entweder wollte von Liebig sich selbst bereichern oder damit glänzen, dass er den Verbleib eines Teils des Vermögens der Gräfin Cosel aufgedeckt hatte. In den Amsterdamer Zeitungen hatte etwas von 600000 Talern gestanden, vermutlich war es sogar mehr. Wenn von Liebig Wort hielt, was Gerber bezweifelte, hätten er und seine Familie ausgesorgt.

»In der Kürze der Zeit konnten wir nur einen geringen Teil der Wertgegenstände in Hamburg veräußern«, sagte Marie mit zuckenden Schultern. »Einiges davon ist in der Obhut der Hamburger Bankiers geblieben.«

»Das macht nichts, Marie«, sagte Johanna. »Es reicht, um uns allen einen Neuanfang zu ermöglichen. Damit sind wir gleich bei der Frage, ob meine gefälschten Dokumente reichten, um Georg und Eva, sowie Michael und Veronika Gelegenheit zu geben, um an das in Töplitz verbliebene Silber zu gelangen. Habt ihr Nachrichten von ihnen?«, fragte Johanna in die Runde. Die Gräfin Cosel war erkrankt gewesen, weshalb man ihre Doppelgängerin Veronika Rasic an die Grenze des Habsburger Reiches geschickt hatte, um zu klären, warum die Gespanne mit fünfzehn Kisten Silbergeschirr und vielen anderen Wertgegenständen beim Zoll aufgehalten worden waren. Es kam zu einem heiklen Moment, als Veronika Rasic dem Grafen Clary begegnete, der die Cosel mit hellerem Teint in Erinnerung hatte.

Die Doppelgängerin hatte gelernt, sich so zu bewegen und zu sprechen wie Anna Constantia, sodass das Misstrauen des Grafen erlosch. Er vermittelte, dass gegen Zahlung von 3000 Talern der Zoll alles freigab.

»Nein, wir haben keine Nachrichten von ihnen«, sagte Marie.

»Ich bin nicht stolz darauf, meine ehemalige Herrin hintergangen zu haben«, sagte Johanna gedankenverloren und starrte in ihr leeres Weinglas. »Nach dem Untergang des Gutes Lichtenau und dem Tod meines Vaters hatte ich mir geschworen, nie wieder mittellos dazustehen. Um mein Gewissen zu beruhigen, wollte ich auch andere am Reichtum der Gräfin teilhaben lassen.«

Die letzten Worte hatte Johanna mit gesenktem Kopf geflüstert. Der reaktivierte preußische Spion am anderen Tisch hatte es kaum verstanden.

»Dann hast du Veronika Rasic ebenfalls mit gefälschten Dokumenten ausgestattet?«, fragte Marie mit großen Augen.

Die Bedienung trat an den Tisch und fragte auf Holländisch, ob die Herrschaften noch etwas wünschten. Man orderte Wein für die Damen und Bier für die Herren.

»Ein Teil des Silbers verblieb in Töplitz, zwei Fuhrwerke wurden über den Umweg Schlesien nach Berlin in Bewegung gesetzt. Anna Constantia brauchte dringend Geld, um die Kaution für ihren gefangenen Vetter zu stellen. Mit dem größeren Teil der Wertgegenstände konnten Eva und Georg sowie Veronika und Michael in Böhmen ein neues Leben beginnen. So zumindest meine Hoffnung«, seufzte Johanna.

Das Schankmädchen brachte die Getränke und alle befeuchteten die Kehlen.

»Wie geht es weiter? Wo wollt ihr euch niederlassen?«, fragte Marie, die ehemalige Kammerzofe.

Meinhard Gerber spitzte die Ohren. Das Gehör ließ im Alter leider etwas nach.

»Ursprünglich wollte ich hier in den Niederlanden bleiben. Da wir Wolf von Liebig am Leben lassen mussten, keine gute Idee. Zu nahe an Preußen und Sachsen.«

Der Spion verschluckte sich beinahe am Bier, als plötzlich der Baron von Senftenberg an seinem Tisch auftauchte.

»Mein Herr, seit zwanzig Minuten belauschen Sie unsere Gespräche am Nebentisch. Darf ich fragen, für wen Sie arbeiten?«

Für die anderen Gäste nicht einsehbar hatte Hannes einen Dolch gezogen. Meinhard Gerber sah die blitzende Klinge. Der zum Baron ernannte Müllersohn würde es nicht wagen, die Waffe an seinen Hals zu setzen.

»Ik begrijp niet wat je bedoelt«, antwortete der Spion geistesgegenwärtig. Hannes ließ den Dolch sinken. Er blieb misstrauisch. Auch ein Einheimischer konnte für die Preußen oder Sachsen spionieren. Hannes winkte das Schankmädchen herbei und bezahlte die Rechnung des Unbekannten.

»Verschwinden Sie, mein Herr! Ich habe in Dresden schon einmal einen Spion erstochen. Falls Sie unschuldig sind, Gruß an Frau und Kinder. Im anderen Fall denken Sie an meine Worte!«

Meinhard Gerber blieb nichts anderes übrig, als die Gastwirtschaft zu verlassen. Wie hatte der Baron ihn entlarvt? Wegen des nachlassenden Gehörs hatte er unbewusst den Kopf zu weit nach links geneigt, um die geflüsterten Worte der Baroness von Senftenberg zu verstehen. Es bedurfte nicht des Tipps, den er erhalten hatte. Er würde seine Frau nicht grüßen, sondern auf Horchposten schicken. Greetje war zum Glück vom Einkauf zurück und wartete auf ihn vor der Kutsche, die in einer Seitengasse stand. Den gefüllten Weidenkorb hatte sie auf dem Bürgersteig abgestellt.

Die Holländerin hatte den deutschen Schürzenjäger gezähmt. Inzwischen war das Haar, das unter der weißen Haube hervorlugte, nicht mehr blond, sondern grau.

»Greetje, meine Liebe, stelle bitte keine Fragen. Ich wurde gebeten, herauszufinden, wohin sich zwei Paare aus Sachsen absetzen wollen. Leider wurde ich entlarvt und möchte dich bitten …«

Zu Gerbers Überraschung begann seine Herzensdame nicht zu zetern, sondern drückte ihm energisch den Weidenkorb in die Hände. »Zwei Paare, die sich angeregt auf Deutsch unterhalten? Bring schon mal das Gemüse und das Brot nach Hause. Ich kann laufen!«

Meinhard Gerber hauchte seiner Ehegattin einen Kuss auf die Wange. »Danke, meine Liebe!«

Greetje nahm an einem Nebentisch Platz und bestellte einen Schoppen Wein. Sie war gerade noch rechtzeitig gekommen. Die deutsche Frau mit den goldbraunen Haaren erläuterte gerade, warum sie nicht in die englische Kolonie Pennsylvania in Nordamerika wollte.

»Zu viele deutsche Einwanderer, darunter womöglich auch Spione aus Sachsen und Preußen, die unseren Aufenthaltsort melden. Unter irgendeinen Vorwand könnte man die Engländer dazu anstiften, uns festzusetzen und zurück zu verbringen.« Johanna schüttelte den Kopf.

»Unser Ziel ist Jamaica«, räusperte sich Martin und lächelte Marie an. Hannes grinste. Er erinnerte sich daran, dass einst Georg Zimmermann Martin einen Piraten genannt hatte.

Wahrscheinlich hatte der Süßwasser-Freibeuter immer davon geträumt, in Westindien echte Seeräuber kennenzulernen. Johanna schaute sich unauffällig um. Jeder hier konnte ein Spion sein, der sie an den preußischen Geheimdienst oder sächsische Beamte verriet. Sogar die Frau mit der weißen Haube und den grauen Locken, die an ihrem Wein nippte, konnte mit denen unter einer Decke stecken. Da half nur eine List. »Einverstanden«, sagte sie. »Wir segeln gemeinsam nach Jamaica! Darauf noch eine Runde!«

Meinhard Gerber ließ sich am nächsten Tag vom Hafenmeister eine Aufstellung aller Schiffe geben, die über den Atlantik nach Nordamerika und Jamaica segeln würden. Es war nicht einfach, die alle zu überwachen. Die meisten Frachtschiffe würden um Afrika herum nach Indien oder zu den Gewürzinseln segeln. Einige aber auch nach Westindien und Nordamerika. Die beiden Schiffe, die der Hafenmeister ihm genannt hatte, lagen zum Glück nebeneinander vertäut. Gerber hatte sich hinter einigen Ballen und Kisten versteckt. Diesmal war er auf der Hut. Er würde für den misstrauischen Baron von Senftenberg unsichtbar bleiben.

Eine Kutsche fuhr vor und die beiden deutschen Paare enterten mit viel Gepäck über eine Zugangsbrücke ein Schiff der Westindien-Compagnie der Niederlande. Hinter den Aufbauten an Deck verabschiedeten sich Johanna und Hannes von Martin und der ehemaligen Kammerzofe Marie. Umarmungen, Wangenküsschen und Wünsche für eine sturmfreie Reise. Meinhard Gerber verspürte ein menschliches Bedürfnis. Er musste seine Deckung verlassen. Er erwartete weder Lob noch finanzielle Zuwendung, wenn er Wolf von Liebig in einem Brief nach Berlin mitteilte, dass die Gesuchten auf dem Weg nach Jamaica waren.

Der Kapitän war darüber informiert, dass zwei Passagiere das Schiff wieder verlassen würden. Der Bootsmann hatte steuerbord eine Strickleiter anbringen lassen. Zuvor wurde das Gepäck in ein Ruderboot abgeseilt. Johanna kletterte flink wie eine Katze nach unten, während Hannes zögerte. Das war nichts für einen Müllersohn. Er musste sich damit abfinden, ein paar Monate auf hoher See zu sein. Die Ruderer, von denen jeder einen Taler erhielt, legten sich ins Zeug. Verdeckt durch andere Schiffe, die hier vertäut waren, erreichten sie die »Zeven Provincies«, das Flaggschiff der Holländischen Ostindien-Compagnie, welches sie von allen Spionen unbemerkt nach Batavia auf Java bringen würde. Mit an Bord war der Gouverneur der indonesischen Inselwelt, der es sich nicht nehmen ließ, die Baroness und den Baron zum Kapitänsdinner zu laden. Christoffel van Swol war seit 1713 Generalgouverneur von Niederländisch-Indien und zwischenzeitlich in die Heimat gereist, um der Hochzeit seiner Tochter beiwohnen zu können.

»Sie wollen sich wirklich in Batavia niederlassen, verehrte Baroness und Herr Baron von Nossen?«

Der Generalgouverneur betrachtete eingehend die Lichtbrechung im geschliffenen Weinglas.

Johanna nickte ihm zu. »Ja, mijn Heer Gouverneur-Generaal!«

»Sie sind sprachbegabt, Verehrteste!«, sagte van Swol charmant lächelnd.

»Ich bemühe mich. Ich kann mich auf Französisch, Englisch, Spanisch und Polnisch verständigen.«

Der Austausch von Nettigkeiten wurde unterbrochen, weil ein Stewart das Abendessen servierte.

»Um auf meine erste Frage zurück zu kommen … Batavia ist ein fieberverseuchtes Nest. Ich empfehle Ihnen, eine Villa in den Bergen zu mieten oder zu kaufen«, sagte van Swol und schob sich einen Bissen in den Mund. »Sie sind vermögend, nehme ich an?«

Johanna erschrak, ließ sich aber nichts anmerken. Das Gespräch nahm eine Wendung, die ihr Unbehagen bereitete.

»Ja, sicher, Herr Generalgouverneur, wir sind in der Lage, eine Villa zu mieten«, antwortete sie irritiert.

Kapitän Pieters wies den herumwuselnden Stewart an, die Gläser neu zu füllen. Christoffel van Swol beugte sich über den Tisch.

»Ich war zu Hause in Utrecht, um meine Tochter zum Altar zu führen. Der Bräutigam ist der Sohn eines Verlegers. Ich wurde stutzig, als ich in den Zeitungen des Schwiegervaters meiner Tochter las, dass die Preußen die ehemalige erste Dame am Hof von Dresden festgesetzt hatten, um sie den Sachsen zu übergeben. Ich habe Verwandte in Preußen, die mir berichteten, enge Vertraute der Gräfin Cosel hätten sich mit einem Teil deren Vermögens ins Ausland abgesetzt.«

Hannes stellte das Weinglas abrupt ab. Aus Johannas Wangen war jede Farbe gewichen.

»Auch wenn Sie sich Kapitän Pieters mit anderen Namen vorstellten, habe ich Sie doch als Johanna von Lichtenau, verheiratete Baroness von Senftenberg, und Johannes Bauer, Baron von Senftenberg identifiziert. Unterschlagung, Veruntreuung, Dokumentenfälschung – da kommt einiges zusammen, verehrte Baroness!« Van Swol trank genüsslich einen Schluck des vorzüglichen Rotweins.

Johanna sank zusammen. Sie schob den Teller mit dem Filetbraten in die Mitte des Tisches. Der Appetit war ihr vergangen.

»Herr Generalgouverneur, das sind schwerwiegende Anklagen. Soll ich das Schiff wenden und zurück nach Amsterdam segeln, damit die Anwesenden den Behörden übergeben werden können?«, mischte sich Pieters ein.

»Nein, mein lieber Kapitän! Ich mag Menschen, die sich aus jeder Situation herauswinden und daraus noch Kapital schlagen. Zudem sind die Deutschen dafür bekannt, effizient zu handeln. Sie werden für mich arbeiten, Baroness und Baron von Senftenberg!«

»Was sollen wir für Sie tun?«, fragte Johanna tonlos. Sie hatte sich geschworen, nie wieder von jemand abhängig zu sein, und jetzt hatte sie dieser van Swol in der Hand.

»Zunächst segeln wir nach Batavia. Sie beide werden den Außenposten leiten, der den Handel mit den Reichen von Ayutthaya und Kambuja organisiert. Schauen Sie nicht so entgeistert, verehrte Baroness! Das ist eine Chance, keine Strafe! Ich traue Ihnen das zu. Sie bekommen ein Schiff und alle Mittel in die Hand, die Sie benötigen werden. Unser Hauptaugenmerk gilt dem Handel mit Färberholz und Elfenbein. Sie werden sicher noch viele andere geeignete Produkte finden.« Van Swol lehnte sich zufrieden zurück.

Hannes wurde vom Seegang und dem üppigen Essen übel. Am liebsten wäre er an Deck gelaufen, um über die Reling zu kotzen. Jetzt nur keine Schwäche zeigen!

»Stewart, rufen Sie bitte Jan de Vries herein!« Es dauerte nur wenige Augenblicke, bis ein junger, schlaksiger Mann die Kapitänskajüte betrat und sich verbeugte.

»Sie wünschen, Herr Generalgouverneur?«

Van Swol wandte sich nicht an seinen Sekretär, sondern an Johanna und Hannes, die weder das Essen noch den nachgeschenkten Wein beachteten.

»Herr de Vries wird Sie nebst einem Detachement von Bewaffneten zum Fischernest Kampong Som begleiten. Das liegt in Kambuja, dem einstigen Khmer-Reich. Unsere Basis für den Handel.«

»Und warum nicht Ayutthaya?«, wagte Johanna einen letzten Einwand.

»Ich nehme an, Sie sind mit der Geografie vertraut, verehrte Baroness? Ich möchte eine Frage nicht mit einer Gegenfrage beantworten«, sagte van Swol.

»Unsere Schiffe müssten auf einem Fluss, den die Einheimischen Mae Nam Chao Phraya nennen, nach Norden ins Binnenland segeln. Wir brauchen einen Hochseehafen.«

Er verschwieg geflissentlich, dass die Ostindien-Compagnie, die VOC, schon einmal einen Handelsposten in Ayutthaya hatte.

»Ich fasse zusammen, verehrter Herr Generalgouverneur!« Johanna straffte sich. Ihre blauen Augen blitzten über den Tisch.

»Wir sollen ein Fischerdorf zu einem Hafen der Holländischen Ostindien-Compagnie ausbauen. Sie schicken uns einen Aufpasser mit, damit wir nicht nach China oder Vietnam fliehen. Wenn wir in der Gewinnzone sind, werden wir dann angemessen beteiligt? Ich wünsche einen Vertrag, der das regelt!« Johanna griff nun doch zum Weinglas und leerte es auf einen Zug.

»Bravo!«, applaudierte der Generalgouverneur. »Genau wegen dieser Antwort habe ich Sie für diese Mission vorgesehen!«

STOLPEN

Anna Constantia von Cosel legte die fiebrig-heiße Stirn an den kühlenden Basaltstein. Die Mauern der Burg Stolpen waren aus dem gleichen Material erbaut wie die dunklen Felsen, auf denen die Feste stand.

Der Kommandant war umgänglich, gestattete Spaziergänge innerhalb der Festung, sie durfte einen Kräutergarten anlegen und der Offizier spielte manchmal sogar Schach mit ihr. Sie wusste immer noch nicht, wessen man sie anklagte und warum man sie einsperrte. Jeglicher Kontakt mit der Außenwelt war verboten. Briefverkehr war im beschränkten Maß erlaubt, unterlag der Kontrolle von Beamten in der Residenzstadt. Die Gräfin zog den wollenen Umhang fester um die Schultern. Hier oben wehte fast immer ein kalter Wind, außer im Sommer. Sie suchte nach einem Taschentuch, weil das zunehmende Brennen in ihren Augen Tränen ankündigte. Anna Constantia von Cosel riss sich zusammen. Keine Schwäche vor den Augen der Wachmannschaft!

»Reichsgräfin von Cosel!« Constantia wirbelte herum.

Hauptmann Holm, der Stellvertreter des Burgkommandanten, eilte herbei.

»Sie haben Besuch, Reichsgräfin!«, keuchte er.

Da Constantia in südliche Richtung gelaufen war, hatte sie die Kutsche nicht hören und sehen können, die den steilen Weg von der Ortschaft Stolpen heraufgenommen hatte.

»Besuch? Seit wann darf ich Besuch empfangen?«, fragte die Gefangene ungläubig.

»Seit ein paar Wochen, der neue König hat es genehmigt, unser Herrscher August III.«

Ehe Constantia sich bei dem Offizier darüber beschweren konnte, warum man ihr dies nicht eher mitgeteilt habe, sprach Holm weiter:

»Die Gräfin Moszynska gibt sich die Ehre, ihre Frau Mutter zu besuchen. Gestatten Sie, dass ich Sie zurück zum Zeughaus geleite, wo man Sie erwartet?«

Die Gräfin Cosel schüttelte fast unmerklich den Kopf. So übertrieben freundlich wurde sie sonst als Gefangene nicht behandelt. Sie hegte den Verdacht, man wolle dem Besuch etwas vorgaukeln. Mit dem Namen Moszynska konnte sie wenig anfangen. Da Hauptmann Holm von ihrer Tochter gesprochen hatte und Augusta Constantia Gräfin von Friesen im Alter von nur neunzehn Jahren verstorben war, konnte es sich nur um die zweite Tochter Friederike Alexandrine handeln!

Die Gräfin Moszynska war bereits aus der Kutsche gestiegen und erwartete sie. Friederike wusste nicht, warum man ihre Mutter immer noch festhielt. Es gab weder Anklageschriften noch ein Gerichtsurteil. Unter der Hand hatte sie erfahren, dass die sichtlich gealterte, aber immer noch schöne Frau, die vor ihr stand, eine politische Gefangene sei. Ihre Frau Mutter habe damals gedroht, in Berlin Interna der sächsischen Politik dem König von Preußen mitzuteilen, um den in der Zitadelle Spandau inhaftierten Vetter Graf Rantzau freizupressen. Friederike hielt das für ausgemachten Unsinn. Der preußische König war Ehrengast auf ihrer prachtvollen Hochzeit in Dresden gewesen, als sie den polnischen Kron-Oberschatzmeister Johann Xantius Anton Moszynski geheiratet hatte. Ihre Frau Mutter hatte ihr, ohne es zu ahnen oder veranlassen zu können, eine Mitgift von 100000 Talern mitgegeben. Die Begrüßung zwischen Mutter und Tochter fiel weniger herzlich aus, als es der beobachtende Hauptmann Holm erwartet hatte.

Die beiden waren sich fremd geworden, hatten sich viele Jahre nicht gesehen. Die Gräfin Moszynska umfasste nur die Handgelenke ihrer Mutter, umarmte sie aber nicht.

»Du trägst prachtvolle Kleider, Friederike, sehr elegant«, sagte Constantia verlegen. Sie legte immer weniger Wert auf Kleidung und Schmuck. Es war niemand da, um sie zu bewundern. Nur ein paar Offiziere, Soldaten, ein einfältiges Dienstmädchen und ein Mann, der den rußenden Kamin heizte.

»Darf ich dich in mein Domizil bitten, Friederike?«, sagte die Gräfin Cosel.

Sie betraten das alte Zeughaus auf der Burg Stolpen, in dem sie das gesamte Obergeschoss bewohnte. Das Gebäude wurde immer baufälliger. Sie hatte sich in Briefen nach Dresden mehrfach darüber beschwert, dass vor allem im Winter der kalte Ostwind durch die Ritzen pfiff. Manchmal rückten daraufhin Bautrupps an, die mehr schlecht als recht die Mängel beseitigten.

Friederike Alexandrine Moszynska war erstaunt, als sie die knarrenden Treppenstufen überwunden hatte. Ihre Mutter saß in keiner Zelle. Ihr Blick schweifte durch eine geräumige Wohnung. Nicht so komfortabel wie einst das Taschenbergpalais, aber immerhin. Es fehlten prunkvolle Möbel und seidene Tapeten. Die Fenstervorhänge waren ebenfalls nicht aus den edelsten Stoffen.

»Nimm Platz, meine liebe Tochter. Die Dienerin wird gleich heiße Schokolade servieren. Leider kann ich dir nicht mehr anbieten«, seufzte Anna Constantia von Cosel.

430

Der Stuhl, auf den sich die Gräfin Moszynska setzte, knarzte bedenklich. Leider gab es hier keinen Schreiner, der es in Ordnung bringen könnte. Der Festungskommandant Boblitz hatte Order gegeben, dass zwei Männer den Besuch überwachten. Der Befehl aus Dresden lautete, dass die Gefangene keine Nachrichten nach draußen weiterleiten durfte. Ein Korporal salutierte und nahm Aufstellung an der Tür. Hauptmann Holm stand in der Nähe des Tisches. Er hatte von der Gräfin Cosel keine Aufforderung erhalten, sich zu setzen.

»Wie ist es dir ergangen, Friederike?«, fragte Anna Constantia von Cosel müde.

»Ich habe vor drei Jahren den polnischen Kron-Oberschatzmeister Graf Moszynski geheiratet. Es war ein großes Fest. Vor zwei Jahren wurde mein Sohn geboren, der wie mein Bruder Friedrich August heißt. Sie sind Großmutter geworden, werte Frau Mutter!«

Die Gräfin Cosel musste das alles erstmal verdauen. Sie war in Stolpen von der Welt abgeschnitten. Großmutter – so alt fühlte sie sich noch nicht. Sie nahm es lächelnd hin.

»Das sind doch großartige Neuigkeiten, mein Kind, ich freue mich mit dir!«

Die Dienerin stolperte zum Tisch und servierte heiße Schokolade. Die Tassen waren aus Meißner Porzellan. Etwas Stil hatte sich die Gräfin Cosel noch bewahrt. Das einfältige Mädchen aus der Ortschaft Stolpen machte einen unbeholfenen Knicks und Anna Constantia sehnte sich nach Marie und Katharina, ihren ehemaligen Kammerzofen.

Damit das Schweigen am Tisch nicht peinlich wurde, griff die Besucherin in das Reisenecessaire, förderte ein Buch zutage und schob es mit einem Lächeln über den Tisch.

»Gottfried Wilhelm Leibniz ›Die Vernunftprinzipien der Natur und der Gnade‹«, las die Gräfin Cosel laut vor. »Vielen Dank meine liebe Tochter. Eine philosophische Schrift – ich habe ja jetzt viel Zeit zum Lesen.«

Das rief sofort den Hauptmann Holm auf den Plan. Nicht wegen des Hinweises auf die Inhaftierung ohne Anklage und Urteil, sondern wegen des Geschenkes. Er eilte zum Tisch und griff nach dem Buch. Erst als er es in den Händen hielt fragte er: »Darf ich?«

Der Offizier blätterte es durch, griff nach dem Buchrücken und schüttelte die Seiten aus. Danach kontrollierte er die Buchdeckel und prüfte, ob gegebenenfalls etwas neu verleimt worden war. Die Gräfin Moszynska schüttelte unmerklich den Kopf. Sie konnte nicht ahnen, dass schon einmal ein Offizier verhaftet worden war, weil er Post der Gräfin Cosel befördert hatte. Der Nachrichtenaustausch mit der Außenwelt war für die Gefangene streng verboten.

»Ist in Ordnung, Sie dürfen das Buch behalten. Ich bitte die Damen um Entschuldigung, aber ich befolge nur Vorschriften«, sagte Hauptmann Holm.

Die Gräfin Moszynska wurde eine Spur blasser. Ungeachtet der Kühle im Obergeschoss des alten Zeughauses spürte sie, wie erste Schweißperlen ihre Stirn benetzten. Sie hatte nicht geahnt, wie streng hier kontrolliert wurde, aber instinktiv richtig gehandelt und den weitgereisten Brief nicht im Buch des Philosophen und Mathematikers Leibniz versteckt.

Ihre Hand zitterte etwas, als sie aus den Tiefen ihres Necessaires ein versiegeltes Schreiben hervorkramte und wie das Buch zuvor über den Tisch schob.

»Leider kann mein Bruder Friedrich August Sie, werte Frau Mutter, erst in drei Monaten besuchen. Er schickt Ihnen deshalb einen lieben Gruß und diesen Brief.«

Hauptmann Holm fühlte sich wieder einmal bemüßigt, einzugreifen. Diesmal ging es der Inhaftierten zu weit.

»Sehen Sie, Herr Hauptmann, der Brief trägt das Siegel des Grafen Friedrich August von Cosel, ein vom gleichnamigen Kurfürsten und König legitimierter Sohn!«

Der übereifrige Offizier ließ sich nicht beirren. Er prüfte das Wachssiegel und stellte fest, dass es sich um einen recht dicken Brief handelte. Warum sollte ein Sohn seiner Mutter einen mehrseitigen Brief schicken, wenn er doch eine Besuchserlaubnis erwirken konnte? Das war ein Grenzfall. War er befugt, das Siegel zu brechen? Streng genommen hätte er den Burgkommandanten um Order bitten müssen, wie zu verfahren sei.

»Ich muss Sie leider bitten, Frau Reichsgräfin, den Brief vor meinen Augen zu öffnen. Ich habe meine Befehle und bitte Sie um Verständnis!«, sagte Holm und trat zwei Schritte zurück.

Anna Constantia von Cosel schickte einen schnellen Blick über den Tisch zu ihrer Tochter. In deren dunklen Augen spürte sie einen Anflug von Panik. Jetzt war guter Rat teuer. Es blieb der Gefangenen nichts anderes übrig, als mit einem Taschenspielertrick zu arbeiten. Sie brach das Siegel und faltete den Brief auseinander.

»Siehst du das auch, meine liebe Tochter? Ein hungriger Vogel klopft mit seinem Schnabel an die Fensterscheibe! Ich sollte ein Vogelhäuschen für unsere gefiederten Freunde aufstellen!«

Die Gräfin Moszynska, Hauptmann Holm und der Unteroffizier an der Tür – alle richteten für einen Moment ihre Blicke auf eine der schmutzigen Fensterscheiben. Anna Constantia von Cosel ließ das innenliegende zweite Blatt in den Schoß gleiten und rückte näher an die Tischkante.

Friederike Alexandrine musste glauben, dass ihre Mutter auf dieser Bergfestung langsam den Verstand verlor.

Dann dämmerte es ihr, dass es ein Ablenkungsmanöver gewesen war, um den innenliegenden Brief verschwinden zu lassen.

»Schade, der Singvogel war schon wieder weggeflogen, werte Frau Mutter! Leider muss ich Sie verlassen, werde aber noch in diesem Jahr eine erneute Besuchserlaubnis erwirken und wieder nach Stolpen reisen! Ich wünsche Ihnen beste Gesundheit und dass sich alles zum Guten fügen möge«, sagte Friederike Alexandrine.

Beim Abschied umarmte sie ihre Mutter, die ihr fremd geworden war, nun doch. Sie richtete ihren Blick nach unten, sah aber nirgendwo einen Briefbogen zu Boden flattern. Wie hatte ihre Mutter das nur angestellt, fragte sich Friederike. Das grenzte fast schon an Zauberei.

»Herr Korporal! Geleiten Sie die Gräfin Moszynska zu ihrer Kutsche!«

Der untergebene Unteroffizier schlug die Hacken zusammen und salutierte. »Jawohl, Herr Hauptmann!«

Holm stiefelte wieder einmal zum Tisch und überflog das Schreiben des Grafen Cosel. Höfliche Grüße an die Frau Mutter verbunden mit der Freude auf ein baldiges Wiedersehen. Es gab keine versteckten Botschaften und auch keine Kritik am vorherigen und jetzigen Herrscher. Hauptmann Holm ließ den Brief sinken. Er war sich fast sicher gewesen, dass dieser mindestens zwei oder drei Bögen enthalten haben musste. Was solls, er war seiner Pflicht der Kontrolle gewissenhaft nachgekommen. Anna Constantia von Cosel schob den zweiten Briefbogen sofort unter das Schreiben ihres Sohnes, als die Dienerin herbeieilte, um das Geschirr abzuräumen.

Das tollpatschige Ding aus Stolpen ließ eine Kanne aus Porzellan fallen, entschuldigte sich und fegte die Scherben zusammen. Die Gefangene entzündete mittels eines Kienspans zwei Kerzen und las den weitgereisten Brief noch einmal. Beim ersten Überfliegen konnte sie nicht glauben, was sie da las. Sie nahm das Schreiben erneut zur Hand.

EIN BRIEF AUS DER FERNE

Liebe Constantia, wir wissen nicht genau, wie es Dir nach den Ereignissen in Halle ergangen ist. Wir, das heißt Hannes und ich, hoffen und wünschen, dass man Dich bald aus der Haft entlässt. Niemand macht sich mehr Vorwürfe als wir selbst, dass wir ausgerechnet in der wichtigsten Mission für Dich versagt haben.

Ich schicke diesen Brief an Deine Tochter, die Gräfin Moszynska, und hoffe, er kommt irgendwann an. Wie Du Dir denken kannst, habe ich mit Hilfe eines gefälschten Depositenscheins einen geringen Teil Deines Vermögens den Hamburger Bankiers abringen können. Leider waren uns die Schergen des preußischen Geheimdienstes auf der Spur. Ich wurde misshandelt, weil man zu Recht glaubte, ich würde über alles Bescheid wissen. Ich danke jeden Tag unserem Gott, dem Herrn, dass es meinem Ehemann mit Hilfe von Martin und Marie gelang, mich zu befreien, bevor mein letztes Stündlein schlug. Der Geheimdienst Seiner Majestät des Königs von Preußen war immer noch hinter uns her, weshalb wir unseren Plan änderten und kein Segelschiff in Hamburg bestiegen. Ein Fischer war bereit, uns in die Niederlande zu bringen. In Amsterdam konnten wir endlich die Schergen abschütteln. Ich bitte um Verständnis, dass ich Dir nicht unseren Aufenthaltsort mitteilen kann. Jemand könnte den Brief abfangen, öffnen und uns verfolgen.

Ich wünsche Dir, liebe Constantia, Gesundheit und inneren Frieden. Gott schütze Dich! Ich werde Dich immer in meinem Herzen bewahren. Liebe Grüße von Johanna, Baroness von Senftenberg

Die Gefangene ließ das eng beschriebene Blatt sinken. Die ehemalige Privatsekretärin hatte aus verständlichen Gründen keinen Hinweis darauf gegeben, wohin sie von Amsterdam aus gesegelt war. Anna Constantia rückte eine der Kerzen, die fast heruntergebrannt waren, näher. Eine Träne benetzte das Papier. Morgen würde wieder die Glocke läuten. Sie durfte nicht am Gottesdienst teilnehmen.

Die Kirche lag nur wenige Meter unterhalb der Festung Stolpen.

So nah und doch so weit entfernt …

DICHTUNG UND WAHRHEIT

Sehr geehrte Leserinnen und Leser! Mich faszinierte schon in jungen Jahren der Aufstieg und der Fall der vielleicht bekanntesten Mätresse des Barockzeitalters, der Gräfin Anna Constantia von Cosel. Ich verschlang den Roman von Józef Ignacy Kraszewski aus dem Jahr 1873, der (wie der vorausgegangene »August der Starke« und die folgenden Bände »Flemmings List«, »Graf Brühl«, »Aus dem Siebenjährigen Krieg«) vom Fernsehen der DDR in den 1980-er Jahren unter dem Titel »Sachsens Glanz und Preußens Gloria« verfilmt wurden. In der Folge erkannte ich wie auch im Fall der Meuterei auf der Bounty, dass Bücher und Drehbücher nicht immer historisch korrekt sind. Nur durch das Studium verschiedener Quellen kommt man dem näher, was damals tatsächlich passierte.

Zu Beginn des Kapitels »Danzig« zitiere ich aus: Gabriele Hoffmann, »Constantia von Cosel und August der Starke. Die Geschichte einer Mätresse«, Bastei Lübbe 1984, Seite 385. Ich habe den Verlag angeschrieben und wurde gebeten, die historische Originalquelle zu nennen (siehe Fußnote Seite 214).

Die Historikerin Gabriele Hoffmann hat für ihr Buch alle Archive durchstöbert und den umfangreichen Briefwechsel der Gräfin Cosel eingesehen, während ich nur die Faksimiles auf der Burg Stolpen fotografierte.

Sie haben sich vielleicht gefragt, wie viel in diesem Roman historisch korrekt ist und welche Personen und Geschehnisse erfunden.

Die Recherche war fast genauso umfangreich, wie beim Roman »Auf den Schwingen des Windes«, nur das diesmal die Orte näher lagen. So besuchte ich die Burg Stolpen und sprach mit Museumsmitarbeitern des Schlosses Hoyerswerda.

Die Situationen, die den einzelnen Kapiteln zugrunde liegen, sind historisch belegt. Unter anderem auch, dass die Gräfin Cosel Schusswaffen zog, als man ihr in einem Wirtshaus in Polen die Rückkehr nach Dresden nahelegte.

Mich reizte der Gedanke, die oft erzählte Geschichte der Gräfin Cosel, die ohne Anklage und Urteil auf die Burg Stolpen verbannt wurde, aus der Sicht von zwei Angestellten darzustellen. Johanna von Lichtenau und Johannes Bauer wurden von mir erfunden. Einen Baron von Senftenberg hat es nicht gegeben. Für die Sicherheit der Gräfin Cosel war unter anderem die Garde du Corps, eine Kavallerieeinheit in doppelter Regimentsstärke zuständig.

Insofern ist auch die Leibwache eine Erfindung von mir, die der Protagonist Hannes aus zwielichtigen Gestalten rekrutiert. Einige Nebenfiguren, wie die Kammerzofe Marie, der spionierende Lakai Jakob Berlinger, die Polin Agnieszka Komorowska, die Zwillingsschwester der Kantorka aus der Krabat-Sage, Jannika, entsprangen der Fantasie des Autors. Alle anderen handelnden Personen sind historisch belegt.

Herzlichst, Ihr Harry Baumann

Schwarzheide im Juni 2019

438